紅樓夢悟

（增訂本）

劉再復　著

責任編輯　舒　非
裝幀設計　彭若東

書　　名　紅樓夢悟（增訂本）
著　　者　劉再復
出　　版　三聯書店（香港）有限公司
香港鰂魚涌英皇道一〇六五號一三〇四室
Joint Publishing (H.K.) Co., Ltd.
Rm. 1304, 1065 King's Road, Quarry Bay, Hong Kong
香港發行　香港聯合書刊物流有限公司
香港新界大埔汀麗路三十六號三字樓
印　　刷　陽光印刷製本廠
香港柴灣安業街三號六字樓
版　　次　二〇〇八年四月香港增訂本第一版第一次印刷
規　　格　十六開（170×240 mm）三二八面
國際書號　ISBN 978 · 962 · 04 · 2727 · 5

謹以此書此悟，敬獻給中國文學與人類文學永遠的大師曹雪芹的偉大亡靈。感謝他創造了文學的不朽聖經《紅樓夢》，使我贏得了對美的衷心信仰，並由此明白了該如何守護生命本真狀態而詩意地棲居於人間大地之上。

二〇〇四年
於美國科羅拉多大學校園

#目錄

第三輯　《紅樓夢》議……二七一

再版前言

拙著《紅樓夢悟》於二〇〇五年由香港三聯首次出版，第二年北京三聯又繼而出版。北京三聯出版後的第二個月，就進行第二次印刷，至今一直擺在書店的暢銷書欄裡。現在香港三聯又告訴我，第一版即將售完，馬上就要推出增訂版。我寫「紅樓」文字，只是自言自語自娛，但寫出來的書，有人願意讀，就該高興。

此次香港三聯再版，我增添了「紅樓悟語新作一百則」和「論《紅樓夢》的哲學內涵」。第一版的「悟語」二百則，新版便有三百則了。新寫的這一百段，小女兒劉蓮打字完之後，她姐姐劍梅通過e-mail傳送給《萬象》雜誌王瑞智先生，並得到他的激賞，分五期連載於刊物上。《萬象》今年第八期發了頭二十則後，我尚未收到雜誌，就得到台北「印刻INK」總編初安民先生的信息，他已讀到「悟語」，並想在《印刻》上也發。可是這之前，我已答應給郭楓兄主編的《新地》。《新地》在十七年前問世，後來停辦了。今年九月又重新創刊，它竟在首期把「百則悟語」一次發出。郭楓兄讀了稿子之後寫信給我，說他要重讀《紅樓夢》了。與此同時，梅子兄於香港也在他主編的《城市文藝》上分兩期刊出。在寧靜的落基山下，看到萬里之外朋友們真誠的珍惜之情，真感到欣慰。我把朋友的欣賞和珍惜，看作一種榮譽。我早已拋卻虛榮幻相，但仍有文化榮譽感，尤其是友人慧眼下給予的榮譽，因為這是真實的。

香港三聯版發行後，我把書送給幾位內行的朋友，也送給在澳門大學任教的施議對兄。他讀後說，你應再寫一百則悟語，以構築「語三百」。他是古典文學研究家，「詩三百」的概念溶入他的血脈，便想起這個「語三百」。我雖沒有緊追前人的抱負，但覺得好玩。何況對於《紅樓夢》，我幾乎天天讀，還有許多感悟尚未記下，於是，就接受他的建議，再作一百則。議對兄在作此「鼓動」時還說：許多人閱讀《紅樓夢》，只看到「風動」、「幡動」，你已看到是「心動」，怎能不說，怎麼不寫？這話倒真的了解我。正是慧能的「明心見性」，正是這位放下邏輯的不識字的禪宗天才，幫助我把握生命的當下存在，也幫助我領悟和把握《紅樓夢》中那些「心動」的奧秘。我把慧能的「不立文字」解說為「放下概念」，把那些執著於政治理念、意識形態理念的《紅樓夢》評論都視為「風動」與「幡動」的表層闡釋，因此才用「悟」的方法去取代「學」的方法。

新版增補的〈論《紅樓夢》的哲學內涵〉，感謝陶然兄全文刊登於他主編的《香港文學》，兩萬多字的文章真難找到發表之處，此文首次對《紅樓夢》哲學進行概說，初步實踐了俞平伯先生的遺願。我在這篇論文中說，《紅樓夢》哲學不是哲學家哲學，而是藝術家哲學。意思是說，它不是抽象的訴諸邏輯與思辯的哲學，而是具體的、蘊含於藝術文本與創作實踐血肉相連的哲學。然而，這並不是說，曹雪芹的哲學對象只是藝術。相反，我特別指出，曹雪芹的哲學對象（包括審美對象）是宇宙、世界、人生，尤其是生命。曹雪芹的美學觀、哲學觀也是曹雪芹的世界觀、宇宙觀。他的「兼美」思想是近代多元意識、多元哲學的序曲，他的詩意生命存在意味又是二十世紀存在論的先聲。德國哲學家瓦爾特·考夫曼在《存在主義：從陀思妥耶夫斯基到薩特》，文中稱陀氏的《地下室手記》為「已有的關於存在主義的最好序言」。《地下室手記》、《卡拉瑪佐夫兄弟》都是文學作品，但又有巨大的哲學蘊藏。西方存在主義關於自由與自由的焦慮及與上帝存在的關係等思索都受到陀思妥耶夫斯基的影響。曹雪芹的哲學形態與莊子、陀思妥耶夫斯基相似。但莊、陀的哲學已被充分發現，中國哲學史已有莊子重要的一席，而曹雪芹在哲學史書上仍然是缺席的。我開掘《紅樓夢》哲學，是希望曹雪芹也能像莊子一樣，其文本所包裹着的哲學能夠進入大哲學史的框架，也能像拜倫一樣，成為羅素《西方哲學史》重要的一章。最近讀美國Susan Leich Andeson的《陀思妥耶夫斯基》（*ON DOSTDEVSKY*），發現全書講的正是陀氏哲學。讀了安德森這部著作，我更覺得關於《紅樓夢》的哲學思索應當繼續下去。

最後還要感謝香港三聯的總編陳翠玲及責任編輯舒非二兄再版此書，並感謝她們首先確認感悟方式可以作為一家之言而站立於評紅之林。

二〇〇八年一月
於美國
科羅拉多州

自序一　以悟法讀悟書

十二年前，我到瑞典前夕，寫了一篇《背着曹雪芹與聶紺弩浪跡天涯》，說閱讀《紅樓夢》是漂流生活的一部分，書中那些天真而乾淨的少男少女是我朝夕相處的朋友。還常慶幸自己出生在《紅樓夢》問世之後，否則，精神生活一定會乏味得多。我讀《紅樓夢》和讀其他書不同，完全沒有研究意識，也沒有著述意識，只是喜歡閱讀而已。閱讀時倘若能領悟到其中一些深長意味，就高興。讀《紅樓夢》完全是出自心靈生活的需要。

也許正是這種特殊的閱讀心態，所以我很少讀評論《紅樓夢》的書，只愛閱讀文本。此外，也不想寫什麼東西，立什麼文字，只想感悟其中的一些真道理、真情感。本集子中的兩百多則隨想錄，只是閱讀時隨手記下的「頓悟」，並不是「做文章」。集子中的若干篇論說，則完全是被逼出來的。其中「論《紅樓夢》的永恒價值」一文是被夢溪兄所逼。他受北京大學中文系委託編輯一部「論紅」文集，邀請一些《紅樓夢》研究者作文，竟想到門外的我，而且「抓住不放」。二是被編輯所逼。香港三聯編輯部約我寫作一部重新評論中國古典長篇小說的書，《紅樓夢》自然是不能不說的。本集子中的「論《紅樓夢》的懺悔意識」和「論《紅樓夢》的超越視角」，則是與林崗合著的《罪與文學》一書內容結構上所必須，也屬於不得不作。至於本集第三輯的「議」，更是玩玩而已。剛出國時，太孤獨，也只好請曹雪芹這位「心靈的天才」幫忙。在海外漂泊的日子裡，《紅樓夢》靈魂的亮光時時照射着我的思想之路與文學之路，小說中的林黛玉猶如帶領但丁的貝亞特麗絲，她既是引導賈寶玉前行的女神，也是引導我走出濁泥世界的燈火。質言之，我不是把《紅樓夢》作為學問對象，而是作為審美對象，特別是作為生命感悟和精神開掘的對象。生命不是概念，不是數字，不是政治符號，也不是道德符號，它是可以無限伸延的血肉與精神。也許因為不是刻意去研究，只是用平常之心去閱讀和領悟，所以常常忽略掉曹氏的家族譜系，而順着自己的形而上嗜好，特別傾心也特別留心《紅樓夢》中空靈的、飄逸的、神秘的一面。今天坐下來想想，倒覺得歷史有這一面，才顯得浩瀚；人生有這一面，才顯得豐富。沒有歷史的神秘與命運的神秘，文學就太乏味了。

清同治八年，江順怡在杭州發表《讀紅樓夢雜記》，俞平伯先生在《紅樓夢辨》第十四節中對此書十分推崇，並說明其作者的姓氏、籍貫，最先為顧頡剛先生所考定。江順怡在《雜記》中說：「《紅樓夢》，悟書也。其所遇之人皆閱歷之人，其所敘之事，皆閱歷之事，其所寫之情，皆閱歷之情。」說得很好。《紅樓夢》的確是曹雪芹閱歷感悟人生的結果，這部偉大著作不是「做」出來的，而是悟出來的。《紅樓夢》禪味瀰漫，沒有禪宗，就沒有《紅樓夢》，它的確是部大徹大悟之書。既然是部悟書，那麼，光靠頭腦去分析就不夠了，恐怕還得用心靈去領悟，即以心傳心，以悟讀悟。禪宗方法論此處倒是用得上。所以我也就姑且給這部集子命名為「紅樓夢悟」，也許因為打開生命去感悟，所以就發現王國維的不足：百年前他天才地揭示《紅樓夢》的悲劇意蘊，但未能發現《紅樓夢》同時又是一部荒誕劇。其深刻的荒誕內涵，正是中國現代意識的偉大開端。我相信，除了悲劇論（悲劇的本質是「有」的毀滅），還須用存在論（存在的本質是「無」）去闡釋，才能把握《紅樓夢》的精神整體。

二〇〇四年九月
美國科羅拉多大學校園

自序二 嘗試《紅樓夢》閱讀的第三種形態

第一篇序，是年初交稿時寫下的文字，接到清樣後，和香港三聯責任編輯舒非兄談起我近年《紅樓夢》閱讀的方法，她聽後很讚賞，並希望我能寫入序中。為了不負她的鼓勵，便遵命再說點話，作為序言續篇。

對於書籍的閱讀，我確實非常廣泛，但能讓我身心整個投入的中國古典文學作品只有《紅樓夢》。真正做到閱讀與生命連接了。林黛玉和賈寶玉常常借禪說愛，以心傳心。有一次，林黛玉逼着賈寶玉交心而問道：「寶姐姐（指寶釵）和你好你怎麼樣？寶姐姐不和你好你怎麼樣？寶姐姐前兒和你好如今不和你好怎麼樣？今兒和你好，後來不和你好你怎麼樣？你和他好他偏不和你好你怎麼樣？你不和他好他偏要和你好你怎麼樣？」面對這一串問題，寶玉呆了半晌，突然大笑道：「任憑弱水三千，我只取一瓢飲。」在當時的語境下，賈寶玉表達的「專情於一」的意思分外明白。

這一意思也啟迪了我對《紅樓夢》的選擇。人類文化史積存下來的書籍有如大海，正是「弱水三千」。人的心力有限，自然是應當取其精華。經過選擇，我終於明白中國文學中國文化最大的寶藏就在《紅樓夢》中，這裡不僅有最豐富的人性寶藏，藝術寶藏，還有最豐富的思想寶藏、哲學寶藏。取出《紅樓夢》這一瓢獨自飲啜，全生命、全靈魂都受到澤溉。

閱讀《紅樓夢》，我大約經歷了四個小階段：（1）大觀園外閱讀，知其大概；（2）生命進入大觀園，面對女兒國，知其精髓；（3）大觀園（包括女兒國與賈寶玉）反過來進入我自身生命，得其性靈；（4）走出大觀園審視，得其境界。王國維說讀書應「入乎其內，出乎其外」，他是出乎其外地領略到《紅樓夢》的宇宙境界了，但他似乎未經歷「生命進入大觀園女兒國」和「女兒國進入閱讀者自身」的階段，所以在《〈紅樓夢〉評論》中也未能開掘賈寶玉和其他少女的生命內涵。與他不同，我則經歷了生命投入和生命吸收的過程，並感到生活與靈魂一旦被《紅樓夢》中的詩意生命所參與、所照明，那才真的幸運，那是連吃飯睡覺、遊山玩水都感覺不一樣了，此時，才覺得棲居於地球上的一點詩意。海德格爾曾說，今天的人類已經難以和本真自我相逢。確乎如此，在被財富、機器、權力異化之後的人類已丟失了本真狀態。正如《紅樓夢》中的甄寶玉（世俗狀態中的人類符號）見到本真的自我（賈寶玉）時已不認識，還對這個真我發了一通「酸論」。我閱讀《紅樓夢》也如甄寶玉與賈寶玉相逢，然而，自己感到欣慰的是，我還不是「縱使相逢應不識」（蘇東坡語），而是充滿與本真己我重逢的大喜悅。

有了一段特別的閱讀經驗之後，我禁不住要寫下心得。一段一段地寫，便發覺自己在走一條《紅樓夢》閱讀的新路，或者說，在嘗試《紅樓夢》探索的一種新的形態。兩百多年來《紅樓夢》的閱讀與探討，有三種形態：一是《紅樓夢》論；二是《紅樓夢》辨；三是《紅樓夢》悟。嚴格地說，直到王國維才有第一種形態，才稱得上論。《〈紅樓夢〉評論》有觀點，有邏輯，有分析，有論證，一出手就如空谷足音，自創一格。可惜百年來「論」雖日益豐富，但受政治意識形態浸染太甚，影響了收穫。與論相比，《紅樓夢》辨這一形態不僅歷史長，而且成就也高。所謂辨，乃是指辨析、注疏、考證、探佚、版本清理等。度過索隱派這一比較牽強的階段，從胡適起，直至俞平伯、周汝昌等，都下了功夫作考證，他們為《紅樓夢》辨創造了實績，其功難沒。我缺少考證功夫，無法走《紅樓夢》辨的路，至於「論」，倒是在二十年前寫作《性格組合論》時就有一章節論述《紅樓夢》的性格描述（此文作為第二輯附錄收入本書中），近年也與林崗一起論證《紅樓夢》的懺悔意識和超越視角，但總覺得「論」太邏輯，難以充分表述自己對此巨著的諸多感受，無法盡興，於是，就自然地走上悟的路子了。以往的《紅樓夢》閱讀與探索，其實也有悟，脂硯齋的批注，其中論、辨、悟的胚胎都有，歷年的論者辨者也都有所悟，然而，把「悟」作為一種基本閱讀形態、探討形態和寫作形態，似乎還沒有。所以我才冒昧地稱「悟」為第三種形態，並給拙著命名為《紅樓夢悟》，與俞平伯先生的《紅樓夢辨》作一對應。「悟」與「辨」的區別無須多說，而悟與論的區別則是直覺與理析的不同。實證與邏輯，這一論的主要手段，在悟中被揚棄，即使出現，也只是偶爾為之。悟的方式乃是禪的方式，即明心見性、直逼要害、道破文眼的方式，也可以說是抽離概念、範疇的審美方式。因此，它的閱讀不是頭腦的閱讀，而是生命的閱讀與靈魂的閱讀。其實，這也與中醫的點穴位差不多，一段悟語、悟文，力求點中一個穴位，捕住一個精神之核，至於細部論證，那只能留給他人或自己的論文了。

那天與舒非兄說的就是這一些，現在用文字寫下了，也許有益於自己今後更自覺地走「紅樓夢悟」的第三條路，把很快就要出版的這本書，僅僅作為問路之石，嘗試而已。

寫於二〇〇五年九月二十九日

美國科羅拉多大學校園

第一輯　《紅樓夢》悟

小引

【一】

十幾年前一個薄霧籠罩的清晨，我離開北京。匆忙中抓住兩本最心愛的書籍放在挎包裡，一本是《紅樓夢》，一本是聶紺弩的《散宜生詩》。

帶着《紅樓夢》浪跡天涯。《紅樓夢》在身邊，故鄉故國就在身邊，林黛玉、賈寶玉這些至真至美至純的兄弟姐妹就在身邊，家園的歡笑與眼淚就在身邊。遠遊中常有人問：「你的祖國和故鄉在哪裡？」我從背包裡掏出《紅樓夢》說：「故鄉和祖國就在我的書袋裡。」

【二】

故鄉有時很小，有時很大。福克納說故鄉像郵票那麼小是對的，加繆說故鄉像海洋那麼大也是對的。故鄉有時是沙漠中突然出現的綠洲，荒野中突然出現的小溪，暗夜中突然出現的篝火；有時則是任我飛翔的天空，任我馳騁的大道，任我索取的從古到今的大智慧。

故鄉故國不僅是祖母墓地背後的峰巒與山崗。故鄉是生命，是讓你棲息生命的生命，是負載着你的思念、你的憂傷、你的歡樂的生命。歌德筆下的少年維特，他的故鄉是一個少女的名字，她叫做「綠蒂」。這個名字使維特眼裡的一切全部帶上詩意，使世俗的一切都化作夢與音樂。維特到處漂泊，尋找情感的家園，這個家園就是綠蒂。正如絳珠仙草——林黛玉是賈寶玉的故鄉，林黛玉一死，賈寶玉就喪魂失魄，所剩下的只有良知的鄉愁與情感的鄉愁。

曹雪芹在《紅樓夢》開篇第一回就重新定義故鄉。他把故鄉推到很遠，推到靈河岸邊三生石畔，推到無數年代之前女媧補天的大空曠，推到超驗世界的大沉寂，推到遙遠的白雲深處和無雲的更深處。由此，我們更感到生命源遠流長，更意識到我們不過是到地球上來走一回的過客。過客而已，漂流而已，不要忙着佔有，不要忙着爭奪，不要「反認他鄉是故鄉」。

【三】

曹雪芹與荷馬、但丁、莎士比亞、歌德、托爾斯泰、陀思妥耶夫斯基等最偉大的詩人作家，就像家鄉的大河，而我一直是在河邊舀水的小孩。如果不是他們的澤溉，我是不會長大的。我的生命所以不會乾旱乾枯，完全是因為時時靠近他們的緣故。出國之後，我一面愈走愈遠，一面則愈走愈近。相對於一些荒誕的往事，愈走愈遠；相對於「家鄉的大河」與童年的搖籃，則愈走愈近。此刻，我已貼近大河最深邃的一角。生命的大歡樂就在與偉大靈魂相逢並產生靈魂共振的瞬間。

【四】

常常心存感激，常常感激從少年時代就養育我的精神之師，感激荷馬與但丁，感激莎士比亞與托爾斯泰，感激陶淵明與曹雪芹，感激老子與慧能，感激魯迅與冰心，感激一切給我靈魂之乳的從古到今的思想者、文學家和學問家，還有一切教我向生命本真回歸與靠近的賢人與哲人，感謝他們所精心寫作的書籍與文章，感謝它們讓我讀了之後得到安慰、溫暖與力量。還心存感激，感激讓我衷心崇仰的藍天、星空和宇宙的大潔淨與大神秘，感激現實之外的另一種偉大的秩序、尺度與眼睛，還感激從兒時開始就讓我傾心的近處的小花與小草，遠處的山巒與森林，還有屋前潺潺流淌着的小溪和它的碧波。所有這一切，都在呼喚我的生命和提高我的生命，都在幫助我保持那份質樸的內心和那盞靈魂的燈火。

【五】

在海外十幾年，一直覺得自己的靈魂佈滿故國的沙土草葉和紙香墨香。這才明白，祖國就是那永遠伴隨着我的情感的幽靈。無論走到哪裡，《山海經》、《道德經》、《南華經》、《六祖壇經》、《紅樓夢》就跟到哪裡。原來祖國就是圖畫般的方塊字，就是女媧補天的手，精衛填海的青枝，老子飄忽的鬍子，慧能挑水的扁擔，林黛玉的詩句和眼淚，賈寶玉的癡情與呆氣，還有長江黃河的長流水和老母親那像蠶絲的白頭髮。

【六】

《紅樓夢》沒有被限定在各種確定的概念裡，也沒有被限定在「有始有終」的世界裡去尋求情感邏輯。反抗有限時間邏輯，反抗有限價值邏輯，反抗世俗因緣法，《紅樓夢》才成為無真無假、無善無惡、同時也是無邊無際的藝術大自在。其綿綿情思才超越時空的堤岸，讓人們永遠說不盡、道不完。

有用頭腦寫作的作家，有用心靈寫作的作家，有用全生命寫作的作家，曹雪芹屬於用全靈魂全生命寫作的作家。他用生命面對生命，用生命感悟生命，用生命抒寫生命。大制不割（《道德經》），生命與宇宙同一，生命是世俗的價值尺度難以界定、難以切割的泱泱大制。

【七】

古希臘史詩所展現的波瀾壯闊的戰爭，不是正與邪的戰爭，無所謂正義與非正義，其勝利者與失敗者都是英雄。這些英雄被命運推着走，而命運的背後是性格。如果荷馬也落入「成者為王，敗者為寇」的邏輯，就沒有這部偉大史詩。命運性格屬於人，正邪之分則屬於政治理念與道德理念。希臘史詩的大詩意來自生命，不是來自理念。

如果說，希臘史詩《伊利亞特》是剛的史詩，那麼，《紅樓夢》則是柔的史詩。前者的英雄都是男性的粗獷豪邁的英雄，其首席英雄阿格紐斯甚至十分粗野，他不懂得尊重對手赫克托耳（特洛伊主將），不懂得尊重失敗的英雄。書中的主要情節——希臘和特洛伊的戰爭，表面上看，雙方為一個美人（海倫）而戰，實際上雙方都把美人（女人）當作爭奪的獵物，對女性並沒有真的尊重。《紅樓夢》則不然，它把女性視為天地的精英靈秀，世界舞台的中心，連最優秀的男子，其智慧也在她們之下。《伊利亞特》是用男人的眼睛看歷史，《紅樓夢》則用開悟的女子眼睛看歷史，林黛玉悲題五美吟，薛寶琴抒寫《懷古十絕》，都說明，《紅樓夢》的歷史眼睛是柔性的，感性的，充分人性的。

【八】

從荷馬史詩到莎士比亞戲劇，從但丁到托爾斯泰、陀思妥耶夫斯基，從《史記》到《紅樓夢》，所有經過歷史篩選下來的經典，都是偉大作者在生命深處潛心創造的結果，因為是在生命深處產生，所以時間無法蒸發掉其血肉的蒸氣，所以真的經典永遠具有活力，永遠開掘不盡。經典不朽，其實是生命不朽。沒有一部經典是靠社會組織拔高或靠一些沽名釣譽之徒相互吹捧形成的。

《紅樓夢》為我們樹立了文學的坐標。這部偉大小說對中國的全部文化進行了過濾，凝結成一部從神瑛侍者（類似亞當）與絳珠仙草（類似夏娃）的情愛寓言開始的文學聖經。這部聖經點亮我的一切，特別是告訴我：文學不是頭腦的事業，而是性情的事業與心靈的事業，必須用眼淚與生命參與這一事業。

【九】

《山海經》中記載的神話故事，總是讓我們感到太少。那個混沌初鑿的原始時代沒有人去刻意記錄，它的故事和山山水水一樣，自然形成，自然留下，自然地伴隨着一代一代的風霜雨雪積澱在民族的集體記憶裡。因為不是刻意記錄寫作，所以更顯得猶如嬰兒般的純粹。《山海經》特別寶貴，就因為它是中華文化最本真的原果汁、原血液，因此也可以稱《山海經》文化為中國的原型文化。斯賓格勒在《西方的沒落》提出過「偽型文化」的概念，中國文化何時發生「變形」，尚需討論。但《山海經》沒有任何偽形，未曾變質，卻不容置疑。中國的長篇小說《紅樓夢》一開篇就連接着《山海經》，它和《山海經》一樣保持着中國文化的原生態。《三國演義》屬偽型文化，《紅樓夢》則屬原型文化。或者說，《紅樓夢》反映着中國健康的集體無意識，《三國演義》則代表着受傷的、病態的集體無意識。

【十】

故國幾部經典長篇小說，雖然都有文學成就，可惜《三國演義》太多「機心」，《水滸傳》太多「兇心」，《封神演義》太多「妄心」。惟有《西遊記》和《紅樓夢》總是讓人喜歡，愈讀愈感到親切。《西遊記》具有童心，《紅樓夢》則具有「愛心」。賈寶玉也有孫悟空似的童心，但它經過少女的洗禮與導引，又昇華為大愛與大慈悲之心。因此，《紅樓夢》的精神境界比《西遊記》又高出一籌。中國人的野心展現在前三部長篇中，而赤子之心則在後兩部長篇裡，尤其是在《紅樓夢》裡。中國人有了《紅樓夢》這一偉大的人性參照系，才會警惕《三國》中人和《水滸》中人。中國人的善良、慈悲、率真、質樸等優秀人性基因，全在《紅樓夢》裡。有《紅樓夢》在，中國人才不會都去崇尚劉備、李逵、武松等變態英雄。因為有《紅樓夢》的亮光在，總有人會從少年時代開始就模仿賈寶玉，以自己的方式和名利場拉開距離。一個民族的民族性格主要是被文學所塑造。可惜以往太多被《三國》、《水滸》所塑造，太少被《紅樓夢》所塑造。

【十一】

把小說當成救國的工具或當成啟蒙的工具，好像是「大道」，其實是「小道」。此時小說的語境只是家國語境、歷史語境，並非生命語境、宇宙語境。文學只有進入生命深處，抒寫人性的大悲歡，叩問靈魂的大奧秘，呼喚心靈的大解放，才是大道。王國維說，《桃花扇》屬家國、政治、歷史，《紅樓夢》屬宇宙、哲學、文學，這一意思也可表述為，《桃花扇》是小道，《紅樓夢》是大道。梁啟超說沒有新小說就沒有新社會、新國家，表面上是把小說地位提高了，其實，他只知小說的「小道」，不知「大道」。大道永遠是生命宇宙之道，不是國家歷史之道。文學的金光大道就在《紅樓夢》之中。

【十二】

王國維一面寫出《殷商制度考》、《殷卜辭中所見先公先王考》、《毛公鼎考釋序》等學問深厚的論文，一面又寫出《紅樓夢評論》、《人間詞話》等精彩文論，前者是知性的成功，後者是悟性的成功。（《紅樓夢》本身正是悟性的成功）前者的考據功夫是有形的，人們容易知其難，後者的感悟功夫是無形的，人們常常不知其更不容易。以《人間詞話》而言，短短的一部詞論中能有那麼多擊中要害的準確詞識，能創立「境界」說並道破中國詩詞上那些真正的精華，能感受到李後主這位小皇帝具有「釋迦基督擔荷人類罪惡」的大慈悲與大氣魄，這是很難的。而他的《紅夢樓評論》道破人間最深的悲劇並非幾個「蛇蝎之人」所導演，而是包括善良人在內的共同犯罪，如此無可逃遁，才是人類的悲劇性命運。這種發現也是很難的，這不僅需要知識，而且需要詩識，需要天才，需要生命深處的內功。表面上看，它是「無心插柳」，實際上是天才大心靈內修的結果。

【十三】

《紅樓夢》給我們創造了一個詩意的青春合眾國。作為一個中國人，最能感到幸福的，是能與賈寶玉、林黛玉這些詩意生命共處一個詩情國度。「千里搭長棚，沒有不散的筵席」，這一詩意的真理，是從一個名叫小紅的小丫鬟口裡說出來的，《紅樓夢》中連小丫鬟都有禪性語言，更不用說合眾國裡的桂冠詩人林黛玉了。《紅樓夢》中的許多女子生時或自覺或本能地追求詩意，倘若發現生無詩意，她們也死得很有詩意，尤三姐、晴雯、鴛鴦的死亡行為都是第一流的詩篇。

如果內心沒有音樂，就聽不懂音樂。如果內心沒有詩，就讀不懂詩。生命裡有詩，才有對詩的感覺。歌者與詩人感慨知音難求，就因為內心擁有音樂擁有詩的人很少。同樣，如果沒有靈魂，就很難讀懂陀思妥耶夫斯基的「靈魂呼告」，也讀不懂曹雪芹的靈魂悖論（林黛玉與薛寶釵是曹雪芹靈魂的悖論）。有人閱讀經典是用生命、用靈魂，也有人是用皮膚用感官，也有人用政治用市場，後兩者離曹雪芹都很遠。

【十四】

生命是詩意的源泉。所謂「史詩」，重心不是「史」，而是「詩」。其詩意也並非來自歷史，而是來自生命。《紅樓夢》展示了一個歷史時代的整體風貌，又建構了詩意生命的意象系列。曹雪芹以生命方式抒寫歷史，又以生命為參照系批判歷史，讓生命氣息覆蓋整部小說。在歷史家眼中「身為下賤」不值一提的小丫鬟，曹雪芹卻發現其「心比天高」的無窮詩意。一個民族大文化的詩意是否尚存，只有一個尺度可以衡量，這就是生命尊嚴與生命活力是否還在。文化的精彩來自生命的精彩，當負載文化的生命主體變得勢利十足、奴性十足，從腰桿到靈魂都站立不起來時，這個民族的文化便喪失詩的光澤。《紅樓夢》作為詩意生命的輓歌，也給中國文化敲了警鐘。

上篇（寫於一九九五—二〇〇四年）

【十五】

《山海經》是中華民族童年時代集體的大夢。夢見精衛填海，夢見夸父追日，夢見刑天舞干戚，這是最本真、最本然的夢。《山海經》說明，中華民族有一個健康的童年。《紅樓夢》一開始就講《山海經》，就緊緊連接《山海經》。《紅樓夢》是中華民族成年時期的大夢。這是關於自由的夢，關於女子解放的夢，關於詩意生命與詩意世界的夢，關於美麗花朵不要枯萎不要凋謝、美麗少女不要出嫁不要死亡的夢，關於生命按其本真本然與天地萬物相融相契的夢。《紅樓夢》是中華民族現代夢的偉大開端。《紅樓夢》說明，中華民族近代的大夢也是健康的。德國詩人荷爾德林呼喚「人類應當詩意地棲居在地球上」，中國的偉大作家與德國的偉大詩人，其大夢的內涵相似，都有大浪漫與大詩意。

人類最純的情感保留在音樂與文學中，也可說保留在夢中。正如莎士比亞的《仲夏夜之夢》保留了人類童年天真無邪也無邏輯的夢幻與歡樂一樣，《紅樓夢》保留了中華民族天真無邪並無可考證實證的戀情與人性悲歌。

【十六】

《紅樓夢》中有一個未成道的基督與釋迦，這就是賈寶玉。他兼愛一切人，寬恕一切人。連老是要加害他的賈環也寬恕，連慾望的化身薛蟠也可作為朋友。上至王侯，下至戲子奴婢，他都以同懷視之。他五毒不傷，對別人的攻擊和世俗的是是非非浮浮沉沉花花綠綠全然沒有感覺。「我不入地獄誰來入？」這對寶玉來說，不是獻身的悲壯，而是生命的自然。他天生不怕被地獄的毒焰所傷。他敏感的是別人的痛苦、別人的長處和人間的真情感，對別人的弱點和世界的榮華富貴，卻很遲鈍。如果說基督是窮人的救星，釋迦牟尼是富人的救星，那麼，賈寶玉也許正是知識者的救星，至少是我的救星。他幫助我從仕途經濟的路上拯救出來，從知識酸果的重壓下拯救出來，從人間恩恩怨怨輸輸贏贏計計較較的糾纏中拯救出來。

【十七】

賈寶玉的人格心靈何等可愛。在濁水橫流的昔時中國，在老氣橫秋的豪門府第，他的出現，就像盤古剛剛開天闢地的第一個早晨出現的嬰兒，給人以完全清新完全純粹完全亮麗的感覺。他的眼睛是創世紀第一雙黎明的眼睛，是人之初第一次完全向宇宙睜開的眼睛。這雙眼睛的內涵讓我激動不已，它所看輕的正是世俗眼睛所看重的，它所看重的正是被世俗的眼睛所看輕的，於是，這雙眼睛常常發呆，常常迷惘。雖然迷惘，卻蘊藏着太陽般的靈魂的亮光。

【十八】

曹雪芹給賈寶玉與林黛玉的前身，命名為「神瑛侍者」與「絳珠仙草」。賈寶玉是賈府中的「王子」，可是對待林黛玉和對待其他女子，卻有「侍者」心態。他和林黛玉的關係位置，是自己放在低處，放在侍者即僕人的位置，而不是主人、統治者的位置。包括對晴雯等丫鬟也是如此。晴雯本來正是奴婢，正是侍者，可是賈寶玉卻把位置顛倒過來，對她言聽計從。這不是取悅，而是在情感深處看到她比自己更乾淨，自己應當追隨其人格。正因為賈寶玉把自己放在低處，所以他才看出晴雯「身為下賤」而「心比天高」。寶玉看晴雯用的是超勢利、超世俗的「天眼」，是禪宗的「不二法門」（無內外，無尊卑）的「佛眼」。

【十九】

賈寶玉一生下來就因為口啣寶玉而讓人視為怪異，離開家庭後走入雲空，也是怪異。本真的個性往往忘記自己世俗的位置與角色，只顧觀看與求索，不知自己的來處與去處。然而，他的出走，卻是富有大詩意的行為語言。這是賈寶玉最後的非訴說的聲明。他向人間宣佈，他與那個你爭我奪的父母府第極不相宜，他已沒有力量承受一個個的死亡與墮落。他的出走是總告別，又是大悲憫。他到哪裡去並不重要，重要的是他已逃離污濁之地，虛假之鄉。

賈寶玉居住的父母府第，是豪門貴族府第，而他本身又是府中的第一快樂王子。榮國府雖不是宮廷，但府中佈滿崢嶸軒峻的廳殿樓閣和蓊蔚洇潤的花木山石，還有成群成隊的男僕女婢，卻勝似宮廷。家道中落後雖減少了氣象，但仍不失為鐘鳴鼎食的浮華之家。然而，即使是處於全盛的黃金時代，賈寶玉也不迷戀這個家，胸前的玉石丟失了幾回——他的靈魂早已出走了好幾次。他被視為性情乖僻的異端，實際上心中擁有萬種真摯情思。一個又一個清澈如水的詩化生命在面前毀滅，自己還頂着桂冠如行屍走肉，這還有人的樣子嗎？千里長棚下的華貴筵宴，世人聞到的全是香味，偏是快樂王子聞到朽味與血腥味。一個處於如此環境中的身心怎能不迷惘？怎能不尋求解脫？如果說，林黛玉最後的行為語言是焚燒詩稿，用一把火否定她曾經有過的期待，那麼，賈寶玉則是用一走了之的行為語言否定父母府第內外人們所迷戀與追求的虛幻的天堂。一種真實的行為語言，沒有標點，沒有文采，沒有鋪設，卻否定了一個權力帝國與金錢帝國。《石頭記》的故事，其實是一塊多餘的石頭否定一個慾望橫流的泥濁世界的故事。賈寶玉的出走，乃是走出爭名奪利的泥濁世界，被男人弄成骯髒沼澤的荒誕世界。

【二十】

《紅樓夢》中的諸多人物誰最傻？除了一個傻大姐之外還有一個傻哥哥，這就是賈寶玉。傻大姐是天生的白癡，什麼也不懂。傻哥哥卻有大愛與大智慧。呆中的迷惘，癡中的執著，傻中的慈悲，憨中的悟性，沉默中的逃離家園和告別黑暗，哪樣不是真性情與真靈魂。

「生而不有，為而不恃，長而不宰，是謂玄德」（《道德經》第十章）。在老子看來，人對歷史責任的承擔應是無言的。重擔在肩，不求頌歌伴奏。做了好事，自己不說，只默默獻予，這才算是真的有德。有人掉到水裡，你去救援，只覺得這是應盡的責任，心裡只感到快樂，沒想到光榮，也不覺得是美德，這才算是德行。老子對那種僅以言說去承擔責任的人是不信任的。滔滔不絕，表現的卻是一個淺薄的自己。《紅樓夢》裡的賈寶玉就是一個默默承擔罪責的傻子，他從不宣揚自己做了好事。承擔、獻予、寬厚全是天性。

【二十一】

賈寶玉看見金釧兒受辱死了，看見晴雯含恨死了，都是被他的母親逼死的。本該是大慈大悲的母親，本該是滿懷溫情的母親，本該是懷愛天下一切兒女的母親，這回也逼死無辜的孩子。母親也殺人。賈寶玉親眼看到母親也殺人。這是比一切兇殘更令人困惑的兇殘。他絕望了，發呆了，他不能在母親的府第裡再居住下去了。他不能生存在一個連母親也變成兇手的人間。告別故園，告別自己愛戀過的生命和生命的屍首，告別自己滾爬過但有腥味的土地，他遠走了，逃亡了。逃亡者的眼睛永遠帶着大迷惘與大憂傷。《俄底浦斯王》時代的人類不認識自己的母親。所以才有弒父娶母的悲劇；《哈姆雷特》時代的人類認識了自己的母親但不知道怎麼對待自己的母親，所以才有丹麥王子永恒的猶豫與彷徨；《紅樓夢》時代的人類認識了自己的母親，卻發現母親也是人間的枷鎖與殺手，母性的權威也製造着兒女飽含血淚的悲慘劇。

【二十二】

曹雪芹筆下的賈寶玉，歌德筆下的少年維特，菲茲傑拉德（F. Scott Fitzgerald）筆下的蓋茨比（Gatsby）都是最有人間性情的人物，內心均有大浪漫。賈寶玉為秦可卿之死吐血，為晴雯之死泣祭，為鴛鴦之死痛哭，為林黛玉之死發呆，都是在作詩情女子不要死的大夢，都是《西廂記》等小浪漫不能比的大浪漫。《浮士德》是歌德頭腦（理念）的產物，而少年維特則是歌德生命的產物。賈寶玉，蓋茨比也是生命的產物，所以渾身都是生命永恒的氣息。拿破崙喜歡少年維特，上戰場時帶的是《少年維特之煩惱》，從這裡可以得知這位法蘭西偶像內心也有真性情與大浪漫。

【二十三】

林黛玉與賈寶玉的青春之戀，是天國之戀。表面上看，是地上兩個人的相互傾慕，深一些看，卻是天上兩顆星星的詩意情誼與生死情誼。來到人間之前，這對情侶就在天國留下一段以甘露澤溉仙草的初戀故事，降臨人世後，又演出一場傷心刻骨的還淚悲劇。天國之戀不是神話，而是生命深處的心靈之戀。賈寶玉與林黛玉潛意識中都有一種鄉愁，這種鄉愁便是對初戀的記憶。他們第一次見面，一個覺得「眼熟」，一個覺得「見過」，就是這種記憶。他們到達人間後的第二次相逢相愛，只是天國之戀的繼續。「木石前盟」與「金玉良緣」的區別就在於，一是天國之戀，一是世俗之戀。林黛玉是天真的，薛寶釵是世故的。如果說賈寶玉是亞當，那麼，夏娃是林黛玉，而不是薛寶釵。

【二十四】

林黛玉常常落淚。他和賈寶玉的戀情從淺處看是悲切，從深處看是充實。林、賈的愛情是中國文學中最富有文化含量也最有靈魂含量的愛情。他們的每次傾吐每次衝突都可開掘出意義，特別是用詩用禪所作的交流，更是意義非常。《紅樓夢》中最精彩的兩首長詩，一首是林黛玉的《葬花詞》，一首是賈寶玉祭奠晴雯的《芙蓉女兒誄》。林黛玉詠嘆之後，為之「癡倒」、「慟倒」的是賈寶玉；賈寶玉祭奠後為之傾倒的是林黛玉，他們互為知音。這兩首千古絕唱發表時，聽眾都只有一個。林、賈是真正的詩人，他們不知何為社會效應，寧可讓一人之嘖嘖，不求萬人之諤諤。

【二十五】

中國的文人畫把不見人間煙火的「逸境」視為比「神境」更高的境界。但是，通常只知逸境在大自然之中，不知逸境也可以在人際關係中。《紅樓夢》中的賈寶玉和林黛玉關係極為密切，但是他們的關係卻有一種看不見又可感覺得到的「逸境」狀態。他倆之間，絕對不議論俗人俗事。不僅放下政治，而且放下社會。世俗的是非究竟，進入不了他們的話題，更進入不了他們的心靈。他們是個體情感中人，不是社會關係中人，他們倆的關係，是無關係的關係。這種關係的「逸境」狀態，是一種萬物本真契入性情的詩意狀態，連爭吵都富有詩意。

【二十六】

在《紅樓夢》中，林黛玉是先知先覺，賈寶玉是後知後覺。王熙鳳等雖極聰明，實際上是不知不覺，即永遠未能對宇宙人生擁有根本性的體悟。「無立足境，是方乾淨」，是林黛玉先體悟到的，然後才啟發了賈寶玉。賈寶玉的覺悟是對本真己我的守持。那些勸導他的、熟讀文章經典的賈政、北靜王（水溶）等，誤認為陷入功名利祿的自我是有意義的自我，認陷阱為大道正道，其實是不知不覺。《紅樓夢》中的人物數百人，屬於大徹大悟的，只有黛玉、寶玉二人。

【二十七】

快樂在自然之中，不在意志之中。在哲學上，「自然」的對立項是「意志」。釋迦牟尼永遠微笑着，因為告別了宮廷權力意志，便得到大快樂。莊子發現自然之道，也得大快樂（「至樂」），連妻子死了，也鼓盆而歌。慧能放逐概念，明白四達，贏得大自在，也是大快樂。陶淵明回歸田園後，也有羈鳥還林、池魚歸淵的大快樂，所以他沒有王維、孟浩然式的惆悵。林黛玉與賈寶玉的愛戀過程，是林黛玉的「還淚」過程，還淚中有傷感，也有傷感到極處的大快樂。「還淚」是美，不是苦難。「淚盡」是個悲劇，又是一個大解脫。「人向廣寒奔」，林黛玉最後走出被權力意志戲弄的人間，得的是大自由，可惜《紅樓夢》後四十回未寫出這一層。

【二十八】

有對立才有密切。林黛玉動不動就和賈寶玉「吵架」，處處對立，因為她和他最密切。重視他者，才能為愛而焦慮而死亡。沒有對立，一切順乎自然，固然沒有緊張，但也沒有對他者的承擔。莊子強調自然，要抹掉的就是對立。包括生與死的對立，禍與福的對立等等，因此，它對死沒有緊張，更沒有恐懼。莊子說：「其生若浮，其死若休」；「雖南面王樂，不能過也」（《莊子·至樂》）。他的「齊物」思想，包括齊生死、齊浮沉、齊壽夭等，在一切對立中採取逍遙（不在乎）的態度。既然沒有生死的界線，沒有此岸與彼岸的分別，也就沒有去世的悲傷，所以妻子死了，他照樣鼓盆而歌。賈寶玉對死不是這種態度，他聽到秦可卿死訊時，竟傷心得吐血，聽到林黛玉、鴛鴦死時更是痛哭以至發呆。《紅樓夢》反抗儒教，喜歡莊禪，但與莊子思想並不相等。莊子不相信情的實在，曹雪芹的骨子裡還是相信情是最後的實在。

【二十九】

賈寶玉是賈府的寵兒，天生的快樂王子，未受過任何磨難，缺少對血雨腥風的感受。黛玉則不同，她的母親過早去世，孤苦伶仃，漂流到外婆家後，寄人籬下，被人視為不合群的異端，因此，她有「一年三百六十日，風刀霜劍嚴相逼」的憂患之感。這種經歷使她比賈寶玉深刻，因此，她的詩總是比賈寶玉的詩更有深度。

花開花落，似乎很平常，然而，林黛玉卻真正了解它的悲劇內涵。花朵的盛開緊接着是風霜的相逼。鮮花在艱難中生根、孕育、萌動、含苞、怒放。怒放的片刻，恰如加繆筆下的神話英雄西西弗斯，辛辛苦苦把石頭推到山頂，而一旦到達山頂，接下去便是滾落，再接下去又是一番往上推的苦鬥。花的命運也是如此，花開總是緊緊連着花落。可是，落紅化作春泥之後，明年又是一番艱辛，一場掙扎，又是一輪怪圈似的奮戰與毀滅。林黛玉顯然深深地了解人生這種無可逃遁的悲劇性。

【三十】

在「生命—宇宙」的大語境中，人只不過是到地球上走一回的過客，詩人更是永遠的流浪漢，不會有固定的立足之地，不會有終極的凱旋門。林黛玉比賈寶玉悟性更高，她更早地悟到這一點。因此，當寶玉寫下禪語「你證我證，心證意證，是無有證，斯可云證。無可云證，是立足境」時，黛玉立即給予點破：「無立足境，是方乾淨。」林黛玉補上這八字禪思禪核，是《紅樓夢》的文眼和最高境界。無立足境，無常住所，無所「執」，永遠行走，永遠漂流，才會放下佔有的慾望。本來無一物，現在又不執著於功名利祿和瓊樓玉宇，自然就不會陷入泥濁世界之中。這是林黛玉對賈寶玉的詩意提示。男人的眼睛總是被佔有的慾望和野心所遮蔽而狹窄化了，賈寶玉雖然也是男性，但他在林黛玉的指引下不斷地放下慾望，不斷提升生命和擴大眼界。林黛玉實際上是引導賈寶玉前行的女神。

【三十一】

林黛玉真不愧是大觀園裡的首席詩人。她的《葬花詞》，不僅寫出大悲傷，而且寫出大蒼涼。詩中所問，都是摧人心魂的「天問」。「花謝花飛花滿天，紅消香斷有誰憐？」「桃李明年能再發，明年閨中知有誰？」「昨宵庭外悲歌發，知是花魂與鳥魂？」「儂今葬花人笑癡，他年葬儂知是誰？」特別讓人震撼的是問：「天盡頭，何處有香丘？」這是千古絕「問」。天地的始末，生命的歸宿，時間的大空曠，空間的大混沌，全在提問中。林黛玉不僅有「念天地之悠悠」的蒼涼與恢弘，而且還有陳子昂所缺少的蒼涼中的空靈與飄逸。一個弱女子，寫出如此的蒼涼感與空寂感，這才是生命宇宙境界。和這一境界相比，歷史顯得很輕，家國境界顯得很小。李清照的「淒淒、慘慘、戚戚」就是屬於這後一種境界。生命宇宙語境大於家國歷史語境，能在生命宇宙境界中飛馳的詩魂，才是大詩魂。

《葬花詞》是一首美麗生命的輓歌。輓歌的一般境界是淒美，高一些的境界是孤寒，最高的境界是空寂。《葬花詞》由低入高，最後抵達絕頂處。

【三十二】

賈寶玉在林黛玉面前顯得很傻很笨，林黛玉的智慧總是高出賈寶玉一籌。但林黛玉卻很愛他，一見如故，一往情深，一路還淚。因為她知道他是一個大愛者，倘若那時基督的名字已進入中國，她一定會知道他就是一個成道中的基督；假如那時她能到西方閱讀文學經典，她也一定會知道他就是尤利西斯似的「偉大的流浪情聖」，從靈河岸邊三生石畔一直漂流到地球東方的情癡情聖。賈寶玉雖然傻，但各種道理一經林黛玉點撥就通。大愛者有慈悲心。仁慈的胸懷，不僅最為廣闊，也最為通暢，慈悲與悟性是相通的，愈是慈悲，愈容易接受真理，愈容易悟道。愛能打通心靈，恨卻只能堵塞心靈。被仇恨佔據的頭腦，最難開竅。

【三十三】

說林黛玉「多愁善感」，過於平淡。林黛玉的愁，不是一般的愁，而是愁到骨子裡的幽怨；林黛玉的感，不是一般的感，而是深到骨子裡的傷感。人們都知道林黛玉「愁」，但往往不知她的愁乃是永遠的情感鄉愁。那遙遠的靈河岸邊三生石畔，是她的故鄉，是她和神瑛侍者的「伊甸園」，她和他共享的是甘露灌溉的乾淨歲月，是生命與天地萬物相融相契的澄明時光。現在落到人間，雖然往日的侍者還愛着她，但卻不能整個屬於她，而且這個人間，到處是冷漠與猜忌的目光，她在此處生活太不相宜。愈是感到不相宜，鄉愁就愈深，一直深到無窮無盡處。這種被天國的甘露與現時的淚水泡浸出來又深化到骨子裡的纏綿，是柔美的極致。什麼可以和這種美相比呢？似乎只有柴可夫斯基的音樂才像她。俄羅斯這位天才創造的音樂，是一種純粹的憂傷和刻骨的纏綿，他把人性的至真至柔推向最深處，苦得讓人感到甜蜜，正如林黛玉憂傷得讓人產生一種難以置信的快樂。

【三十四】

黛玉在《葬花詞》中說：「明媚鮮妍能幾時，一朝漂泊難尋覓。」最美的花朵，卻最脆弱，最難持久，這是最令人惋惜的。少女之美，是一次性的美，一剎那的美，它是人間的至真至美，也最脆弱，最難持久。感悟到至美的短暫、易脆與難以再生，便是最深刻的傷感。林黛玉是中國最美的生命景觀。她太稀有，太珍貴，根本無法在爾虞我詐的世上存活。這不是個例。蘇格拉底和基督也無法活在他們的時代。一個最善良、最珍貴的稀有生命被釘在十字架上飽受苦難。中國沒有空間可容納林黛玉這種生命景觀，這是為什麼？《葬花詞》寄託着曹雪芹的夢：讓稀有的花朵、少女能夠長久存活，能夠免受摧殘。

【三十五】

林黛玉和薛寶釵都很美麗，但薛寶釵在安靜外表覆蓋下，其內心卻積澱着許多世俗的塵土。她能適應世俗社會的規範，但沒有深刻的憂傷，更沒有刻骨銘心的纏綿。林黛玉的內心則是一片淨土，她的眼淚，全是淨水。她與世俗社會格格不入，世俗的泥濁也進入不了她的內心。她靠自己的憂傷獨撐高潔的靈魂，也呈現出薛寶釵所沒有的純粹的美。然而，世俗社會的殘酷規律是「適者生存」，她終於活不下來，連詩稿也無處存放。

林黛玉並不要求他人像她那樣生活，也不要求他人具有她那樣的詩情詩心，但是他人卻看不慣她，並要求她和他們過一樣的生活，所以嫌她性格過於古怪。也因為她太特別，太精彩，理解她的人也極少。惟一能理解她的賈寶玉成為支撐生命的支柱。柱子一旦不可靠，她就生病、吐血、死亡，生命就整個崩塌。在大宇宙中，地球是稀有的，人類是稀有的，才貌兼備的女子更是稀有，而林黛玉這種女子，又是稀有中的稀有。曹雪芹深知稀有生命的寶貴、艱辛和無盡的詩意，所以他偉大。

【三十六】

用世俗的眼睛、庸人的眼睛看林黛玉，永遠看不明白。她的前身是名叫「絳珠仙草」的女神，到人間來只是來「走一遭」，最後還是要回到她的故鄉。不想帶走人間的各種物色，只是到人間走一走，只是到世上看一看，不求什麼。最後她悟到一切皆空，連自己用一生的眼淚所灌溉的情愛也不真實，連那些用心血鑄成的詩稿也是幻相象。付之一炬，免得留下蒙蔽別人。她來到人間一回，雖然也瀟灑，但失望極了，人間真的不潔不淨、無情無義，連賈寶玉也辜負她的眼淚。她真的把一切都看透了，連情愛也看透，不給人間製造任何假相。林黛玉的絕望是對人間世界最深刻的批判。

【三十七】

中國文學史上一些精彩的生命，諸如嵇康、陶淵明、李白、蘇東坡、李商隱等，並不是儒家文化塑造的。儒家講究「秩序優先」，並非「個性優先」。秩序優先自有它的道理，但往往給個體生命帶來屈辱。《紅樓夢》中的林黛玉尚「個性優先」，薛寶釵則崇「秩序優先」。人類永恒的困境，也可說是思慮中最大的一對悖論，是「重天演」還是「重人為」的悖論。前者重自然、重自由、重個體生命；後者重教化、重秩序、重倫理。中國的莊禪屬前者，儒家屬後者。《紅樓夢》中的林黛玉與薛寶釵是曹雪芹靈魂的悖論，也是人類思想永恒的悖論。林薛之爭，不是善惡之爭，也不是是非之爭，而是曹雪芹靈魂的二律背反。

【三十八】

賈寶玉對林黛玉和薛寶釵都有愛意，但對林黛玉的愛中還有敬意，而對薛寶釵雖也彬彬有禮卻無深深敬意。因此，寶玉對黛玉的愛更帶精神性，也更有愛的深度。《紅樓夢》第三十六回有一段話描述寶玉在內心劃清了他對林、薛的不同感情態度：「……寶釵輩有時見機導勸，反生起氣來，只說『好好的一個清淨潔白女兒，也學的釣名沽譽，入了國賊祿鬼之流。這總是前人無故生事，立言豎辭，原為導後世的鬚眉濁物。不想我生不幸，亦且瓊閨繡閣中亦染此風，真真有負天地鍾靈毓秀之德』。……獨有林黛玉自幼不曾勸他去立身揚名等語，所以深敬黛玉。」「深敬」二字，是理解賈寶玉乃至《紅樓夢》的一把鑰匙。賈寶玉深敬誰？不敬誰？這便是《紅樓夢》的心靈指向。林黛玉實際上是賈寶玉的「精神領袖」，賈寶玉一直被她領着走，因此精神也一步一步得到提升。

【三十九】

《紅樓夢》中有兩個世界：一是少女構成的淨水世界，一是男子構成的濁泥世界。泥濁世界的主體，什麼也忘不了，什麼也放不下，什麼也想不開。《紅樓夢》的主題歌——「好了歌」，嘲諷的就是這種忙忙碌碌的主體，這是一些在名利場上滾打不休，在仕途經濟路上左衝右突的雙腳生物。他們全都沉浸在巧取豪奪之中，惟有賈寶玉走到濁泥世界之外。可是賈寶玉總是被嘲笑、被訓斥，連慈悲故事也被當作笑話。濁泥中人嘲弄濁泥外人，放不下的人嘲弄放得下的人，這正是從古到今的人間社會。惟有到了《好了歌》，才來了個反嘲弄。

曹雪芹把女子分為未嫁的少女與已嫁的婦女，在兩者之間劃了一條嚴格界線。女子嫁出之後，便從清澈世界走入角逐權力財力的泥濁世界，身心全然變形變質。因此，曹雪芹拒絕讓自己筆下最心愛的女子出嫁。所以林黛玉、晴雯等未婚前便已死亡。少女要保持自己天性中的純潔本體，就一定要拒絕「男人的問題」，站立在濁泥世界的彼岸。「出淤泥而不染」這一古老的蓮境夢境，被曹雪芹表現得極為特別。

【四十】

《紅樓夢》中的女兒國，立於「大觀園」。大觀，這正是曹雪芹看世界的方式。「先立乎其大者，則其小者弗能奪也」。也可以說，曹雪芹的眼睛是大觀的眼睛，這種眼睛不是「俗眼」，而是「天眼」；不是世俗的視角，而是宇宙的超越視角。曹雪芹用「大觀的眼睛」看人間，不僅看出大悲劇，還看出大鬧劇。「好了歌」就是荒誕歌，就是嘲諷爭名奪利的喜劇主題歌，甄士隱的注解則是主題歌的補充。「世人都曉神仙好，惟有功名忘不了」，「世人都曉神仙好，只有金銀忘不了」，因為這個忘不了，人世間便無休止地演出荒誕劇：亂哄哄你方唱罷我登場。王國維看清了《紅樓夢》的悲劇價值，但沒有看清《紅樓夢》的荒誕劇價值。也許是看清了，但不道破，特留待後人來說明。

【四十一】

《紅樓夢》一開始就介紹主人公的來歷乃是被拋入「大荒山無稽崖」中的一塊多餘的石頭。如果把賈寶玉的名字視為人的象徵，那麼，人一開始就帶有「無稽性」，就身處荒誕無稽的境遇之中。二十世紀的荒誕派小說家、戲劇家發現整個世界都是「大荒山」和「無稽崖」，人是大荒山中的荒誕生物，從而叩問人的存在意義。曹雪芹早在二百年前就感覺到，人不僅出身於無稽崖中，而且生活在無稽的鬧劇狀態中：短暫的人生就為功名而活，為嬌妻美妾而活，為金銀滿箱而活。在仕途經濟中，為求一頂桂冠，不僅渾身熱汗冷汗，而且滿身污泥污水。把有價值的撕毀給人們看是悲劇（魯迅語），把無價值的當作高價值而爭得天翻地覆、頭破血流的是喜劇。「風月寶鑒」的正面是美色，背面卻是骷髏。人們追逐物色美色的遊戲，原來是一場歸結為骷髏的荒誕劇。在名利場中打滾的一部分人類，其所謂進化，乃是「更向荒唐演大荒」的「大荒無稽」進程。

【四十二】

耶和華（舊約）講神聖意志，尼采講權力意志，叔本華講生命意志（探討意志、慾望、痛苦的出路）。老子講自然，莊子講自然，禪宗講自然。「人法地，地法天，天法道，道法自然」（《道德經》），老子把自然看成最高境界，因此，對意志保持警惕。所謂自然，就是反意志。《紅樓夢》的哲學基礎是自然，不是意志。王國維以叔本華的慾望——意志論解釋《紅樓夢》，只能說明人的情慾追求的部分，不能說明其自然性靈的部分，即其空靈的、飄逸的部分。而對意志的反抗，王國維只講消極解脫（棄慾出家），未開掘書中的積極解脫（詩國中的審美解脫）和自然解脫（回歸生命本真狀態）。

【四十三】

賈寶玉最初由一僧一道攜來，最後又由一僧一道帶走。在《紅樓夢》裡，佛、道融合為一。「禪」是佛教最精緻、最精彩的部分。《紅樓夢》浸透了禪性。禪不立文字，這對曹雪芹的啟迪不是不寫文章，而是超越一切狹隘的命名和意識形態，放逐概念，直面生命。而每一個體生命都是多重體、複合體，其命運都具多重暗示，它不是「好人」、「壞人」、「善人」、「惡人」等本質化概念可以描述和定義的。魯迅稱讚《紅樓夢》打破「寫好人絕對好，寫壞人絕對壞」的傳統格局，其所以能打破，就因為放逐了政治權力和道德權力操作下的機械分類概念。曹雪芹深深悟到禪宗（慧能）的「不二法門」，悟到一切生命個體的人性深處都有佛性因子，他看到的是生命的「整體相」，不是「分別相」。

【四十四】

在帶有意象組合的中國語言文字裡，「好」字是「女」和「子」二字組成的（女＋子＝好）。在曹雪芹眼裡，女子就是好。尤其是未出嫁、未進入社會的少年女子，更是天地靈秀、宇宙精華。她們就是真，就是善，就是美。可惜，她們擁有的生命時間與青春歲月太短暫，「好」很快就會「了」。《紅樓夢》就是一曲「好了歌」，一曲青春過早了結的輓歌，一曲至好至美至真至善至柔的詩意生命毀滅的輓歌。《好了歌》具有多重意義與多重暗示，輓歌僅是其中的一重意義。

【四十五】

加拿大女權主義批評家瑪格麗特·阿特伍特在《自相矛盾和進退兩難：婦女作為作家》一文中譴責文學藝術評論界的一種數學公式，即「不好／女性」的公式。在這種普遍公式之下，看到寫得不好的作品，就說它是「女人氣」，看到不好的繪畫，就說它是「女畫家」。瑪格麗特竭力翻這個案，竭力謀求建立新的公式：「好／女性」。

瑪格麗特指出一種習慣性的偏執，這種偏執連恩格斯也在所難免，他在論述十八世紀的德國散文時就用了「女人氣」一詞進行否定性批評。可惜，瑪格麗特沒有發現曹雪芹，整部《紅樓夢》恰恰確立了一個「好／女性」的公式。漢語中的「好」字，分解開來恰恰是女子二字。《紅樓夢》正是一曲偉大的好了歌。人類文學史上，還沒有一個作家如此自覺如此緊密地把「好」和「女性」融化為一體，而且寫出一部女子的感天動地的讚歌與輓歌。

但是曹雪芹並不是女權主義者。他在「好／女性」的公式下充分發現人性的豐富性與複雜性，女性、女人氣更有說不盡的分別。他尊重女性，是人性立場，不是女人立場，更不是女權立場。而當代的許多女權主義批評家卻常常是以意識形態立場取代人性立場，結果把女權主義變成女人統治的歷史主義和專制主義。

【四十六】

曹雪芹關於少女的思索，超出前人的水平，不在於他作了「男尊女卑」的翻案文章，而在於它在形而上的層面，把少女放在廣闊的時間與空間中，表現出他對宇宙本體和歷史本體的一種很深刻的見解。在空間上，女子是與男子相對應的人類社會的另一極。只有兩極，才能組成人類社會。然而，在約伯的天平上，這兩極是永遠傾斜的。在曹雪芹看來，惟有女子這一極才乾淨，才是重心。這一極的少女部分，不僅有造物主賦予的集天地之精華的超乎男子的容貌，代表着文學的審美向度，而且她們一直處於爭名逐利的社會的彼岸，代表着人間的道德向度。道德不是世故的假面，而是不知算計、拒絕世故的嬰兒狀態與少女狀態。即人類的本真本然狀態。人類社會一面創造愈來愈多的知識，另一面則被知識所遮蔽而離生命本真愈來愈遠。惟有在少女身上，才保存着人類早期的質樸的靈魂。這一靈魂，才是天地之心。

【四十七】

曹雪芹幾乎賦予「女子」一種宗教地位。他確認女子乃是人類社會中的本體，把女子提高到與諸神並列的位置，對女子懷有一種崇拜的宗教情感。——「這女兒兩個字，極尊重、極清淨的，比那阿彌陀佛，元始天尊的這兩個寶號還更尊榮無對的呢！」寶玉把女兒尊為女神，有女子在身邊，他才獲得「靈魂」。他說：「必得兩個女兒伴着我讀書，我方能認得字，心裡也明白；不然我自己心裡糊塗。」賈雨村對冷子興介紹寶玉，說他「其暴虐浮躁，頑劣憨癡，種種異常，只一放了學，進去見了那些女兒們，其溫厚和平，聰敏文雅，竟又變了一個」。賈寶玉原先只是一塊頑石，獲得靈性來到人間之後具有雙重可能，完全可能被濁氣所污染而重新變成冰冷的石頭，然而，林黛玉的眼淚柔化了這塊石頭，讓它沒有走向鄙俗暴虐而保持溫厚與溫馨。可以說，賈寶玉的心靈在很大的程度上被林黛玉所塑造。和但丁仰仗女神貝亞特麗絲的導引走訪地獄一樣，賈寶玉靠着身邊女神的導引，帶着大慈悲，走訪了中國華貴而齷齪的活地獄。

【四十八】

《紅樓夢》通過「愛」與「智慧」的視角去發現婦女，所以發現了林黛玉、史湘雲、晴雯、妙玉、鴛鴦等精彩女性。而「五四」則通過「壓迫、反抗、鬥爭」的視角去發現婦女，所以發現了娜拉，發現了祥林嫂，發現了子君。曹雪芹的發現是發現婦女中的少女乃是人上人，即人中最精彩的人；而「五四」則發現「婦女不是人」，是「人下人」，即男人是奴隸，而女人是奴隸的奴隸。《紅樓夢》的發現，是真正的對美的發現。《紅樓夢》的感覺，是純粹的審美感覺。

【四十九】

西方有位哲人說，死亡沒有種類。而曹雪芹卻看到死亡的無數種類和死亡所具有的不同的質。賈敬、賈瑞這些男人的死和晴雯、鴛鴦這些小女子的死是完全不同質的死。晴雯、尤三姐和鴛鴦，都把死亡看得很輕，不怕死，一旦受辱，便不顧一切為守護人格而奔赴死亡，或用一把劍，或用一條繩子，斷然把自己了結。她們很像《山海經》時代的英雄，沒有死亡恐懼，或撲向太陽，或撲向大海，決不猶豫。美的死亡是美的最後顯現，它比美本身更美。人們看到的不僅是美的死亡，而且是死亡的美。哲學家或把死亡視為存在後的虛無，或視為虛無後的存在。尤三姐等的行為，乃是以死創造了一個虛無後的美麗存在，在「無」中實現「有」，在「死」中實現「美」。

【五十】

日本武士道對自殺有一種特別的見解，它認為這一生命的「總了」可以創造美的極致，正如櫻花，瞬間的燦爛，卻給世界留下美的永恒。「花為櫻花，人為武士」（日諺），武士們把死的本身作為目的，以至一生都在策劃一種東西，也可說致力於一個目標，這就是死的輝煌。因此，他們不僅沒有死的恐懼，而且像迎接櫻花季節一樣地迎接死的到來。著名作家三島由紀夫在自殺之前，就在《新潮周刊》刊登廣告，徵求有關切腹自殺規則的書籍，認真做了準備，自殺之時，又嚴格遵守切腹的規定，完全保持了這一傳統行為的形式。他曾對友人說，他要自編一部「死的形式美學」，果然如此，只是這部美學，不是文學語言所書寫，而是血色行為語言所書寫。

《紅樓夢》中的尤三姐也用自己的行為語言創造了一部美學。尤三姐是瓶烈酒，又是一瓶極純粹的酒，她的自殺，剛烈、莊嚴、乾脆利落，猶如毅然舉起杯盅，把酒潑灑在地，一點也不拖泥帶水。只是她沒有日本武士那種以「自殺為美」的意識。她的死亡抉擇，只是因為情的幻滅。因此，她也沒有像三島由紀夫那樣，刻意去設計死亡的盛典儀式。但她在瞬間所作的果斷的自我了結，悲憤之情完全壓倒死亡恐懼，也死得如櫻花燦爛，於片刻中也給世界留下永恒。

【五十一】

在主奴結構的社會中，主人要保持人的驕傲不容易，因為他們還必須向更高的主子卑躬屈膝；而奴僕要保持人的驕傲就更難，也很稀少。晴雯所以被曹雪芹讚為「心比天高」，而且被無數讀者所喜愛，就是她身為女僕卻保持了人的驕傲。當寶玉為了一把扇子而有所微詞時，她立即藉此警告寶玉：「二爺近來氣大得很，動不動就給臉子瞧。前兒連襲人都打了，今兒又來尋我們的不是，要踢要打憑爺去。就算跌了扇子，也是平常的事。」之後又以撕扇子這一行為語言發出心靈的冷笑，這不僅為自己，也為其他奴僕。這一行為語言告訴寶玉兩點：一是人比物（扇子）貴；二是奴僕不可欺。寶玉當時雖然氣得渾身打顫，但過後卻顯然欽佩她。而她在臨終之前對寶玉所說的「早知今日，何不當初」的一番話和贈送兩根葱管一般的指甲，當寶玉要把指甲藏起時，晴雯對他說道：「回去他們看見了要問，不必撒謊，就說是我的。既擔了虛名，越性如此，也不過這樣了。」這是晴雯生命的結束語，告別人間的最後宣言。這些語言，恰恰是教導寶玉要保持人的驕傲的語言。兩根指甲放射的光輝和這席話放射的光輝，不僅穿刺黑暗的王國而且也照亮寶玉的靈魂。如果說林黛玉是引導寶玉走向精神高山的第一女神，那麼，晴雯則是第二女神。

【五十二】

中國的史書，包括最優秀的如《史記》這樣的史書，都見不到偉大的女性。許多美麗能幹的女人，無論是身為皇后還是王妃，往往都是黑暗政治的「替罪羊」，為男人承擔歷史罪惡。從妲己到呂后到慈禧太后均是如此。在史家的筆下，功勞屬於男人，罪過屬於女人，男人創造歷史，女人污染歷史。《紅樓夢》中林黛玉卻一反老調，她所作的「五美吟」，為女人歌功頌德，為西施、虞姬、明妃、綠珠、紅拂等「尤物」樹碑，也為東施說話，着意破歷史之執。在她的清明的目光中，許多帝王將相，其實都不如一個小女子。陳寅恪先生作《柳如是別傳》，也暗示明末清初的許多名儒風流，其人格卻不如一個妓女。

《紅樓夢》中的「薛小妹」薛寶琴，屬曹雪芹尚未充分描寫、充分展開的人物，但她聰明過人已被賈母所發現，所以賈母格外寵愛她（讓她睡在自己的寢室裡），她作十首懷古絕句，從「赤壁沉埋水不流，徒留名姓載空舟」的調侃開始，質疑男人的歷史業績，但對馬援、張良、韓信、王昭君、楊貴妃等歷史人物充滿同情的理解，用的完全是一雙中性的眼睛。這種眼睛裡沒有功利的雜質，具有一種純粹、一種天然的公平與合情合理，比書齋裡的歷史學家更準確。歷史學家雖有知識，可惜眼睛常常被概念和利益所堵塞而狹隘化了。一狹隘就不合事實，也不合事理，其所謂「史識」，反而不是真見識。

【五十三】

拙著《面壁沉思錄》中曾說：孟子留給中國人最寶貴的精神遺產是教中國人如何面對苦難、面對幸福和面對壓迫。苦難中高潔的品格不能改（「貧賤不能移」）；富貴安逸中美好的人性不能墮落（「富貴不能淫」）；權勢壓迫下則要挺直人格的脊骨和保持人的驕傲（「威武不能屈」）。可是我們當今的中國人好像既不懂得面對苦難，也不懂得面對幸福。在繁榮富裕的今天，慾望無限膨脹，讓金錢麻醉全部神經，甚至連做人的心靈原則都沒有；至於在權勢面前，多數的世相是羊相和奴才相。然而，在《紅樓夢》中，我們卻見到了「威武不能屈」的女僕，這就是鴛鴦。當闊老爺賈赦企圖納她為妾的時候，她直面權勢，站立在榮國府的大廳之中當着眾人發出宣言：「就是老太太逼我，一刀子抹死了，也不能從命。」之後又以斷然一死向權勢者發出浩浩然的抗議。此宣言，此行為，此氣概，此人格，此「不自由毋寧死」的生命景象，正是專制黑暗王國裡的一道輝煌的閃電。中國當代知識人千百萬，不知能有幾個人能及這個小丫鬟。

【五十四】

《紅樓夢》中的女子一個一個自殺，有的伏劍自刎（尤三姐），有的吞金自盡（尤二姐），有的投井自墜（金釧），有的觸柱自亡（瑞珠），有的撞牆自毀（司棋），有的掛繩自縊（鴛鴦）等等。晴雯之死和林黛玉之死，雖不是自殺，但也是被自己的憂鬱與悲傷所殺，其重量也與自殺相等。

曹雪芹筆下的這些未被世俗塵埃所腐蝕的少女，都比男性更熱烈地擁抱生命自然，更愛生命本身。她們之中有的也很有文化，但對文化保持警惕，她們不受文化所縛，卻個個為情為生命自然而死。而《紅樓夢》中的男子除了潘又安這個「小人物」之外，沒有一個鬚眉男子為愛殉身。賈寶玉和柳湘蓮為愛遁入空門，已不簡單。和女子相比，男人在死亡面前，心情要複雜得多。他們有文化，不死的理由也「豐富」得多，包括「天生我材必有用」、「天將降大任於斯人也」等等理由，男人總是被慾望所牽制，被功名利祿所誘惑，對世俗世界有太多的迷戀，加上善於用各種主義、理念製造「精神逃路」，自然就不肯輕易赴死，而女子則不同，尤其是少年女子，她們對世界的迷戀往往簡化為對情感的迷戀，對情一旦絕望，就會勇敢面對死亡，該了就了。《紅樓夢》以死亡為鏡，更是照出女子為清、男子為濁的世界真面目。

【五十五】

《三國演義》、《水滸傳》、《封神演義》都把女人寫得很壞。《封神》把妲己寫成妖精，把女子的美貌視為罪惡，其「美麗有罪」的理念真是貽害無窮。而《三國》中的女子幾乎都是陰謀權術的工具，連最迷人的貂蟬也佈滿心機，奴性完全壓倒人性。更甚者是《水滸傳》，書中的潘金蓮、潘巧雲、閻婆惜等不僅是髒水，而且是禍水；不僅是禍水，而且是禍根；不僅是萬惡之首，而且是萬惡之源。更令人困惑的是，這之前的偉大歷史著作《史記》，也把女人寫得很壞，巨卷中的秦姬、呂后、竇太后等都是一肚子毒水壞水。這些著作都設置一個道德專制法庭，對女子進行殘酷的審判。《紅樓夢》與前人不同的是，它撕毀了這個法庭並批判這個法庭。賈寶玉、林黛玉的觀念行為不符合儒教倫理，但符合個性創造倫理，不合道德專制，卻合道德真情。因此，林黛玉既是「美」的極致，「才」的極致，又是「好」的極致。俄國卓越的思想家別爾嘉耶夫在名著《人的使命》中確立「個性創造倫理」，肯定自由嚮往的合理性，他的思想與曹雪芹的思想完全相通。倘若他讀《紅樓夢》，那他將找到最偉大的例證。

【五十六】

《紅樓夢》的人物個個活生生，都不是理念的化身，但是，一些主要人物，卻折射着中國諸種大文化的生活取向與精神取向。以女子形象而言，林黛玉折射的是莊禪文化，薛寶釵折射的是儒家文化，史湘雲折射的是名士文化。賈母表面上是儒家文化，內心深處則不以儒為然，她很會偷閑很會及時行樂，人情練達又活得瀟灑，心裡深藏着對自由的認同，所以她與其子賈政（賈府中的孔夫子）常有衝突，倒是十分寵愛甚至理解孫子賈寶玉。與上述取向不同，王熙鳳和探春倒是有點法家氣概，尤其是探春，一旦讓她「執政」（一度與李紈、寶釵共理家政），便着手改革，做出了興利除弊的事來。她給王善保家的一個巴掌，是典型的法家文化的一巴掌。與「參政」一極相反的佛家文化則由妙玉所折射，但是，佛家流派眾多，妙玉崇尚的經典，大約屬於唯識宗。曹雪芹對此宗並不太以為然，所以說她「云空未必空」。賈寶玉和其他女子形象的文化含量，不僅其他文學作品難以比擬，即使是四書、五經，也難以比擬。中國文化的大礦藏並不在四書五經中，而在《紅樓夢》中。

【五十七】

中國的女人（不是少女）也罷，男人也罷，最後都變得太聰明，太伶俐。王熙鳳的悲劇就是變得太聰明的悲劇。儘管她很能幹，也很有趣，但不可敬可愛。對於她的死，人間不會痛惜。與王熙鳳相比，賈寶玉、林黛玉、晴雯、鴛鴦等也很聰明，但他們的心靈中卻保留着質樸的東西，這就是生命之初的那一片「混沌」，那一派天真、天籟與傻氣，那一副遠離世故、遠離機謀、遠離偽善的赤子心腸。老子呼喚要復歸於樸，從表層上說，是呼喚從奢華的追求回到簡樸的生活；從深層上說，則是呼喚心靈要回到沒有機謀的狀態，守住質樸的內心。王熙鳳雖聰明，但歸根到底是小聰明。秦可卿臨死之際託夢給王熙鳳，告訴她「盛宴必散」的道理，但王熙鳳不可能對此大徹大悟，因為她只有生存的小技巧與小算計，只知「小道」，不知「大道」。

【五十八】

妙玉與林黛玉、晴雯等女子相比，似乎有一層朦朧的包裝，缺乏天真天籟，不如黛、晴率性可愛，但她畢竟也是生命一絕。她冷而不冷，熱而不熱，自稱「檻外人」，卻有無限情思，對賈寶玉心存一片暗戀之情。她有「潔癖」，高潔的品性是無可懷疑的，她出身讀書仕宦之家，是個知識分子，也預示着知識分子的普遍命運：檻外的地位是保不住的。你想守身如玉，但強權所主宰的世道人心不允許。最高潔的身軀，最終被最骯髒的蒙面盜賊所奸污。世界那麼大，但不給「檻外人」一點存活的空間。

然而，妙玉總是有一種精神優越感。她把寶玉、黛玉、寶釵請到櫳翠庵品茶，說：「一杯為品，二杯即是解渴的蠢物，三杯便是飲牛飲騾了。」在她的內心裡，不僅是「什麼為品」，而且是「什麼為極品」。她正是一個以極品自居即自視為人群之極品的人。所以當黛玉隨便問一句「這也是舊年的雨水？」她便冷笑道：「你這個人，竟是大俗人，連水也嚐不出來？」沒說上幾句話，就讓人感到她把自己凌駕於他人之上，難怪黛玉在她面前渾身不自在，「不好多話，亦不好多坐」，喝完茶，便約寶釵走了。其實，不僅是妙玉，凡是把自己定位為「極品」的人，無論是定位為道德極品還是定位為學問極品，都是一種居高臨下的專制人格和專制心理，動不動就說別人不行。許多知識分子都有這種壞脾氣。

【五十九】

賈寶玉面對晴雯的亡靈，寫了《芙蓉女兒誄》。其面對晴雯的心境與聶赫留道夫（托爾斯泰小說《復活》的主人公）面對瑪絲洛娃的心境大致相同。儘管瑪絲洛娃當了妓女而晴雯還是一身乾淨，但是賈寶玉與聶赫留道夫一樣，也意識到自己給一個純正的女子造成巨大不幸，自己負有罪責。聶赫留道夫在瑪絲洛娃面前下跪請求寬恕，而賈寶玉在晴雯亡靈面前也熏香禮拜，抒發一片負疚之情。《芙蓉女兒誄》的悲情痛徹肺腑，感天動地。詩人的悲情與罪感不是留在口裡，而是深深切入了生命。聶赫留道夫的罪感與不安也進入了生命，惟有切入進入生命的痛苦才是具有詩意的痛苦。

曹雪芹通過打開林黛玉的內在生命進入永恒。賈寶玉在創作《芙蓉女兒誄》時也通過打開晴雯的心靈進入永恒。托爾斯泰則通過瑪絲洛娃這個具象，實現了慈悲、仁厚、謙卑這些永恒的情感。他在打開瑪絲洛娃這一生命的瞬間踏入了永恒的天國。抽象的永恒沒有意義，失去當下的個體生命，永恒就失去基石。人道、人權、自由、解放、烏托邦等很容易變成空話與謊言，就因為在大概念之下往往沒有對當下個體生命的充分尊重與關懷。

【六十】

賈寶玉從哪裡來？到哪裡去？一塊石頭發源何處，又將被拋向何處？宇宙無終無極，浩瀚中的一粒塵埃，如何考證它的去處？它應當也是無終無極。賈寶玉與甄寶玉，哪個是真、哪個是假？假（賈）的說着真話，真（甄）的說着假話。假作真來真作假，原是無真無假。林黛玉的悲劇是善的結果，還是惡的結果？王國維問：是幾個「蛇蝎之人」即幾個惡人的結果嗎？回答說：不是，是共同關係的結果，即共同犯罪的結果，在「共犯結構」中，所有榮國府的人都在參與製造林黛玉的悲劇，榮國府內外的一些大文化也在參與。連最愛林黛玉的賈寶玉和賈母，也是「罪人」。然而，這是無罪之罪，無可逃遁的結構性之罪。這種罪是惡還是善，應是無善無惡。說無善無惡、無是無非，不是說曹雪芹不知有善惡不知有是非，而是說，小說呈現社會人生時，作者超越了是非、善惡等世俗認識的糾纏，不作善惡裁決者，只作冷觀者與呈現者。

【六十一】

文學中因果報應的模式，代聖賢立言的模式，都是通過一個情節暗示一種道德原則。《金瓶梅》的色空，是因果報應的色空。西門慶為色而亡，也是一種暗示。這是世間因緣法的暗示。而《紅樓夢》的色空則超越此法，無因無果。它悟到一切都是幻相，一切都會過去，一切都歸於空無，惟有真情真性是最後的實在。《紅樓夢》有哲學感，《金瓶梅》則沒有。

從精神內涵說，《紅樓夢》具有「慾」、「情」、「靈」、「空」等四個維度。而《金瓶梅》只有「性」與「情」二維，而且向着「慾」傾斜。在傾斜中雖也暗示「生活無罪」（也可說「慾望無罪」）的意念，但「情」的維度很微弱，「靈」與「空」的維度則幾乎沒有。王國維發現《紅樓夢》的宇宙境界，可惜他的《紅樓夢評論》未充分開掘此一境界的內涵，也未充分開掘「靈」與「空」的內涵，反而把注意力放到較低層面的「慾」。這不能不說是王國維「評紅」的缺陷。

【六十二】

卓越的文學作品，其人物都是一座命運交叉的城堡，其命運總是有多重的暗示。不管是名教中人還是性情中人，都本着自己的信念行事，做的本是無可無不可的事，善惡該如何判斷？名教賦予薛寶釵以美德，但美德也帶給她不幸。她有修養，會做人，什麼事都順着他人，這本是一種善，然而，善也會帶來不善。金釧兒投井死了，這是王夫人的責任。當王夫人訴說此事時，薛寶釵如果不加附和而讓王夫人難受，是不孝；而如果順着王夫人而附和，則是不仁：對死者沒有同情心。賈寶玉也是命運交叉，他是性情中人，愛一切美麗的少女，又特別愛林黛玉。愛得博本是好事，然而一旦博就難以專。林黛玉則只愛一個，專是專深了，可就愛得不博，那麼，到底是「博愛」善還是「專愛」善呢？其實各有各的暗示。賈寶玉性情好，好到無邊就可能懦弱，高鶚寫他反抗不了老祖母和父母親的婚姻安排，導致林黛玉的悲劇命運，未必不妥當。

【六十三】

政治閱讀者追究「誰是兇手」，一會兒追到賈政，一會兒追到薛寶釵與王夫人，這種追究全是白費力氣。以往的佛典用因果觀念解釋萬物萬有，世界無非一因緣；今日的「紅學」用階級因果法解釋萬物萬象，又說世界無非一根源（階級根源）。解釋《紅樓夢》的悲劇全用世間法、功利法，非得找出是非究竟不可，就像訴諸法庭，非判個勝負、非查個水落石出不可。可是賈寶玉早已看透這世間法庭，他逃離恩怨糾葛，出家做和尚，身出家，心更出家，而且早就出家。曹雪芹比所有筆下的人物都站立得更高，他揚棄世俗視角，用宇宙遠方多維的大觀眼睛看世界。只觀看，只呈現，不作裁決者，不設立任何政治法庭與道德法庭。

【六十四】

賈寶玉、林黛玉和大觀園女兒國裡的少女，好像是來自天外的智能生物，美麗的星外人。她們嘗試着到人間來看看玩，但是，她們最後全都絕望而返。這個人間太骯髒了！所有的生物都在追逐金錢、追逐權勢，這一群吃掉那一群，竟滿不在乎，甚至還在慶功、加冕、高歌。於是，美麗的星外人終於感到自己在人間世界生活極不相宜。她們在天外所做的夢在地球上破碎了。於是，她們紛紛逃離人間，年紀輕輕就死了。賈寶玉雖然活着，可是眼睛常發呆常迷惘，發呆的內涵大約也是：這個地球怎麼像是地獄？到地球走一回怎麼像是到地獄走一回？

【六十五】

賈寶玉原先不徹不悟，喜聚不喜散，喜「好」不喜「了」，喜色不喜空，到了後來，就悟到「了」就好，色即空，人間沒有不散的宴席。能對「了」有所領悟，便有哲學。中國的禪宗，便是悟的哲學。沒有佛教的東來，就沒有禪，就沒有《紅樓夢》。禪宗哲學，正是曹雪芹和古代中國許多聰慧知識分子的世界觀。黛玉死後，寶玉不與寶釵同床而在外間住着。他希望黛玉能夠走進他的夢境。但兩夜過去，「魂魄未曾來入夢」，寶玉為此感到憂傷。夢是幻相，不是色。斷了色，卻斷不了生之「幻相」。斷了塵緣並不等於斷了生緣。這與武士道的「一刀兩斷」不同：武士道斷了色，也斷了空。

人生成熟的過程就是「看破紅塵」的過程，即看破一切色相的過程。把各種色相都看破，把物色、財色、官色、美色、器色都看穿，從色中看到空，從身外之物中看到無價值，便是大徹大悟。《紅樓夢》的哲學要旨就在於看破色相。看破色相，是幻滅，又是精神飛升。活着有無意義？存在有無意義？倘若有意義，這意義便是徹悟，便是對色世界的清醒意識。

【六十六】

無求亦就無傷。有所求便有所傷。賈寶玉原來什麼都有，無所需求，也就無可傷害。而他一旦求愛，便被愛所傷。當他失去了林黛玉時，傷心傷感得又癡呆又迷惘。林黛玉也是有所求，熱烈追求知己，反被知己所傷。她求愛求得最真摯，最專一，結果被愛傷得最慘重，最徹底。不僅傷了身體，還傷了靈魂。她最後焚燒詩稿而死，連最真純的詩句也受了傷。

【六十七】

當歷史把賈寶玉拋入人間大地的時候，他也許還不知道，這片大地是一片汪洋，他是找不到歸宿的。在汪洋中，林黛玉是惟一可以讓他寄託全部情思的孤島。然而，這一孤島在大洋中是不能長存的。滄海的風浪很快就迫使她沉沒。這一孤島消失之後，賈寶玉的心靈再也沒有地方可以存放。於是，他生命中便只剩下大孤獨與大彷徨，最後連彷徨也沒有，只能告別人間。

【六十八】

因為有死亡，時間才有意義。有死亡，才有此生、此在、此岸。假如人真的可以永垂不朽、萬壽無疆，真的沒有死亡之域，那麼，壽命的多寡便沒有意義。因為人的必死性才使生命的短暫成為人的遺憾。林黛玉在葬花時意識到生命必死，所以她才有那麼多憂傷和感嘆。如果林黛玉是個基督教徒或佛教徒，大約就沒有這種感嘆。基督教徒彷彿為死而生，即生乃是為死後進入天堂作準備，林黛玉不是為死作準備，因此總是感慨人生的短促、無望、寂寞，沒有知音。林黛玉的骨子裡是熱愛生活的。

【六十九】

鴛鴦之死與瑞珠之死表面上都是殉主的忠孝行為，其實兩人的死亡卻不同質。瑞珠純粹是盡孝，完全屬於「道德死」；而鴛鴦的死，則是情的幻滅，屬情感的「絕望死」。她儘管受賈母的寵愛，但身份畢竟低微，賈母在世，賈赦要她作妾，她還有避風港。賈母一死，她肯定逃不出賈赦的妄念妄為；而她所暗戀的那個人，則只能永遠埋在心底，絕無出頭之日，這樣，還不如以死了斷一切。她的這種悟，通過死前靈魂與秦可卿的魂魄相遇而表現出來。秦可卿此時已不是「蓉大奶奶」，而是警幻仙子，她對鴛鴦說：「因我看破凡情，超出情海，歸入情天，所以太虛幻境癡情一司竟自無人掌管。今警幻仙子已經將你補入，替我掌管此司，所以命我來引你前去的。」鴛鴦之魂道：「我是個最無情的，怎麼算我是個有情的人呢？」秦氏道：「你還不知道呢？世人都把那淫慾之事當作『情』字，所以作出傷風敗化的事來，還自謂風月多情，無關緊要。不知『情』之一字，喜怒哀樂未發之時便是個性，喜怒哀樂已發便是情了。至於你我這個情，正是未發之情，就如那花的含苞一樣，欲待發洩出來，這情就不為真情了。」鴛鴦聽了點頭會意，便跟了秦可卿而去。鴛鴦之死，與其說是盡孝，不如說是盡「情」。鴛鴦之情真如含苞之花，而這種含苞待放的感情未被泥濁世界所污染，倒是獲得永遠的真純。她以死而及時終了自己的人生，反而保持了含苞的情感美。此時，自我毀滅乃是自我保護，滅乃是不滅，這是另一形式的「生死同狀」（莊子語）。

【七十】

《紅樓夢》人物的死亡，除了如賈母等的「自然死」之外，還有其他幾種不同的情狀。最低級的死亡是「虛妄死」，也可稱為誤死兇死，如賈瑞的思淫虛脫而死，趙姨娘的中邪而死，夏金桂的誤毒自身而死，這些人都是妄人，死得很慘也很醜。賈瑞死時沒有人樣，「汗津津的，身子底下冰涼漬濕一大灘精」；金桂死時「鼻子眼睛都流出了血，在地上亂滾，兩手在心口亂抓，兩腳亂蹬，話說不出來，只管直吐亂叫」；趙姨娘死時跪在地上叫饒叫疼。「眼睛突出，嘴裡鮮血直流，頭髮披散，而且聲音也暗啞起來，居然如鬼嚎一般。」與「虛妄死」完全不同的是自覺死。這種死亡具有三種不同境界：一是「道德死」，即殉主而死，如秦可卿的丫鬟瑞珠。二是「情意死」，即殉情而死，如晴雯、司棋，其死不是「道德」，而是反道德——抗議道德專制。三是「徹悟死」，即看透人生憂鬱而死，如林黛玉、尤三姐，尤三姐不是殉情，而是「恥情而覺」，有一種看透情的覺悟。林黛玉更是如此，她死時看透一切假相，燒掉詩稿，不僅看透，而且也不給人間製造新的假相。既然稱第一類為「道德死」，第二類不妨稱為「文學死」，第三類則可稱為「哲學死」。最後這兩種死亡都是詩意死亡。依據這種分類，鴛鴦是屬於殉主死，還是殉情死？王熙鳳是屬於自然死還是虛妄死，則必定會有爭論。但把鴛鴦視為殉主死，肯定是荒謬。

【七十一】

《聖經》的《雅歌》中說：「愛，如死亡一般強。」到底是愛比死亡更強，還是死亡比愛更強，這始終是個爭論不休的哲學問題。說死亡比愛強，這是對的；說愛比死亡強，也是對的，兩個命題都符合充分理由律。我們很難回答這個問題：是朱麗葉與羅密歐的愛戰勝了死亡還是她與他的愛被死亡所戰勝？從表面上看，曹雪芹的回答是死亡才是最強者，一死什麼都「了」，一死一切皆空，包括愛也是空的。但從深層上看，曹雪芹所經歷、所體驗的愛又是不朽的，他的所有最美麗的人生感慨全在愛之中，他所寫的愛的故事又是天長地久的，而他本身也相信，這些女子的故事是不朽不滅的。閱讀《紅樓夢》，最後會覺得：死亡固然剝奪了林黛玉、晴雯等少女的生命，表現為強者，但林黛玉、晴雯生命終結之後又遠離了死亡，她們的愛仍在生命長河中流動，死亡並未止住這一流動。這，也許正是絕望中的希望。

【七十二】

黑格爾認為，死亡是向「土」的要素回歸，死者回到要素的簡單存在之中。林黛玉在葬花時意識到自己將像落花一樣向「土」回歸，賈寶玉不知道能否意識到自己將向「石頭」回歸。能向簡單要素回歸的生命才正常。一些偉人拒絕向簡單要素回歸。所以他們死後就建金字塔、皇陵，幻想回歸到另一天堂。但他們的屍首畢竟也是僵冷的石頭。回歸豪華只是幻相，「復歸於樸」（老子）才真實，才美好。復歸於簡樸的生活不容易，復歸於質樸的內心更難。林黛玉的「質本潔來還潔去」，最難的是回到高潔的心性，回到絳珠仙草那種原始的純樸。

【七十三】

形體是暫時的，盛席華宴是暫時的。圓滿與榮耀在時間的長河中留居片刻的可能性是有的，但僅僅是片刻。時間本身是最大的敵人，一切都會被時間所改變、所掃滅，包括繁榮與鼎盛。曹雪芹在朦朧中大約發現了時間深處的黑暗內核，這一內核有如宇宙遠方的黑洞，它會吞食一切。《紅樓夢》寫盡了虛榮人生的荒誕性。人必死，席必散，色必空，也就是最後要化為灰燼與塵埃。明知如此，明知沒有另一種可能，卻還是日勞心拙地追逐物色、財色、女色，追求永恒的盛宴，幻想長生不老（如賈敬），於是，就構成一種大荒誕。夢醒，就是對這一大荒誕的徹悟。

秦可卿死前就有這種徹悟，所以她託夢給王熙鳳，告訴她「盛筵必散」的道理。並警告她「萬不可忘了」。這是秦氏給她曾經寄寓的貴族府第的「盛世危言」，也是給王熙鳳的「喻世明言」，但王熙鳳聽不懂，更不能領悟，所以她最後的下場很慘。秦可卿死時享盡「哀榮」，葬禮有如「鮮花着錦之盛」，王熙鳳死時則淒淒切切，只有被鬼糾纏的恐懼與托孤給劉姥姥的極端淒涼，真是「昏慘慘似燈將盡」。

【七十四】

作家李銳發現：中國兩百多年來三個大作家有絕望感。這三個作家是曹雪芹、龔自珍、魯迅。曹雪芹確實感到絕望。他除了看到人性中不可救藥的虛榮與其他慾望乃是空無之外，還看到一切均無常住性，所有的「好」都會「了」，所有的聚都會散，所有嬌艷的鮮花綠葉都會凋謝，所有的山盟海誓都會瓦解。在他的悟性世界中，沒有「相」的永恒性，連賈寶玉與林黛玉這種「木石良緣」也非永恒，「天長地久」的願望在他鄉，唯其有限生命的悲劇永遠演唱着。時間沒有別的意義，只有向「了」、向「散」、向「死」固執地流動。曹雪芹從這種流向中感受到一種根本性的失望，也就是絕望。在當代學人們的直線時間觀中，這種流向裡還蘊涵着「進步」的意義，於是，他們總是滿懷希望。而曹雪芹看不到「進步」，只看到一切無常無定的變動之後，乃是白茫茫一片真乾淨。然而，曹雪芹也有「反抗絕望」的另一面，他的寫作，他的「花不要謝，少女不要落入泥潭」的夢，便是反抗。

【七十五】

《紅樓夢》的人物，最後遁入空門的有賈寶玉、柳湘蓮、妙玉、惜春、紫鵑、芳官等，但「入空」的境界則不同。賈寶玉屬於「大徹大悟」，他經歷情感與心靈的巨大折磨後，悟到一切色相皆是空，即色世界既是泥濁的「有」又是白茫茫一片的大虛「無」，他自己只是色世界中的一個過客和陌生人，始於癡，止於悟，由色入空。而柳湘蓮、妙玉、紫鵑三人，則是

「小徹小悟」。他們雖「看破紅塵」，走出世俗泥濁世界，但卻未像寶玉那樣悟到世界的本體就是空無，走入空門仍是對故鄉（精神本源）的回歸。而惜春「入空」則幾乎是「不徹不悟」，她的出家完全是功利打算，屬於「不得已」。且聽她的心裡獨白：「父母早死，嫂子嫌我，頭裡有老太太，到底還疼我些，如今也死了，留下我孤苦伶仃，如何了局？想到：迎春姐姐折磨死了，史姐姐守着病人，三姐姐遠去，這都是命裡所招，不能自由。獨有妙玉如閑雲野鶴，無拘無束。我能學他，就造化不小了。但我是世家之女，怎能遂意。這回看家已大擔不是，還有何顏在這裡。」惜春出家的理由，全是推諉責任及守住面子等世俗理由，而且全是被動的理由，與「悟」沾不上邊。

紫鵑隨惜春進了櫳翠庵，卻比惜春看得透，黛玉死後她對寶玉總是冷冷的，更不必說其他人間熱情。她遁入空門，比惜春更主動、更真實。雖說她的徹悟不能算深，但可算「真」。而惜春仰慕的妙玉，雖如閑雲野鶴，但她的出家也只是因為自幼多病，為了擺脫病魔的糾纏。出家之後，雖極清高，卻沒有寶玉的大慈悲。她只看得起像寶玉這樣的貴族公子，而對劉姥姥，則連她碰過的杯子也趕緊扔掉。曹雪芹評她「云空未必空」，十分恰當。所以不能算「大徹大悟」。

【七十六】

《紅樓夢》對少女的謳歌毫無保留，對少年男子則有很多保留。在那個崇尚名位的社會裡，少年男子即使未婚，也得從小就被訓練成善於追名逐利的社會動物。他們要為踏進仕途之門而準備，接受早已成為社會「通識」的人生理念，難以像少女們那樣，天然地站在名利場的彼岸。寶玉出家之前，最後一次給他心靈以沉重打擊的是兩個優雅的貴族少年，一個是與他同名同貌的甄寶玉；一個是他的小侄兒賈蘭。未見甄寶玉之前，賈寶玉滿心希望，以為這個同貌同名的少年一定也與自己同心同質，可以引為知己。哪知道一見面，便發現甄寶玉滿口飛黃騰達的酸話套話，而年紀輕輕的賈蘭則拚命附和，與甄寶玉一拍即合。少年男子尚未進入國賊祿鬼之列，身上就已開始生長濁物的纖維和細菌。少年預示着社會的未來，聰慧的寶玉自然會從他們身上看到無底的泥濁世界的深淵，由此，他更是得及早逃亡。

【七十七】

基督教有拯救，所以死亡便失去它的鋒芒；佛教有涅槃，所以死亡也失去它的鋒芒；近代的烏托邦設計倘若有天堂，死亡也會失去它的鋒芒。曹雪芹沒有拯救的神聖價值觀念，也沒有涅槃的確認，警幻仙境也不是烏托邦的理想國，因此，他筆下的死亡仍有各種鋒芒。死亡依然是沉重的，死亡後有大哭泣與大悲傷。《紅樓夢》有慈悲情懷，但無救世情結，說賈寶玉是未成道的基督，是說他是大愛者，不是說他是救世主。所有的眼淚都流入大愛者心中，因此，《紅樓夢》是中國最偉大的傷感主義作品。

【七十八】

只要人生存於非人性的物質世界之中，他（她）就注定要處於黑暗之中。因為物質世界與人性是對立的，它總是要按照自己的尺度來規範人性、剪裁人性。即使這一物質世界是瓊樓玉宇，富麗堂皇得如宮廷御苑，賈元春還是準確地告訴自己的父母兄弟：那是不得見人的去處。宮廷不是人的去處，榮國府、寧國府何嘗就是人的去處？幸而有個大觀園，可讓賈寶玉和乾淨的少女們有個躲藏之所，然而，生活在大觀園裡的林黛玉、晴雯，還是一個一個死亡。人生本就無處逃遁，注定要在黑暗中掙扎。真摯的友情與愛情所以重要，就因為它是無可逃遁的世界中惟一可以安放心靈的家園與故鄉。這一故鄉的毀滅，便會導致絕望。林黛玉絕望而死，是她發現惟一的家園——賈寶玉，丟失了。

【七十九】

李澤厚在《論語今讀》中說：中國的「聞道」與西方的「認識真理」並不相同。後者發展為認識論，前者為純粹「本體論」：它強調身體力行而歸依，並不重對客體包括上帝作為認識對象的知曉。因而，生煩死畏，這種「真理」並非在知識中，而在於人生意義與宇宙價值的體驗中。「生煩死畏，追求超越，此為宗教；生煩死畏，不如無生，此為佛家；生煩死畏，卻順事安寧，深情感慨，此乃儒學」（《論語今讀》第一百零六頁，香港天地圖書公司）。《紅樓夢》的哲學觀念偏重於佛家禪宗：生煩死畏，一切皆空，早知今日，何必當初？何必當初讓石頭通靈，到人間來走一遭，還不如回到大荒山中或茫茫無盡的宇宙深處。《紅樓夢》裡佛光普照。然而，《紅樓夢》在反儒的背後卻有「深情感慨」的儒家哲學意蘊，它畢竟看重人，看重人的情感，把情感看作人生的最後的實在：一切都了情難了。

【八十】

每次閱讀描寫秦可卿隆重的出殯儀式，就想起死的虛榮。人類幾乎不可救藥的虛榮不僅化作生的追逐，也化作死的顯耀。由此，又想起托爾斯泰的《戰爭與和平》。安德烈在奧茲特里茨的戰場上負了傷之後，凝望着高高的天空。天空既不是藍色的，也不是灰色的，只是「高高的天空」。托爾斯泰接着寫道：「安德烈親王死死地盯着拿破崙，想到了崇高的虛榮、生命的虛榮，沒有人能理解生命的意義，他還想到了死亡那更大的虛榮，沒有一個生者能夠深入並揭示它的意義。」然而，曹雪芹揭示了它的意義，這就是虛榮的空無與虛無，如同高高的天空並非實有。曹雪芹描述死者生前生活在大豪華的權貴家族裡，然而，寂寞、虛空、糜爛，沒有意義。與失去生的意義相比，隆重的出殯儀式，更是失去死的意義：屍首還在被利用——被虛榮者製造假相。於是，死的虛榮便有雙重的不和諧。

【八十一】

賽珍珠從小生活在中國，並貼近中國社會底層。她敏銳地發現，中國婦女生活在兩道黑暗之中，後邊是黑暗，這是傳統的輕蔑婦女的理念；前邊也是黑暗，即等待着婦女的是生育的苦痛、美貌的消失和丈夫的厭棄。曹雪芹早已發現這兩道黑暗，而且還發現，天真的少女可以生活在這兩道黑暗的夾縫之中，於是，他一面鼓動少女反叛背後的那一道黑暗，不要理會三從四德的說教，應讀《西廂記》；一面則提醒她們不要走進男人的污泥社會。所以他心愛的女子林黛玉就在這一夾縫中度過，既反叛後邊的黑暗，又未進入未來的黑暗。

【八十二】

夢是黑暗的產物。黑夜裡的夢五彩繽紛。白日夢也是在閉上眼睛、進入黑暗之後才展開的。人處於無望與絕望中時，主體的黑暗被一束來自烏托邦的美妙之光所穿透，於是，黑暗化作光明，絕望被揭示為希望。警幻仙境、女兒國，就是烏托邦的光束。曹雪芹在所有的夢都破滅之後還留着這最後的一夢。

中國的夢是現實的。仙境也是現實的，只不過是比現實更美好一些。秦可卿死時寄夢給王熙鳳，林黛玉死後賈寶玉希望她能返回他的夢境，這都是現實的。中國只有現實的此岸世界，沒有西方宗教文化中的彼岸世界。

【八十三】

人生很難圓滿。出身再高貴，氣質再高潔，總難免要走進世俗濁流世界。曹雪芹最惋惜的是那些冰清玉潔的少女，最後也得落入男人社會的泥潭。人間的女強人，世俗社會在恭維她，但詩人則暗暗為之悲傷。文學最怕姑娘變成「鐵姑娘」，女人全是「女強人」。女子的強悍與雄性化，足以毀滅文學的審美向度。女權主義於社會學有意義，於文學則危害極大。

【八十四】

《紅樓夢》中最多情的女子是林黛玉，但她憂憤而死。《紅樓夢》中最單純的女子應是晴雯，也憂憤而死。《紅樓夢》中最清高的女子應是妙玉，但她被玷污而死。最美的生命獲得最壞的結果，這就是中國社會。黛玉、晴雯、妙玉，都是心比天高的詩化生命。她們追求詩化的生活，並不要求他人也如此生活，可是世俗社會卻看不慣，要求她們如多數人一樣生活，於是，衝突發生。《紅樓夢》正是一部詩化生命在僵化社會中活不下去的悲劇。

《紅樓夢》寫情的美好，也寫情的災難。寶玉滿懷人間性情，他愛一切人，特別是愛至真至美的少女，但一切和寶玉相關的女子，無論是關係深的（如黛玉、晴雯），還是關係淺的（如金釧）都蒙受災難。賈寶玉的大苦悶與大煩惱正是因為他面對人間苦難而愛莫能助。所謂良知，就是意識到他人的苦難與自己相關，即意識到自己對苦難負有責任。寶玉的「發呆」，是意識到責任又不知道如何是好。

【八十五】

林黛玉到人間，只是為了償還眼淚。淚是她的生命本體，也是她的另一形式的詩篇。她的故鄉在遙遠的青埂峰下，而不是在中國江南。在人間她是一個異鄉人，一切都使她感到陌生，極不相宜。加繆《異鄉人》中的默爾索，生活在故鄉也如同異鄉，與社會格格不入。他對周圍的一切，對所謂信仰、理想甚至母親、情人都極為冷淡。他的母親死了，照樣尋歡作樂，滿不在乎。林黛玉對世俗世界也冷漠到極點，但她不同於默爾索，她對情感執著、專注，把真情真性視為至高無上，是一個「情感先於本質」的存在主義者，情感就是她的存在根據和前提，而且也是存在的全部內涵。除此之外，一切都是虛空，一切都無價值，而且可能是負價值。

【八十六】

林黛玉為自己舉行了兩次精神祭奠：一次是「葬花」，一次是「焚稿」。這既是林黛玉的行為語言，又是曹雪芹的宇宙隱喻。葬花除了行為語言之外，還有精神語言，這就是《葬花詞》，兩者構成悲愴到極點的心靈告別。行為是葬禮，《葬花詞》是輓歌。「焚稿」也可作如是解釋，詩稿如花，焚如葬。葬花只是排演，焚稿則是真的死亡儀式。她是純粹的詩人：詩就是生命本身，詩與生命共存共亡，作詩不是為了流傳，而是為了消失——為了給告別人間作證。

【八十七】

葬花，是林黛玉對死的一種解釋。她固然感慨生命如同花朵一樣容易凋殘，然而，她又悟到，花落花謝的性質是很不相同的。因此，她選擇一個瞬間及時而死，並選擇「質本潔來還潔去」的潔死，在走入男人世界的深淵之前就死。「潔死」，是對男人社會的蔑視與抗議。既然人生只是到他鄉走訪一趟，既然只是匆匆的過客和漂泊者，怎能在返回遙遠的故鄉時，帶着一身污垢？如果說，賈寶玉還欠着林黛玉的債，那麼，林黛玉則什麼都不欠，也不再欠寶玉的債了（淚已盡了）。她無愧是潔來潔去，來時是玉，去時還是玉。

【八十八】

人終有一了、一散、一死。死後難再尋覓，難再相逢，所以相逢的瞬間才寶貴。也正是人必有一了、一散、一死，所以生前對身外之物的追求，才顯得沒趣。生命的瞬間性、一次性，少女青春的無常駐性，使情感顯得珍貴，卻為人生注入無盡的憂傷。

林黛玉因為感悟到生命之美的絕對有限，所以很悲觀。她不信任青春，也不信任愛情。在人間，賈寶玉是她「惟一的知己」，這是絕對的「惟一」。但她知道，寶玉雖然愛她，卻不像她只愛一個人。他是個博愛者，僅有的一顆心分給許多女子，即使沒有她，他也還有許多寄託。二十世紀張愛玲寫《傾城之戀》，也表明自己對愛情的不信任。對愛傾注全部生命全部心靈全部眼淚卻無法信任愛，這才是深刻的悲哀。

【八十九】

青埂峰下的一塊石頭，獲得靈魂之後，不知穿越過多少時間與空間，才來到人間。賈寶玉在本質上是個宇宙的流浪漢。林黛玉告訴他「無立足境，是方乾淨」，乃是對他的根本提醒。接受林黛玉提醒的寶玉，終究要走向與泥濁世界拉開長距離的遠方，沒有人能留住他，薛寶釵的溫馨美貌，襲人的殷切柔情，都不能留住他。他的生命一定要向前運行，在如煙如霧的神秘時空中運行，在絕望與希望的交替中運行，他注定要辜負許多愛他的人。流浪漢和漂泊者的生命注定不屬於任何一個人。

【九十】

《紅樓夢》沒有譴責。包括對那個被紅學家們稱為「封建主義代表」的賈政也沒有譴責。對賈母、王熙鳳、王夫人等也沒有譴責。作者以大愛降臨於自己的作品，即使對薛蟠、賈環這種社會的劣等品，也報以大悲憫，諷刺與鞭撻中也有眼淚。大作家對人只有理解與關懷，沒有控訴、仇恨與煽動。然而，曹雪芹並不迴避黑暗，他揭露、書寫種種人性的黑暗狀態。賈府裡的一群老媽子，嘰嘰喳喳，窺伺大觀園裡的動靜，渴望抓住一個「姦夫淫婦」以立功受賞。只要她們掌握一串鑰匙或一扇門戶，就會利用手中這點最卑微的權力頤指氣使，吆喝擺佈他人。她們也講道德，可惜這是奴才道德。這些人雖處於社會底層，也是社會黑暗的一角。賈府的專制大廈，也靠她們支撐。

【九十一】

現實主義、浪漫主義無法說明《紅樓夢》。《紅樓夢》作為偉大的小說，首先打破「法執」，決不執於一念一說一種「主義」。它是一個任何概念都涵蓋不了的大生命、大結構。它是大現實，每一個人物的出路都安排得那麼周密，以至後人無法改變。它是大浪漫，其大憂傷、大性情、大夢境全都超越世間。此外，它又是大荒誕：美好生命沒法活，醜陋生命很快活。

《紅樓夢》的文學方式，不是「聖人言」的方式，而是「石頭言」、「賈雨村言」（假語村言）和所謂「滿紙荒唐言」的方式。作者把自己嘔心瀝血寫成的絕世文章，稱為荒唐之言，不是自虐，而是為了解構聖人的話語權威與自我權威，揚棄濟世色彩與訓戒色彩，使小說滿紙全是個人的聲音，內心的聲音。《紅樓夢》是偉大的文學，又是低調的文學。

【九十二】

誤以為宮廷是天堂，便削尖腦袋進入宮廷，忘記宮廷也是地獄。賈元春省親時對着自己的父老兄弟說了一句心底的大實話：宮廷是「見不得人的去處」。那個地方擁有最高的權力，但也燃燒着最高的慾望和生長着最高的野心。皇帝重臣且不說，連被閹了的太監也慾望燒身。去勢後還是充滿權勢慾，以至形成爭權奪利的「閹黨」，形成魏忠賢一類的畸形統治。閹人尚且如此，更何況其他重臣權貴。沒有一個朝代的宮廷不是佈滿刀光劍影並留下血腥的故事。用男人的慾望眼睛看宮廷是看不清的，賈元春用的是女子眼睛，於是看出那是一個正常人無法生存的地方。

【九十三】

戰爭，是人發動的；歷史，是人推動的。這個「人」，歷來都是男人，至少可說絕大多數是男人。沒有見過女子發動過大規模的征戰，也沒有見過女人自誇是世界的救世主。那些刻意創造歷史，刻意在歷史上立功、立德、立言的都是男子，甚至最重要的歷史書籍也是男子寫的。由此，可見女子乃是歷史中的自然，尤其是少年女子，更是歷史的「檻外人」。因此，用女子的眼睛看歷史，便是用生命自然的眼睛看歷史。女子自然的眼睛沒有被野心與慾望所遮蔽，眼光更合人性，也更為中立中性，更合事理與事實。不會像把持歷史的男人們那樣作假作偽作弊。

【九十四】

在榮國府、寧國府金碧輝煌的貴族府第裡，多數人都覺得自己生活在金光照耀的大福地中，惟有兩個人感到不相宜，感到自己是異鄉人，這就是林黛玉和賈寶玉、他們沒有說出「異鄉人」的概念，但有異鄉的陌生感。曹雪芹在《紅樓夢》的第一回中就嘲諷人們「反認他鄉是故鄉」，正是異鄉感。西方文學中的主人公來到地球，感到處處不相宜的，先是歌德筆下的少年維特，然後是加繆筆下的「局外人」，曹雪芹在他們之前就發現自己是異鄉人，發現自己本是泥濁世界彼岸的異類生命。所謂「異端」，就是異鄉人，就是名利場上的「局外人」。妙玉自稱自己是「檻外人」，所謂「檻外人」，也是「異端」，從這個意義說，妙玉和寶玉、黛玉是心靈相通的。即都是無法接受常人狀態，不適合在人類社會生活的異類。

【九十五】

屈原的《天問》是關於宇宙和關於大自然的提問，而《紅樓夢》的提問則是關於存在意義的提問。它的總問題是：在充滿泥濁的世界裡，愛是否可能？詩意的生活是否可能？倘若可能，詩意生活的前提是什麼？《紅樓夢》中的林黛玉，貴族府第中的首席詩人，在臨終前焚燒詩稿，以其行為語言說明詩意存在不可能。詩意存在的前提是生命自由，但所謂家園卻沒有自由。林黛玉的悲劇是最深刻的悲劇，造成悲劇的是林黛玉身邊那些朝夕相處的至親者與至愛者，他們每個人都沒有錯，但每個人都有錯。所謂「對與錯」的判斷背後是文化，每個人都是文化載體；這些載體，全是毀滅自由的共謀與共犯。

【九十六】

《紅樓夢》不僅蔑視宮廷、功名、金錢，而且對國家、故鄉、愛情、人生等神聖之物也都打了一個大問號。絳珠仙草到人世間走一遭，知道人生沒有意義，但她還是用詩、用愛、用眼淚努力創造意義。結果最後是絕望。眼淚流盡了，愛意消失了，詩稿燒燬了，乾乾淨淨來，乾乾淨淨去，惟一真實的乃是一片白茫茫真乾淨。對人生的叩問彷彿消極，其實也有積極處：人生最後既是空，生前就不必太執著於色。美女、功名、金錢是俗色，典籍、故鄉、國家是雅色。不管是哪種色，最後的實在都是空。

所謂色空，最流行的說法是：色即物質，色空即一切可見的物質現象均是幻覺。然而，我們要問：由色入空，難道僅僅是由物質進入幻覺嗎？其實，所謂色，也可解釋為瞬間。所謂空，也可解釋為永恒。由色入空，便是由瞬間進入永恒。永恒在瞬間中獲得具象性，呈現為色，而悟者在色中感受到永恒的缺席，這便是空。天才的特徵大約正是他們能由色悟空又能以空觀色，即能在捕捉瞬間、深入瞬間中感悟到永恒的神秘與浩瀚，又能在浩瀚處看透色的本質。林黛玉便是通過「情」和智慧，由色入空，愈來愈空靈，最後走向「廣寒」的永恒，可惜高鶚的續書未寫出其「空」的極致。

【九十七】

《紅樓夢》不僅書寫過去，而且預示未來，它包含着未來的全部訊息。未來，應當是走出泥濁深淵的淨水世界；未來，應當是詩意生命可以自由呼吸、可以自由選擇的逍遙世界；未來，應當是以審美代替專制、代替宗教的詩情世界；無論是民間還是宮廷，該都是「人的去處」。而未來的文化，也該是用真與美去開闢道路的文化。《紅樓夢》告知人的歷程是從「石」→「玉」→「空」的過程。「石」是靠水柔化、靠水淨化的，所謂「空」，就是懸擱濁泥世界而讓淨水自由流淌的世界。賈寶玉本來是一塊多餘的石頭，獲得靈魂來到人間後身上也有許多濁泥污水，所以老想吃丫鬟的胭脂，但是林黛玉的淚水洗淨了他，使他的「慾」轉化為情，這才是真的玉。唯其真玉，它才通靈，才與萬物的本真本然相融相契，才不被常人的各種習性理念所隔而讓靈魂完全敞開，才最後進入空的狀態。

【九十八】

賈寶玉、林黛玉等，都是到人間來「走一遭」。一遭而已。匆匆一遭之後，該回去的都早早回去了。晴雯作為芙蓉天使回到宇宙中去，林黛玉作為絳珠仙子回到無限中去。惟有不知滿足的男人們還在濁泥世界中繼續爭奪財富和權力。賈寶玉初次見到秦鐘，就為他的秀神玉骨而傾倒，覺得在他面前，自己如同豬狗。可是，天使般的人物卻年輕輕就夭折了，過早地消失在縹緲之鄉（消失前還否定自己的本真存在）。潔者遠走，惟有雙腳鬚眉生物還在人間一代一代繁殖，所以濁泥世界愈來愈髒愈擁擠，人類愈來愈深地被色慾所糾纏、被習慣所牽制。《紅樓夢》暗示人們，人間並非愈來愈有詩意，情況正好相反。

【九十九】

大觀園建成時，賈政請了一群文人學士給各館命名，可是賈政卻不得不全部採用賈寶玉的富有新意的名稱而否定清客們的平庸之見。賈政有點詩識。可是，當賈元春省親而比詩時，賈寶玉卻顯得才力不足，幸有林、薛幫忙，才得到貴妃姐姐的誇獎。在濁泥世界裡賈寶玉是第一才子，在淨水世界裡賈寶玉則是一般的才子。兩個世界如此不同，所以賈寶玉傾心於淨水世界，而其他人卻都在恭維泥濁世界，並削尖自己的腦袋往這個世界的小洞裡鑽。賈寶玉了解林黛玉和其他少女，也了解自己。因此，他作為大愛者，其愛從未帶有居高臨下的憐憫，只有仰慕的謙卑。即使對於晴雯、襲人等奴婢少女，也是如此。

【一〇〇】

及時死，果斷「了」，顯示出人對自我生命的一種駕馭力量，這就是「好」，就是「美」。美好既可以表現於生命的生存形式之中，也可以表現在生命的死亡形式之中。一個拔劍自刎的形象和一個跪地求饒的形象自然有美醜之分。死亡形式可以表現為勇敢、崇高、尊嚴和對人生意義的肯定，也可以表現為醜陋、怯懦和對人生意義的否定。該了就了，這就意味着有強大的力量主宰生命，能把握生，也能把握死。尼采在《查拉圖斯特拉如是說》中講了許多「死得及時」的話，他說：「我要告訴你們完成圓滿的死亡——這對生者是一種刺激和期望。掌握生命的人，為希望與期望所圍繞，乃能獲得一個勝利的死亡。……凡是願意享受名譽的人，必須及時從光榮中離去，學習如何在適當的時候離去。」一個人在最富有韻味的時候，應當知道如何防止自己被品嘗盡。尼采談「及時死」的理由是給世界留下最有韻味的生命印象，尋思的也是片刻的永在。曹雪芹不是理論家，他沒有尼采似的邏輯表述，但他的潛意識顯然與「及時而死」的意念相通。所以他讓自己最心愛的人物秦可卿、林黛玉、晴雯、尤三姐、鴛鴦等都及時而死。除了秦氏，其他的均未嫁時就死。及時死，便及時從男人世界的糾纏中解脫，便保持青春生命的永恒韻味。

【一〇一】

魯迅的《狂人日記》用狂人的眼睛看世界；福克納的《喧嘯與騷動》用白癡（班吉）的眼睛看世界；曹雪芹在《紅樓夢》用「鹵人」賈寶玉的眼睛看世界。眼睛似乎很不同，但都是赤子的眼睛。這種眼睛放下流行的大理念、大概念，從常人的眼光中走出來，反而看到世界的真面目。德國作家君特．格拉斯《鐵皮鼓》的主角奧斯卡．馬策拉特，三歲時自行決定不再生長，便故意自我摔傷，以保持玩鐵皮鼓的孩子狀態。他的智力雖比成年人高出三倍，但始終有一雙兒童的藍眼睛。人們以為他是孩子，一切隱私都不迴避他，於是，他看到納粹極權下德國國民性的種種醜態，也看到種種面具掩蓋下的一個最真實的荒誕時代。賈寶玉的智力比周圍的男性不知高出多少倍，但他寧肯讓人視為「呆子」和長不大（不成器）的孩子，以便用赤子的本真眼睛觀看人間。

【一〇二】

當年顧炎武滿腔愛國情懷，力倡經世之道，讚賞「清議」（談家國天下事），反對「清談」，認為永嘉之亡、大清之亂，完全是清談的流禍。可惜他太片面，只知「國」，不知「人」，只着眼家國興亡，不重個體生命自由。其實，任何個體生命，既有參與社會的自由，也有不參與社會的自由，即逍遙的自由，這才算具有真的社會自由。赴湯蹈火往往比隱逸山林更具道德價值。但是，如果沒有隱逸山林的自由，就產生不了陶淵明、曹雪芹這樣的大詩人大作家。他們雖未赴湯蹈火，但精神則似山高海深。我們敬重赴湯蹈火的拯救者，也敬重在山水之間領悟宇宙人生的思想者，既尊重清議者，也尊重清談者。既尊重參與的權利，也尊重逍遙的權利。自由的前提大約需要這種「雙重結構」和多元意識。

【一〇三】

如果借用《紅樓夢》的語言把世界分為泥濁世界與淨水世界，那麼，王國維肯定是屬於淨水世界。這位老實人是淨水世界裡的一條魚，他無法活在渾水中，可是，從清末民初之際一直到他臨終之前，中國卻是一片渾水。在此渾水中，像王國維這種「呆魚」不能活，其赤子之心很難呼吸，所以他只好自殺。自殺對他來說，是通過絕對手段實現從泥濁世界到淨水世界的跳躍與自救。污泥濁水中，有兩種魚類可以活得很好：一種是泥鰍；一種是鱷魚。惡質化了的社會也是一潭污泥濁水，能在這種社會裡活得好的，也只有兩種人：一種是像泥鰍一樣油滑的騙子與流氓；一種則是長着堅嘴利牙的惡棍與猛人。前者在社會中鑽營，後者在社會中稱霸。如果正常人要適應這種社會，就得像泥鰍滿身油滑或像鱷魚滿嘴利牙。

【一〇四】

俞平伯先生晚年奉勸年輕朋友要領悟《紅樓夢》的哲學、美學，不要作煩瑣考證。他特別推崇「好了歌」。這「好了歌」正是曹雪芹的哲學觀。天下事，人生事，了猶未了。整個歷史進程、人生進程是個無限的永無終了的過程，而人的能力卻是有限的，總有一了的時刻。死就是總了。有限的生命既然不能完成無限的使命，只好該了就了或不了了之。及時了便及時好。了才能空，了才能不隔——不為他物他人所隔，不被自我所隔，不被名利所隔，不被幻相所隔，不被概念語言所隔，這才有自由，才有人性的健康與廣闊。俞先生的考證帶給讀者許多情趣，但他期待聰慧的生命別忘了情趣之外還有極大的人性寶藏。

荷爾德林在致黑格爾的信中這樣禮讚歌德：「我和歌德談過話，兄弟：發現如此豐富的人性蘊藏，這是我們生活的最美的享受！」（《荷爾德林文集》第三百六十七頁，北京，商務印書館）歌德是大文學家，他被荷爾德林所仰慕的不是思辨的頭腦，而是「人性的蘊藏」。作家詩人可引為自豪的正是這種蘊藏，而像歌德的蘊藏如此豐富，卻是極為罕見的。在中國，能讓我們借用荷爾德林的語言作衷心禮讚的作家，只有一個，就是曹雪芹。我們要對曹雪芹的亡靈說，你在《紅樓夢》中提供如此豐富的人性蘊藏，這是我們生活的最美享受。還要補充說，我們活着，曾受盡折磨，但因為有《紅樓夢》在，我們活得很好。

【一〇五】

清代的歷史，很多歷史家都記錄過，寫作過。但是如果沒有《紅樓夢》，我們對清代的認識就不完整。這部偉大小說把愛新覺羅統治時代的生活原生態保留下來，也將這個時代的全部生活風貌和社會氛圍整個保留下來，保留得非常完整，非常準確。因為準確完整，所以真實。此外，小說還保留了作者對時代的感受（這是史家所辦不到的），有此感受，歷史顯得活生生。概念的東西過眼煙雲，鮮活的生命卻永恒永在。一部作品對一個時代的容納量，《紅樓夢》幾乎達到了飽和狀態。《紅樓夢》真了不起，它超越時代，又充分「時代」。

【一〇六】

心靈，想像力，審美形式，此三者是文學最根本的要素。《紅樓夢》一開始就批評千篇一律的諸種小說，其致命的弱點是想像力的萎縮，內心維度的失落（包括個體生命價值的沉淪）和審美形式的僵化。《紅樓夢》的偉大，是對這三者的修復與重新建構。它擁有屈原《天問》的想像力，又有禪宗的內心深度和明末諸子的個體真性情，而且打破以往的小說格局，把小說敘事藝術推向極致，從而集中了中國文學的所有優越處。《紅樓夢》正是中國近代文藝復興的偉大開端和偉大旗幟。

【一〇七】

論才氣，李漁有可能成為曹雪芹，但他終於沒有成為曹雪芹，也遠遜於曹雪芹。這原因很多，但最根本的一點，是他的生活太安逸，太精緻（讀讀他的《閑情偶記》就明白），未經歷過曹雪芹那種家道中衰、大起大落的苦難，心靈未受過大震蕩與大折磨。磨難可以把作家推向內心，推向生命深處。文學的「殘酷性」常常表現在要求作家要吃盡苦頭之後才能大徹大悟。在此意義上，真作家正像孫悟空，必須經歷煉丹爐的殘酷，才有超凡脫俗的大本領。儘管李漁有很大的創作量，但始終達不到曹雪芹的「質」點，始終不能像曹雪芹那樣創造出具有大靈魂、大性情的詩意生命。筆下角色充分的內心化，正是曹雪芹充分內心化的折射。

【一〇八】

《金瓶梅》作為現實主義作品，相當典型。它逼真地描寫現實生活，十分冷靜。既不煽情，也不作道德判斷，寫的是生活的原生態。現實的人際關係如此實際，如此殘酷，全透徹地呈現於小說文本中。其主人公西門慶，和《水滸傳》中的西門慶不同，他並不被描寫成一個魔鬼，一個壞蛋。在《水滸傳》裡，西門慶與潘金蓮都坐在道德審判台下，在《金瓶梅》中卻不是這樣，倆人皆活生生，都有慾望，都有人性的弱點。作者對其弱點，並不誇張。《金瓶梅》的最後結局是因果報應，用的是世間因緣法，這是它的敗筆。為了給世俗社會心理一個滿足，一個可接受的交代，在現實找不到出路，找不到平衡，就只能仰仗因果報應了。這是世俗大眾的意識形態，《金瓶梅》的作者沒有力量超越這種意識，只好畫蛇添足。這一點，它遠不如《紅樓夢》。《紅樓夢》無因無果，來去無蹤，自成藝術大自在。

【一〇九】

中國最卓越的詩人陶淵明、李煜、曹雪芹等，進入寫作高峰時，在世俗世界中都處於零狀態。也就是世俗世界中的一切權力、地位、榮耀都被剝奪或自己放下的狀態。零狀態，不是對前人與自身的否定狀態，而是對世俗負累和世俗觀念的放逐狀態。在物質世界中接近零度的時候，他們卻處於精神的巔峰狀態，抵達藝術世界的最高度。

【一一〇】

周作人在「五四」時高舉人文旗幟，倡導人的文學。退隱後潛心寫作，極為勤奮。但他的散文知識性強，藝術鑒賞力則不高。他可以讚美《兒女英雄傳》的十三妹，卻不會欣賞《紅樓夢》中的「林妹妹」和大觀園中的詩意少女。他罷黜百家，獨尊晴雯，並以詩評說：「皎皎名門女，矜貴如蘭茝。長養深閨裡，各各富姿態。……名花豈不艷，培栽費灌溉。細巧失自然，反不如蕭艾。」一概否定之後，只讚美晴雯：「反覆細思量，我愛晴雯姐。本是民間女，因緣入人海。雖裹羅與綺，野性宛然在。」（《知堂雜詩鈔·丙戌丁亥雜詩·紅樓夢》）他簡單地把大觀園女兒分為貴族女和民間女，只看到貴族女的「富姿態」，未進入她們的內心，不知其內在的豐富世界，主觀地說她們的細巧失自然，不知人性精緻的價值，真是大錯特錯。周作人讀書破萬卷，可是審美眼睛卻如此粗淺，讀後真讓人感到意外。難怪他在張揚人文思想時，不懂得把《紅樓夢》這部人書作為人文旗幟。

【一一二】

托爾斯泰在《復活》的女主人公瑪絲洛娃面前，就像賈寶玉在晴雯的亡靈之前一樣，感到這位落入風塵的女子「身為下賤，心比天高」。曹雪芹和托爾斯泰都有一雙長在心靈裡的偉大眼睛，這種眼睛沒有被蒙上世俗的灰塵，它能穿越人間的各種身障、語障、色障、物障，直接抵達人的靈魂最深處。至善的內心，才真的是光芒萬丈。

巴爾扎克還想擠入貴族行列，曹雪芹則不然。他出身貴族，天生帶有貴族氣質，然後又看透貴族，最後則走出貴族豪門。他看透豪門之內那個金滿箱、銀滿箱的世界充塞着物慾色慾權力慾，但並不快樂。曹雪芹告別豪門之後再回過頭來看貴族，便進入超越貴族的高境界。

中篇（寫於二〇〇五年）

【一一二】

福克納的眼睛與陀思妥耶夫斯基的眼睛很相像：眼底留着天生的渾沌，接近神性，與理性格格不入。陀思妥耶夫斯基《白癡》中的主角梅思金公爵，用癡眼看世界，實際上是用嬰兒的眼睛看世界。常人眼裡的「白癡」，其癡，其呆，其木訥，其實正是眼睛深處還保留着一片未被污染的質樸與高潔。福克納《喧嘯與騷動》中的班吉，也是個白癡，小說一開始就用他的眼睛看世界，他的本能，他的沒有理念雜質與世俗偏見的原始眼光，反而照出美國精神世界沉淪的真實。曹雪芹筆下的賈寶玉，也是俗人眼中的白癡、呆子，連他的父親賈政都說他是「無知蠢物」，但他的眼睛最明亮，這眼睛不僅是發現詩情少女至善心性的審美眼睛，而且是正直判斷一切的赤子眼睛。此外，又是空空道人式的俯瞰人間荒誕的神性眼睛。

【一一三】

賈寶玉被父親往死裡痛打，打得傷筋動骨，皮破血流。但他被打後除了感激姐妹丫鬟們的關懷之外，沒有訴苦，沒有譴責，沒有控訴，也沒有自憐，沒有常人的「怨」和「畏」，更沒有「怒」和「恨」。他是一個不會產生仇恨的生命，一個不知報復的心靈。所以可稱他為準基督、準釋迦。《金剛經》中載釋迦的前世曾被哥利王砍斷手腳，但他沒有因此產生仇恨。能寬恕一個砍掉自己手腳的人，還有什麼不可寬恕的呢？其實，賈寶玉正是尚未出家的釋迦牟尼，而釋迦牟尼則是出家了的賈寶玉。不過，一個出家之後修成佛，一個則尚未出家時就已是文學中佛光四射的偉大靈魂。

【一一四】

賈寶玉把與生俱來、價值無量的「通靈寶玉」摔到地上時，稱它為「勞什子」，把常人頂禮膜拜的稀世寶物視為廢物。無論是說出「男人泥作女子水作」，還是說出這震撼賈府的「勞什子」三個字，都屬童言無忌。但一般的兒童少年說不出這種話，因此可稱他的話語是天外語言。這種語言，拒絕迎合大眾意見，拒絕俯就世間的價值尺度。在賈寶玉的頭腦裡，沒有算計性思維，因此也沒有貴賤之分、貧富之分、尊卑之分，更不知道常人朝思暮想的金銀財寶是什麼，為它爭得你死我活又是為什麼？魯迅說王國維老實得像火腿，他投湖自殺，真是傻透了。這位天才傻到什麼地步？傻到「寧為玉碎，不為瓦全」，寧肯死，也「義無再辱」。他所評論的賈寶玉，和他是一路呆物，也是傻透了，他寧肯玉碎，也要向黛玉表現一個情字。他身上的純粹性，正是把情感視為人間惟一的實在，無可爭議，無可妥協。

【一一五】

賈寶玉面對世俗世界時，特別是面對一群清客文士，就如同鶴立雞群，清脫，飄逸，氣宇非常。可是一旦面對小女子世界尤其是面對林黛玉時，卻很謙虛，自愧不如。這正是賈寶玉的不同凡俗之處：他能發現身邊有一個常人看不見的靈性世界，一個其品格、其智慧、其心性都比自己高出一層的清純世界。這一點對賈寶玉的人生起了決定性作用，使他最終守住了生命的天真天籟而未陷入常人的卑污狀態。能發現身邊有一個他人視而不見、由少女呈現的美好世界，這說明他的眼睛不屬於《金剛經》中所說的「肉眼」，而屬於「天眼」、「慧眼」（《金剛經》界定的五眼是「肉眼」、「慧眼」、「法眼」、「佛眼」、「天眼」）。

【一一六】

賈元春被皇上晉封為「鳳藻宮尚書」，還加封為賢德妃。喜訊傳來，寧榮兩府上下裡外，欣然踴躍，言笑鼎沸不絕。對於這等榮華富貴到極點的「大事」，賈寶玉卻無動於衷，心裡只牽掛着受了父親笞杖的朋友秦鐘。「賈母等如何謝恩，如何回家，親朋如何來慶賀，寧榮兩處近日如何熱鬧，眾人如何得意，獨他一人皆視有如無，毫不曾介意。因此，眾人嘲他越發呆了。」（第十六回）在如此光榮的盛大喜慶之中，他是個局外人，難怪人們要說他「呆」。賈寶玉「與眾不同」，這裡僅是一例。賈寶玉之所以是賈寶玉，就因為他不被眾人的習常觀念所糾纏，包括不被眾人以為是天大的功德榮耀所糾纏。眾人關於世界，關於價值的一切認識都在他心中化解，包括皇帝皇妃父母府第至尊至貴的大光環也被化解。一切轟動性事件都不能把他拖入眾人狀態，所以他才守住了本真己我的赤子狀態。

【一一七】

在神瑛侍者與絳珠仙草相戀的洪荒時代，還有一位後來也通靈的「姐姐」，這就是賈元春。進入人間之後，賈元春成了賈寶玉的第一位真正的老師，形同「教母」，情誼非同一般。她被選入宮廷後封為妃子，之後回到賈府省親，看到榮華富貴的極景，竟然也有所心動，遠離了青埂峰下那個本真的自我。書中寫道：「元春入室，更衣畢復出，上輿進園。只見園中香煙繚繞，花彩繽紛，處處燈光相映，時時細樂聲喧，說不盡這太平氣象，富貴風流。此時自己回想當初在大荒山中，青埂峰下，那等淒涼寂寞；若不虧癩僧、跛道二人攜來到此，又安能得見這般世面。」元春省親的瞬間，遙遠的記憶突然閃現，那是大荒山寂寞的記憶，相比之下，她對於能夠享受人間這一番富貴風流，竟產生對癩僧、跛道的感激之情。可見，此時此刻，作為女神的元春也滑到俗人心態之中。相形之下，賈寶玉從未產生過對榮華景象的陶醉。可見，賈寶玉對本真自我的守衛力量比姐姐強得多。有賈元春這一節非本真狀態的暴露，更顯示出賈寶玉靈魂的力度。

【一一八】

賈寶玉身上有貴族氣質，有書生個性，又有平民情懷，所以既高貴，又迂腐，又博大。他是性情中人，又是精神中人，而且還是宇宙中人。他大智若愚，大巧若拙，又大制不隔。他的貴族氣質進入到骨子裡，但心胸卻與奴婢相通。他才華很高，但不知其才，總是誇獎別人。有貴族氣，使他不俗，有書生氣，使他不偽；有基督釋迦氣，又使他不隔不傲不着公子哥兒相。所以，可稱賈寶玉為最可愛的人。

【一一九】

賈寶玉身在賈府，在精神上並不屬於賈氏家族。他屬於詩人部落與思想者部落，屬於普世性精神家族。從十八世紀到二十世紀，在小說詩文中與賈寶玉屬於同一精神大家族的，有身為作家詩人的荷爾德林、雪萊、濟慈、普希金等，有身為音樂家的莫扎特、蕭邦等，有大畫家凡·高等，有身為作品主角的少年維特等。這些赤子家族，都是除了詩和藝術之外，什麼也不在乎的純粹嬰兒。男性之外，屬於這一精神家族的女性則有弗吉尼亞·伍爾芙（Virgnia Woolf）和艾蜜利·狄津生（Emily Dickinson）等，這些人追求詩意地棲居在大地之上，但缺少詩意的大地並不能珍惜他們。這一部落的天才們使用不同的語言，但發出的聲音都屬天籟，其創造的形式不同，但都如同嬰兒的呢喃。

【一二〇】

賈寶玉在晴雯死後以《芙蓉女兒誄》作了一次痛哭，詩與淚混合為一的痛哭。祖母（賈母）和鴛鴦死後他又作了一次痛哭，不是哭祖母，而是哭鴛鴦。這種痛哭，不是貴族府第裡公子少爺的聲音，而是本真自我的聲音。賈寶玉並不隸屬賈府，也不隸屬於賈府牆外的社會，而是隸屬於大觀園的女兒國，隸屬於那個不可名，不可道的存在。他的痛哭是一種呼喚，不是呼喚那些被人間概念與人間慾望所編排、所規定的所謂「親人」，而是那些與本真自我息息相通的美麗靈魂。他在呼喚晴雯、鴛鴦的時候，肯定的是人的本真狀態，否定的是賈赦這些侯門權貴的偽善狀態。海德格爾把這種來自天性並向本己自身的呼喚稱作良知，賈寶玉的痛哭正是守衛人類赤子狀態的良知呼喚，在呼喚的同時，他把泥濁世界的主體及其種種戲劇推入無意義。

【一二一】

曹雪芹設置心愛的人物，從賈寶玉、林黛玉到秦可卿等等，她們來到人間，只是做一次試驗性的人生旅行，都是離開自身的本然狀態到功利社會與概念社會試走一趟。賈寶玉在試驗性旅行中，心靈依然向宇宙敞開，也向全人間敞開，不分貴賤尊卑地全面敞開，拒絕接受人間的各種分類命名，拒絕鄙薄下層的生靈。所以當他的姐姐賈元春作為王妃回家省親而父親賈政按習常的概念向女兒稱「臣」時，他無法跟隨父親去稱「臣弟」。總之，在大旅行中，他雖然身到地球並活在社會的等級框架之中，但心靈並未從本真之我那裡逃開。

【一二二】

《紅樓夢》第一百一十五回中同貌同名的甄寶玉與賈寶玉的相逢，是續書中最精彩的故事。假（賈）作真（甄）來真亦假，哪個是寶玉的真我，哪個是寶玉的假我，哪個才擁有真性情，真靈魂，不難判斷。此處相逢，對於甄寶玉來說，是千載難逢的機會，因為在他眼前這個啣玉而降的賈寶玉，正是他的本真自我，正是那個赤子狀態的未被世塵污染的本然的自身，可惜他不僅全然不認識，還覺得這個真我走入迷途，忘了立功立德事業。於是還給了一番勸誡，發了一通「酸論」。一塊石頭，一半化作「玉」，一半化作「泥」。化為泥的部分總是在教訓開導化為玉的部分，這是常見的人間邏輯。

德國現代大哲學家海德格爾曾經斷言，人類已不能與本身相逢，即已不能和原初的本真自我相逢。《紅樓夢》的作者在兩百多年前已意識到這一點，其甄、賈寶玉的故事也說明，即使相逢也不相識（如蘇東坡語：縱使相逢應不識）。那個甄寶玉便是當今人類的一個象徵符號，他早已遠離本真的非功名非功利的赤子之我，已深深陷入世俗世界的慣性與習性之中。可是他們卻誤認為這才是正道，而那個守住本來意義的自我反而是走了邪路。此次甄寶玉的表現，說明人類早已不認識自己，完全被自己所造的各種物質、概念和權力結構所遮蔽，離生命的本真本然已經很遠。

【一二三】

《紅樓夢》中有三個外貌類似賈寶玉的美少年：水溶（北靜王）、秦鐘、甄寶玉。最後一個不僅同貌而且同名。然而，雖然形似，神卻相去萬里。三個形似者都有一個悔過自新的過程，即開始時都天真爛漫，到了後來才知道仕途經濟乃是根本。甄寶玉見到賈寶玉時發了一通「酸論」，要他淘汰少時的迂想癡情，做一番立德立言的事業（這已是賈寶玉出家的前夕）。而最早勸誡賈寶玉的是北靜王，他在秦可卿的殯儀式中見到寶玉時雖衷心稱讚，卻對賈政說：「只是一件，令郎如是資質，想老太夫人、夫人輩自然鍾愛極矣；但吾輩後生，甚不宜鍾溺，鍾溺則未免荒失學業。昔小王曾蹈此轍，想令郎亦未必不如是也。若令郎在家難以用功，不妨常到寒第。小王雖小才，卻多蒙海上眾名士凡至都者，未有不另垂青目，是以寒第高人頗聚。令郎常去談會談會，則學問可以日進矣。」最讓人困惑的是賈寶玉平常特別愛慕的秦鐘，在臨終前竟然向鬼判們請求還魂片刻而對寶玉鄭重囑咐：「並無別話。以前你我見識高過世人，我今日才知自誤了。以後還該立志功名，以榮耀顯達為是。」（第十六回）連處於生命最後一刻的知己秦鐘都作如此勸誡，都要他「浪子回頭」，可見賈寶玉要守住本真狀態，拒絕榮耀顯達是何等艱難。

水溶、秦鐘、甄寶玉除了外貌相似之外，還有一個共同點，就是都想拯救賈寶玉。可是，他們想當救主，卻不知道到底誰真的陷入泥濁深淵，誰才應當拯救。他們沒想到，他們面前的那個自稱頑愚也被人視為呆子傻子的人，正是即將出家的釋迦牟尼。對於他們，重要的不是去救人，而是「自救」。

【一二四】

寶玉對府內的幾個「優伶」都有傾慕之情。聽到芳官唱「任是無情也動人」時，癡呆了一陣。遇到齡官在地上寫「薔」

字，見她「眉蹙春山，眼顰秋水，面薄腰纖，裊裊婷婷，大有林黛玉之態」，也「癡」了一陣，「寶玉早又不忍棄她而去，只管癡看」。這是本能的對美的嚮往與傾慕，也正是曹雪芹所說的「意淫」。說寶玉是「天下第一淫人」，其實是說對天下美好女子全都有這種審美態度，並無佔有之念。曹雪芹當時未能使用近代美學概念來描述這種生命現象，但可知道，他所說的「意淫」乃是純粹精神性、審美性的心理活動與想像活動，全是非肉慾、非功利、非算計的真性情。由此，也可說，所謂天下第一淫人，正是對才貌雙全之少女的天下第一審美者與衷心傾慕者。如果說，賈寶玉到地球上來走一回可謂「不虛此行」，那就是他能在人間看到天地鍾靈毓秀所造就出來的如此讓人癡迷的生命景觀。

【一二五】

老子所說的「復歸於嬰兒」，即返回生命的本真狀態，這是很難的。人類的多數是回不去、歸不了的。即使是偉大詩人如李白、杜甫、白居易等也回不去，更不用說施耐庵、羅貫中等。惟有曹雪芹復歸了，回去了。他寫賈寶玉，把人格亮光投射給賈寶玉，足以證明他的回歸。寶玉的本質是一個嬰兒，一個赤子。他最聰明，又最渾沌，最豐富，又最簡單，他是生命的本真存在。他的父親用棍子狠打他，想打破他的渾沌以讓他「開竅」，但他始終像莊子所寫的那個不可開竅的渾沌。所謂渾沌狀態，就是本真狀態。中國文學中最完整的赤子形象就是賈寶玉。曹雪芹通過賈寶玉實現了偉大的回歸。

【一二六】

賈寶玉身上有神性，所以他才有廣博的、愛一切人寬恕一切人的大慈悲。但他又不是神，所以又有充分的人性，而且有比一般人（包括婢女）更低的侍者（服務員）心態：無事忙的公僕心態。對神是需要敬畏的，但作為人的賈寶玉只獲得「敬」，未獲得「畏」。沒有人怕他，連小丫鬟都不怕他。然而，他卻獲得所有不怕他的人深深的尊敬，包括贏得林黛玉內心的愛意與敬意。

【一二七】

正如賈寶玉自己所言，他本是一塊頑石。獲得性靈之後來到地球上，其願望是按照自身的本真狀態棲居在地球上，然後自由地展開詩意人生。但是，除了林黛玉和女兒國的幾個性情少女之外，其他人都要他在社會中扮演一種立功立德的重要角色。連他的姐姐賈元春也不得不扮演一個名為「鳳藻宮尚書」的世俗角色。顯赫的世俗角色可以帶來利益，所以世人都要去爭去奪，而賈寶玉偏偏拒絕扮演任何角色。他被稱為無事忙，便是沒有角色但有忙碌的性情中人。

【一二八】

都認為賈寶玉有病，都認為賈寶玉迷失，所以才有對他的不斷勸說、提醒、訓誡。在賈政、薛寶釵、襲人及常人眼中，賈寶玉迷失在不知榮華富貴為何物，不能「留意於孔孟之間」，不能委身於經濟之道。然而，在賦予賈寶玉靈性的一僧一道（癩頭和尚、跛足道人）看來，寶玉到世間後已開始「被聲色貨利所迷」，其象徵着純樸生命的玉石開始中邪，所以「通靈寶玉」也隨之不靈，惟有喚醒他的記憶，幫助復歸於淳樸，通靈寶玉才會重新靈驗。兩種價值觀的衝突，是《紅樓夢》的精神框架。賈寶玉的靈魂之路是從樸出發進入色而復歸於樸的路。在賈寶玉素樸的眼裡，凡勸他追求功名的，都在把他推出生命的本真本然，這便是讓他去「中邪」。趙姨娘請馬道婆耍弄道術讓他中邪，薛寶釵、襲人等的規勸，其實也是讓他去中邪。

【一二九】

從詩品上說，《紅樓夢》中詩的極品都出自瀟湘妃子林黛玉之手。從人品上說，賈寶玉卻可稱為極品，可貴的是，賈寶玉從來沒有妙玉似的極品觀念，也不知道何為人品的極致。他的絕對的善，完全出乎於天性。他的極品呈現在他自己無法意識到的平常心、平常事之中。僅從結社比詩一事中就可看出他有怎樣的心靈。每次詩歌評比，他都幾乎名落孫山，不僅在林黛玉之後，也在薛寶釵等眾女子之後。第三十八回中記敘由李紈作評判人對大觀園海棠社詩人們的菊花詩進行評判排名次，結果筆名稱作「怡紅公子」的賈寶玉所作的兩首（「訪菊」、「種菊」）全不入圍，連史湘雲（枕霞舊友）、探春（蕉下客）也不及，等於最後一名，但他不僅不嫉妒，反而為勝己者拍手鼓掌，口服心服。李紈宣佈評選結果，「等我從公評來。通篇看來，各有各人的警句。今日公評：《詠菊》第一（林黛玉），《問菊》第二（林黛玉），《菊夢》第三（林黛玉），題目新，詩也新，立意更新，惱不得要推瀟湘妃子為魁了；然後《簪菊》（探春）、《對菊》（史湘雲）、《供菊》（史湘雲）、《畫菊》（薛寶釵）、《憶菊》（薛寶釵）次之。」李紈宣佈之後，「寶玉聽說，喜的拍手叫『極是，極公道』。」出自內心喜形於色，為勝利者鼓掌叫好，還稱讚把他排在最後一名的評判者「極公平」。這一瞬間，賈寶玉的心靈和盤托出，顯得非常純，非常美。此時，他的菊花詩雖落後於姐妹們，但其心靈，卻又是一首價值無量、美不勝收的詩，不立文字的精彩詩篇。中國人常常不能為失敗者鼓掌（所以魯迅才倡導要為跑在最後但堅持跑到終點的運動員叫好），也不能為成功者鼓掌，心胸真如「怡紅公子」的並不多。

【一三〇】

拙著《人論二十五種》描述了「肉人」，這是文子所界定的二十五種人的倒數第二名，排列在「小人」之前。所謂肉人，乃是只有肉沒有靈、只有慾望沒有精神的人。與肉人相對的另一極的人，是只有精神、沒有慾望的人，即被莊子稱為「真人」、「至人」的那一類。賈寶玉雖然具有「天地與我並生」的真人特徵，但還不是真人至人，而是性情中人。他有人的真精神，又有人的真情感。這其實更難更實在。賈寶玉被父親打得皮肉橫飛之後，姐妹與丫鬟們去安慰、照料他，他完全忘記肉的傷痛，卻為少女們的關心而感動不已，就像後來的大畫家凡·高，割了耳朵而不知疼痛，對「肉」缺少感覺，對情卻極為敏感。這種氣質正是詩人氣質。

【一三一】

脂硯齋透露《紅樓夢》稿本最後有一「情榜」，以「情情」二字界定林黛玉，以「情不情」三個字界定賈寶玉。情情二字，第一個情字為動詞，第二個情字為名詞；情不情三字，第一個情字為動詞，不情則為動名詞。林黛玉只把情感投注於她專一所愛之人，即情感完全相通相契相依相屬之人，其他人幾乎不存在。而賈寶玉則是個博愛者、兼愛者，他愛林黛玉，也愛一切人，包括薛蟠、賈環等「不情」人。唯能「情不情」才有菩薩心腸，才有基督釋迦胸襟。其實，賈寶玉是先「情情」而後才「情不情」。在他的靈魂層面與情感深處，最愛的只有林黛玉一個人，其次也愛晴雯等「真情」者，心中並無其他「不情」人。在此前提下，他才身不殊俗，關懷人間一切生命，情泛普世。

【一三二】

高鶚續《紅樓夢》，有許多可挑剔處，例如最後讓寶玉妥協到與賈蘭去赴考場，還中了一個中等成績的舉人，等等。儘管如此，但他還是深刻地把握住一個「真諦」：在精神智慧的層面，林黛玉高出賈寶玉一籌，她是指引賈寶玉實現精神飛升的女神。第九十一回（「縱淫心寶蟾工設計，佈疑陣寶玉妄談禪」）中，賈寶玉聽了林黛玉關於「原是有了我，便有了人」的一段話之後，豁然開朗，回應了一段衷心敬佩之言：「很是，很是。你的性靈比我竟強遠了，怨不得前年我生氣的時候，你和我說過幾句禪語，我實在對不上來。我雖丈六金身，還借你一莖所化。」這段表白一是承認自己的性靈比林黛玉差得遠，二是說自己雖有菩薩之性，但還是要借助林黛玉這一淨潔的蓮花才得以成道。捕捉林、賈這一精神差別，才可看見林黛玉所呈現的《紅樓夢》的最高境界。

中國的藝術家們常把逸境看得高於神境，因一般神境還有痛苦、憂慮、興奮，還有悲情，而逸境則超越了悲情。但佛家的蓮界，卻又在神境與逸境之上，它既有神境的大慈悲，又有逸境的清雅與淡泊，達到冷觀世界又關懷世界的天地大圓融。賈寶玉原有釋迦、基督的善根慧根，經林黛玉眼淚的滋潤和精神上的點化，便逐步走向佛家蓮界。

【一三三】

林黛玉的《葬花詞》和賈寶玉的《芙蓉女兒誄》是中國輓歌史上的千古絕唱，兩者都是詠嘆調，但林黛玉唱低調，賈寶玉唱高調（高昂）。《芙蓉女兒誄》濃詞艷語，近賦；《葬花詞》淡泊自然，近詞。兩者都抒寫色，一寫花色，一寫女色，但《葬花詞》境界更高，其功夫在於由色入空。《芙蓉女兒誄》只是以色泣色，空尚不足。所以前者顯得蒼涼、空寂，後者顯得激越、亢奮。《紅樓夢》因為由色入空，所以成為擁有空靈境界的大悲劇，又因為由空觀色，即用空的眼睛冷觀各種色，所以看出色世界的混濁與荒誕，成為大荒誕劇。悲劇喜劇兼備，使《紅樓夢》的內涵豐富浩瀚，他者無可匹敵。

【一三四】

世俗世界可以接受薛寶釵，但很難接受林黛玉。歷來的「擁薛」與「擁林」之爭，乃是兩種不同的生命指向之爭。這裡有率真與世故之爭，有重倫理重秩序與重自然重自由之爭，有重儒與重禪之爭。多數的中國人甚至多數的中國女子都無法面對林黛玉，因為她的精神境界太高，高到與世俗世界格格不入。她的「無立足境，是方乾淨」精神制高點，只有賈寶玉一人可以仰望。說「高處不勝寒」，也只有林黛玉體驗得最為深切。她孤寒到極點，孤寒到從血脈深處迸出「冷月葬詩魂」的詩句，孤寒到預感「人向廣寒奔」的生命結局。這種孤高冷絕的靈魂，也只有賈寶玉才能理解。寶玉之外，其他人可以跟她交往，但無法面對，一旦面對就會發現自身的鄙俗、世故與蒼白。

【一三五】

賈寶玉的生命有一個生長與昇華過程，他開始還迷戀脂粉，迷戀肉的豐滿，後來揚棄這些，回歸於赤子。林黛玉的生命則沒有過程，她一到人間，心靈就比賈寶玉冷靜、成熟，一開始就得道。率性之謂道。她的天性率真純潔，直接入道得道，無師自通。（那個名叫賈雨村的所謂「老師」，與道無關，不算「真師」。）她不沾男人泥濁世界，賈寶玉要把北靜王贈送的禮物轉送給她，被她斷然拒絕：「是哪個臭男人摸過的。」林黛玉說此話時不經思索，她好像是個不必思考的天才，天生放逐概念，只用生命的真性真情感知世界、感知人間，其所感所悟皆不同凡響，處處新鮮新奇，所以成了大觀園的首席詩人。中國文化史上，似乎惟有陶潛、慧能也屬於不必思考而能明心見性的生命奇蹟。

【一三六】

林黛玉身上有一種絕對性與徹底性，也可說是一種純粹性。這種純粹性呈現於人間社會，便是無任何世俗之求、世故之態；呈現於情愛，便是無任何功利之想，無分裂之心；呈現於書寫中，則是無任何迎合之影，虛妄之聲。生命中除了詩與愛，不知世間還有何物，除了真性真情，一無所有；除了所依戀的那顆靈魂，一切都不存在。她說「無立足境，是方乾淨」，這正是她自身的寫照：純粹到一切世俗的概念都無法解釋，無法支持。

【一三七】

弗吉尼亞·伍爾芙筆下的奧蘭多，從十六世紀活到一九二七年，跨越四個世紀，她時而男性，時而女性，開始出現時是個貴族美少年，最後消失時是個三十七歲的女作家。奧蘭多是個詩人，詩沒有時間邊界，詩性沒有生死邊界。伍爾芙本身的人生就只知詩，不知其餘，她投水自殺，但她的詩文卻不會死。伍爾芙生命的純粹性與現實世界的險惡性無法相容。美國把伍爾芙的生平拍成電影，但多數美國人恐怕無法理解她。一個被實用主義覆蓋的國度，很難面對一種純粹的詩性的生命。林黛玉是更早問世的伍爾芙。她只有如蠶吐絲的純粹功能，只有伍爾芙似的純粹感覺，純粹到身上除了詩，什麼也沒有（其愛情，也是詩情）。而世俗世界，什麼都有，就是沒有詩。可惜詩生命太弱小，非詩世界太強大，其悲劇結局就不可避免。

【一三八】

林黛玉的「五美吟」和薛寶琴的「懷古十絕」，都翻歷史大案，都對男人構築的歷史提出質疑，思想極為犀利，咄咄逼人，但一點也沒有暴力傾向，不傷害任何一個人，真是境界極高的詩。「詩」的質疑比「論」的質疑更有力量。不過，相比之下，我們會發現，薛小妹的詩還是人間之聲，而林黛玉的詩則是宇宙之聲。所謂宇宙之聲，乃是「此曲只應天上有」，如同天樂。世上常人都讚美西施而嘲笑效顰東施，但黛玉寫道：「一代傾城逐浪花，吳宮空自憶兒家。效顰莫笑東村女，頭白溪邊尚浣紗。」這又是天外眼光與天外語言。人間都為西施的美色而傾倒，黛玉卻說，一代美人演完政治戲劇後隨波消失了，只留下永遠的寂寞，而那個被嘲笑的醜女，倒是能在溪邊浣紗直到白髮蒼蒼，永存永在的還是質樸的生命，還是內心那些清溪般的天真。詩歌名句必須有文采，但最要緊的還是應該抵達常人抵達不了的境域。

【一三九】

用本能（性）閱讀《紅樓夢》，境界最低，可能會導致《紅樓夢》不如《金瓶梅》的荒唐結論。用頭腦（知識）閱讀《紅樓夢》，境界次之，其誤區可能是只知四大家族不知女兒國。用性情閱讀《紅樓夢》才可把握住《紅樓夢》的基本風貌，進入《紅樓夢》的生命世界，其境界才進入審美層面。用性靈去閱讀，則可把境界推向高峰，把握住《紅樓夢》的精神之核。賈寶玉是一個成道中的基督、釋迦，林黛玉的靈氣從古至今無人可比。跟蹤林黛玉的靈氣、靈性、靈魂，才可能走上《紅樓夢》的精神制高點。

【一四〇】

魯迅說過，猴子社會的猴子們，原都是在地上爬着走，如果有一隻猴子率先站立起來，其他猴子就會把它咬死。尤奈斯庫的《犀牛》，寫所有的人都變成了瘋狂的犀牛，若干未能變成犀牛的，反而被視為異類而讓周圍的變形變態者所不容。

《紅樓夢》中的林黛玉、賈寶玉其實就是率先站立起來的猴子和拒絕變成犀牛的人，但被世俗社會所恥笑，不僅被視為「蠢物」，還被稱作「孽障」。林、賈私自閱讀討論「會真記」（《西廂記》），在四書五經覆蓋一切的社會中，就如同拒絕爬着走路的猴子，社會豈能容得下他們。

【一四一】

俗境，人境，神境，逸境，人文境界由低而高。中國知識人崇尚逸境，把不見人間煙火視為理想境界，但陶淵明獨闢蹊徑，隱逸之所不離「曖曖遠人村，依依墟裡煙」，結廬在人境，身心卻進入逸境，所以走上詩歌的精神高峰。佛教進入中國之後，特別是到了禪宗慧能，崇尚的卻是空境，這是比逸境更深廣的蓮界。它把人的逍遙提高到「空」中，連逸境裡的色都沒有，連陶淵明的桃花源都加以揚棄，於是，境界便從淡遠進入空寂。《紅樓夢》中的「葬花詞」境界最高，它在吟色之後揚棄一切外在之境而進入空境。

【一四二】

有實才有空。人愈充實愈容易進入空境。精神擠掉物質，智慧達到飽滿狀態之後才能走入空。孫悟空的名字暗示：空是精神主體悟出來的。主體先有精神的高峰體驗，然後才有空的感覺。對於空的最大誤解是以為空乃是精神匱乏與精神空虛。其實，空是放下各種妄念，執著後的大充盈。音樂在達到最純粹、最有力量的時候，突然中止，這一瞬間的沉默，是充盈的無，是飽和的空，是超越語言概念而對最高精神層次的把握。賈寶玉最後的出走，不是匱乏，而是對人生宇宙領悟到飽和狀態之後的精神飛升。出走的那一刻，他的貴族府第與他生活過的色世界全都放下，但正是這一刻，他進入充盈的精神狀態。這是由色入空的大飛躍。

【一四三】

林黛玉與賈寶玉有一節最深的相互愛戀的對話卻是無聲的。不能開口，一開口就俗。心靈之戀只可用心靈，使用的語言是純粹心靈性的，精神性的，禪性的，不可立文字，只能以心傳心，所以兩人都沒有說出口，更沒有立下文字，這是心靈之戀的「無立足境」，至深的「情」入化為「神」，至深的「色」入化為「空」。這是第二十九回（「享福人福深還禱福　癡情女情重愈斟情」）所表述的一節：

……即如此刻，寶玉的心內想的是：「別人不知我的心，還有可恕，難道你就不想我的心裡眼裡只有你！你不能為我煩惱，反來以這話奚落堵我。可見我心裡一時一刻白有你，你竟心裡沒我。」心裡這意思，只是口裡說不出來。那林黛玉心裡想着：「你心裡自然有我，雖有『金玉相對』之說，你豈是重這邪說不重我的。我便時常提這『金玉』，你只管了然自若無聞的，方見得是待我重，而毫無此心了。如何我只一提『金玉』的事，你就着急，可知你心裡時時有『金玉』，見我一提，你又怕我多心，故意着急，安心哄我。」

看來兩個人原本是一個心，但都多生了枝葉，反弄成兩個心了。那寶玉心中又想着：「我不管怎麼樣都好，只要你隨意，我便立刻因你死了也情願。你知也罷，不知也罷，只由我的心，可見你方和我近，不和我遠。」那林黛玉心裡又想着：「你只管你，你好我自好，你何必為我而自失。殊不知你失我自失。可見是你不叫我近你，有意叫我遠你了。」如此看來，卻都是求近之心，反弄成疏遠之意。

這段對話既無聲，也無言；既無心證，也無意證；完全是超越語言、超越文字、超越邏輯、超越是非等世俗判斷的心靈交融。林、賈的對話，往往是靈魂的碰撞，此段對話，更是靈魂的共振。倘若用「此時無聲勝有聲」的話語來形容，林、賈的無聲對話，恰恰比許許多多有聲的對話音強百倍。老子說「大音稀聲」，曹雪芹則抵達到「大音無聲」。心靈中最深刻的對話反而沒有聲音。

【一四四】

林黛玉與賈寶玉來自無數年代之前的大荒山無稽崖。遙遠的三生石畔靈河岸邊才是原初的故鄉。他們來自大自然、大宇宙，生命與自然沒有隔，與宇宙沒有隔，所以容易由色入空，由人間進入宇宙。林黛玉時而問：「天盡頭，何處有香丘？」時而說：「人向廣寒奔」，都是生命和宇宙直接相連。賈寶玉也是如此，一聽到「赤條條來去無牽掛」的歌唱，便激動不已。賈寶玉的朋友秦鐘，雖然形如白鶴，可惜心靈與自然與宇宙還是相隔萬里，所以臨終前還是留下「功名」的遺言。其他功利社會中人，生命與大自然、大宇宙之間更是隔着名位、權勢、財富、概念等等，所以要回歸本真本然狀態就很難。

【一四五】

薛寶釵與賈寶玉關於人品根柢的辯論，其特點是薛寶釵引經據典，打着的是「古聖賢」的旗幟，論證的理由乃是倫理概念，而賈寶玉卻揚棄經典只取古聖賢所說的「赤子之心」，用的是生命理由。這是一場概念與生命的精神較量。薛寶釵仰仗的是聖人，賈寶玉仰仗的是生命本真。賈寶玉與赤子（嬰兒）之間沒有隔，薛寶釵與赤子之間卻有許多障礙，首先是聖人概念的障礙。賈寶玉雖然也欣賞薛寶釵的豐美，但心靈總是難以相通，就因為之間還有觀念之隔。賈寶玉與林黛玉的關係，在靈魂上如同亞當與夏娃的關係，乃是赤子的關係，所以才有其揚棄世俗羅網的心戀。

【一四六】

《春江花月夜》是讓人讀後就難以忘懷的情愛詠嘆調，也是青春生命的詠嘆調。腔調是刻意造成的，而詠嘆調則自然、清新、流麗，全從生命中流出。把《春江花月夜》的生命詠嘆，推向巔峰的，是林黛玉的《葬花詞》和賈寶玉的《芙蓉女兒誄》。雖是詠嘆調，但因為切入心靈和投入大悲情，便轉入深邃，變成中國文學史上最動人心肺的輓歌。詠嘆調倘若未能切入心靈，就容易變成小浪漫的淺吟低唱。

【一四七】

文化跟着人走。中國最優秀的文化匯集在《紅樓夢》之中，曹雪芹的名字走到哪裡，中國的文化精華就會跟到哪裡。托爾斯泰即使被流放到中國，俄國最優秀的文化也會跟着到中國。《紅樓夢》這部書帶在身上，中國最好的文化就不會離開自己。文化的未來無法知曉，但可預測，千萬年後，只要曹雪芹的名字和書籍在，只要中國人還認它作經典，熱愛它，那麼中國文化就不會沉淪，中國人的精神幸福就還有寄託之所。

【一四八】

歷史變成一種原則之後，後人很難感受到歷史傷痕的疼痛，即使歷史化為記憶，這記憶也被抽象化了，很難讓人覺得痛。惟有文學能使人心疼，使人從情感深處感到傷痛。《紅樓夢》讓人痛惜，痛惜那些詩意生命永遠消逝了，永遠不會再度出現了。痛惜那些如蠶抽絲的詩人在地球上只生活了一個很短的瞬間，而這一瞬間不能複製，不會再來。兩百多年過去了，我們發現大觀園女兒國裡的詩人一個個都是人詩，連不作詩的晴雯、鴛鴦等也是人詩。這些人詩的生命只有一次，在大地上的出現只有一次。在曹雪芹心中和我們心中，歲月的哀傷、歷史最深的悲劇，不是帝王將相的消失，而是這些人詩的毀滅。

【一四九】

最偉大的文學作品，如《紅樓夢》，既有文采，又有靈魂的亮光。人的感覺器官，不僅可以感受到它的美，而且可以聞到其靈魂的芳香。嵇康雖然消失一千多年了，但我們還可以聞到「廣陵散」的芳香。曹雪芹去世兩百多年了，但我們不僅可以聞到賈寶玉祭奠晴雯時的「群花之蕊、冰鮫之縠、沁芳之泉、楓露之茗」的芬芳，而且可以聞到林黛玉提示「無立足境，是方乾淨」的禪味。這禪味，便是靈魂的芳香。功利的感官可以聞到脂粉的「味道」，審美的感官卻可以聞到精神的「道味」。讀林黛玉的詩，聽林黛玉的說禪，都可聞到「道味」。處於人間而能享受心靈的最高幸福，便是能聞到美麗靈魂散發出來的沁人心脾的形上芳香。

【一五〇】

《紅樓夢》為文學也為人間確立了一種大精神與大靈魂，這是對人、對生命、對青春、對情愛的無條件尊重，以及對真、對美的無條件景仰，任何政治理由、道德理由、家族理由、國家理由、傳統理由都不可損害這種尊重。它還明顯暗示：追求錦衣玉食，追求榮華富貴，追求金銀滿箱，追求聲色貨利，靈魂就會沉淪，文學也會沉淪。《紅樓夢》精神內涵的縱深度是由此大精神與大靈魂建構的。中國其他長篇小說，都沒有確立這種大靈魂。《三國演義》、《水滸傳》離這種大精神最遠，《金瓶梅》雖然也暗示情慾無罪，但沒有呈現情愛的美與無限詩意。如果能把《紅樓夢》確認為人生的基本精神之源，生命狀態就全然不同。

【一五一】

王國維發現《紅樓夢》的宇宙性。可惜他未能對其宇宙境界進行更深的開掘。他評論《紅樓夢》基本上還是用人間角度，即用人間的悲情眼睛來看人間，沒有跳出人間的大框架，因此，他只看到《紅樓夢》的悲劇。可是，悲劇只是《紅樓夢》的一個層面。《紅樓夢》的整體意象不僅是悲劇，它還大於悲劇。曹雪芹的偉大，恰恰是他不僅用人間角度看人間，還用宇宙角度看人間，也只有這種高遠的角度才看到人間生命不僅演出大悲劇，而且也在不斷地演出大鬧劇，大荒誕劇。

【一五二】

對《紅樓夢》的閱讀，開始時感到賞心悅目，之後則常有情感起伏，最後則驚心動魄。僅僅空空道人的「好了歌」，就愈讀愈感到震撼。這位「道人」，對人類世界的認知如此清醒，每一句話既像家常的笑話，又像天外的驚雷警鐘。這首歌，是哲學歌，是曹雪芹的「存在論」，它把人類世界的金錢崇拜、權力崇拜、色慾崇拜推向荒誕，推向幻境，推向顛倒夢想，推向無意義。它告示人間：只有從各種色相的包圍中走出來，「存在」之門才能向大宇宙充分敞開。

【一五三】

心靈不是社會，不是國家，不是歷史。心靈沒有時間維度，只有空間維度，而且是無邊界的空間維度。心靈的幅度與宇宙同一。文學是心靈的事業。文學所有的要素中，心靈屬第一要素。因此，不能切入心靈的文學，不是最好的文學。《封神演義》雖然情節離奇，但文學價值很低，就因為它與心靈無關。晚清譴責小說雖鞭撻社會黑暗，但未切入心靈，所以文學價值也有限。《金瓶梅》與《紅樓夢》的差距，關鍵是心靈切入度的差距，其心靈的粗細之分、深淺之分、雅俗之分，幾乎可以一目了然。

【一五四】

但丁的《神曲》，不愧是與荷馬史詩、莎士比亞戲劇並列的文學經典。但經典也有局限，仔細讀《神曲》，就會發覺其中的各層地獄，有許多道德專制法庭。被判為荒淫罪而入地獄的不少是多情婦女。她們有點私情便放入地火中煎烤，這倒是與中國的《水滸傳》的作者思路相通：情慾有罪，生活有罪。經典是整體成就的結果，並非每一細節都是範例，更非每一理念都是真理。與但丁相比，曹雪芹對多情婦女則無條件尊重，他筆下「養小叔子」（焦大語）的秦可卿，不是被送入地獄，而是被送入天堂。

【一五五】

《紅樓夢》中的女兒國是現實社會的參照系。有女兒國這面鏡子，才能看清名利國的虛空，煉丹國的荒誕，金銀國的蒼白，才能看清賈珍、賈璉、薛蟠們的花花世界沒有詩意。女兒國是曹雪芹的理想國。這種理想國不同於柏拉圖的理想國，柏氏把詩人逐出國門，因為這是理性的國度，實用的國度，而詩人卻沒有理性也沒有用處。與此相反，曹雪芹的理想國，其主體卻是詩人，而且是女性詩人。這個國度，只求詩性，不求理性，只求美，不求用，這是詩意生命自由存在的烏托邦，是守護人類本真狀態的審美共和國。

【一五六】

美國有一部《紅》：《紅字》；中國也有一部《紅》：《紅樓夢》。相同點是兩者都揚棄道德專制法庭，支持慾望的權利和呼喚情愛的自由，尊重個體生命超過尊重神靈，尊重性情超過尊重理念。《紅字》是對清教道德專制的批判，《紅樓夢》是對儒家道德專制的批判。但是，《紅字》的女子只有一個，她能守衛情愛秘密，卻未能開放情愛的大門。《紅樓夢》的女子則有一群，而且都在黑暗的鐵門裡放射着情愛的光澤。《紅字》的基點是理念的，《紅樓夢》的基點是生命的。

【一五七】

《堂吉訶德》是塞萬提斯的一個大夢，這也許是他童年時代的一個記憶。這位騎士一路打過去，其出發點與歸宿點都離不開他想像中的美貌無雙的公主、朝思暮想的意中人：杜爾西內婭·台爾·托波索。

《紅樓夢》中的賈寶玉，實際也是一個堂吉訶德，潛意識中也是知其不可為而為之。不過，他所戰的風車，是儒教條，是煉丹術，是薩滿教，是假菩薩，是千百年一貫的才子佳人文學模式。而他的出發點與歸宿點也總是和一個名叫林黛玉的心愛女子相關。這一切也是曹雪芹童年、少年時的記憶。人類的精神在深層裡如此相通，真是不可思議。偉大的作家往往得益於對人生人世兩端的捕捉：一是人之初童年的記憶；二是人之終末日的預感。《紅樓夢》兩者都呈現得極為精彩。

【一五八】

夢是潛意識的浮現。《紅樓夢》是中國集體無意識最健康的一次浮現。有意識的敘事只有進入潛意識並呈現為夢，才顯示為靈魂的一角。或者說，集體無意識通過夢才能得到充分展示。《紅樓夢》是中華民族通過詩意個體所作的一次最偉大的夢。荷馬的《伊利亞特》、《奧德賽》，但丁的《神曲》，都進入很深的無意識層面，都接觸到無意識的本原（神話），相比之下，歌德的《浮士德》意識太強。潛意識的深度是文學的尺度之一。愈是好作品，進入潛意識層面就愈深。《紅樓夢》擁有最強的靈魂維度。它既是文學的坐標，也是生命的坐標。

【一五九】

按照弗洛伊德的說法，文學就是夢。每部文學作品都可視為作家的一場夢。《水滸傳》夢的是窮人翻身作皇帝，《三國演義》夢的是皇統宗室子弟當皇帝，可惜都夢得不健康，夢裡都帶着中華民族經歷了戰亂、飢餓後的創傷。而《紅樓夢》卻跨越創傷地帶，懸擱智慧果，直接與《山海經》的孩子之夢相連。那麼，《紅樓夢》夢的是什麼？可說是「夢夢」，夢的還是夢。《山海經》裡的女媧補天、精衛填海本來就是夢，《紅樓夢》開篇就緊連《山海經》，夢的還是遠古中國人天真的夢，知其不可為而為之的夢。《紅樓夢》的第三十八回說「夢有知」，恐怕是做夢者知其不可能。曹雪芹通過自己的作品表達的正是不可能的理想，這理想是只要花開不要花謝，有花謝便有葬花人的大悲傷。少年女子恰如天地精英凝聚的花朵，也應當只有花開花放而不要有花謝花落。辛棄疾曾經呼喚「春且住」，夢想留住春天。曹雪芹的夢也是「春且住」的夢，是最真最美的詩意生命不要落入泥潭（不要出嫁）、不要落入死亡深淵的夢。世界上自古到今的作家詩人做着各種夢，但沒有一家像曹雪芹這樣強烈地做着淨水不流入泥濁世界，花朵不進入「香丘」（墳墓）的大夢。

【一六〇】

曹雪芹建構的世界，由兩個對立的國度構成：一是女兒國，淨水世界；一是荒誕國，泥濁世界。《紅樓夢》既書寫女兒國的毀滅（悲劇），又寫荒誕國的興衰（荒誕劇）。於是，小說成了悲劇與喜劇並置的藝術整體。賈寶玉站立在兩個國度中間，但心向女兒國，憎惡荒誕國。女兒國是非功名、非功利的世界，野心，慾望、權力、功名這些男人追逐的東西進入不了這個國度。詩是這個國度的通行證。荒誕國正相反，重功名、重權勢，生活在野心與慾望之中，權力與金錢才是通行證。賈寶玉的赤子之性是寧為女兒國的侍者與小人物，也不願意充當荒誕國的王子與大人物。所謂女兒國，其實就是詩國。賈寶玉正是詩國的公僕（侍者）。

【一六一】

曹雪芹給《紅樓夢》設置了一個「太虛幻境」的故事框架，表面是說天上之境，實際影射人間之境，它暗示人們，你爭我奪的現實世界也是太虛幻境，並非實在。能意識到金錢世界、功名世界、慾望世界乃是太虛幻境，能暗示人們削尖腦袋想鑽入的榮國府、寧國府、金鑾殿也是虛幻之所，很了不起。本是一種幻境，人們卻殫精竭慮地爭個身心俱碎，這便是荒誕。所謂荒誕，正是把幻相當作實相的顛倒夢想。

【一六二】

《紅樓夢》嘲弄許多宗教。通過趙姨娘的作惡（加害賈寶玉與王熙鳳）嘲弄薩滿教；通過煉丹煉到走火入魔以致吞金服砂而亡的賈敬，嘲弄道教；通過王夫人的手不離珠（唸佛）而心性殘忍而嘲弄有口無心的假菩薩（佛教），甚至還揭露饅頭庵的黑暗和質疑妙玉的修道形式（「云空未必空」）。但是，整部巨著從不嘲弄禪宗，而且林黛玉和賈寶玉最深的精神交往，恰恰都在談禪中。無論是關於「無立足境」的交流，還是關於「瓢之漂水」的討論，都是最深刻的對話，這種對話，不是口頭派對，而是靈魂互證。林賈之戀，是深邃的靈魂之戀，又是一種曠古未有的禪性之戀。

【一六三】

《紅樓夢》第五回中警幻仙子所製的十二支曲，從《終身誤》到《飛鳥各投林》，既是「十二釵」女子的命運預告，又是賈府乃至整個人間世界的末日預言。收尾一曲《飛鳥各投林》更是一首末日歌：「為官的，家業凋零；富貴的，金銀散盡；有恩的，死裡逃生；無情的，分明報應。欠命的，命已還；欠淚的，淚已盡。……看破的，遁入空門；癡迷的，枉送了性命。好一似食盡鳥投林，落了片白茫茫大地真乾淨。」這首仙子歌乃是末日歌，整部《紅樓夢》更是末日歌。它展示的人間世界最善良的詩意生命沒有立足之地，最美麗的詩意心靈一個個如「水止珠沉」，最後幾乎主宰門庭的竟是個名叫賈環的「凍貓子」似的劣種，而名叫「巧兒」的還算優良種子的貴族苗裔，只好送到尋常百姓之家。盛宴只是一個瞬間，盛宴之後是末日廢墟。

【一六四】

用哲學的大觀眼睛看文學，可以看到中國文學多數作品的精神內涵屬於「生存」層面，而非存在層面。加繆曾說：「哲學的根本問題是自殺問題，決定是否值得活着是首要問題。世界究竟是否三維或思想究竟有九個還是十二個範疇等等，都是次要的。」（《西西弗斯神話》）莎士比亞的《哈姆雷特》，其主人公的主要焦慮是「生存還是毀滅」？是選擇生，還是選擇死？如果選擇生，這生的意義何在？這便是存在問題。如果說，《哈姆雷特》和許多西方經典的基調是生與死的二重變奏，那麼，中國文學的基調則是個人「仕或隱」及國家「興與亡」的二重變奏。但是，中國也有對存在意義提出叩問的大詩人，如屈原、曹操、李煜、蘇東坡、曹雪芹。屈原自沉汨羅江的行為語言提出的便是自殺問題。但真正探討如何詩意地棲居於地球之上的存在問題的是曹雪芹。

【一六五】

處於貴族階層中的人不一定有貴族精神與貴族氣質。賈府中的賈赦，純粹是一個滿身朽氣的官僚空殼。而賈珍、賈璉、賈蓉等則幾乎是一些包裝着華貴衣衫的流氓，至於賈環，更是劣種。只有貴族階層中的優秀個體，才能具備貴族氣質與貴族精神。像曹雪芹這樣的優秀者，即使貴族階層崩潰了，他仍然是富足的精神貴族。其精神也超越貴族制度與貴族家庭。貴族精神變成一種審美範疇，就因為這種超越性而成為高雅精神的概述。《紅樓夢》偉大，並不在於它描述貴族家庭的興衰，而在於它一方面完全蔑視貴族特權，一面又用高貴的精神審視生命個體，結果它發現許多非貴族家庭出身的個體生命卻擁有貴族精神的內核——具有人的尊嚴感，晴雯、鴛鴦、尤三姐都有人的驕傲，她們均以抗爭與死滅來捍衛自身的尊嚴。

【一六六】

貴族出身的作家詩人們，通過不同途徑去體現其脫俗的高貴：有的用心靈的單純去體現，如普希金；有的用品格的高潔去體現，如屈原；有的以精神的雄健去體現，如拜倫；有的用氣質的高傲去體現，如屠格涅夫；有的用道德的完善去體現，如托爾斯泰；有的通過形式的典雅去體現，如高乃依、拉辛；有的用藝術的精緻去體現，如柴可夫斯基等，而曹雪芹則兼有心靈的單純，品格的高潔，精神的雄健，氣質的驕傲，道德的完善，形式的典雅，藝術的精緻，並且還有一樣是特別的，它通過一種對下層詩意生命的肯定與禮讚，呈現出一種既超拔又平等的最優秀的貴族精神。

【一六七】

尼采給貴族精神的定義是「自尊」。這是確切的。貴族的一大行為模式是「決鬥」，身為貴族的偉大俄國詩人普希金也決鬥而死。決鬥的行為呈現的精神是：有一種東西比生命更加寶貴，這就是人格尊嚴。但是尼采卻在崇尚貴族時宣揚一種蔑視「下等人」、反對「同情心」的貴族主義。他把人絕對地分為上等人與下等人，認定尊貴者的使命就是向下等人宣戰，同情下等人便是弱者道德、奴隸道德。他反對基督，就因為基督代表着悲憫下層民眾的奴隸道德。而曹雪芹作為貴族，他所作的《紅樓夢》一方面在最完整的意義上體現着人的尊嚴，其主人公賈寶玉作為貴族子弟，他們的內心與世俗的功名功利世界拉開最長的距離，其精神氣質之脫俗，之高貴，超乎一切上等人，但是，他卻又是一個準基督，不僅不蔑視下等人，而且是奴婢的知己、情人與侍者，那些身為下賤的人，他卻看到她們「心比天高」。他兼有貴族的高精神和基督的大慈悲，是人世間內心最豐富、最美麗的「貴族少年」。曹雪芹實在比尼采偉大得多。

【一六八】

屈原與曹雪芹，一先一後，形成中國貴族文學並峙的兩座巔峰。他們中間也出現過六朝大謝（謝靈運）、小謝、沈約的貴族文學，可惜這段文學形貴神俗，玩聲律、玩語言、玩形式玩得走火入魔，但精神內涵卻顯得蒼白。而屈原、曹雪芹則是形貴神也貴。屈原以精神的高潔體現貴族精神；曹雪芹以精神的空寂體現更高級的貴族精神。有佛性、有禪性，才有空寂。林黛玉的「人向廣寒奔」、「冷月葬詩魂」，是在人間孤獨到極點之後而產生的空寂。空寂不是牢騷，不是怨怒，而是超越世俗之地而向宇宙深處的飛升，是與常人狀態拉開遠距離後的高度清醒意識。

【一六九】

莊子散文與《紅樓夢》都有奇麗的想像力，都是中華民族文學的極品。但兩者相比，莊子骨子裡是冷的，《紅樓夢》則是熱的。莊子缺少曹雪芹那種愛的熱忱。儘管小說中的人物，其情愛都失敗了，但生命的激情還在愛的失敗中，最高的詩意處處與愛的失敗相連。所以曹雪芹滿紙是淚，而莊子沒有眼淚，妻子死的時候也沒有淚。

【一七〇】

陶淵明因擁抱大自然而獲得解脫，但就境界而言，他還未進入大宇宙。他之前的莊子有宇宙感，但也太沉醉於自然。老子的《道德經》崇尚自然，又有宇宙之聲，不可道之道與不可名之名乃是宇宙的神秘。慧能更是一個奇蹟，他的心靈沒有過程，一步就把握事相之核，直達宇宙之心。王國維說《紅樓夢》具有宇宙境界，是自始至終都有一個宇宙語境在，賈寶玉、林黛玉的潛意識中就有一個宇宙在。林黛玉說「無立足境，是方乾淨」，暗示的正是人只有站在比人更高的宇宙高處才能了解自身，她的大化之境不僅是山林田園的自然之境，而且是山林田園之上的無限浩瀚的宇宙之境，比陶淵明的大化更為遼遠。遠到「天盡頭」，遠到有名如同無名的三生石畔與靈河岸邊，遠到女媧補天時的鴻濛之初即大化之始。

【一七一】

文學藝術家用全生命創作，包括投入意識與無意識。天才的創造特點，是無意識的創造，即神的創造與靈感的創造。楊慎說：「莊周、李白，神於文者也，非工於文者所能及也。文非至工，則不可神；然神，非工之所可至也。」（《總纂升庵合集》卷二十一，轉引自《中國美學史資料選編》下冊，第一百零九頁）這裡所說的「工」是人為的刻意的努力，而「神」則是自然的無意識的湧流。中國文學家中能「神於文」者的天才除了莊子、李白外，還有曹操、陶淵明、李煜、李賀、蘇東坡等，唐代詩人中，李白與杜甫的區別，李賀與賈島的區別，便是「神於文」與「工於文」的區別。而曹雪芹則是又神又工，既是天才又是嘔心瀝血的巨匠。

【一七二】

西晉末年，政治異常黑暗，貴族知識分子紛紛南遷，文化重心也隨之南移。此時，出現中國文學的一次大「玩貴族」的現象。漢賦屬「玩宮廷」，玩出了一番氣象，而六朝的謝靈運、周顒、王融、沈約、江淹、徐陵及梁武帝父子等「玩貴族」，也玩出一番聲色。玩貴族與玩宮廷一樣，都是玩形式。司馬相如的「一宮一商」，到了謝、沈手中，變成「五色相宜，八音協暢」，玩聲律玩得入迷。「貴族」不是不可玩，《紅樓夢》就大有貴族精神，曹雪芹在《紅樓夢》裡寫盡各種文學形式，小說中有詩，有詞，有賦，有誄，有詠嘆調，有散曲，詩中又有五律、七律、排律等，形式極豐富，然而，全書最豐富的不是形式，而是靈魂，是情感。《紅樓夢》可說是「富貴」到極點，但這是精神的富貴，極為豐富又極為高貴。

【一七三】

《紅樓夢》中有一性情與性靈世界，這個世界未確立之前，人的身體只是女媧捏成的具有人形的一團泥。泥一旦有了性情與性靈才昇華為人。人是歷史積澱的結果，心理則是文化積澱的結果。薛蟠沒有文化，只有慾望。他還只是一團泥，一個慾望體，不是精神存在。水溶（北靜王）、秦鐘和甄寶玉，自然是另一種氣象，非薛蟠們可比。可惜表面是玉，內裡還是泥。《紅樓夢》中關於人的問題是石頭要化為泥本體還是化為玉本體或是心本體的問題。石頭伴隨着水，水可以把石化作泥，也可以把石洗煉成玉。賈寶玉通過林黛玉眼淚的洗煉而保持玉的光輝和心的質樸。如果沒有林黛玉，賈寶玉就可能變成水溶、秦鐘或甄寶玉，形象還是清清脫脫，內裡卻渾渾濁濁，至少也是一肚子「酸水」。

【一七四】

前文說過，《紅樓夢》的精神內涵有「慾」、「情」、「靈」、「空」四個維度，王國維的「評紅」運用叔本華的學說，太偏重闡釋「慾」的一維。此處還應補充說，《紅樓夢》中「慾」的執著和「慾」的拒絕，其衝突是很激烈的。泥濁世界的主體角色們（國賊祿鬼色鬼名利之徒等）是執著派；賈寶玉和淨水世界的女兒們是拒絕派與反抗派。《紅樓夢》的悲劇正是反抗派歸於寂滅。王國維說「慾」是悲劇之源，把「玉」等同於「慾」，只看到「慾」的執著，未看到「玉」對「慾」的反抗，顯然是偏頗的。

【一七五】

「五四」新文化運動發現孔夫子所代表的儒家舊文化扼殺中國人，發現禮教「吃人」，但沒有發現真正可怕的、大量殺傷中國人的美好心性與美好靈魂的文化，是《三國演義》文化與《水滸傳》文化。這兩部所謂典籍，其刀刃伸進了中國人的潛意識深處，把中國人好的基因全都毒害和腐蝕了。「五四」新文化運動發現明末散文與明末三袁的文學思想與「五四」相通，但沒有發現與「五四」新文化靈魂最相通的而且是真正的先驅者是曹雪芹，所以未能把《紅樓夢》作為人的旗幟及婦女、兒童的旗幟。

【一七六】

中國文學史寫作者，動不動就說中國古典小說的「四大名著」，把《紅樓夢》和《三國演義》、《水滸傳》同日而語，分不清《紅樓夢》和《三國演義》、《水滸傳》的巨大差別。這種差別可以用天淵之別與霄壤之別來形容，而最關鍵的是《紅樓夢》係生命之書，而後兩者則是反生命之書。曹雪芹在生命之中又發現詩意生命，所以才寫出如此動人的生命讚歌與生命輓歌。而中國人進入《三國》、《水滸》之後，生命便發生全面變質。有人說《三國演義》很有詩意，其實，它恰恰沒有詩意。權謀、心機最沒有詩意。《紅樓夢》中的生命，賈寶玉、林黛玉、晴雯、鴛鴦等最有詩意，因為她們遠離心術權謀。所有的詩意都來自沒有變質變形的生命本真狀態，都來自那種不被污染的質樸的內心。

【一七七】

《紅樓夢》與《三國演義》，其精神內涵的對立，是自由心靈與變態心機的對立，兩部小說主題的對峙本身就是中國文化的一大寓言。《紅樓夢》讓人走向嬰兒狀態即生命的本真狀態，《三國演義》讓人走向狼虎狀態即人心的黑暗狀態。《紅樓夢》中的女兒國是與「三國」對立的另一種質的精神國度。「三國」所崇尚的是謀略，女兒國崇尚的是詩。詩國全然不知「謀略」為何物，甚至不知「機智」為何物。生活在女兒國中的賈寶玉是一個離「三國」最遠，在心靈上與之對立最深的男性。他拒絕功名，拒絕權力，拒絕世故，拒絕心機，更是拒絕損害他人，整個人生中沒有發出一句傷害他人的話。在《紅樓夢》與《三國演義》中作選擇，其實是在作靈魂方向的選擇。

【一七八】

在《三國演義》中，女子好像是馬戲團裡的動物，全被所謂英雄任意驅使。儘管表演得相當精彩。但畢竟只是美麗的動物。其中令人讚賞不已的貂蟬與孫夫人也不過是高級動物與高級工具而已。《水滸傳》中的女人命運更慘，她們不僅是動物，而且是英雄任意屠殺的動物。潘金蓮、潘巧雲等都是被宰割肢解的動物。惟有《紅樓夢》中的女子，特別是少女，她們才是人，即使被摧殘過，但在摧殘中她們也放射出生命的光輝。《三國演義》和《水滸傳》對女子沒有審美意識，只有政治意識與道德意識。《紅樓夢》對女子卻全是審美，而且審到心靈深處。

與《三國演義》、《水滸傳》相比，《紅樓夢》就如佛光普照，陽光普照，這兩種光芒照亮黑暗社會所蔑視的一切：女子，孩子，戲子，尼姑，特別是丫鬟——處於社會底層的奴隸。作者的慈悲心覆蓋一切：它不是歌頌社會光明，而是用光明覆蓋社會。

【一七九】

羅素在《西方哲學史》的第二十三章裡專門論述拜倫，並論述貴族叛逆者與農民叛逆者完全不同。他說：「拜倫在當時是貴族叛逆者的典型代表，貴族叛逆者和農民叛亂或無產階級叛亂的領袖是十分不同類型的人。餓着肚子的人不需要精心雕琢的哲學來刺激不滿或者給不滿找解釋，任何這類的東西在他們看來只是有閑富人的娛樂。他們想要別人現有的東西，並不想要什麼捉摸不着的形而上好處。」羅素這一分別如果借用來觀看《紅樓夢》與《水滸傳》倒是很有趣味的。賈寶玉這個貴族叛逆不同於李逵、武松這些農民叛逆。後者沒有形而上的反抗。賈寶玉的反叛，其深刻意義在於他的反叛是比政治反叛、經濟反叛更為深刻的美學反叛，因此，他的目標不是有飯大家吃的經濟平等和低級自由，而是存在方式、思維方式、審美方式的選擇自由，即心靈的高級自由。武松、李逵只有道德意識，沒有審美意識，賈寶玉卻有極高的審美意識。《紅樓夢》的道德法庭（賈政所代表）是被審美法庭批判的低等法庭；而《水滸傳》中的道德法庭卻是一個比政治法庭還要可怕的、黑暗無所不在的法庭，它把審美法庭壓迫到無處可以藏身。武松、李逵這些政治反叛者同時又是道德法庭中最殘酷的劊子手。因此，《紅樓夢》是爭取生活、追求生活，而《水滸傳》則是破壞生活，審判生活。

【一八〇】

讀了《三國演義》與《水滸傳》，常常覺得中國很奇怪，不僅窮人生活在地獄之中，而且富人也生活在地獄之中。窮人沒有安全感、富人也沒有安全感，甚至帝王將相也沒有安全感。「三國」中人曹操多疑，就因為他覺得太不安全。與他同時代的漢獻帝、劉備、孫權，哪個心裡不緊繃一根弦？「三國」中人如此，「水滸」中人也是如此。梁山英雄被逼上梁山，因為山下有一座難以安生的地獄。可是，「替天行道」的旗號一打出來，「劫富濟貧」一旦成為公理，富人也就沒有地方可以安生。那個時代，富人如祝家莊的財主們不安全，而具備萬夫不當之勇的盧俊義也不安全。他在牢中陷入地獄，在牢外何嘗不是地獄。《紅樓夢》雖也展示人間地獄，但也展示地獄中的一線光明，那就是賈寶玉與林黛玉等少女們的生命之光。

【一八一】

《水滸傳》的理念，一是造反有理（凡替天行道使用任何手段皆合理），二是慾望有罪，生活有罪，尤其是不給婦女慾望的權利。《金瓶梅》的理念正相反，它是慾望無罪、生活無罪，婦女擁有慾望的權利。林黛玉、賈寶玉欣賞《西廂記》，就因為它展示情愛生活的美好與詩意。《紅樓夢》把少年女子提高到歷史本體的地位，不僅林黛玉是歷史本體，她用詩所評論的王昭君、綠珠、虞姬等女子，也擁有歷史本體的地位。歷史本體不是事件，而是人，尤其是女子，這是《紅樓夢》的歷史觀。

【一八二】

文學生存於權力之外。但中國大眾文學卻往往跟着統治者跑，甚至向統治思想低頭。《三國演義》就是一個例證。它既體現皇統（皇統的原教旨），又迎合市場。知識分子俯就大眾而創造的大眾文學，並非民間文學。大眾文學與民間文學是兩個完全不同的概念。民間文學是相對於權力話語空間的一種自由空間，遊俠文學、山林文學均是民間文學。它常常滋養作家的精神創造。《紅樓夢》與其他中國小說不同，它不是來自大眾文學，而是來自個體心靈。曹雪芹生活在貴族與平民之間。《紅樓夢》既是貴族文學，又是民間文學，既是生命個體的孤獨創造，又是相對於權力話語的一種民間寫作。《三國演義》從隸屬於大眾文學的話本演變而成，《紅樓夢》卻與話本完全無關，它拒絕皇統，又拒絕市場（話本必須符合大眾口味才有市場）。

【一八三】

《金瓶梅》與《紅樓夢》都寫人性，但前者寫的是粗糙人性，後者寫的是精緻人性。《紅樓夢》即使寫奴婢（如襲人、晴雯、鴛鴦等），其人性也精緻之極。《芙蓉女兒誄》禮讚晴雯「其為質則金玉不足喻其貴，其為性則冰雪不足喻其潔，其為神則星日不足喻其精，其為貌則花月不足喻其色」。質貴，性潔，神精，貌美，四者兼有，一個丫鬟的人性尚且如此精美，更何況林黛玉等貴族少女。在曹雪芹眼裡，身份有尊卑，人性卻無貴賤，這是他所把握的人性「不二法門」。《金瓶梅》人物最賢惠的是西門慶的妻子吳月娘，她寬厚而不嫉情，能容納西門慶諸多小妾，維持其家庭的「安定團結」，確實不簡單，但其人性，卻只有道德價值，沒有審美價值，「精緻」二字，還是和她連不上，更莫論潘金蓮、李瓶兒等。

【一八四】

中國的放逐文學可分為三類：被國家放逐（如屈原、韓愈、柳宗元、蘇東坡）、自我放逐（如陶淵明）、放逐國家。

第三種的代表是曹雪芹。在他身上，沒有國家概念，《紅樓夢》的第一回就重新定義故鄉，批評「世人」不知故鄉何處，「反認他鄉是故鄉」。他先放逐國家概念，而後又放逐國家實體，即放逐朝廷。所以才讓賈元春說出宮廷是「見不得人的去處」。至於文化，那就在他身上，但不是國家文化，而是禪宗文化、隱逸文化、自然文化等中國各種文化精華。《紅樓夢》既是個體心靈文化，又是普世文化。他只有文學立場、人性立場，沒有國家立場與民族立場，也沒有家族立場。林黛玉流了那麼多眼淚，沒有一滴是為國家而流的，更不用說流一滴血，賈寶玉則身在王爺府，心在女兒國。

【一八五】

歷史具有暫時性與積累性兩大特點。文化是積累性的結果。人性是通過文化的積累而形成的。積累才是根本。人離開積累、離開社會就剩下兩條出路：一是退回動物界；二是走向絕對神秘（或宗教）。把《紅樓夢》視為「反封建」，只講到歷史暫時性的一面，而未觸及永恒性的一面。唯其人性（包括潛意識）與現實規範（包括禮教規範）的衝突，才是永恒的衝突。《紅樓夢》寫出被壓抑的真情真性，即找不到出路、陷入困境的真性真情，這才是《紅樓夢》的永恒之源。

【一八六】

王國維說「太白純以氣象勝」（《人間詞話》）。氣象，確實可以作為一種文學標尺。然而，李白真正的「勝」處是他的奇麗想像。氣象只是奇麗想像力的表徵而已。李白筆下的氣象乃是自然氣象，而精神氣象則遠不如曹操、李煜、蘇東坡，更不如曹雪芹。精神氣象產生於內心空間，它不是自然圖畫，其恢弘難以察覺，只可感受與領悟，尤三姐、鴛鴦的自殺和林黛玉、晴雯之死，都展現了一番奇麗的精神氣象。

【一八七】

《世說新語》不寫帝王功業，只寫日常生活，它記錄了許多逸聞趣事，呈現了許多人物的音容笑貌，從而奠定了中國小說的喜劇基石。《儒林外史》可以說是《世說新語》的伸延與擴大。中國小說有輕重之分，「重」的源於《史記》，「輕」的源於《世說新語》。《三國演義》、《水滸傳》都太「重」，學《史記》學得走樣。《紅樓夢》則輕重並舉，而且舉重若輕，有思想又有天趣情趣，極深刻的思想就在日常的談笑歌哭中。

【一八八】

如果借用佛教的「大乘」與「小乘」兩大概念來劃分與描述，「小乘」式作家側重於獨善其身，弘揚個性，追求生命自由；「大乘」式作家則偏重於擁抱社會、關心民瘼，富於大悲憫精神。能兼二者的長處更好。但二者都可能「走火入魔」。前者走火入魔則孤芳自賞、我行我素、冷漠人間；後者走火入魔則以救主自居，把自己的良心標準化和權威化，並以此號令社會。魯迅說自己常在「個人主義」與「人道主義」中起伏，也可解說是在「大乘」與「小乘」的兩種傾向中搖擺。托爾斯泰的晚年二者兼得，既自我完善又關懷民瘼。曹雪芹也是二者兼得的天才：個體自由精神與大慈悲精神全在《紅樓夢》中。

【一八九】

立意要緊，立境更要緊。立足於生命語境與立足於家國語境歷史語境，很不相同。在精神層面上個體生命比一個星球還大，它可以伸延到無限的浩瀚。個體生命不是白駒過隙，它可以進入神秘的永恒。生命與宇宙可視為一個概念的兩面。普世性的寫作離不開家國、歷史題材，但立足之境則一定是生命—宇宙語境。文學中的普世理念是「生命—宇宙」語境大於家國—歷史語境的理念。王國維說《紅樓夢》不同於《桃花扇》的家國境界，乃是宇宙的境界，就因為它放逐了世俗的故鄉、國家理念，賈寶玉的「出走」便是否定家國而回歸無邊界的感情故鄉，承認有一種比家國更根本、更永恒的存在。

【一九〇】

曹雪芹出身於漢裔的滿清貴族，他在漢文化中生長，具有漢文化的巨大底蘊，但他的家庭又是滿族皇帝的寵臣，這使他身上又天然地帶有異族的野氣。這種野氣注入漢文化，便產生活力，也產生大氣。《紅樓夢》不僅有佈滿詩意的細節描寫，還有宏大的史詩構架，其內外視野又直逼天地之初，這正是野氣、大氣使然。僅有漢族的文人氣，恐怕產生不了《紅樓夢》。清代的著名文學家李漁，身上就缺少曹雪芹的大氣，只有文人氣，因此，雖有才氣，卻沒有作品的大格局。

【一九一】

禪入文學，給文學帶來巨大活力，文學的本性是自由，禪的本性也是自由。禪進入蘇東坡，蘇東坡就不同於韓愈、柳宗元、歐陽修等。受禪影響，就是受自由精神影響。對於人，對於文學，禪均是偉大的啟迪力量與解放力量。沒有禪宗的「不二法門」，可能就不會有如此慈悲的賈寶玉。身份有高低，但佛性無差別；公子王爺會有貴族氣，奴婢丫鬟也會有貴族氣。賈寶玉天生擁有愛的法門，這是打破分別相、超越尊卑之分的不二法門，對一切生命不分、不割、不偏的整體相法門。老子所說的「大制不割」，也是不二法門，在賈寶玉眼中，所謂大制，就是生命。

【一九二】

禪宗要打破的我執，是假我之執，並非真我之執。倘若讓慧能來解《紅樓夢》，他要打破的是甄寶玉的世俗妄念之執，而不是賈寶玉的本真之執。賈寶玉的本真狀態，愈執愈好，愈執愈明心見性。賈政痛打賈寶玉，其棒喝的錯誤，是要打垮兒子身上的真我，從兒子身上呼喚出甄寶玉（假我）。秦業痛打秦鐘，也是想打掉真秦鐘，呼喚出假秦鐘。賈政與秦業都是通過專制的手段，強迫自己的子弟按照常人的慾望標準重新編排生命。

【一九三】

秦鐘的父親秦業得知秦鐘與智能的情愛訊息後，怒不可遏，不僅痛打，而且打得元氣大傷以致死亡。賈政也差些把賈寶玉打死。但是賈政、秦業面對兒子的纍纍傷痕，只有愧對祖宗即沒有培養出光宗耀祖之後代的罪感，而沒有摧殘兒子、破壞後輩心靈的罪感。賈政文化是面向過去、面向門第（祖宗）的文化，不是面向未來、面向生命的文化，他即使把賈寶玉打死，也不會有恐懼感，只有當賈母出現時，他才誠惶誠恐。中國人被科場、官場抓住心靈之後價值觀念全然顛倒，人類的基本價值觀念——生命擁有最高價值的觀念，全然消失。

【一九四】

禪不立文字，其思想卻經得住一千多年的風吹浪打，即經得住歷史的嚴酷篩選，留了下來。它不喧嘩，不膨脹，不自售。但默而不沉，經久而不滅，可見思想的真金子是不怕時間的沖洗的。禪宗六祖慧能，一個不識字的宗教領袖，慈悲仁厚，但其心靈的力度卻力透金剛，他拒絕任何偶像崇拜，拒絕進入一切權力構架，甚至拒絕唐中宗和武則天召他入宮的聖旨。賈寶玉的性格雖然至溫至柔，但心靈也有強大的拒絕力量。他拒絕世俗世界關於人生編排的種種認識，也拒絕皇統道統所規定的道路。《紅樓夢》中林黛玉與賈寶玉談禪時，言語很簡單，但意思很豐富又很有內在力量。什麼才可稱為「以心傳心」，林、賈的禪性派對，便是典型。

【一九五】

與「空」相對立的概念是「色」。與「色」相連的概念是「相」。「相」是色的外殼，又是色所外化的角色。去掉相的執著和色的迷戀，才呈現出「空」，才有精神的充盈。《金剛經》所講的我相、人相、眾生相、壽者相等，都是對身體的迷戀和對質（慾望）的執著。中國的禪宗，其徹底性在於它不僅放下我相、人相、眾生相、壽者相，而且連「佛相」本身也放下，認定佛就在心中，真正的信仰不是偶像崇拜，而是內心對心靈原則的無限崇仰。深受禪宗思想影響的《紅樓夢》，其所以有力度，便是它拒絕一切權威相、偶像，包括佛相、道相。賈寶玉說：「這女兒兩個字，極尊貴，極清淨的，比那阿彌陀佛、元始天尊的這兩個寶號還更尊榮無對呢！」（第二回）有此力度，也才有整部巨著的全新趣味：蔑視王侯公卿和醉心於功名貨利的文人學士，惟獨崇尚一些名叫「黛玉」、「晴雯」、「鴛鴦」的黃毛丫頭，以至視她們為最高的善，勝過聖人聖賢。要說離經叛道，《紅樓夢》離得最遠，叛得最徹底。

【一九六】

林黛玉與賈寶玉談禪，並藉此探情：「寶姐姐和你好你怎麼樣？寶姐姐不和你好你怎麼樣？寶姐姐前兒和你好，如今不和你好你怎麼樣？今兒和你好，後來不和你好你怎麼樣？你和他好他偏不和你好你怎麼樣？你不和他好他偏要和你好你怎麼樣？」面對這一問題，寶玉最好的回答也許是「好就是了，了就是好」，但他還是表白自己專一的戀情。小說文本寫道：寶玉呆了半晌，忽然大笑道：「任憑弱水三千，我只取一瓢飲。」黛玉道：「瓢之漂水奈何？」寶玉道：「非瓢漂水，水自流，瓢自漂耳！」黛玉道：「水止珠沉，奈何？」寶玉道：「禪心已作沾泥絮，莫向春風舞鷓鴣。」黛玉道：「禪門第一戒是不打誑語的。」寶玉道：「有如三寶。」黛玉低頭不語。

這是高鶚續書寫得最好的章段。「弱水三千，只取一瓢飲」，表示一往情深的專一；「水自流，瓢自漂」，表示一切取決於自己，點破的是禪的「自性」要義；最後一個問題是水止珠沉悲劇發生了怎麼辦？寶玉的回答是出家。寶玉最後的結局是歸宿於僧寶、法寶、佛寶，他真的出家了。《紅樓夢》的要點，高鶚畢竟有所領悟。禪宗六祖慧能作為一個不識字的思想家，他實現了另一種思想方式的可能，即揚棄邏輯、實證、概念、範疇而進行思想的可能。這是西方理性思想家難以想像的。慧能不僅實現了思想，而且抵達理性、邏輯無法抵達的地方。林黛玉、賈寶玉談禪時，借禪說愛，把愛推向無限的時間與空間的深淵。愛的過去，是女媧補天渾沌初鑿的時刻，是類似亞當、夏娃的神瑛侍者與絳珠仙草的天國之戀時刻，愛的今天，則是「弱水三千，只取一瓢飲」，真正相愛並愛入靈魂的只有一個。這種愛不能實證，不能分析，其情意的遙深、悠長、厚重，邏輯無法描述，理性概念無法企及。

【一九七】

《紅樓夢》中有一個奇女子，名為平兒，她口中沒有禪，腦中可能也沒有禪，恐怕壓根兒不知什麼叫做禪。然而，禪卻在她的潛意識中，在她的骨子裡。她沒有任何我執與他執，也非逆來順受，天生能以平常之心去接受生活和接受命運。所有的女子都可能嫉才或嫉情，她卻沒有。作為賈璉之妾，她與最難相處的王熙鳳相處得很好，連王熙鳳都服她。這一切都不是刻意安排，而是寬容的天性與平常的心性使然。她身處人際關係之中，又抽身於關係之外，遠離人間那些根深蒂固的無休止糾纏，也遠離狹隘，遠離嫉妒，遠離心機，遠離善惡好壞判斷的世俗法庭，理解一切人與厚待一切人，包括丈夫外遇，王熙鳳暴跳如雷時，她也以平常心對待。她身處俗境卻心創奇境，這奇境便是人際關係中的禪境。因此，平兒也可算是《紅樓夢》諸多生命奇觀中的一絕。

【一九八】

《紅樓夢》的永恒性來自人性，不是來自民族性、階級性、時代性、黨派性等。作家的基本立足點立於人性，立於生命，才能永久。人性不是概念，不是普遍性範疇，而是個案。人性通過個案而呈現。所以人性難以用善惡、是非去裁判，只能通過無概念的性格、命運去呈現。說《紅樓夢》無是無非、無善無惡，便是說，它充分人性，充滿性格，又全是個案。用階級性或普遍性等概念去分析，注定是徒勞的。概念用得愈重，離《紅樓夢》就愈遠。

【一九九】

孔子的《論語》是言論集，沒有文學審美價值。但它卻開闢了中國文學的兩個傳統：第一個是家國關懷；第二個是仕途經濟。把家國關懷表現到極致的是杜甫。「國破山河在，城春草木深，感時花濺淚，恨別鳥驚心。」這是關懷美的極品，但是，孔子的第二個傳統卻帶來功名心，杜甫的詩是儒者詩，正面是家國關懷，負面則是太多不得志的焦慮，總是放不下「致君堯舜上」的抱負和功名心。儒者詩雖有家國關懷，卻缺少個體生命關懷。《紅樓夢》則質疑儒家意識形態，全是個體生命關懷，呈現的是個體生命美的極致。它創造的生命系列，尤其是女子詩意生命系列，全在家國關懷與仕途經濟的彼岸，然而，中國的自由精神，卻是從這一彼岸開始發生。

【二〇〇】

《紅樓夢》與明末的散文相比，都有真性情，但明末散文的性情止於性情，而《紅樓夢》則從性情進入性靈。不僅性情豐富，性靈更豐富。林、賈兩個主角雖屬癡絕，卻非癡迷，兩個都以天生的靈性拒絕落入迷途，其悟性、靈性旁人難以企及。《紅樓夢》中的性情與性靈之間有一中介，這是大自然與大宇宙。性情超越世俗世界進入宇宙才產生性靈。與《紅樓夢》相比，《金瓶梅》缺少性情向性靈的昇華，李漁也沒有，兩者都太沉迷於感官世界的快樂，走進去而出不來，更是飛升不起來。《紅樓夢》與《金瓶梅》的區別，不僅有雅與俗的大區別，還有天與地的大區別。

【二〇一】

《史記》中的列傳（也包括一部分本紀），帶有很大的文學性，它的成功，使後人產生一個大誤解，以為文學可以塑造歷史，甚至認為文學應以塑造歷史時代為基本使命。其實，文學只可塑造心靈，不可塑造歷史。即使描述歷史，也是在塑造心靈。離開歷史，文學還是文學，離開心靈，文學就不是文學。《紅樓夢》雖寫歷史，其實是借歷史而抒寫心靈，它的無限之美在於描述了詩人、詩情與詩心。

【二〇二】

中國的史書《資治通鑒》及二十四史，是沒有詩的歷史，與文學無關。《史記》則有詩意，特別是其中的人物傳記，更有詩意。但《史記》沒有史詩意識也沒有史詩構架，因此它終於沒有成為史詩。史詩的重心是詩，不是史。《紅樓夢》顯示了這個重心，它把生命詩化，把歷史審美化。它尊重一切詩意的生命存在，既有宏偉的史詩構架，又有細部的詩意描寫，既有外在的宇宙視野，又有內在的大觀視野。曹雪芹和司馬遷都有不幸的個人遭際，但司馬遷把此遭際僅上升為個人發憤意識，而曹雪芹卻上升為宇宙意識，使作品超越了社會形態。發憤，可成為一種動力，但也可能變成一種情緒而失去冷靜與冷觀。司馬遷是史學家，曹雪芹是文學家，但曹雪芹對人生對世界的觀察比司馬遷更冷靜。這種冷靜使他產生空空道人的冷觀，冷觀下才看出世界的鬧劇。因此，不能只把《紅樓夢》視為愛情悲劇，還應視為叩問存在意義的生命史詩。

【二〇三】

原創的文學本是一次性的。正如不可能兩次涉足絕對相同的一條河流，創造性經驗更是一次性，不可能遺傳，不可能複製。《紅樓夢》更是一次性的，這是曹雪芹不可複製的人性經驗與審美經驗。因此，從嚴格意義上說，續寫《紅樓夢》不可能。高鶚所作的只是知其不可為而為之，其精神不簡單。他通過《紅樓夢》頭幾回的命運預告硬是續了下來，可謂續書奇才。續中有許多精彩篇章，但也有不少敗筆，其中最大的敗筆是讓賈寶玉與賈蘭一起奔赴科舉考場，還中了舉。賈寶玉可能會有妥協，但此種妥協已越過其精神邊界，高鶚把常人指向的可能性放到寶玉身上，以為寶玉也可能從本真自我那裡突然溜到常人那裡，結果損害了這個赤子的純粹性。

【二〇四】

《紅樓夢》續書最難把握的是主要人物的結局。賈寶玉、林黛玉應止於何處？是消失在現實世界中還是返回遠古家園？是投湖自盡還是飛向超驗世界中？如果是回到靈河岸邊三生石畔，林、賈會不會有另一種形式的相會？而最重要的是他們告別人間時，心境會是怎樣？是痛哭（如續作所寫，林黛玉唸着「寶玉，寶玉，你好……」）還是愉悅？陶淵明告別官場回到田園農舍時有一種回歸故鄉的大快樂（「羈鳥戀舊林，池魚思故淵」）。林黛玉、賈寶玉告別泥濁世界，返回絳珠仙草與神瑛侍者初戀時的故鄉就僅有苦痛嗎？如果林、賈有「哪裡自由，哪裡就是故鄉」的意念，她們走出人間應有比悲傷更複雜的情感。按照曹雪芹在第七十六回的預告，林黛玉的最後結局是「冷月葬詩魂」和「人向廣寒奔」。這個結局雖有死亡的冷寂與孤寒，但即便如此，其狀態也未必只有眼淚或拉奧孔式的恐懼。她抽離人間時雖然絕望，但可能也有最終擺脫蛇身糾纏的愉悅。纏住拉奧孔的蛇，對於寶黛而言，不是世俗意義上的蛇蝎之人（壞人），而是社會關係共同編織的巨大羅網。

下篇（寫於二〇〇七年）

【二〇五】

寫作，有的是為了立功立德，有的是為了立言立名，有的是為了製作一把鑰匙去打開榮華富貴的大門。而最高境界的寫作，是為了消失。林黛玉的《葬花詞》，是最感人的傷逝之詩。她寫這首詩，就是為了消失，為了給生命的消失留下一聲感慨，一份見證，一種紀念。曾有一個生命如花似葉存在過，她也將如花凋殘，如葉消失，為了紀念這一存在的消失，她才寫作。消失的歌，唱過了，消失的方式，準備好了，那是簡樸乾淨的還原：「質本潔來還潔去」，沒有奢望，沒有遺囑，只留下一個曾經發生過的高潔的夢。「為了忘卻的紀念」（魯迅語）是痛，「為了消失的紀念」是更深的痛。消失不是目的，不是世俗的有，但它合更高的目的——澄明充盈的無。曹雪芹著寫《紅樓夢》也是為了消失，為那些已消失的生命留下輓歌，為將消失的生命（他自己）留下悲歌。

【二〇六】

溪壑分離，紅塵遊戲，真何趣？名利猶虛，後事終難繼。（第五十回）

這是元宵節遊戲中，史湘雲編的燈謎，實際上是一首牌名為《點絳唇》的詞，讓人猜一俗物。李紈、寶釵等都不解，倒被寶玉猜中是「猴子」。眾人問：「前頭都好，末後一句怎麼解？」湘雲道：「那一個耍的猴子不是剁了尾巴去的？」連一俗物都可作如此藝術提升，連一燈謎都寫成真詩真詞，每一精神細節都如此精緻而有詩意，這便是文學作品「質的密度」。這部巨著永遠說不盡的原因也在於此：既有廣度、深度，還有密度。這則謎語，除了把猴子用詩語準確地描摹之外，還把

《紅樓夢》的哲學觀與人生觀也表現出來。曹雪芹觀物觀人觀世界是莊子的《齊物論》和禪宗的不二法門，是把握整體相而揚棄分別相，所以不喜歡紅塵遊戲中的「溪壑分離」。而在人生觀中則斷定名利乃是幻相，它只有暫時性而無實在性與永恒性，所以是「後事終難繼」。寫小說只講故事只鋪設情節容易，但創造這種詩意的精神細節卻有很大的難度。

【二〇七】

貴族府中的富貴人並非人人都貴族化，其精神氣質、風度形態可謂千差萬別。倘若加以區別，大約可分為四類：一是形貴神俗，如王熙鳳、王夫人姐妹等；二是形俗神貴，如尤三姐等；三是形神俱俗，如賈赦、賈璉、賈蓉、薛蟠、賈環、趙姨娘等；四是形神俱貴，如賈寶玉、林黛玉、秦可卿、史湘雲、妙玉、李紈、三春姐妹等，賈母也屬於此。如果以此尺度劃分，有些人物可能會有爭論，如賈政，有人會把他劃入「形貴神俗」，也有人會把他劃入「形貴神貴」。我替他作了辯護，是認為他雖是賈府中的「孔夫子」，父權專制的體現者，但其品質及道德精神仍可界定為高貴者，不像他的兄長賈赦，身內身外皆是一大俗物。薛寶釵也是如此，雖然她老是勸戒寶玉要走仕途經濟之路，但她畢竟滿腹經綸，氣質非凡，也屬形神俱貴之人，不可輕易把她劃入「封建」俗流。曹雪芹的美學成就，是塑造了一群形至貴、神也至貴的詩化生命，為人間與文學大添光彩。

【二〇八】

中國門第貴族傳統早就瓦解，滿清王朝建立之後的部落貴族統治，另當別論。雖然貴族傳統消失，但「富貴」二字還是分開，富與貴的概念內涵仍有很大區別。《孔雀東南飛》男主角焦仲卿的妻子蘭芝，出身於富人之家但不是貴族之家，所以焦母總是看不上，最後還逼迫兒子把她離棄。《紅樓夢》中的傅試，因受賈政提攜，本來已發財而進入富人之列，但還缺一個「貴」字，所以便有推妹妹攀登貴族府第的企圖。三十五回寫道：「那傅試原是暴發的，因傅秋芳有幾分姿色，聰明過人，那傳試安心仗着妹妹要與豪門貴族結姻，不肯輕意許人，所以耽誤到如今。且今傳秋芳年已二十三歲，尚未許人。爭奈那豪門貴族又嫌他窮酸，根基淺薄，不肯求配。那傳試與賈家親密，也自有一番心事。」

曹雪芹此段敘述，使用「暴發」一詞，把暴發戶與貴族分開。暴發戶突然發財，雖富不貴，還需往「貴」門攀援，然後三代換血，才能成其貴族，可見要做「富」與「貴」兼備的「富貴人」並不容易。賈寶玉的特異之處，是生於大富大貴之家，卻不把財富、貴爵、權勢看在眼裡，天生從內心蔑視這些耀目耀世的色相。他也知富知貴，但求的是心靈的富足和精神的高貴。海棠詩社草創時，姐妹們為他起別號，最後選用寶釵所起的「富貴閑人」，寶玉也樂於接受。他的特徵，確實是「富」與「貴」二字之外，還兼有「閑」字。此一「閑散」態度，便是放得下的態度，即去富貴相而得大自在的態度。可惜常人一旦富貴，便更忙碌，甚至忙於驕奢淫逸，成了慾望燃燒的富貴大忙人。

【二〇九】

秦可卿的乳名為「兼美」，歷來的讀者與研究者都知道她身兼黛玉與寶釵兩種美的風格。其實，兼美正是曹雪芹的審美情懷與美學觀，而兼美、兼愛、兼容則是曹雪芹的精神整體與人格整體。無論是黛玉的率性、妙玉的清高，寶釵的矜持、湘雲的灑脫、尤二姐的懦弱，尤三姐的剛烈、晴雯的孤傲、襲人的殷勤，各種美的類型，都能兼而愛之。除此之外，對於薛蟠、賈環等，也能視為朋友兄弟，更是難事。人類發展到今天，多元意識才充分覺悟。但在二百年前，曹雪芹早已成為自覺。曹雪芹是中國「多元主義」的先知先覺。《紅樓夢》不是宗教，但有宗教情懷，這種宗教情懷便是兼美、兼愛、兼容的大寬容與大慈悲。

【二一〇】

數千年中國文學史上有兩個最偉大的「藝術發現」者：一個是陶淵明，一個是曹雪芹。兩人的發現有一共同點，都是在平凡中發現非凡，在平常中發現非常。一個在身邊的日常的田園農舍裡發現大自然的無盡之美；一個在身邊的日常的貴族府第中發現小女子甚至是小丫鬟的無窮詩意。兩位天才都在常人目光所忽略之處發現大真大美大詩情。這兩項發現，與愛因斯坦發現相對論一樣，具有劃時代的意義。

【二一一】

一九二九年清華大學為王國維樹立碑石，陳寅恪先生在其所撰的碑文中用「自由之思想，獨立之精神」十個字概括王國維的人格主旨。如果按照陳寅恪先生的語言方式讓我們在曹雪芹的碑石上概括《紅樓夢》的精神主旨，也許可用「尊嚴之生命，詩意之生活」來概述。曹雪芹顯然有政治傾向，也必定熟悉宮廷裡的血腥鬥爭，但他超越了政治理念和政治話語，不把《紅樓夢》寫成政治小說，而賦予小說以個體生命的旋律，叩問生命存在的意義，在此主旋律之下，《紅樓夢》表達的便是兩大主題：一是追求生命的尊嚴；二是追求生活的詩意。後者便是德國詩人兼哲學家荷爾德林的那一著名提問：人類如何能夠詩意地棲居於大地之上。而只有這樣的主題才經得起歲月急流的沖洗顛簸。處在最堅固最黑暗的封建王朝專制眼皮下卻最有力量地寫出千古不朽的偉大作品，這原因不能歸結為「勇敢」，而是他的天才選擇：從基調、主題到筆觸。

【二一二】

讀了《紅樓夢》第五十四回「史太君破陳腐舊套」，便知賈母倘若年青，也是大觀園女兒國的瀟脫女子。她聽了女說書人講了《鳳求鸞》的故事之後，批評道：「這些書都是一個套子，左不過是佳人才子，最沒趣兒。把人家女兒說的那樣壞，還說是佳人，編的連影兒也沒有了。開口都是書香門第，父親不是尚書就是宰相，生一個小姐必是愛如珍寶。這小姐必是通文知禮，無所不曉，竟是絕代佳人。只一見了一個清俊的男人，不管是親是友，便想起終身大事來，父母也忘了，書禮也忘了，鬼不成鬼，賊不成賊，那一點兒是佳人？便是滿腹文章，做出這些事來，也算不得是佳人了……」賈母所要破的陳腐舊套，首先是才子佳人的舊套。把文學理解為只是子建文君這類淺薄的故事，的確水準太低。賈母這一文學觀，在第一回小說的開篇就已揭示，石頭在與空空道人的對話中就嘲笑「歷來野史」、「風月筆墨」，特別指出「佳人才子」等書千部共出一套，且其中終不能不涉於氾濫。以致滿紙潘安、子建、西子、文君……

小孫子（寶玉）和老祖母（賈母）共破熟套老套，這是值得注意的情節。《紅樓夢》的基調是輕柔的，但其文化批判的鋒芒卻處處可見。這種鋒芒是雙向的：一面指向「文死諫」、「武死戰」的皇統道統文化和「仕途經濟」的功名文化；一面則指向淫穢汙臭、壞人子弟的庸俗文化及才子佳人的陳腐文化。上層文化和下層文化的糟粕老套，曹雪芹都給予拒絕。要說「文化方向」，曹雪芹所呈現的路徑，才是真方向。

【二一三】

《儒林外史》的開頭，先寫王冕隱逸拒仕的故事，還有一點放任山水的清潔情懷。《三國演義》和《水滸傳》裡則只有抱負與野心，沒有美好情懷。《紅樓夢》之美是它不僅揭露了泥濁世界的黑暗，而且呈現了人間最美好最有詩意的大情懷。賈寶玉的慈悲情懷如滄海廣闊，如太初本體那樣明淨。而其他少女林黛玉、妙玉、湘雲、香菱、晴雯、鴛鴦乃至寶釵、寶琴等，都有各自的高貴情懷，這些情懷或呈現於詩，或呈現於歡笑，或呈現於歌哭，或呈現於傷感，或呈現於怨恨，都讓人看到黑暗地獄中的一線光明，也都讓人感到人有活着的理由。《紅樓夢》中的少女，每一美的類型，都是一種夢，一卷畫，一片生命景觀。賈寶玉對人間的依戀，便是對這些生命風景的依戀。

【二一四】

中國人到了唐代，才真正把「國」看得很重，「國破山河在」的沉重嘆息也因之產生。相應地，作家文人也把功名看得很重。到了《紅樓夢》時代，賈政等仍然把國視為天，把家國之事視為「頭等大事」。自己的女兒（元妃）省親，簡直是天搖地動，因為這不僅是家事，而且是國事。然而，賈寶玉對此無動於衷。而晴雯之死，他卻視為「第一件大事」。第七十七回寫寶玉知道晴雯被逐後喪魂失魄，回到怡紅院時的情景是：「……一面想，一面進來，只見襲人在那裡流淚，且去了第一等的人，豈不傷心，便倒在床上，大哭起來，襲人知道他心裡別人猶可，獨有晴雯是第一件大事。」賈寶玉把晴雯放在價值塔上的最尖頂，把晴雯視為第一等人，把晴雯被逐視為第一件大事，這是《紅樓夢》的價值觀，把個體生命看得比家國更重的價值觀。賈政父子兩代人的衝突，不是封建與反封建的衝突，而是重個體還是重家國的價值觀念的衝突。曹雪芹很了不起，他在二百多年前就把五四運動旗幟上重個體重自由的內容率先在小說中有聲有色地展示於天下了。

【二一五】

漂亮並不等於美。長得漂亮的男子女子很多，但能稱得上美的並不多。王熙鳳長得漂亮，但不能算美。倘若不漂亮，賈瑞就不會那樣死追她。形貴神俗之人不能算美。所謂美，是形貴神也貴。林黛玉、晴雯顯得美，就是形神兼備。《紅樓夢》塑造了一群至情至性也至美的人，其外貌超群出眾，其內質又超凡脫俗，內外皆有熠熠光華，才、貌、性、情之優秀集於一身。兼美之名屬秦可卿，其實，黛玉、寶釵、湘雲、妙玉等女子都是稀有的兼美者，個個都結晶着大自然與大文明的精萃精華。最美的黛玉，不僅具有傾城之貌，而且擁有詩化的內心，她是至美的花魂，又是至真的詩魂，至潔的靈魂。王熙鳳缺少這種內在光彩，只能稱作漂亮女人。

【二一六】

蘇東坡到了晚年，其大觀眼睛愈加明亮，在此宇宙的「天眼」下，「人」為何物也愈清楚。因此，便有「茫茫太倉中，一米誰雌雄」的詩句（寫於一〇九七年）。此詩說，在茫茫大千茫茫宇宙中，人不過是微小的一粒米，不過是萬物萬有生生滅滅中的一粒沙子，在此語境下，決一雌雄爭一勝敗究竟有多少意義？蘇東坡的太倉境界到了《紅樓夢》發展到極點，成為小說的基本視角。

用洞察天地古今的「天眼」看世界日夜忙碌的人，一個個只是天地一沙子，滄海一米粒，星際一塵埃。曹雪芹也把主人公界定為悠悠時空中的一石頭，而且是多餘的石頭，連補天的資格也沒有的石頭。因為有這一界定，所以他通靈幻化進入人間之後，雖然聰慧過人，但不與人爭，不與鬼爭，不與親者爭，不與仇者爭，不進入補天隊伍，也不加入反天隊伍，自然而生，欣然而活，坦然而為。

【二一七】

人類在生存壓力愈來愈重的時候，其生存技巧也隨之發達發展，而生命機能也會在對環境的適應中增長增進，王熙鳳的算計機能（機心）就生長得超群出眾。但《紅樓夢》的主人公賈寶玉，他自始至終沒有常人常有的一些生命機能，例如，他沒有嫉妒的機能，沒有恐懼的機能，沒有貪婪的機能，沒有虛榮的機能，沒有作假的機能，沒有撒謊的機能，沒有設計陰謀的機能，沒有結黨營私的機能，沒有奉迎拍馬的機能，沒有投機倒把的機能，甚至沒有訴苦叫疼和說人短處的機能。賈府上下的常人（黛玉例外）都笑他傻，笑他「呆」，笑的恐怕正是他的身心缺少這些機能。美國的大散文家愛默生說，個性比智力更高貴。賈寶玉的個性，天地間沒有第二例，也不可能出現第二次。他的個性是種心靈的本能，不必學、不必教而形成的至真至善的本能。《石頭記》中的石頭，是通靈的磁石，其磁力又是心靈的磁力，至真至善的磁力。因此，賈氏這座貴族府第中所有美麗的心靈都向他靠近。這種靠近不是世俗的對貴族榮華的攀援，也不是對翩翩公子形體的傾慕，而是被心靈的磁力所吸引。曹雪芹通過這部偉大小說所創造的心靈磁場，不僅被書中的詩意生命所環繞，也被我們這些異代讀者所環繞，千萬年之後，人間美好的生命還會向它靠近。

【二一八】

柳湘蓮、蔣玉菡、馮紫英等，有的是戲子，有的是商客，有的是閑士，都是社會的「邊緣人」，人世間的浪子。在貴族豪紳眼裡，他們都是不可交往的三教九流之輩。可是，身處貴族社會中心位置的賈寶玉，不僅沒有瞧不起他們，而且和他們結成深厚的情誼，敬重他們，關注他們，把他們引為知己。俗語說，物以類聚，人以群分，可是賈寶玉不接受權力操作下的分類，他不是「有教無類」，而是有情無類。真情所至，類別全消，完全打破中心人與邊緣人的界線，完全化解尊卑概念，心靈覆蓋全社會。這種「不二法門」與「不二情懷」被理解為「同性戀」，實在是對其悲情與世情的褻瀆。

【二一九】

對曹雪芹，筆者總是心存感激。如果不是他的天才大手筆，我們可能永遠不會知道人間有賈寶玉這樣一種至善心靈，這樣一種至真品格，人的性情性靈之美可以抵達到這樣的水準。這是屬於宇宙最高層面上的心靈與品格。無機謀的思想，無摻假的心性，無作戲的情感，無偏邪的目光，無虛妄的目的，無計較的頭腦，無嫉妒的胸懷，每一樣都找不到它的開始與結束，但可以見到它活生生的形態與光澤。人類無法理解和無法保存這種心靈和品格，說明世界有着巨大的缺陷。他的生身父親不知道他的價值，不知道他的出走是喪失一位怎樣高貴的兒子，而如果再把這種心靈與品格視為「廢物」與「孽障」，那更是人類世界的一種恥辱。

【二二〇】

林黛玉、賈寶玉既是詩人，又是哲人；既有形而下生活，更有形而上思索。他們的生命富有詩意，正是基於此。他們與王熙鳳的生命質量之別，也在於此。這種抽象區別如果用具象語言表述，便可以說，王熙鳳等只知「味道」，不知「道味」；而林黛玉、賈寶玉則不知「味道」，而知「道味」，其精緻的心靈對於「道味」有特殊的敏感。味道是色，是香味色味，是感官享受，是生存意識；道味則是空，是莊禪味，釋迦味，是存在意識。王熙鳳只知輸輸贏贏，不知好好了了；而賈寶玉、林黛玉則不知浮浮沉沉，只知空空無無。《金瓶梅》、《水滸傳》、《三國演義》中的人物，全是一些只知「味道」不知「道味」的角色，這些小說沒有形而上維度。

【二二一】

賈寶玉與陀斯妥耶夫斯基的《卡拉瑪佐夫兄弟》中的阿寥沙神形俱似，都極善良、單純、慈悲，都像少年基督。但是，其深層心靈的方向卻不同。東正教以苦難本身作為苦難的拯救，靈與肉絕對分開，其拯救便是通過肉的受罪達到靈魂的昇華，或者說，是通過肉的淨化達到神的純化，從而在受難中得到崇高的體驗與純潔的體驗，因此，磨難也是快樂，苦痛也是甜蜜。賈寶玉則不承認苦難的合理性，更不是禁慾主義者。他愛少年女子，不僅愛她們的性情，也愛她們的身體，是靈肉的雙重欣賞者。他不斷追求新的精神境界，但不是通過肉的淨化，他自稱「淫人」，實際上又與世俗的淫蕩內涵相去萬里。他是一種面對「肉」而不肉化的奇特生命，也是一種把審美等同於宗教的地上「聖嬰」，從文學形象而言，阿寥沙顯得更為「崇高」，但賈寶玉比阿寥沙，顯得更有血有肉，而且也更富有人性的光彩。

【二二二】

賈寶玉本是天外的「神瑛侍者」，來到人間後，屬於天外來客。在天外，在雲層之外，他更靠近太陽，更靠近星辰，也被多重光明照耀得更加透明透亮。他沒有吃過蛇蟲爬過和被現代理念嫁接過的果實，未曾呼吸被塵土與功名污染過的空氣，身上帶着宇宙本體的單純，因此，來到地球之後，他便給人一種完全清新的感覺。這種清新，是太極的明淨，是鴻濛的質樸，是混沌初開的天真。老子所說的「復歸於樸」，「復歸於嬰兒」，在曹雪芹看來，便是復歸於類似賈寶玉這種天外來客的本真狀態。

【二二三】

賈寶玉的兼愛，是情，又是德，更是一種慈悲人格。他的高貴、高尚、高潔舉世無雙，但他並不要求自己和他人淨化生命或聖化生命。在他的潛意識裡，大約明白，要求淨化生命就是剝奪慾望的權力與生活的權利。所以當秦鐘與智能兒偷情被他「抓住」時，他沒有譴責，只是開一個善意的玩笑而已。品格高尚的賈寶玉是一個至善者，但不是一個道德家，更不是道德法庭的判決者。應當尊重聖人，可惜中國太多高唱「存天理、滅人慾」的聖人，太多道德裁判者。在這些裁判者的眼中，情愛有罪，慾望有罪，生活有罪，而開設宗教、政治、道德法庭剝奪生的權利與愛的權利，卻沒有罪。

【二二四】

古希臘時代的藝術家對人的完美形體有一種衷心的迷戀，所以才創造出維納斯、扔鐵餅者等千古不朽的雕塑。賈寶玉也有希臘藝術家的慧目與情結，他對人的完美體態也有一種癡情的迷戀，所以才為秦可卿、秦鐘姐弟而傾倒。但他全身心投入與全身心迷戀的實際上是完美形體與完美性情和諧為一的青春之美。林黛玉、晴雯、鴛鴦便是這種和諧的化身。因此，當鴛鴦隨同祖母的逝世而自殺時，他真正痛惜並為之痛哭的是青春之美的喪失。因為有愛入骨髓的迷戀，才有痛徹肺腑的悲傷。

【二二五】

莎士比亞筆下的哈姆雷特是宮廷王子，曹雪芹筆下的賈寶玉是貴族王子，兩者都有焦慮。哈姆雷特所焦慮的，一是復仇，二是重整乾坤。賈寶玉卻遠離這兩項焦慮，他從根本上不知復仇為何物，天生不知記恨與仇恨。他更沒有改造乾坤的念頭，完全拒絕「治國平天下」的立功立業抱負。但他也有高貴的焦慮，這就是個體生命為什麼屢遭摧殘？天大地大怎麼就保護不了那些弱小的美好生命？

晴雯被逐之後，寶玉發出痛徹肺腑的大提問：「我究竟不知道晴雯犯了什麼彌天大罪？」這是寶玉發自靈魂深淵的「天問」，也是曹雪芹在整部《紅樓夢》中的最根本的焦慮：一個美麗、善良、率真的女子，一個在貴族府第裡服侍主人的整天忙忙碌碌的生命，她沒有傷害任何人，也沒有向社會謀求任何權力與功名，更沒有貪贓枉法或擾亂人間秩序，卻招引出如此無端的敵視，以致被剝奪愛的權利與生的權利，偌大的世界不給她半點立足之所，這是為什麼？寶玉的天問，是對人類世界的質疑與抗議。可惜，他是一個比哈姆雷特更猶豫更沒有行動能力的貴冑子弟，連哈姆雷特身上的佩劍都沒有。

【二二六】

專制，與其說是制度，不如說是毒菌。中國男人身上佈滿這種毒菌，所以到處是專制人格。連反專制制度的戰士也帶着專制人格，於是一旦贏得權力，又是新一任暴君。甚至知識人與道德家也不例外，韓愈的文章寫得好，但他作為一個大儒身上也有這種毒菌。佛教文化作為外來文化傳入中國，皇帝尚能接受，但他卻不能接受，刻意加以打擊排斥，比皇帝還專制。五四反舊道德，不得不拿韓愈開刀，因為他是文學家，又是道統專制者。曹雪芹塑造一個沒有任何專制毒菌的人格——賈寶玉人格。他是離專制最遠的靈河岸邊人，是連進入補天隊伍都沒有資格的大荒山人，是天生帶着天地青春氣息、黎明氣息的自然人。因此，哪怕對加害過他的趙姨娘，也從不說她一句壞話。寶玉疏遠趙姨娘和一些小人，是出於本能，不是仇恨。

【二二七】

老子說「大制不割」，大生命一定是完整的。人之美首先是完整美。即使形體有殘缺，但靈魂也應是完整的。一旦戴上面具，哪怕半副面具，人格就會分裂。《三國演義》中的一些主要人物，如劉備、曹操、孫權、司馬懿，都是極善於戴面具的英雄或梟雄，都很會裝。裝得愈巧妙，成功率就愈高。劉備至少有一百副面具。連諸葛亮也戴面具，也很會裝，他哭周瑜就裝得特別像，其謀略是完整的，其人格是破碎的。《紅樓夢》中的主要人物賈寶玉和林黛玉以及晴雯等，都是完整人，真實人，情愛雖失敗，但很美，這是完整的人格美。

高級的文化是超越任何權力分割和世俗分類的文化。它高於政治文化與道德文化，對人不作政治分類與道德分類，因此，它才徹底地打破紅與黑的界線和尊卑、貴賤、內外等區別。《紅樓夢》正是這樣一種文化，它致力於對生命整體的把握，拒絕對生命進行權力分割與權力運作，拒絕割裂生命「大制」的任何理由。

【二二八】

《紅樓夢》不僅有詩的無比精彩，還有人的無比精彩。宇宙雖大，物種雖多，最美的畢竟是人。可惜人類中精彩者太少。古今中外，有哪部著作像《紅樓夢》匯集這麼多精彩生命而構成燦爛的星座。黛玉、寶玉、晴雯、湘雲、寶釵、妙玉、元春、探春等等，哪一顆不輝煌，即使有黑點，哪一顆不燦爛。林黛玉之死，讓我們感到星辰殞落，山川減色；晴雯之死，讓我們感到人間已耗盡了幾個世紀真純的眼淚；尤三姐一劍自刎，又讓我們感到大地灑盡高貴的鮮血。在這些星光般的詩意生命之前，權力微不足道，財富微不足道，功名微不足道，賈赦等「世襲的蠢貨」更微不足道。

【二三九】

《三國演義》中的主要英雄一個個都有治國平天下的抱負，一個個都覺得可以佔地為王、奪冠為帝，全是一些高調的生命存在；《水滸傳》中的英雄，也都覺得自己不僅武藝超群，而且都在替天行道，連沒有文化的李逵也口口聲聲要奪皇帝的「鳥位」，充滿豪言壯語，也全是高調。惟有《紅樓夢》的賈寶玉是低調的生命存在。他沒有任何立功立德的宣言，也沒有改天換地的吶喊，更沒有拯救世界的妄念。他只想過自己喜歡過的生活，只希望生活得有尊嚴有詩意。他沒有任何先驗性的生活設計和預設性的反叛。他對傳統理念的一些非議與質疑，都是生命的自然要求，他的言行挑戰了舊秩序，但他並不是自覺的反封建戰士。

【二三〇】

無論是在屋裡與小丫鬟廝混，還是在家中與姐妹們戲笑，或是在詩社中與才女們比詩賽詩，甚至是在學堂裡打鬧，在寺廟裡度過一夜時光，賈寶玉都充分享受生活，或者說，都活得很快活，很自在。似乎只有他，才真正了解青春的短暫，生命的一次性與片刻性，才真正了解應當熱烈擁抱當下，擁抱生命。但是，和薛蟠、賈璉等兄弟哥兒們不同，他又不安於世俗的快樂。在他的意識或潛意識裡，大約知道僅僅滿足於吃喝玩樂，不過是高級動物的生活。人的生活確實離不開這一面，但是，人也可以跳出這一面，可以跳出物質的牽制，可以跳出財富、功名、色慾的限制，儘管常常跳不遠或跳出後又跌回，但有跳出的意識，才有別於動物，才有另一種質的生活。寶玉既快樂又苦惱，那苦惱的一面便是想跳出又佈滿障礙。

【二三一】

第三十九回的回目叫做「村姥姥是信口開合，情哥哥偏尋根究底」，說的就是寶玉的認真勁。劉姥姥胡謅一個在雪地裡抽柴的標致姑娘的故事，還說祠堂裡為她塑了像。他聽了之後竟深信不疑，按劉姥姥說的地點去找祠廟，想見見這個小姐，結果只見到一尊青臉紅髮的瘟神。賈寶玉沒有泛泛的戀情，泛泛的悲情，也沒有泛泛的世情。他有真切的情愛感，真切的友誼感，真切的生活感，而且還有真切的關懷。他知道泛泛之情，口蜜心疏，便是世故。

真的性情總是認真的，並非泛泛。哪怕對一個不熟悉的小丫鬟，哪怕只有一次偶然的相逢，他也不會敷衍。他知道敷衍便是作假。

【二三二】

林黛玉、薛寶釵、史湘雲、探春、李紈還有賈寶玉，他們組織海棠社，作詩寫詩，都是為詩而詩，即只有詩的動機，沒有非詩的目的與企圖。這些詩人們寫詩全都如同春蠶吐絲，除了抽絲的本能之外沒有非絲的絲外功夫。詩的動機及作詩進入非功利的遊戲狀態，這正是天才狀態，也正是康德所說的「不合目的的合目的性」。海棠社的詩人們給後人留下啟迪：詩意生活和詩意寫作，最重要的是首先要有詩的動因。有詩的動因，有靈的純粹，才有作詩的大快樂。

【二三三】

王熙鳳是《紅樓夢》世界裡的第一女強人。她的強是因為她具有男人性。第五十四回（「史太君破陳腐舊套」）特別穿插一個小情節，讓兩位女說書人講了一個金陵男生赴考遇佳人的故事，此生的名字也叫做「王熙鳳」。說故事時鳳姐也在場，但她並沒有不高興。強勢性格與超人才幹使她扮演雄性角色，這本無可非議，但她卻因此陷入男人的泥濁世界，相應地，便進入你爭我奪的絞肉機，絞殺別人，也絞殺自己。

在男人的泥濁世界裡，女子要佔上風，必定要比男人更用心機，因此，不可能用原心靈去生活，只能用尖嘴尖牙尖爪去拚搏。婚後她第一次變性，成了「死珠」（賈寶玉語），掌權後第二次變性，成了獅虎。變性後的女強人比男強人更兇狠更惡毒，這是宿命。她的鐵爪殺死了賈瑞與尤二姐。所以瀟湘館鬧鬼時最害怕的是她——女強人在機關算盡之後變成最膽小的人，這也是宿命。

【二三四】

中國女人，尤其是中國的世俗女人，可以面對薛寶釵，但不敢面對林黛玉。薛寶釵世故，善於應付各種關係，又可以贏得賢慧的美名。面對她，不僅不會感到壓力，反而會感到欣慰。而林黛玉卻純粹真實得令人不安，尤其是她心靈巨大的文化含量和她背後深刻的精神性，更是靈魂水平的座標。面對她，等於面對魂的高尚，情的高潔，詩的高峰。面對她，不免要感到生命的蒼白、庸俗和生存技巧的醜陋。所謂「高處不勝寒」，在這裡也可以解釋為面對精神高山不免要產生羞愧感與恐懼感。

【二三五】

賈環為賭輸了錢而哭，作為兄長的寶玉如此教訓他：「大正月裡，哭什麼？這裡不好，到別處玩去，你天天唸書，倒唸糊塗了！譬如這件東西不好，橫豎哪一件好，就捨了這件取那件，難道你守着這件東西哭會子就好了不成。你原是要取樂兒，倒招的自己煩惱，還不去呢！」

禪講自性、自救，要緊的是自明，即不要自己陷入無謂的煩惱中。寶玉開導賈環，一席平常話，卻是至深的佛理禪理：世界那麼大，那麼廣闊，任你行走，任你選擇，條條大路通羅馬，這路不通那路通，東方不亮西方亮，南方不明北方明，沒有什麼力量能堵死你的前行。天地的寬窄，道路的有無，完全取決於自己，人生的苦樂也取決於自己，煩惱都是自尋的。

【二三六】

賈寶玉作為「人」活在人間之後，一直帶有「天使」的特點（他本就是天使，隨身來的寶玉就是物證）。所以他不食人間煙火，不知天下大事，完全沒有人間生物的生存技巧和策略，也不懂得說那些人們滾瓜爛熟的謊話、大話、套話、廢話和髒話，更不知人們追逐的權力、財富、功名的重要。他惟一敏感的是生命之美與性情之美，是靈魂天空中那種種奇麗的如同天外雲霞的景觀。更有意思的是，他有一種超人間的天賦價值尺度，這一尺度打破了世俗的等級之分，凡是生命，凡是美，他都一律尊重與欣賞。其他一切尊卑標準、成敗標準、得失標準全都進入不了他的眼睛與心胸。

【二三七】

賈寶玉厭惡任何關於仕途經濟、求取功名的勸戒，哪怕這種勸戒是最溫柔的聲音，是來自才貌雙全的少女薛寶釵之口。他不能容忍自己走到發着臭味酸味腐味的科舉場裡去鬼混，去在那裡裝模作樣地做着沒有靈氣的文章，然後又用這些文章去換取一頂無價值的烏紗帽。他比誰都清楚，這將導致生命在垃圾堆裡活埋的災難。這位來自靈河岸邊的貴族子弟，習慣呼吸大自然的清新空氣和少男少女的青春氣息，來到人間走一回，當然不會愚蠢地和世人爭奪一頂八股編製而成的虛假桂冠。《紅樓夢》續作者最大的敗筆是讓寶玉走進了科場，還莫名其妙地中了舉。

【二三八】

《紅樓夢》第九回寫賈寶玉忽然上書房，其父賈政竟火上心頭，冷嘲熱諷起自己的兒子：「你再提『上學』兩個字，連我也羞死了。依我的話，你竟頑你的去是正經。看仔細站腌臢了我這個地，靠腌臢了我這個門。」說得很絕，罵得很尖刻很徹底。

賈寶玉有善根，有慧根，有靈性，有悟性，既聰明又善良，什麼問題都沒有。但在賈政看來，他的問題很大很嚴重。只知詩詞，不知文章，只重自由，不愛事功，完全沒有豪門遺風。因此不僅處處看不順眼，而且還把他往絕處罵，往死裡打。賈寶玉，一向與世無爭，與國無涉，與人無傷，但變成巨大的「問題人物」，難以生存。明明是人類精英，在一部分人眼裡，卻是廢物蠢物，這正是人類社會的一種巨大荒誕現象。

【二三九】

孔子喜歡「剛毅木訥」性格的人（如顏回），而不喜歡「巧言令色」之徒。然而，「剛毅」與「木訥」二者兼而有之卻不容易。《紅樓夢》中的迎春十分木訥，可是剛毅全無，結果成了賈府第一懦弱者。而探春卻剛毅有餘而木訥不足。她是興利除弊的幹才，鋒芒畢露，但也未免過於精細，性情中缺少一點必要的「渾沌」。惜春貌似剛毅木訥，可是她的木訥不是憨厚，而是冷漠。賈府中人物數百，真正能稱得上剛毅木訥者的，只有賈寶玉一人。他木訥得讓人稱作呆子，自始至終不失憨厚。而他的剛毅不是形剛而是神剛，其絕對不入國賊祿鬼之流的人生信念植根於心底，一點也不動搖，但因為形態太柔，常被人誤解，以為他是個弱者。

【二四〇】

任何典籍經書，都是人寫的，而不是神作的。即使是佛經、聖經也是人寫的。把釋迦基督的原始話語變成人的紀錄，這中間至少要削弱原創思想的一半；而從紀錄到整理成籍，又可能再丟失其半；再從印度傳到中國，從梵文譯成中文，其原意又可能再減其半。所以讀經典，無須尋章摘句，只要捕捉典籍的基本訊息。因此禪不僅要破我執，去我相，而且要破法執，去法相，掃法塵。賈寶玉厭惡經書教條，其實是天然地拒絕法執，把八股文章、陳腐說教視為遮蔽心性的法塵。八十一回寶玉對黛玉說：「還提什麼唸書，我最厭惡這些道學語。更可笑的是八股文章，拿他誆功名混飯吃也罷了，還要說代聖賢立言，好些的不過拿些經書湊搭還罷了，還有一種更可笑的，肚子裡原沒有什麼東西，東扯西扯，弄得牛鬼蛇神，還自以為博奧，這哪裡是闡發聖賢的道理？」寶玉在他「看破紅塵」之前，就「看破法塵」。讀書能看破書塵法塵，才算真能讀書。

【二四一】

在大觀園裡負責買辦花草、年已十八歲的賈芸，是個乖覺的伶俐人。比他小四、五歲的寶玉，見到他長得出挑，就說了句「倒像我兒子」的笑話，賈芸敏銳地抓住這句話順杆而爬，居然要拜認寶玉為乾爹。為了往豪門門縫裡鑽，竟如此縮小自己與矮化自己。對於賈芸這種行徑，常人只會覺得噁心。寶玉也知道他的心思，雖未應允但也不傷害賈芸，只說「閑着只管來找我」。此時寶玉本可以嘔吐訓斥，本可以得意揚揚，但他卻以平常心看待這一世相。不驚也不喜。不寵也不拒，既不引為親信，也不踢上一腳。沒有眾生相，也沒有貴族相，只有大悲憫之心。菩薩難當，便是面對君子容易，面對小人（遠小人）很難。賈寶玉的慈悲人格是理解一切人性弱點的菩薩心腸。

【二四二】

寶玉的困境可視為現代基督、現代釋迦的困境。他擁有絕對的善，其善根慧根植於內心最深處，卻被人視為禍根。他愛父親，但父親不愛他；他愛兄弟，但兄弟（賈環等）不愛他；他愛作為奴隸的少女們（丫鬟），但被他所愛的都跟着倒霉；他沒有任何邪念，但被視為色鬼淫人。至善被視為「孽障」，至慧被視為「呆子」，至情被視為「至淫」。如果有十字架，首先想把他送上十字架的是他的父親、兄弟和姨娘。他誰也不得罪，卻無端得罪許多人。他在晴雯被逐後，發出「晴雯到底犯了什麼滔天大罪」這一悲天之問，那也是他自己心靈困境的吶喊。

當今世界縱橫複雜的人際關係，被更加膨脹的慾望變成無所不在的絞刑十字架，想關懷人間的現代基督，一旦進入關係網絡，不僅救不了他人，反而會變成他人眼中的孽障和絞殺的對象。這就是現代基督的困境。

【二四三】

賈寶玉到地球上來一回，對人間滿意不滿意？如果返回青埂峰下靈河岸邊，如果讓他再來人間走一回，肯不肯？實際他已作了回答。第三十六回中，他說：「自此不再託生為人了。死了隨風化去，了無痕跡，死時只求有些女人的眼淚的送別。」

黛玉去世前，賈寶玉就決定不再託生，更不必說黛玉去世之後。到「地球」來一回，對於寶玉來說，也許正是到「地獄」來一回。地獄中固然有少女們呈現的天堂之光，讓他享受了生活，但他也看到，這個人間，豪門不得安生（他親眼看到父母府第裡一個接一個的死亡），寒門不得安生（他到過晴雯家，連那個嫂嫂也使他害怕），佛門不得安生（妙玉的下場就是鐵證），還有那個讓人嚮往讓人削尖腦殼往裡鑽的宮廷大門，也不得安生（元春就說那是見不得人的去處）。地球雖大，但安生無門。原來，這個有山有水的大地並非門門通向天堂，而是門門為地獄敞開。

【二四四】

寶玉隨祖母到寧國府，在秦可卿臥室裡，於唐伯虎《海棠春睡圖》畫下眼餳骨軟，入睡入夢。這是《紅樓夢》的夢中之夢，可謂大夢中的小夢，但又是極重要的夢。在夢中寶玉見到太虛幻境和警幻仙姑。寶玉和秦可卿這一節情事，在俗人眼裡簡直是不堪的偷情。但在曹雪芹筆下，卻寫成寶玉邂逅仙子，詩意綿綿，有如曹子建的《洛神賦》，是詩人與女神的邂逅。這裡除了具有想像力之外，在審美形式上又是化腐朽為神奇，化俗為雅，以最典雅的筆觸去駕馭最世俗的情節。無論讀者如何好奇地猜想世俗場景，但都無法破壞這幅生命相逢的至美圖畫。這幅圖景，不宜用「心比天高」去描述，卻可用「情如天高」去形容，是《紅樓夢》情感宇宙化的一個極好例證。

【二四五】

在賈寶玉的主體感覺中，宇宙的存在只是為了滿足人類愛美的天性，而少女的存在，即宇宙精華的存在，又只是為了確認美的真實和滿足他愛美的眼睛。於是，太虛幻境、大觀園便是他的宇宙，他的審美共和國。黛玉、寶釵、晴雯、湘雲等女子就是他的星空、黎明與雲彩。他生來沒有世俗的焦慮，惟一焦慮只是星空的崩塌，黎明的消失，雲霞的潰散。因此，每一個少女每一個姐妹的死亡出嫁都會讓他傷心至極，不知所措。他的癡情，既是細微的人間之情，又是博大的宇宙天性；他的審美觀，既是生命觀，又是宇宙觀。

【二四六】

寶玉和妙玉都是人之極品。但寶玉比妙玉更可愛，這是因為妙玉身為極品而有極品相，而寶玉雖為極品卻無極品相。妙玉云空而具空相，寶玉言空而無空相。一有一無，一個有佛的姿態而無佛的情懷，一個有佛的情懷而無佛的姿態，境界全然不同。

妙玉與黛玉都氣質非凡，都脫俗。不同的是黛玉脫俗而自然，而妙玉雖脫俗卻又脫自然，言語行為都有些造作。因此，她雖在庵中修道，卻不如黛玉無師自通、未修而得道。「率性謂之道」，果然不假，真正得道的還是率性的黛玉，而不是善作極品狀的妙玉。

【二四七】

《紅樓夢》中的少男少女，多數是「熱人」，極少「冷人」。其中第一號熱心人當然是賈寶玉。而薛寶釵卻被視為「冷人」（第一百一十五回），其實，她的骨子裡是熱的，內心是熱的，但她竭力掩蓋熱，竭力壓抑熱，只好常吃「冷香丸」。林黛玉也吃藥，但絕對不會吞服冷香丸，即便心灰意冷，也掩蓋不住身內的熱腸憂思。黛玉任性而亡是悲劇，寶釵壓抑性情而冷化自己也是悲劇，甚至是更深的悲劇。《紅樓夢》中真正可稱為「冷人」的，恐怕只有「惜春」。她過早看破紅塵，過早在自己心中設置防線。尤氏稱她：「可知你是個心冷口冷心狠意狠的人。」她也不否認，只回答說：「不作恨心人，難得自了漢。」如果說，薛寶釵是「裝冷」，那麼，惜春倒是「真冷」，徹頭徹尾，徹裡徹外的冷。所以她的心，只有煙塵，只有灰燼，沒有光焰，沒有和暖氣息。而薛寶釵雖然有時也冒出煙塵與灰燼，但畢竟還有冷香丸控制不住的生命亮光，所以才能「任是無情也動人」。

【二四八】

林黛玉與王熙鳳都是極端聰明的人，但林黛玉的聰明呈現為智慧，而王熙鳳的聰明則呈現為機謀（「機關算盡」）。如果說王熙鳳兼得三才：幫忙、幫閑、幫兇；那麼，林黛玉則兼有三絕：學問、思想、文采。也可說是史、思、詩三者兼備。王熙鳳沒有學問，也無文采，一輩子就寫過一句詩（「昨夜北風起」）。至於思想，更是了無蹤影。心機、主意、權術等雖多思慮，卻非思想。要是讓她與林黛玉談歷史、談禪、談詩，她只能是一個白癡。所以儘管機關算盡、聰明絕頂，處處盛氣凌人，卻不敢面對林黛玉豐富無比的內心。林黛玉是大觀園詩國裡的首席詩人，文采第一，而其學問，與「通人」薛寶釵不相上下。寶釵特別擅長於畫，黛玉則特別擅長於琴。至於思想，其深度則無人可及，也不是寶釵可及的。有此三絕，再加上她性情上的癡絕，便構成最美最深邃的生命景觀。

【二四九】

探春是寶玉姐妹中最有才幹的人，但寶玉對探春的「改革」（整頓大觀園）卻頗有微詞。他說：「這園子也分了人管，如今多掐一草也不能了。又觸了幾件事，單拿我和風姐姐作筏子禁別人。最是心裡有算計的人，豈只乖而已。」（第六十二回）寶玉極少發洩不滿，這裡的不滿是美和功利的衝突。探春只想到花草的「經濟價值」，想到稱斤論兩賣園裡的花草可以賺錢。寶玉則把花草視為「美」，視為可以觀賞之物。一個想到「利」，一個想到「美」。所謂「美」，乃是超功利，難怪寶玉要對探春進行批評了。寶玉與探春的區別是他完全沒有探春式的算計性思維，或者說，「算計」二字是寶玉最大的闕如。他一輩子都不開竅。便是一輩子都不知「算計」，一輩子都不知何為「吃虧」，何為「便宜」，何為「合算不合算」，難怪聰明人要稱他為「呆子」、「傻子」。探春要稱他為「鹵人」（第八十一回）。但是，不可以對探春寶玉之爭作善惡、是非、好壞的價值判斷，不能說探春「不對」，因為她要持家齊家，肩上有責任，而寶玉則純粹是「富貴閑人」。不過，文學藝術世界天然是屬於賈寶玉。這個世界是心靈活動的世界，它不追求功利，只審視功利。

【二五〇】

儘管寶玉與探春性情有很大差別，儘管寶玉也知道探春的缺點，但是探春遠嫁時，他還是傷心傷情，大哭一場。第一百回寫道：「忽然聽見襲人和寶釵那裡講究探春出嫁之事，寶玉聽了，啊呀的一聲，哭倒在炕上。唬得寶釵襲人都來扶起說：『怎麼了？』寶玉早哭的說不出來，定了一回子神，說道：『這日子過不得了，我姐妹們都一個一個散了！林妹妹是成了仙了。大姐姐已經死了，這也罷了，沒天天在一塊。二姐姐呢，碰着了一個混帳不堪的東西。三妹妹又要遠嫁，總不得見的了。史妹妹又不知要到哪裡去。薛妹妹是有了人家的。這些姐姐妹妹，難道一個都不留在家裡，單留我做什麼。』」在寶玉的情感系統裡，戀情大於親情，但兩者都是真的。戀情是真的，親情也是真的。秦可卿、晴雯、鴛鴦之死讓他痛哭，姐姐妹妹的分別也讓他痛哭。寶玉的人性是最完整的人性。連悲情也很完整。有真性情難，有完整的真性情更難。賈寶玉既不仕，也不隱，沒有中國傳統男人的生存目的和人生框架。情，生命個體的存在與快樂，就是他的目的，他的框架。他厭惡「仕途經濟」，反感儒家意識形態，但傷別探春的親情，骨子裡卻是儒家深層的心理態度。賈寶玉非常特別，所以無論是儒是易是道還是釋，哪一家文化理念都不能完全涵蓋他。

【二五一】

王熙鳳與妙玉相比，精神氣質差異很大。王熙鳳可以成為秦可卿的知己，卻很難成為妙玉的知己。一個是俗世界的頂尖人物，一個是雅世界的雲端人物。在精神層面上，妙玉自然要比王熙鳳高尚高貴得多。但是，在人性底層，其複雜多姿卻不是雅俗二字可以概括的。俗人也往往有雅人所不及之處，這不是指王熙鳳比妙玉能幹百倍千倍，而是說，即使在心靈層面，王熙鳳也並非一無可取，例如對社會底層的鄉村老太太劉姥姥，就沒有淨染之辯，沒有勢利之心。她熱情地確認這門窮親戚，並引見給賈母。而妙玉卻從心底裡把這個農家老婦視為髒人。她對賈母那麼殷勤，卻把劉姥姥喝過的杯子視為髒物，立即扔掉。清高中不免顯得勢利。可見，王熙鳳的人性底層並不全黑，妙玉並不全白。人的豐富往往在這種細部上顯現。對待劉姥姥一事，令人反感的不是王熙鳳，而是人之極品妙玉。

【二五二】

一個心愛生命的死亡，對另一個生命造成的打擊是如何沉重，用語言很難表達。晴雯之死，對賈寶玉的打擊何等沉重，難以表達。賈寶玉儘管寫出《芙蓉女兒誄》，也只能表達傷痛之萬一。語言很難抵達終極的真實，也很難抵達情感最後的真實，所以林黛玉才說「無立足境，是方乾淨」。對於林黛玉的死亡，賈寶玉就無法再用語言表達了。高鶚沒有讓寶玉寫輓歌是聰明的選擇。此時的至哀至痛只有無言才是至言。只有「無」才能抵達「有」的最深處，或者說，只有無聲的行為語言才是表達傷痛的最深邃語言。賈寶玉最後的出走，是比《芙蓉女兒誄》更深更重的哀輓。正如他第一次見到林黛玉時，便認定靈魂早已相逢，至情無法言傳，只有把與生俱來的玉石砸在地上，以此行為語言表達自己與黛玉無分無別。行為語言是「無」，又是「大有」。

【二五三】

寶玉有一種特別的記憶，其「忘」與「不忘」皆不同凡俗。他被父親打得頭破血流，幾乎被置於死地，但他沒有怨恨，依然孝順父母，至死不忘父母之恩之情。最後離家出走，還不忘在雲空中對父母深深鞠了一躬。

「恩」不可忘，「怨」卻不可不忘。這是寶玉的記憶特點。人生坎坎坷坷，恩恩怨怨，腦中的黏液只有黏住美好情感的功能，沒有黏住仇恨的功能，這是寶玉的記性與忘性。有這種記憶特性，才有大愛與大慈悲，也才有內心的大空曠與大遼闊。

【二五四】

寶玉敬重黛玉，把她視為先知先覺者，所以黛玉悟道所及之處他雖尚未抵達，卻不會因此而抱愧。第二十二回寶玉回答不了黛玉的問題後獨自沉思：「原來他們比我的知覺在先，尚未解悟，我如今何必自尋煩惱。」黛玉問他：「寶玉，至貴者是『寶』，至堅者是玉。爾有何貴？爾有何堅？」寶玉答不出來，黛玉只開玩笑，並不替寶玉回答，但她以自己有始有終的愛情和人生證明自己是至貴者與至堅者。她比寶玉不幸，但比寶玉更高貴更有力量。她的行為語言回答了人的至貴至堅並非來自門第，也非來自財富、功名、權力，而是來自心靈的自我徹悟，即自貴自堅。高貴與否完全取決於自身。是貴是賤，操之在我；為玉為泥，也操之在我。在賈府裡，最高貴最有力量的人並非貴族王夫人、邢夫人等，而是女奴隸晴雯與鴛鴦，她們正是寶玉心目中的「寶玉」。晴雯、鴛鴦等卑賤者最終變成至貴至堅者，也是取決於她們自己。

【二五五】

賈寶玉與林黛玉都是率性之人。「率性謂之道」，他們無師自通而活在道中，便是由於率性。一旦率性，便無面具，無心術，無媚俗之心。可是，與他朝夕相處的襲人卻如此勸說寶玉：「……第二件，你真喜歡讀書也罷，假喜也罷，只是在老爺跟前，你別只管批駁消謗，只作出個喜讀書的樣子來，也教老爺少生些氣，在人前也好說嘴。」（第十回）襲人居然勸寶玉要學會偽裝，她知道情意很重的寶玉捨不得她贖身返家，便要求他答應三點要求，其中「作樣子」的一項，對於一個赤子是最難的。作樣子，裝扮出另一副面孔，便是心術，便是俗氣。錢鍾書先生在《論俗氣》一文中說，愚陋不是俗，呆板不是俗，愚陋而裝聰明，呆板而裝伶俐才是俗。晴雯與襲人都「身為下賤」，但晴雯不會裝，所以高貴；襲人會裝，還教寶玉裝，所以庸俗。襲人因為有「術」的堵塞，便永遠無法悟道入道，永遠是個不知不覺者。但人間的荒誕現象之一，是不覺不悟者總要教導大徹大悟者，或者說，是小聰明總要指揮大智慧。

【二五六】

賈寶玉作為貴族社會的「富貴人」與「中心人」，卻和薛蟠、蔣玉菡、馮紫英等「俗人」、「邊緣人」及錦香院妓女雲兒一起在馮家聚會飲酒作曲，他居然還當令官。酒後情慾翻動，薛蟠唱的又俗又「黃」：「女兒悲，嫁了個男人是烏龜；女兒愁，繡房躥出個大馬猴。」眾人都要罰他酒，但寶玉笑道：「押韻就好。」比誰都寬容「開放」。他自己唱的：「女兒悲，青春已大守空閨。女兒愁，悔教夫婿覓封侯。女兒喜，對鏡晨裝顏色美。女兒樂，鞦韆架上春衫薄。」俗中透雅，有分有寸，毫無狎邪氣味。身為貴族公子，豪門後裔，卻沒有架子，自然而然地和三教九流交朋友，而且非常真誠。更寶貴的是戲笑作樂中，並不胡作非為，寫詩作詞也守持心靈原則。寶玉這番表現，正符合嵇康所說的「外不殊俗，內不失正」。他尊重一切人，包括妓女與大俗人。寶玉的行為語言正好說明：慈悲沒有邊界。

【二五七】

寶、黛的情愛因為太深太重，所以言詞無法把握，兩人一談就吵就鬧就崩就落淚。面對「愛」這種異常豐富的生命存在物，概念注定沒有力量，語言注定無法抵達它的深淵。禪宗的不立文字（放下概念）和以心傳心的方法，的確是最聰明的方法。面對宇宙整體，面對心靈整體，尤其是面對戀情這種豐富的整體，愈是急於把握，急於表達，就離真實愈遠，離本然愈遠，其宿命總是誤解與爭吵不休。「愛」與「道」一樣，只能模糊把握，難以明確把握，正如道不可名不可言說，「愛」也無法訴諸分析與邏輯。關於愛的誓言與許諾往往都離性情的核心很遠而變成空話，其原因也許就在這裡。

【二五八】

林黛玉雖有智慧，卻沒有起碼的生活常識。她活在世俗社會中卻完全不知道怎樣活法。作為一種特殊的生命，她面對生活的惟一觸角，是心靈。除了心靈功能之外，似乎沒有別的功能，連頭腦的功能也沒有。她好像是一個不必用腦的詩人，寫詩作詞只憑心靈直覺一揮而就，對外部事件的反應也只憑心性「一觸即跳」。她的心靈之精緻，舉世無雙，但只有心思、心緒、心境，完全沒有心機、心術和心計。她的任情任性耍脾氣發脾氣，也只是心靈的自我煎熬和自我掙扎，並非算計他人的心術。對於《紅樓夢》人物，理解林黛玉最難。林黛玉所呈現的《紅樓夢》之道，乃是無謀無術無生存技巧的生命大道。

【二五九】

在偌大賈府的上上下下，除了賈母特別憐愛之外，林黛玉幾乎是貴族府第的異端。多數人不喜歡她。她的超群才情，詩國裡的眾詩人是知道的，但是她的無比高潔深邃的心靈，卻只有寶玉一人能夠理解。她不像寶釵那樣會做人，那樣善於遊走於人際之間，林黛玉從根本上就不懂「做人」，不管是在意識層面還是潛意識層面，她都全然沒有做人的技巧和策略。她是一個只能在天際星際山際水際中生活而不宜於在人際中生活的生命，從根本上不適合於生活在人間。她到世間，是為情（還淚）而來，為情而生，為情而抽絲（詩），為情而投入全部身心，惟有她，才是真正的徹頭徹尾、徹裡徹外的孤獨者。

【二六〇】

在潛意識層，林黛玉的鄉愁，是重返三生石畔「伊甸園」的鄉愁，是絳珠仙草與神瑛侍者獨往獨來的記憶。她嚮往的「潔」，是伊甸園時代的無為無爭與無垢，是只飲甘霖露水不食人間煙火的高潔高高潔。西方的聖經沒有亞當、夏娃「返回伊甸園」的情節與經驗，只有荷馬史詩之一的《奧德賽》告訴人們，回歸原始家園是一個非常艱難的旅程，需要戰勝各種誘惑與恐懼。林黛玉的回歸，也是內心的憂鬱與煎熬。最後她放下世俗世界的一切，包括她的詩稿——連最後一點世俗的立足之境也還給人間，做到「質本潔來還潔去」。

【二六一】

林黛玉給賈寶玉一種最根本的幫助，就是幫助寶玉持守生命的本真狀態。她是寶玉的人生嚮導，也是守護女神。守護的是寶玉的自然生命。如果沒有林黛玉而只有薛寶釵，如果發生影響的只有後者，那麼，寶玉可能會丟失那份從天外帶來的天真與「混沌」，還會進入常人秩序的編排邏輯之中，變成只會說「酸話」的「甄寶玉」。石頭不是鋼鐵，它是脆弱的，它可能變成玉也可能化成泥。賈寶玉顯然感受到林黛玉的內心呼喚，所以格外敬重她。

幫助乃是互動。賈寶玉也給林黛玉許多啟迪。他確認所有的人都有一份尊嚴，應當無條件地尊重這種尊嚴。不僅人才天才有尊嚴，非人才非天才也應有尊嚴；不僅詩人有尊嚴，非詩人也應有尊嚴。他敬愛黛玉，但也不薄寶釵和其他小女子，態度有別而尊重不二，這正是寶玉人格。

【二六二】

魯迅先生評《紅》時說：「悲涼之霧，遍被華林，然呼吸而領會者，獨寶玉而已」。這一界說，就感知黑暗和承擔罪責而言，確乎如此。賈府中沒有別人能像寶玉那樣（包括林黛玉）感受到那麼多死亡的痛苦，承擔那麼多好女子毀滅的罪責。所有死去的那些女子，從秦可卿到晴雯、鴛鴦，都是他生命的一角。然而，就「悲涼」而言，魯迅則不要。其實真正感到人間的大悲涼的是林黛玉。她父母雙亡，寄人籬下，身世本就悲涼，加上她的心思高到極點，情愛深到極點，卻沒有人能夠了解，除了賈寶玉，幾乎所有的人都把她視為異端怪種。但又是寶玉這個知己，最後在婚事中讓她走向更深的絕境。她既是「癡絕」，也是「孤絕」，既是「悲絕」，又是「涼絕」。其《葬花詞》正是悲涼的絕唱。惟有她，才最深地體驗到人間的寒冷與悲涼。

【二六三】

妙玉在《紅樓夢》眾女子中氣質非凡，沒有任何罪、任何「問題」，只想過自己願意過的生活，她雖然過於清高，但沒有侵略性，進攻性。但這樣一個知識女子，卻被社會所不容，隱居在櫳翠庵裡仍不安寧，最後還是被盜賊所摧殘。她受難之後，與她素不來往的賈環拍手稱快，幸災樂禍，也折射了社會對她的不容。妙玉到底犯了什麼罪？她犯的是魯迅所說的那種莫須有的「可惡罪」、「可厭罪」、「特異個性罪」、「不入俗罪」。獲此罪者，無可辯解，無處哭訴，只能默默承受。許多獨立的知識人被權貴所不容，被社會所不容，被身處的時代所不容，犯的正是妙玉似的莫須有之罪。

【二六四】

探春的親生母親是趙姨娘，並非王夫人，因此她的親舅舅是趙國基，並非擔任高官的王子騰。可是，當趙姨娘讓她去禮待親舅舅時，她卻大哭大鬧，顛倒親緣：「誰是我舅舅？我舅舅年下才升了九省檢點，那裡又跑出一個舅舅來？我倒素習按理尊敬，越發敬出這些親戚來了。」（第七十三回）只認王舅舅，不認親舅舅，趙姨娘固然是混帳東西，但畢竟是自己的親娘。親娘親舅是天鑄的事實，無可選擇，王子騰雖然身居高位，但不能因此就否認趙國基是自己的親舅舅。這種顛倒有悖情理也太勢利。連趙姨娘也說她：「你只顧討太太的疼，就把我們忘了」，「如今沒有羽毛，就忘了根本。只揀高枝飛了。」真說對了，我們不可因人廢言，包括趙姨娘之言。像探春這種性情，寶玉絕對不會有，儘管趙姨娘加害過他，但他從不說一句姨娘的壞話。翻遍全書，也找不到一句對趙姨娘的微詞。寶玉與探春，不僅有性情之別，還有心靈之別。

【二六五】

老年人像孩子，內心守持一片天真天籟，顯得可愛。反之，如果少男少女活像老人，內心一片枯枝冷葉，則顯得可怕。《紅樓夢》中的惜春，就是太少年老成，身內身外均有一種可怕的成熟，尤其是那種珍惜自己羽毛的精明老練，更讓人害怕。尤氏和她爭論一場後又氣又好笑，因向眾人道：「難怪人人都說這四丫頭年輕糊塗，我只不信。你們聽剛才一篇話，無原無故，又不知好歹，又沒個輕重。雖然是小孩子的話，卻又能寒人的心。」眾嬤嬤笑道：「姑娘年輕，奶奶自然要吃些虧的。」惜春冷笑承認道：「我雖年輕，這話卻不年輕。」一個年輕少女，卻言語老氣，心思老成，應對老道，的確很不可愛。在賈府貴族女子中，惜春是一個心理年齡最老的人，賈母史太君在她面前，顯然年青得多。這種世故少女，在西方現代文學中也有。納博可夫（Nabokov）筆下的洛麗塔就是著名的一個。這個年僅十二歲的姑娘，老練得驚人，心理年齡比她的五十多歲的情人亨伯特老得多，因此也圓滑得多。納博可夫似乎在警告美國：你雖年輕，但太實用主義，當心你會喪失從歐洲帶來的天真浪漫。洛麗塔雖世故，卻還有一股小巫似的情慾，而惜春卻完全是個冷人。少女過早衰老的青春，讓曹雪芹惋惜嘆息，所以給她命名為「惜春」。

【二六六】

紫娟對賈寶玉總是冷冷的，有所防範，刻意不讓寶玉靠近。她把身心全部投給黛玉，寶玉也知道她是黛玉的知己與投影，因此，紫娟的態度與話語總是強烈地刺激着他。第五十七回，紫娟本意是想試探寶玉對黛玉的情感，但說得太絕，便引起寶玉的大悲傷。紫娟說：「姑娘……大了該出閣時，自然要送還林家的，終不成林家女兒在你賈家一世不成？所以早則明年春，遲則秋天，這裡縱不送去，林家必有人來接了。前日夜裡姑娘和我說了，叫我告訴你，將以前小時玩的東西，有他送你的，叫你都打點出來還他！你也將你送他的打點在那裡呢？」這麼一說，寶玉便發呆不知所措了。給寶玉最大的打擊，也是最大的挫傷，並非是父親無情的棍棒，而是晴雯這些知己的失落，是黛玉對他的冷遇，是紫娟的一聲「別靠近」的警告。寶玉這種特殊的挫折感，可引申出政客與詩人的基本分別：對於政客，被敵人打敗最傷面子；對於詩人，被朋友知己遺棄，最傷自尊。屈原的《離騷》那麼傷感，就因為他是被兄弟所拋棄（他把楚懷王視為兄弟），而不是被敵人所打擊。

【二六七】

《紅樓夢》描寫隆重的葬禮，但從不寫隆重的婚禮。按照寶玉的人生觀，女人出嫁並非好事，這是女子從淨水世界走到泥濁世界的開始，也是生命敗謝的開端。寶玉說：「（女子）嫁了人，不知怎麼就變出許多的不好的毛病來，雖是顆珠子，卻沒有光彩寶色，是顆死珠了。」（第五十九回）

曹雪芹有幾次描寫婚禮的機會，迎春出嫁、探春出嫁、湘雲出嫁、寶琴出嫁等，但他都不寫。如果寫起來，寶玉又會有另一番傷感，在他的潛意識世界裡，這是少女從此喪失本真狀態，其心底的大悲憫，語言很難表述。青春永在，少女永存（不要出嫁），是《紅樓夢》諸夢中最深的癡夢。在此夢裡，包含着曹雪芹一種非常清醒的大思想：中國少女一旦出嫁，勢必進入嚴酷的倫理系統，勢必喪失個體生命的獨立自由而成為男人的附屬品。即使丈夫憐愛，嚴酷的公婆也會剝奪其青春的活力。西方的女子出嫁後命運不同，獨立性未必喪失，所以她們大約不會對曹雪芹的「死珠論」產生共鳴。

【二六八】

兩百年前，曹雪芹就通過《紅樓夢》唱出《好了歌》——人間爭奪權力、財富、功名的荒誕歌，就道破人類不知停止的貪婪慾望，就說出了那麼深刻的貧富懸殊的不公平。也就是說，在兩百年前，曹雪芹對世界的認識和對人性底層的認識就如此深刻。這真是奇蹟。《好了歌》的時代至今沒有結束，歌中所指出的荒誕戲劇不僅沒有完了，而且愈演愈烈。人們愈「好」，愈不知「了」。愈是擁有權勢財勢，慾望就燒得愈旺。《紅樓夢》既是生命的輓歌，又是人類末日的序曲。

賈寶玉作為貴族子弟，他的特別處正是看穿「世人」所追求的一切（金銀、嬌妻、功名等）並不高貴。《紅樓夢》的基調不是「憂國」，也不是「憂世」，而是憂生，和《桃花扇》、《水滸傳》、《三國演義》的基調全然不同。憂世是家國群體關懷，憂生則是個體生命關懷。《好了歌》是憂生歌。正方向憂的是「好」——女子、女兒這些詩情生命太易「了」；負方向憂的是「好」——色相、色慾這些慾求妄念太難「了」。

【二六九】

在基督的眼中，世界並不是「太虛幻境」，而是上帝創造的實在；人生也並非「太虛幻境」，而是上帝安排的實在。在釋迦（佛家）的眼中，世界與人生倒是太虛幻境，沒有實在性。《紅樓夢》受佛教的思想影響很深，整部小說都在暗示：無論是大觀園內或大觀園外，都是真虛幻，沒有實在性。一切如夢如幻如泡影，轉瞬即逝。權力是虛幻，財富是虛幻，功名是虛幻。但是，來到人間的過客們（寶玉、黛玉等）卻也發現詩國，發現淨水世界。世界中的眼淚，人間中的真情誼，又非虛非假。倘若全是假，全是虛，為什麼又要思念它，呈現它，描述它。曹雪芹畢竟是人，不是佛，他的內心有矛盾、有彷徨、有解不開的世界之謎和人生之謎。真真假假，虛虛實實。《紅樓夢》即便是人文科學著作，也無法提供世界與人生最後的謎底。

【二七〇】

柳湘蓮在尤三姐拔劍自刎後，知道自己犯了致命的錯誤。在江津渡口上，他遇到道士，便仰首問道：「此係何方，仙師何歸？」道士笑道：「連我不知此係何方，我係何人，不過暫來歇腳而已。」這番話，令柳湘蓮大徹大悟，他拔出劍來，斬斷煩絲，隨道士遠行。

道士所說的話，可視為曹雪芹人生觀的要義：人到地球走一回只是到地球上歇腳而已，用現代學術語言表述，人生只是一種暫時性存在，瞬間性存在，過客性存在。確認這種存在形態之後，「我是何人」即扮演何種世俗角色便不重要。道士的話啟迪我們：世俗角色的意義並非人生的意義，「我是誰」的問題不可由世俗的理念和編碼來規範與確定。大道士也不可能用他者的命名來界定自己。他的回答是角色的空化無化。曹雪芹也是經歷了世俗角色的空化才能創作出《紅樓夢》之無上境界。

莎士比亞筆下的奧賽羅，他一旦發現自己誤殺妻子，便立即拔劍飲恨自刎。西方許多「大丈夫」和貴族王侯，可以寬恕別人，但不能寬恕自己。中國的士大夫甚至普通老百姓，似乎正相反，總是能寬恕自己，但不能寬恕別人，「恕道」只歸自己。但《紅樓夢》中的柳湘蓮，他發現自己誤解了尤三姐之後，也不能原諒自己，於是斷髮出家，了結塵緣，這固然受到道士的啟迪，但也因為無法寬恕自己。巴金在《隨想錄》中說他曾經寫過文章批判胡風，此事別人可以原諒自己，但自己無法原諒自己。能正視自己的錯誤與罪責，才有人生的嚴肅。

【二七一】

「風月寶鑒」暗示：軀殼再美也要化作骷髏。色是暫時的，虛幻的，表象的。人死後什麼也沒有，唯「無」是真的，唯活着時所感悟的宇宙本體是真的，唯太初的單純是真的。還有，「骷髏」也是真的。

肉體變成骷髏，看得見，靈魂變成骷髏，看不見。人們常說：人死了，靈魂還在。以為這是正題。其實反題更真實、更普遍：靈魂先變成骷髏而後才是肉體變成骷髏。即神死先於形死，心死先於肉死。拚命追求王熙鳳的賈瑞，在風月寶鑒面前，不知骷髏的暗示，終於無法自明與自救，死得很慘。薛蟠、賈環、賈蓉、賈赦等「行屍走肉」者，其肉還在，其靈早已成了骷髏，只是他們不可能意識到這一層。骷髏是「此在」的參照系，寶鑒中有這一面在，我們才知道另一面——色的真相。活人如果明瞭骷髏的真實，存在的清明意識就會產生。

【二七二】

禪的棒喝痛打的首先是教條主義，是經院哲學，是種種對本本和權威的執著。它的思想方式是避開語言概念直達心靈的一種方式。胡塞爾的現象學也是懸擱概念而探究事物本相的方式。人的心性很容易被概念所遮蔽所覆蓋，知識愈多，遮蔽層與覆蓋層愈厚。二十世紀的讀書人紛紛變成概念生物，也是因為在概念的包圍中迷失與變異，賈寶玉喜歡詩詞而不喜歡經濟文章乃是拒絕天性被概念所覆蓋所抹煞。這也說明，禪已進入寶玉生命，他不僅破了我執（完全沒有貴族子弟相），而且破了法執，沒有被經濟文章的正統法規所掌握。「至人無法，非無法也。無法之法，乃為至法。」寶玉可算是領悟到生命至法的至人。

【二七三】

東西尋求，內外尋覓，求道覓道。到底道在哪裡？我喜歡莊子的回答：「道在瓦罐瓶杓中。」面對瓦罐瓶杓尚可悟道，更何況面對碧空之廣、滄海之闊、宇宙之渺遠。處處有道，時時可以悟道，道就在日常生活中，就在眼前，就在附近，就在身邊。秋花秋葉在秋風中飄落，多麼平常，林黛玉卻悟出《葬花詞》那一篇生滅「大道」。而賈寶玉，面對齡官在地上書寫一個「薔」字，看得發呆，此一瞬間，哪裡僅僅是驚訝於癡情，他悟到的應是天地間的根本，時空中的永恒，陽光下最後的真實了。晴雯臨終前留下的那一片指甲，有如《卡拉瑪佐夫兄弟》小說中那棵拯救靈魂的「蔥」，它除了激發賈寶玉寫出了《芙蓉女兒誄》的千古絕唱，一定還給寶玉留下永遠的良心的鄉愁。

【二七四】

各種宗教、哲學都有其徹底性。基督教主張愛一切人，包括愛罪人，愛敵人。佛教主張尊重一切生命，包括非人的虎豹魚蟲。禪更徹底，不樹偶像，不立文字，不崇尚經書典籍，只相信覺悟的一剎那、一瞬間。千經萬典，不如一點。無數說教，不如明心見性、大徹大悟的那一時間點、質變點，即所謂「眾裡尋他千百度，驀然回首，那人卻在燈火闌珊處」。千部經書，萬部典籍，不如悟到真理的那一片刻。禪宗實際上是以「悟」替代「神」的無神論。所以它才說悟即佛，迷即眾。

寶玉和寶釵關於人品根底的辯論中，寶釵引了許多聖賢之語，但寶玉答道：「……什麼是聖賢，你可知道聖賢說過，不失赤子之心。」寶玉在這裡擁有哲學的徹底性，他穿越聖賢的千經萬典，穿越萬水千山，穿越覆蓋層，直達深淵之底，只取一點，就是不失赤子之心，就是保存生命的本真狀態。喪失人之初純樸的內心，還有什麼聖賢可言，寶玉與黛玉談禪時也說：「弱水三千，只取一瓢飲。」千經萬典中只取一點明徹的真理。這種徹底性，是老子、莊子、慧能的徹底性，也是曹雪芹哲學的徹底性。

【二七五】

賈敬只求「術」，不求道，只求末，不求本，對煉丹術走火入魔，其實連「術」也不行，最後吞砂過量而身亡。求道而不「知道」，既是悲劇又是荒誕劇。老子所說的「復歸嬰兒」，賈敬就是煉一千年丹也復歸不了。

賈敬求道而離道很遠。王夫人則唸佛而離佛很遠。金釧兒跳井而死，是她逼死的，但她不敢面對罪惡，卻要利用菩薩來掩蓋自己的罪惡。手中的佛珠沒有一顆連着誠實與誠心。佛早已進入寶玉的心靈，卻從未進入她的心靈。慧能的心性——自性本體論（明心見性），正是看透人間有太多假菩薩：只有菩薩相，沒有菩薩心。所有的道，無論是宗教之道、哲學之道還是文學之道，未能切入心靈者，皆非大道與正道。

【二七六】

日本大作家三島由紀夫把他最不喜歡的文章稱作「娘娘腔」，而歷來評論家把「女人氣」也視為敗筆。如果這是強調寫作的力度，守護文章的骨骼，倒是沒什麼可非議的。但是這種比喻在骨子裡深藏着對女子的蔑視。《紅樓夢》發出另一種相反的信念，敲下另一種警鐘，這就是小心「男子氣」的污染。在寶玉眼裡，男人世界是泥濁世界，「男人氣」往往連着泥濁氣，銅臭氣，方巾氣，功名氣，甚至是霸氣、酸氣。王熙鳳有男人氣魄，可是也染上男人的霸氣，結果變得心狠手辣，一副鐵石心腸。探春想作一番男人的事業，結果也染上男人世界的勢利毒菌，連自己的親舅舅（趙國基）都不認。在寫作生涯中，女作家有氣魄自然好，但不可染上「男人氣」，一有這種泥濁氣息，則陷入功名深淵，喪失女作家的柔性魅力。女作家雄性化，只會埋葬文學的審美維度。

【二七七】

《水滸傳》的主人公兼主要英雄，如李逵、武松等，均有兩個特徵：一是不近女色；二是善於殺人，尤其是善於殺女子。《紅樓夢》的主人公，也是另一意義的英雄賈寶玉則有兩個相反的特點：一是近女色；二是不傷人更不傷女子。中國文化呈現於小說中的天差地別，僅從這一分殊，就可知大半。

【二七八】

通過寫女子而呈現人的高貴，西方文學早已有之。希臘悲劇中的《特洛依婦女》就是傑出的例證。它呈現的是亡國之後宮廷女子不屈的人格與生命的尊嚴，希臘的軍隊可以消滅一個國家，但消滅不了一群女子的高貴本性。中國最早注意到這一戲劇的是周作人，他讚美此劇代表他在美學上的深度。而在中國，女子顯示高貴的作品很少。《杜十娘怒沉百寶箱》及《聊齋誌異》中的《細侯》等作品雖有，但無法與《紅樓夢》相比。林黛玉、妙玉其高貴不必說，就連晴雯、鴛鴦、尤三姐也極高貴，也有不可征服的生命尊嚴。貴族少女「質如日月」，平民少女（丫鬟）「心比天高」。《紅樓夢》的女子與希臘女子精神中都有一種「硬核」：如同鷹鷲（遠離家禽）的貴族精神。所謂貴族精神，其對立項，不是平民精神，而是奴才精神。

【二七九】

影響中國歷史最大、最深刻的，不是革命，不是戰爭，而是文化。換句話說，革命與戰爭的影響是一時的，文化的影響才是久遠的。禪文化帶給中國歷史的大變動是真正的大變動。把禪劃入一種學派，一種教類，太貶低禪。它是一種大文化，大世界觀，大方法論。《紅樓夢》最精彩地體現這種世界觀。它否定爭名奪利的存在方式，否定向物慾、向權力傾斜的世界圖式。它是人生本真本然的文化導向。論者可嘲笑這只是夢，但無法否認它確立了大靈魂的坐標，確立了賈寶玉式的非功名、非功利、非算計的立身態度。

【二八〇】

說生命在進化是對的，說生命在退化，也是對的。就精神生命而言，曹雪芹和他的靈魂投影賈寶玉顯然覺得生命在退化。他在與寶釵的辯論中說：「既要講到人品根柢，誰是到太初一步的地位的。」在寶玉看來，人的品性誰也不及天地草創之初即《山海經》時代的水準，也就是說，人離太初愈來愈遠，其品性也愈來愈醜陋。他和老子一樣，是生命退化論者。

（老子復歸於樸、復歸於嬰兒的命題，正是建立在退化論之上。）在賈寶玉來看，儘管產生無數古聖賢教你怎樣生活，怎樣生長進步，但人類的生命怎麼也不及太初的單純與質樸。人一面在學知識，一面在脫離生命之初的本真本然。林黛玉對寶玉的啟迪，是呼喚他向原生命靠攏，向生命本真靠攏。寶釵的呼喚與黛玉相反：黛玉呼喚他走向生命，寶釵呼喚他走向功業。兩者雖然都有理由，但曹雪芹顯然認為，功業派生功名的爭奪，它可能腐蝕人性，所以他讓自己的人格化身賈寶玉把最深的愛投向林黛玉。

【二八一】

《紅樓夢》不僅有「親愛」之情，而且有「親親」之情。親愛之情是賈寶玉和林黛玉、薛寶釵、晴雯等女子的情感糾葛；親親之情則是賈寶玉與祖母、父母及兄弟姐妹的血緣眷戀。兩者都有溫馨。與西方的個體本位文化相比，中國文化固然較少對個體生命權利的支持力量，但是這份深厚的人際溫馨則是西方文化的闕如。《紅樓夢》所以經久不衰，不僅被少男少女所愛悅，也為其他成年的天下父母所愛悅，就因為它除了有戀情之外，還有一份濃厚的親情。《紅樓夢》雖然厭惡儒家的治國平天下之思，卻有儒家的親情意識。除了戀情、親情之外，賈寶玉還有一份也很真的世情。他在府內尊重丫鬟戲子是世情，在府外與邊緣人柳湘蓮、蔣玉菡、馮紫英等交往也是世情。他的戀情有「癡」之美，親情有「憨」之美，世情有「誠」之美，三者相通則是真之美。

【二八二】

歷代官修的歷史都是權力的歷史，也都是勝利者的歷史，男人的歷史，大人物的歷史；少有失敗者的歷史，女人的歷史，兒童的歷史。這是史書的老人化、男人化與權力化。《紅樓夢》不刻意書寫歷史，但它留下的歷史卻是最真實的歷史，這是女子、兒童、心靈的歷史，是非權力化非老人化非男人化的歷史。在《紅樓夢》中我們看到的歷史，才是歷史的真相與真髓。一萬年十萬年之後，要了解十八世紀的中國，最可靠的版本不是官修「二十五史」和各種歷史教科書，而是《紅樓夢》。曹雪芹是清代歷史乃至中國歷史最偉大的見證人與呈現者，他不僅見證歷史的表層，而且見證歷史的深層。

【二八三】

德國哲學家謝林（Schelling）說藝術勾銷時間。但他沒有說，藝術可以勾銷空間。不論是文學還是藝術，其永恒性都是站立在空間向度上而不是站立在時間向度上。也就是說，在人的內心深處與人性深處，時間沒有意義，一瞬間與一萬年沒有區別。對於作家，不僅是萬物皆備於我，而且是千秋萬代皆備於我。真正的詩人把王朝的更替不當作一回事，也把家國一時一地的分別推向無意義。惟一有意義的是捕住瞬間，深入瞬間，通過瞬間而抵達時空的無限。《桃花扇》與《紅樓夢》之境界的重大區別就在於此：《桃花扇》執著時間，執著於一朝一夕之事；《紅樓夢》則勾銷時間，放逐時間，把生命的血脈與宇宙本體互相連結，把小說的語境推向無限。

【二八四】

明末散文抒寫個人日常生活確有真情真性。它的功勞是告別唐宋八大家那種與國家權力合謀的思路，把文學內涵的重心從家國情懷轉入個人情懷。它的缺點是其散文均未切入大靈魂、大關懷，所以顯得太輕。《紅樓夢》則承繼其長處，把真性情的抒寫推向極致，又在性情中切入大靈魂與大悲憫。於是，它除了具有明末散文的人性氣息之外，還有橫貫天地古今的神性氣息。它不僅高於歷史，高於道德，也高於性情。所以它抵達宗教般的天地大境界，但又不是宗教，或者只能說，它是把審美推向天地境界的另一類質的「宗教」，沒有偶像、沒有崇拜，但有對真與美之神仰的「宗教」。說《紅樓夢》是文學聖經，其中的一項意義也在於此。

【二八五】

詩人的氣質差別很大，李賀與賈島在詩歌史上都似鬼才，但兩者氣質迥然不同。李賀雖家道中落，但畢竟出身於皇族（遠支），身上還有貴族氣，天然地看淡功名。所以他的詩，很有天地宇宙的渾然大氣。「遙望齊州九點煙，一泓海水杯中瀉」，「骨重神寒天廟器，一雙瞳人剪秋水」，「眼大心雄知所似，莫忘作歌人如李」，隨手拈來，句句是氣宇非凡，不同凡響。賈島與之相比，氣與質都顯得微弱。賈雖善於經營技巧，善於推敲詞句，但缺少李的恢宏，顯得匠氣有餘，大氣不足。《紅樓夢》中的詩，尤其是其代表作《葬花詞》、《芙蓉女兒誄》等，詞采斐然，但沒有匠氣，倒是有李賀的貴族氣與「眼大心雄」的乾坤氣。從精神氣質上說，曹雪芹與李賀相同，與賈島卻相去很遠。

【二八六】

文學最根本的要素之一是想像力。文學的特殊功能可說是對人類想像力的極限進行挑戰，也可說是對人類的心靈深度的極限進行挑戰。卓越的作家在挑戰面前不斷轉換視角。中國的詩人屈原、李白、陶淵明、蘇東坡、曹雪芹等都展示了想像力的奇麗。荷馬、但丁、莎士比亞、歌德都打破了天上人間之隔。這些大作家大詩人創造的作品，外在形式不斷變換，但內在形式即內在大視野則是一致的，這就是不斷地突破想像的極限。

屈原的《天問》是先秦時代最有想像力的詩歌，在寫作上抵達了兩項時代制高點：（一）叩問終極真實；（二）開放自由心靈。屈原在當時已走得很遠，走到與古希臘的荷馬相近。屈原之詩與荷馬史詩的相同點是想像力，但屈原的重心是抒情，是心靈的直接吟唱；荷馬的重心是敘事，是歷史場面的書寫。而《紅樓夢》則兼備屈原與荷馬，其抒情、敘事、想像力都幾乎到達人類才華的極限。

【二八七】

袁枚曾說，「大觀園，即余之隨園。」然而，隨園是現實世界中的「有」，而大觀園的本質卻是「無」。《紅樓夢》第十七回描寫賈寶玉隨同父親初見大觀園時的感覺：「寶玉見了這個所在，心中忽有所動，尋思起來，倒像在哪裡見過一般，卻一時想不起哪年哪日的事了。賈政又命他題詠，寶玉只顧細思前景，全無心於此了。」可見，大觀園是夢境，是虛境幻境，是曹雪芹的烏托邦，也是他的詩意棲居的澄明之境，而袁枚的隨園則是個體棲居的「人境」，這是實境，俗境，常境，兩者有質的不同。隨園建構得再富麗堂皇，再迷人耀目，也只能形似，不可能神似。《紅樓夢》裡的大觀園，其境界不是山石草木所構築的，而是詩和詩情生命所構築，它是一個詩化的理想國。今天的《紅樓夢》研究者，可以尋找大觀園的堂址屋跡，但是永遠找不到大觀園的神意詩韻，那種早已化入永恆的奇彩夢痕。

【二八八】

荷爾德林提出「詩意棲居」的理想，曹雪芹做的也是「詩意棲居」的大夢。兩者不約而同。而曹雪芹還提供了「詩意棲居」的具體形式，這就是大觀園形式。大觀園是地獄中的天堂，他鄉中的故鄉，色世中的空界，瞬間中的永恆，是「黑暗王國裡的一線光明」。人類的「世俗棲居」形式千種萬種，每天都有新的設計，新的廣告，新的時尚品牌，熙熙攘攘，目不暇給。但詩意棲居的形式卻很稀少，它是嚮往，並非現實。大觀園呈現的詩意棲居形式是詩人合眾國，青春生命共和國，國度主體全是詩意生命。《紅樓夢》的悲劇是詩國的瓦解，詩稿的焚燒，詩意生命的毀滅，最後只剩下詩的灰燼與廢墟。《紅樓夢》的荒誕劇意義，則是「詩意棲居」被視為「癡人說夢」、愚人犯傻，做夢者全是無知的蠢物與孽障，而聰明人則全都去追逐黃金的好世界，最後剩下的只是灰燼與廢墟，骷髏與「土饅頭」。

【二八九】

中國小說經歷了三個歷史階段，即故事—話本—敘事藝術等三段。《山海經》已有故事，雖簡單，但有力度。話本到了宋明才發達起來，可惜發達後就媚俗、媚眾，而且媚的是舊道德之俗，所以還不是成熟的小說。到了明代，出現了短篇「三言二拍」，長篇《三國》、《水滸》，小說才成為敘事藝術。故事之外，有結構，有人物刻劃，有語言技巧，而到了《紅樓夢》，藝術才走向巔峰。小說中的詩是真詩，不是打油詩；人是真實人，不是臉譜人。到了曹雪芹，文學的三大要素——心靈、想像力、審美形式才告齊全，並形成藝術大圓融的整體。

【二九〇】

中國的散文出現過多次高潮：先秦諸子散文，唐宋八大家散文，明末散文等。唐宋八大家散文技巧極為成熟，文采斐然。但是，除了蘇東坡之外，其他散文都沒有先秦散文的那種「元氣」。所謂「元氣」，就是天地混沌之氣，太初草創之氣。先秦諸子各家，都有自己的一套原創的大思路蘊含於文字之中。到了唐宋八大家，雖有文采，卻太多腔調，沒有先秦時的大氣勢，也沒有孔、孟、莊、老的大境界。明末散文雖有性情，但多數失之太輕，也無元氣。《紅樓夢》雖是小說，但其筆觸，恰恰揚棄一切腔調，深含宇宙底韻，既有連接《山海經》的混沌之力，又有俯仰人間世界的天地血脈。

【二九一】

中國的詩歌文體到了唐代才完全成熟。杜甫是唐詩的第一文體家，其律詩、絕句均寫到了天衣無縫的完美地步。他雖有關懷民瘼的同情心，但也有很強的功名心。從精神內涵上說，他的詩是典型的儒家詩，因此，總有「致君堯舜上」的儒味。其「朝扣富兒門，暮逐肥馬塵」的酸楚更是儒者在人生面前的不瀟灑，折射到詩中，便是脫不了家國境界。《紅樓夢》中的詩，沒有儒味，卻有道味。這裡說的道味，不是道家味，而是形而上之味。寶玉嘲諷文死諫、武死戰的儒統道統，而杜甫的

「致君堯舜上」，正是儒者的諫味。《紅樓夢》的詩雖沒有杜甫那種「沉鬱」，卻有杜甫所闕如的超拔與空靈。

【二九二】

政客聽不懂詩人的聲音。有政客心態就不可能真正懂得《紅樓夢》，正如宋太宗就讀不懂李煜詞。李後主博大的人間關懷之聲被他聽成「怨氣」，聽成亡國復仇之音，最後他把李煜毒死了。宋代皇帝消滅一個小朝廷（後唐）沒有罪，但殺害一個偉大詩人，卻是千古大罪。一個偉大的詩生命，其重量、份量往往超過一個朝廷。屈原的生命重量超過楚王朝，蘇東坡的生命重量超過宋王朝，莎士比亞的生命重量遠不是伊麗莎白王朝可比。可以斷定，如果人性底層連一點詩心詩意也沒有，就永遠無法進入《紅樓夢》那一片神意的深海。

【二九三】

知其所止，是中國的道德律令，又是大乘佛教重要法門。《中庸》第三章，確定做人應「止於至善」：為人君，止於仁；為人臣，止於敬；為人子，止於孝；為人義，止於慈；與同人交，止於信。老子另有「止」的內涵，《道德經》曰：「知足不辱，知止不殆」。

知其所止，也是《紅樓夢》哲學思考的主題之一。但它不是儒家「止於至善」的直接告誡，而是對生命止處的連綿叩問。它不說止於何處，只說必有一止，並要「知止」。秦可卿告訴王熙鳳「盛筵必散」，正是「止」的提示。縱有千好萬好，總有一「了」。好了歌，既是荒誕歌，又是觀止歌。「好」是觀，「了」是「止」。閱盡人間諸色，應當知止，應當放下。那麼，應當止於何處？有小止處，有中止處，有大止處。放下日常慾念，是小止；激流勇退，是中止；「大造本無方，雲何是應住，既從空中來，應向空中去」（惜春之偈語），是大止。來自空，止於空；源於潔，止於潔；始於癡，止於悟。儒家止於道德境界，曹雪芹則是止於大徹大悟的澄明境界。

【二九四】

賈母最疼愛的是賈寶玉與林黛玉，但對於寶玉的婚姻，她選擇了寶釵，而不選擇黛玉。賈母不是沒有理由，她的尺度是「生存」尺度，不是「存在」尺度。她雖然通脫，但家族的命運、家族的生存與發展畢竟是她的天職。她雖愛黛玉，但賈府的興亡更加要緊。而寶玉自始至終熱戀着黛玉，在林、薛這一情感天平上，他的心一直放在黛玉這邊。其選擇的原因卻不是生存原因，而是存在原因。即只有在黛玉面前，寶玉「存在」的意義才能充分敞開。存在的原因便是靈魂的原因，便是心靈從相逢、相知到相融相契的原因。賈母雖聰明，但太重家族的興衰，忽略個體心靈的歸宿。她看不到寶玉與寶釵的靈魂之間有一段無法拉近的距離，面對寶釵，她的心愛的孫子無法打開生命的深層世界。賈母與賈寶玉的衝突，也是世界原則與宇宙原則的衝突。

【二九五】

最深的感悟往往無法表達。靈魂所抵達的神意深淵和愛意深淵很難描述。再高明的作家寫出來的文字也比不上大智者悟到的精神頂點和深淵底部。許多作家對自己已寫出的文字不滿，以至像卡夫卡臨終時囑託朋友燒掉他的稿子，林黛玉死前燒掉詩稿，除了情愛的幻滅之外，還可能有這個原因。「人向廣寒奔」，「冷月葬花魂」，已經夠精彩了，但在林黛玉眼裡，這與她心靈中的萬千感受相差太遠，浩茫的心事豈是語言所能表達？托爾斯泰最後的大著作是他的出走，沒有文字，但這是用生命本身的行為寫下的大著作，那個瞬間，他對於宇宙人生最深的感悟已無法用小說、詩歌、散文表達。

【二九六】

「五四」新文化運動的理由是青春的理由，也是女子與孩子的理由。它選擇孔子作為靶子，不是說孔子一無是處，而是因為孔子的學說是老人化的學說，不是青春的學說。婦女與兒童在他的學說中沒有地位，個體生命主權在他的體系中沒有得到確認。中國幾千年歷史中，男人欠女人欠兒童的債太多，「五四」是個討債運動。《紅樓夢》是「五四」的先驅，它的理由也是青春的理由，也是女子與兒童的理由，也是對老人化的反動與反思。《紅樓夢》給少女青春作了一次驚天動地的請命，也給中國山河大地帶來一股青春氣息。中國要成為擁有靈魂活力的「少年中國」（梁啟超語）、「青春中國」，最需要的是《紅樓夢》和「五四」新文化，而不是孔夫子和儒學老道統。但孔夫子確實是聖人，他的思想也是多層面。賈寶玉討厭儒家的「無人」文化——無個體生命獨立主權的文化，討厭它表層的典章制度與意識形態，拒絕充當治國平天下的工具，但心內又接受儒家深層的「有人」文化——重親情、重人際溫馨的文化。寶玉既是逆子，又是孝子。他和賈府中的孔夫子（父親賈政）既衝突又懷有敬意，但這個孔夫子，畢竟是個喜歡擺姿態、戴面具、壓制青春的老古董。「五四運動」正是賈寶玉們批判賈政們的一次大「審父運動」。

【二九七】

「五四」新文化運動高舉「文學革命」大旗，除了攻擊貴族文學、山林文學之外，還攻擊古典文學。可惜沒有分清古典文學的精華與糟粕，也沒有分清中國古代文化的精華與糟粕。如果那時不是選擇孔夫子為主攻對象（雖然有充分理由，其批判內容至今也沒有過時），而是選擇《三國演義》和《水滸傳》等兩部危害中國人心最巨的作品為主攻對象，並把《紅樓夢》作為精神坐標，那就會更準確更有力地高舉人的旗幟，從而變成一場最基本的啟蒙，一場關於生命尊嚴與詩意棲居的啟蒙，一場純化生命、提升生命的啟蒙，也是一場關於拒絕暴力與拒絕權術的啟蒙。「少不看水滸，老不看三國」，是中國老百姓自救的至理明言。一個老人，如果不知「復歸嬰兒」，而是繼續積澱「三國」權術心術，就會變成老妖老狐狸。中華民族太古老，心思本就太複雜，更不該老品三國，老是熱中於權力遊戲。《紅樓夢》所提示的大觀大止，就文化上說，可以說是提醒應當終「了」，終止「三國」式的慾望、權謀與爭奪。

【二九八】

深邃的思想贏得質樸的表述，顯得很美。「千里搭長棚，沒有個不散的筵席」（第二十六回，小紅語），就很美。文章不怕拙，指的便是真理無須裝飾，思想一旦刻意作出學問姿態，也是媚俗。愈急於把思想說得完備，愈想說得頭頭是道，就愈是畫蛇添足，愈是可疑。許多賣弄學問的人，最後顯出思想的貧困也與此有關。曹雪芹的學問大得不得了，其筆下的寶釵是個博古通今的「通人」，而黛玉、寶玉這些癡人，也都是滿腹詩書，史、識、詩三者皆備。但整部《紅樓夢》沒有任何一點賣弄，完全沒有作家相與學者相，更沒有文人腔與名人腔。大輝煌與大質樸和諧到如此地步，真是舉世無雙。

【二九九】

賈政與王夫人都想控制寶玉，但方式不同。賈政直接訴諸棍棒，怨恨只放在兒子身上；而王夫人卻遷怒他人，以為兒子的「問題」來自晴雯、金釧兒等「狐狸精」、「尤物」，因此不惜剝奪她們的生存權利。相比之下，賈政沒有王夫人那種陰柔的毒手。曹雪芹時代，權力與財富已控制思想，甚至還控制身體和愛戀。《紅樓夢》自由筆觸所表現的力度之一，是揭露權力控制下的人性困境。這種控制除了造成暴力（如賈政痛打寶玉）、造成苦難（如金釧兒之死）之外，還會造成詩化自由心靈的毀滅（如黛玉之死）。難怪俄國流亡詩人布洛斯基要說，詩本能地與權力帝國對立。寶玉最後逃離家園，乃是逃離權力對其心靈的控制，這一行為，與其說是反叛，不如說是自救。

【三〇〇】

一打開《紅樓夢》，就會見到全書的哲學綱領，也是全書的哲學難點，這就是空空道人所呈現的十六字訣：「因空見色，由色生情，傳情入色，自色悟空。」如果說色空是佛教哲學，那麼，它卻不是《紅樓夢》的全部哲學，因為在色與空之間還有一個巨大的中介物，這就是「情」，由色生情和傳情入色之後才能自色悟空。在十六字的循環中，情既是中介，也是本體。如果說，「空」是終極存在，那麼，情則是通向終極存在的並非虛幻的惟一真實。《金瓶梅》最後加了一個色空尾巴，可惜全書沒有類似十六字訣的精神歷程——形而下與形而上的轉換提升過程。它的色太重，情太輕，空更說不上。十六字訣中的四段哲學環節，它一個也沒有。

【三〇一】

賈寶玉和林黛玉在《紅樓夢》中的特殊性是兩人都具有自由意志。所謂自由意志並不是薛蟠式的自由濫情，而是對生命當下存在路向的選擇與把握。薛蟠的吃喝嫖賭，無須選擇，與是否具有自由意志無關。寶玉和黛玉的生活則充滿選擇，從讀書、寫詩、談禪和人生道路的確立都需要選擇，徘徊、彷徨、苦惱、迷惘、憂傷，也都在選擇的過程中，正因為需要選擇，才有傳統父權意志和自由意志的衝突，才有自由意志的光輝。薛寶釵雖然美麗，但缺少這種光輝。

二十世紀著名思想家比賽亞．柏林把自由分為積極自由與消極自由。前者是指奮鬥、挑戰、抗爭的自由，後者則是拒絕、迴避、有所不為的自由。賈寶玉與林黛玉的自由意志屬於消極自由範疇中的意志。這兩位小說主人公爭取的只是逍遙的自由，戀愛的自由，吟詩的自由，閱讀《西廂記》的自由，拒絕科舉的自由，迴避權力追逐和功名追逐的自由。但是，道統正統的代表（賈政等）不給他們這種自由。連消極自由都不給，更不用說積極自由。把寶玉黛玉解說成反封建的爭取積極自由的自覺戰士，未免過於拔高。

【三〇二】

《紅樓夢》貴族女子的復歸之路有兩種路向：一是林黛玉式的向「天」回歸；一是巧姐兒式的向「地」（即向「土」）回歸。前者「人向廣寒奔」的暗示，便是向天宇回歸的暗示。也許奔向明月，也許奔向太虛幻境，也許奔向曾與神瑛侍者相戀過的靈河岸邊。後者則無須暗示，巧姐兒經劉姥姥的因緣，最後嫁給周氏莊稼人家，從貴族豪門走向庶民寒門，真正是

「舊時王謝堂前燕，飛入尋常百姓家」，巧姐兒生於七月七日，最後也有一個與「牛郎」相逢的結局。果然回歸於土。《易經》說，「安土敦乎仁，故能愛」，有土才能安寧，才能敦篤，也才有人性的真實與溫馨。林黛玉式的回歸是夢想的，巧姐兒的回歸是現實的，但兩者都不悖「質本潔來還潔去」。倘若用佛教語言解說，林黛玉乃是回歸於無，而巧姐兒則是回歸於「有」。前者是真諦，後者是俗諦，但兩者都是「諦」，都帶真理性。俄國十二月黨人的貴族理念，正是巧姐兒式的向土回歸的民粹理念。

【三〇三】

曹雪芹的價值邏輯鏈，可作四段表述：（一）生命價值為最高價值，不承認有比生命價值更高的神聖價值，所以只有「女兒」偶像，沒有「元始天尊」和釋迦牟尼等神聖偶像。（二）最高價值系統中的核心價值是少女青春生命。美即青春生命。《紅樓夢》是對青春生命進行審美的大書。書中惟一的牽掛便是青春生命。《聖經．新約》中的基督十二門徒全是男性。作為「文學聖經」的《紅樓夢》，其天國——太虛幻境中的眾仙姑和金陵十二釵，則是清一色的女性。青春天國是曹雪芹的絕對價值與終極真實。（三）生命的毀滅是悲劇，青春生命的毀滅則是最深的悲劇。因此，至真至美的輓歌只屬於林黛玉，晴雯，而不屬於賈母等；（四）所謂荒誕，便是價值顛倒。一切把外在價值，虛幻價值（如權力、財富、功名）放在青春生命、內在心靈之上的編排都屬價值顛倒，都屬《好了歌》抨擊的荒誕現象。《紅樓夢》既呈現價值極限，又呈現價值顛倒，因此，既是悲劇又是荒誕劇。

【三〇四】

就人文環境而言，先秦戰國時期、漢唐時期、明末時期，是中國知識人相對比較自由的年代，到了清朝的乾隆王朝，則是絕對的黑暗期，其文字獄也是最為猖獗的年代。魯迅的《買〈小學大全〉記》、《病後雜談》、《病後雜談之餘》等文章就揭露了這個血腥帝國的血腥歲月。可是中華民族最偉大的文學作品《紅樓夢》恰恰在此時問世。曹雪芹這位天才在大黑暗中悄悄下沉，沉得很深，如同沉入海底，但他不是沉淪，而是沉浸——在沉浸狀態中面壁寫作，最後推出中國的第一文學經典。曹雪芹的成功，不是時代的成功，更不是清王朝的成功，而是個案的成功。《紅樓夢》的大放光彩，不是時代的閃光，而是個體心靈的閃光。文學事業是天才的事業，是偶然的事業，它不是時代所決定，而是作家自身所決定。文學既是時代的產物，又是反時代的產物——反潮流、反風氣的產物。若說文學是時代的鏡子，那麼，這一鏡子往往是面反光鏡。

第二輯　《紅樓夢》論

論《紅樓夢》的永恒價值

一、人類精神水準的坐標

在文明史上，有一些著作標誌着人類的精神高度。就文學而言，《伊利亞特》、《奥德賽》、《俄底浦斯王》、《神曲》、《哈姆雷特》、《堂吉訶德》、《悲慘世界》、《浮士德》、《戰爭與和平》、《卡拉瑪佐夫兄弟》等，就屬於這樣的精神坐標。在中國，有一個作家的名字和一部作品，絕對可以和這些經典極品並立，也同樣標誌着人類的精神水準和文學水準，這就是誕生於十八世紀的曹雪芹和他的《紅樓夢》。這位永遠的大師和這部偉大的小說，站立在人類審美創造乃至整個精神價值創造的最高水平線上，它既反映中華民族的靈魂高度，又反映人類靈魂的高度。

對於上述這些經典極品，時間沒有意義。換句話說，它們就像埃及金字塔一樣，是一個永恒性的審美對象，而不是時代性的標記。馬克思說希臘史詩具有「永久性魅力」（請參見《政治經濟學批判》導言，《馬克思恩格斯選集》第二卷第八十二—八十三頁，人民出版社）。就是說，《伊利亞特》與《奥德賽》，作為巨大的文學存在，沒有時間的邊界。它屬於當時，也屬於現在，更屬於今後的無盡歲月。《紅樓夢》正是荷馬史詩式的沒有時間邊界的藝術大自在。在《紅樓夢》研究中，索隱派之所以顯得幼稚，就因為他們把這部巨著的無限時空簡化為不僅有限而且狹小的時空，從而使《紅樓夢》產生巨大的「貶值」。

只要閱覽藝術世界，觀賞一下達·芬奇、米開朗琪羅、拉斐爾、凡·高等巨人的畫，就可了解，大藝術家的全部才華和畢生心力所追求的，乃是一種比自身生命更長久的東西，這就是「永恒」。他們苦苦思索探索的是如何把永恒化為瞬間，是如何把永恒凝聚成具象，或者說，是如何捕捉瞬間然後深入瞬間，最終又通過瞬間與具象進入不知歲月時序的幽遠澄明之境。他們的精神創造過程，是一個叩問永恒之謎的過程。無論是西方還是東方的天才藝術家、文學家，他們都具有同樣的焦慮。「文章千古事」，杜甫的焦慮正是一切卓越詩人最內在的焦慮。

《紅樓夢》問世已二百四十年左右。頭一百四十年，它經歷了流傳，也經歷了禁錮。不知天高地厚的禁錮者，其權力早已灰飛煙滅，但巨著卻真的如同天上的星辰永存永在。進入二十世紀下半葉之後，《紅樓夢》更是從少數人的刻印、評點、閱讀的狀態中走了出來，奇蹟般地大規模走向社會，走向課堂，走向戲劇、電影、音樂、美術等藝術領域，尤其寶貴的是正在走進深層的心靈領域，書中的主人公賈寶玉、林黛玉、晴雯等正在成為中國人的心靈朋友。可惜在最後這一領域中的實際影響，《紅樓夢》仍然遠不及《三國演義》和《水滸傳》。這種錯位，最明顯不過地反映出中華民族深層文化心理的巨大病症。

《三國演義》是一部權術、心術的大全。其中的智慧、義氣等也因為進入權術、陰謀系統而變質。而《水滸傳》則是在「造反有理」（「凡造反使用任何手段都合理」）和「情慾有罪」（實際上是「生活有罪」）兩大理念下造成暴力崇拜和造成殘酷的道德專制法庭，尤其是造成審判婦女的道德專制法庭。儘管這兩部小說從文學批評的角度上說，都是精彩的傑出作品，但從文化批評（價值觀）的角度上說，則是造成中華民族心理黑暗的災難性小說，可謂中國人的兩道「地獄之門」。無論是《紅樓夢》還是《三國演義》、《水滸傳》，都很集中地折射着中華民族的集體無意識，但是《三國演義》、《水滸傳》折射的是集體無意識中受傷的病態的一面，而《紅樓夢》則反映着健康的、正常的一面。斯賓格勒（Oswald Spengler）在其名著《西方的沒落》（The Decline of the West）中曾提出「原型文化」和「偽形文化」這兩個概念。（請參見《西方的沒落》第十四章：「阿拉伯文化的問題之一——歷史的偽型」，台北桂冠圖書公司，一九八五年版）明明是某一種岩石，卻表現了另一種岩石的外觀，礦物學家稱此現象為「偽形」或「假蛻變」。所謂偽形文化，指的正是一種古老的本真文化，在一片土地上負荷過大，從而不能正常呼吸，不但無法呈現其純粹而獨特的表現形式，而且無法充分發展其自我的本然意識。中國的遠古神話《山海經》是中國最本真本然的文化，即原型文化，《紅樓夢》一開篇就與《山海經》相接，承接的正是中國原始的健康的大夢。而《三國演義》和《水滸傳》，其英雄已不是女媧、精衛、夸父這種天真的、建設性的英雄，而是充滿暴力、佈滿心機的偽英雄。因此，可以說，《三國演義》、《水滸傳》是中華民族的偽形文化，而《紅樓夢》則是中華民族的原型文化。（關於《三國演義》、《水滸傳》，筆者另有專論進行闡釋。）可以預料，隨着時間的推移，《三國演義》和《水滸傳》的偽型將被淘汰——其精神內涵不代表人類的期待。而《紅樓夢》恰恰代表着中國和人類未來的全部健康信息和美好信息。這是關於人的生命如何保持它的本真、人的尊嚴如何實現、人類如何「詩意棲居於地球之上」（荷爾德林語）的普世信息。這些遠離暴力、遠離機謀的信息永遠不會過時。

二、《紅樓夢》的宇宙境界

一九〇四年王國維發表《〈紅樓夢〉評論》，至今已整整一百年。百年來《紅樓夢》研究在考證方面很有成就，但就其美學、哲學內涵的研究方面並沒有出其右者。王國維是出現於中國近代的先知型天才，他五十歲就去世，留下的著作不算多，但無論是史學上的《殷周制度論》等，還是美學、文學上的《〈紅樓夢〉評論》，《人間詞話》、《宋元戲曲史》都是當之無愧的人文經典。他的天才不是表現在嚴密的邏輯論證，而是表現在眼光的獨到、準確與深邃。他創立了真正屬於中國學說的「境界」說，啟發了二十世紀的中國文學評論者、作家、詩人與藝術家。對於《紅樓夢》，他也正是用境界的視角加以觀照，從而完成了兩個大的發現：

（一）發現《紅樓夢》的悲劇不是世俗意義上的悲劇，即把悲劇之源歸結為幾個壞蛋（「蛇蝎之人」）作惡的悲劇，而是超越意義上的悲劇，即把悲劇視為共同關係之結果的悲劇。也就是說，造成悲劇不是現實的某幾個兇手，而是悲劇環境中人的「共同犯罪」，換句話說，是關係中人進入「共犯結構」的結果（參閱林崗和筆者合著《罪與文學》第七章，香港牛津大學出版社，二〇〇二年）。（二）發現《紅樓夢》屬於宇宙大境界和相應的哲學、文學境界，而非政治、歷史、家國境界。這兩點都是《紅樓夢》的永恒謎底。現在我們從第二點說起。

王國維在《〈紅樓夢〉評論》第三章《〈紅樓夢〉在美學上之價值》對《紅樓夢》有一個根本性的論斷，他說：

> 《桃花扇》，政治的也，國民的也，歷史的也；《紅樓夢》，宇宙的也，哲學的也，文學的也。此《紅樓夢》之所以大背於吾國之精神。

這是一個極為重要的發現。孔尚任的《桃花扇》只是一例，這一例證所象徵的政治、家國、歷史境界，也正是《三國演義》、《水滸傳》直至清代譴責小說的基本境界。中國文學的主脈，其主要精神是政治關懷、家國關懷、歷史關懷的精神，其基調也正是政治浮沉、家國興亡、歷史滄桑的詠嘆。《桃花扇》在其《小引》中提出的問題是明朝「三百年之基業，隳於何人？敗於何事？消於何年？歇於何地？」這些全是形而下的問題。何人何事，是現實政治以及相關歷史階段的人事；何年何地，是現實時間與現實地點，這便是所謂時代性與時務性。最後雖然侯方域與李香君在祭壇上相逢並經張道士一語點撥而入道，但也正如王國維所言，並非「真解脫」，只不過是在他人的推動下覺悟到無力回天不得不放下國仇家恨而走入空門麻痹自己而已，並不是《紅樓夢》似的對人生的大徹大悟。

《紅樓夢》也有政治、家國、歷史內涵，而且它比當時任何一部歷史著作都更豐富地展示那個時代的全面風貌、更深刻地傾注作者的人間關懷。然而，整部巨著叩問的卻不是一個王朝何人、何事、何年、何地等家國興亡問題，而是另一層面的具有形上意義的大哉問。如果說，《桃花扇》是「生存」層面的提問，那麼，《紅樓夢》則是「存在」層面的提問。它問道：世人都認定為「好」並去追逐的一切（包括物色、財色、器色、女色等）是否具有實在性？到底是這一切（色）為世界本體還是「空」為世界本體？在一個沉湎於色並為色奔波、為色死亡、為色你爭我奪的濁泥世界裡，愛是否可能？詩意生命的存在是否可能？那麼，在這個有限的空間中活着究竟有無意義？意義何在？這些問題都是超時代、超政治、超歷史的哲學問題。還有，賈寶玉、林黛玉與侯方域、李香君全然不同。賈、林從何處來？到何處去？女媧補天的鴻濛之初是何年何月？神瑛侍者與絳珠仙草的天國之戀是什麼地點？什麼時間？「質本潔來還潔去」，何方何處尚不清楚，何性何質又如何明白？林、賈這些稀有生命到底是神之質還是人之質？是石之質還是玉之質？是木之質還是水之質？一切都不清楚，因為來去者本就無始無終，無邊無涯，這就是宇宙大語境，生命大語境。人們常會誤解，以為家國語境、歷史語境大於生命語境。其實正好相反，是生命語境大於家國、歷史語境。侯方域、李香君的生命只在朝代更替的不斷重複的歷史語境中，而賈寶玉、林黛玉的生命則與宇宙相通相連，她（他）們的生命語境便是宇宙語境，其內在生命沒有朝代的界限，甚至沒有任何時間界限，因此，賈、林的生命語境便大於家國語境。《紅樓夢》在作品中有一個宇宙境界，而作者則有一個超越時代的宇宙視角。《紅樓夢》中的女兒國，棲居於「大觀園」。「大觀」的命名寄意極深。我們可以從「大觀園」之名抽象出一種「大觀眼睛」和「大觀視角」。所謂大觀視角，便是宇宙的高遠的宏觀視角。釋迦牟尼和他的真傳弟子們擁有這一視角，便知偌大的地球在大千宇宙中不過是恒河的一粒沙子（參見《金剛經》）。愛因斯坦作為宇宙研究的旗手，他也正是用這一視角看地球看人類，因此也看出地球不過是寰宇中的「一粒塵埃」。釋迦牟尼、曹雪芹、愛因斯坦都有一雙大慧眼或者說都有一雙「天眼」，這就是宇宙的大觀極境眼睛。曹雪芹的「大觀」眼睛化入作品，便造成《紅樓夢》的宇宙境界。在「大觀」眼睛之下，所有的世俗概念、世俗尺度全都變了。一切都被重新定義。所以《紅樓夢》一開篇就重新定義「故鄉」（參見第一回甄士隱對《好了歌》的解注），而通篇則重新定義世界，重新定義歷史，重新定義人。故鄉在哪裡？龜縮在「家國」中的人只知地圖上的一個出生點，「反認他鄉是故鄉」，不知道故鄉在廣闊無邊的大浩瀚之中，你到地球上來只是到他鄉走一遭，只是個過客，怎麼反把匆匆的過處當作故鄉、當作立足之處呢？把過境當作立足之境，自然就要反客為主，自然就要慾望膨脹，佔山為王，佔地為主，自然就要夜以繼日地爭奪金銀滿箱、妻妾成群的浮華境遇。

「無立足境」，這才是大於家國境界的宇宙境界。《紅樓夢》中的人物，第一個領悟到這一境界的，不是賈寶玉，而是大觀園首席詩人林黛玉。《紅樓夢》第二十二回「聽曲文寶玉悟禪機」記載了這一點。賈寶玉悟是悟了，他聽到了薛寶釵推薦《點絳唇》套曲中的《寄生草》（皆出自《魯智深醉鬧五台山》）有「赤條條來去無牽掛」一句，聯想起自己，先是喜得拍手畫圈、稱讚不已，後又「不覺淚下」，「不禁大哭起來」，感動一下，便提筆立占一偈禪語：「你證我證，心證意證。是無有證，斯可云證。無可云證，是立足境。」而次日林黛玉見到後覺得好是好，但還未盡善，便補了兩句：

無立足境，是方乾淨。

林黛玉這一點撥，才算明心見性，擊中要害，把賈寶玉的詩心提到大徹大悟大解脫的宇宙之境，也正是《好了歌》那個真正「了」的大自由、大自在之境。《紅樓夢》是一部悟書，沒有禪宗，沒有慧能，就沒有《紅樓夢》。而《紅樓夢》中的最高境界——「無立足境」，首先是林黛玉悟到的，然後才啟迪了賈寶玉。一個赤條條來去無牽掛的生命，來到地球上走一回，還找什麼「立足之境」？自由的生命天生是宇宙的漂泊者與流浪漢，永遠沒有行走的句號，哪能停下腳步經營自己的溫柔之鄉，迷戀那些犬馬聲色，牽掛那些耀眼桂冠。一旦牽掛，一旦迷戀，一旦經營浮華的立足之境，未免要陷入「濁泥世界」。

在「大觀」的宇宙視角下，故鄉、家國的內涵變了，而歷史的內涵也變了。什麼是歷史？以往的歷史都是男人的歷史，權力的歷史，帝王將相的歷史，大忠大奸較量的歷史。《三國演義》以文寫史，用文學展現歷史，不也正是這種歷史麼？但《紅樓夢》一反這種歷史眼睛，它在第一回就讓空空道人向主人公點明：

空空道人遂向石頭說道：「石兄，你這一段故事，據你自己說有些趣味，故編寫在此，意欲問世傳奇。據我看來，第一件，無朝代年紀可考；第二件，並無大賢大忠理朝廷治風俗的善政，其中只不過幾個異樣女子，或情或癡，或小才微善，亦無班姑、蔡女之德能。我縱抄去，恐世人不愛看呢？」

從這段開場白可以看出曹雪芹完全是自覺地打破歷史的時間之界，又完全自覺地改變「世俗市井」和帝王將相的歷史框架。後來薛寶釵評論林黛玉的詩「善翻古人之意」，其實也正是《紅樓夢》的重新定義歷史。第六十四回中，林黛玉「悲題五美吟」，寫西施，寫虞姬，寫明妃，寫綠珠，寫紅拂，便是在重寫歷史。古人視帝王將相為英雄，視美人為英雄的點綴品，其實，女人才是真英雄，歷史何嘗就不是她們所創造。五美吟，每一吟唱，都是對以男人為中心的歷史成見的質疑。以虞姬而言，林黛玉問道：像黥、彭那些原項羽手下的部將，英勇無比，降漢後又隨劉邦破楚，立功封王，可是最後卻被劉邦誅而醢之（剁成肉醬），這種男子漢大丈夫，怎能與虞姬自刎於楚帳之中、為歷史留下千古豪氣相媲美呢？還有，史學家與後人都在歌吟李靖，最後甚至把他神化，可是，當他還是一介布衣時，小女子紅拂不顧世俗之見，以巨眼識得窮途末路中的英雄，並以生命相許，助其英雄事業，這豈不是更了不起嗎？然而，歷史向來只是項羽李靖的歷史，並無虞姬紅拂的半點歷史位置，這是公平的嗎？一千多年過去了，虞姬、紅拂在林黛玉的大觀眼睛中，才重現她們至剛至勇至真至美的生命價值。總之，在「大觀」的眼睛之下，一切都不一樣了。《紅樓夢》的特殊審美境界也由此產生。

三、悲劇與荒誕劇的雙重意蘊

在宇宙境界的層面上，《紅樓夢》的美學內涵（或稱美學價值）就顯得極為豐富。本文要特別指出的，也是以往的《紅樓夢》研究者包括王國維所忽略的，是在宇宙「大觀」眼睛下，《紅樓夢》不僅展示人間的大悲劇，而且展示人間的大荒誕。因此，《紅樓夢》不僅是一部偉大的悲劇作品，而且也是一部偉大的喜劇作品。如果說，《堂吉訶德》是在大喜劇基調下包含着人類的悲劇，那麼，《紅樓夢》則是在大悲劇基調下包含着人類的大荒誕。所謂荒誕，指的是喜劇的極端形式。它從傳統喜劇中產生，又不同於傳統喜劇，它把現實的無價值、無意義推到不可理喻的地步。中國古代文學早就有「怪誕」的手法，最典型的例子便是《西遊記》。但「荒誕」不同於「怪誕」。怪誕只是一種藝術手法。荒誕則不僅是種手法，而且是一種藝術大範疇，它帶有現實的屬性，又是極端否定現實的藝術精神。作為一種大美學範疇，它與浪漫主義、寫實主義、象徵主義、古典主義等並列，不是與諷刺、幽默、隱喻、誇張等手法並列（儘管它也包含着諷刺、幽默、變形、誇張等）。二十世紀的西方文學，其突出的成就是荒誕文學的成就。卡夫卡是西方荒誕文學的偉大草創者，他把但丁、歌德以來的浪漫基調轉變成荒誕基調，完成了一次扭轉乾坤式的文學變革。卡夫卡之後，加繆、貝克特、尤奈斯庫等又創造出別開生面的荒誕戲劇與荒誕小說經典，並成為世界現代文學最重要的一脈。西方荒誕文學的崛起與勃興，從主觀上說，與世紀初尼采宣佈「上帝死亡」之後所產生的精神信仰的危機密切相關。對上帝的懷疑導致傳統精神家園的喪失，也導致對生命無着落、無意義的發現和焦慮。從客觀上説，現代資本社會的急速發展，人被自身創造的外在之物（機器、制度等）所奴役。機器等物質與物質市場對人進行精神壓迫甚至剝奪人的靈魂，存在失去意義，社會現實帶上了荒誕無稽的巨大特徵。

《紅樓夢》產生於十八世紀中葉，它的荒誕意識不像卡夫卡那樣強烈、集中、突出，也不像卡夫卡、加繆、貝克特、尤奈斯庫等所呈現的那種信仰崩潰後不知去向（「上帝之死」）的特點，更不像這些荒誕作家那麼自覺地意識到自己正在創造和實踐一種嶄新的大文學藝術形式（如加繆不僅進行荒誕寫作，而且屢次對荒誕進行定義）。但曹雪芹憑着他的天才直覺，同樣完成了對現實世界荒誕屬性和人生無意義的發現，而且同樣有一種不同於浪漫、寫實的對荒誕存在的透視精神和極端否定精神。《紅樓夢》作為偉大的小説，它是中國文學中獨一無二的大悲劇與大荒誕劇並置的作品。

閱讀《紅樓夢》後會發現，這部巨著的情節一開端就有一個悲劇與荒誕劇並置結構的暗示，它講述故事主人公的前身（石頭）一誕生就落在名為「大荒山無稽崖」的荒誕環境中：

原來女媧氏煉石補天之時，於大荒山無稽崖煉成高經十二丈、方經二十四丈頑石三萬六千五百零一塊。媧皇氏只用了三萬六千五百塊，只單單剩了一塊未用，便棄在此山青埂峰下。誰知此石自經鍛煉之後，靈性已通，因見眾石俱得補天，獨自己無材不堪入選，遂自怨自嘆，日夜悲號慚愧。

《石頭記》即石頭（賈寶玉前身）的傳説，是從大荒山無稽崖開始的。這一命名具有很深的象徵意蘊。無論是大荒山還是無稽崖，都是荒誕的符號，這可視為荒誕架構的隱喻。而這塊石頭因為被補天者女媧所遺棄，獲得靈性之後悲號慚愧，這又可視為悲劇情致的預告。《紅樓夢》這一神話式開端，給悲劇和荒誕劇同時創造了氛圍。

《紅樓夢》的悲劇，倘若用佛教語言來表述（《紅樓夢》第一回所用的語言），乃是「傳情入色，自色悟空」的結果。而其荒誕劇則是「由空見色」觀照的結果。無論是由色入空，還是由空見色，中間都有一個「情」字。或由色生情，或因情入色，一切人間的悲劇都是情的毀滅，情愈真愈深，悲劇性就愈重。情不是抽象物，它是人的本體即人的最後實在，可是它天生就與色糾纏一起並落入人際關係中，最平常而最深刻的悲劇便是情被無可逃遁的人際關係所毀滅。王國維發現《紅樓夢》乃是「悲劇中之悲劇」，就是發現這種悲劇乃是共同關係的結果因而無可逃遁。《紅樓夢》抒寫各種形態的情最後都殊途同歸：全都歸於毀滅，歸於空。《紅樓夢》中的肉人們（如薛蟠、賈蓉等），只有慾，沒有情，更沒有靈，他們的生滅不帶悲劇性。而像賈敬這種「道人」，表面上是靈，實際上是妄，他求的是肉的永生，沒有性情，他的死也幾乎沒有悲劇性。林黛玉、秦可卿、尤三姐、晴雯、鴛鴦等的死亡，則都與情相關，她們的毀滅便帶悲劇性。《紅樓夢》中的女子與《金瓶梅》中的女子最大的區別是前者的情帶有詩意，除了性情之外還有性靈，而後者的情卻少有詩意，其性情不是向性靈昇華而是向性慾傾斜，所以李瓶兒、潘金蓮的悲劇含量，遠遠不能與林黛玉等同日而語。她們的悲劇性不僅顯得輕，而且幾乎無境界可言。距離林黛玉那種由色入空的境界很遠。《葬花詞》這首詩悲愴感特別濃，它象徵着林黛玉的由色入空，抵達「空寂」這一悲劇最高境界。

與「由色入空」的方向相反，荒誕則是由空觀色。具體地說，是站在超越人間的宇宙極境上觀看人間的種種生態世相的結果。也就是說，它是站在比人更高的地方來看人與看人的世界。這是一個關鍵。為了說明這種視角的關鍵意義，此處不妨借助俄國著名的哲學家別爾嘉耶夫的類似思想來參照。別爾嘉耶夫說：

> 人對於自己而言是個偉大的謎，因為他所見證的是最高世界的存在。……人是一種對自己不滿，並且有能力

超越自己的存在物。……只有在人與上帝的關係上才能理解人。不能從比人低的東西出發理解人，要理解人，只能從比人高的地方出發。（《論人的使命》第六十三—六十四頁，上海學林出版社，二〇〇〇年版）

別爾嘉耶夫是個宗教哲學家，他的論證必須放在宗教的語境中才能得到深刻的理解。曹雪芹不是宗教哲學家，他不是在人與上帝的關係上去理解人的問題，但他與別爾嘉耶夫一樣感悟到一個大道理：要解開人這個巨大的謎，不能從與人平行的高度上去理解，更不能從比人更低的平面上去理解，只能站在比人更高的高度上去理解。換句話說，是人對人的觀照不能用常人的眼睛（與人平行），更不能用動物的眼睛（比人低），而應當用超越這兩種眼睛的眼睛。這種眼睛在別爾嘉耶夫那裡是上帝之眼，那麼，在曹雪芹的筆下是什麼呢？他不是理論家，沒有明白說破，但是，《紅樓夢》中卻透露出這種眼睛便是上文所說的「大觀」眼睛，即宇宙之眼。用《金剛經》的語言表達，「大觀」眼睛不是五眼中的「肉眼」，而是「天眼」、「佛眼」、「法眼」、「慧眼」。空空道人的眼睛就是這種眼睛，他用這種超越小知、小觀的「天眼」觀看世界，就看出世界的荒誕。他所唱的「好了歌」，就是荒誕歌：

世人都曉神仙好，惟有功名忘不了！
古今將相在何方？荒冢一堆草沒了。
世人都曉神仙好，只有金銀忘不了！
終朝只恨聚無多，及到多時眼閉了。
世人都曉神仙好，只有姣妻忘不了！

君生日日說恩情，君死又隨人去了。
世人都曉神仙好，只有兒孫忘不了！
癡心父母古來多，孝順兒孫誰見了？

在「大觀」（天眼、佛眼）的視角下，人不過是恒河中的一粒沙子，而恒河在宇宙巨構中又只是一粒沙子，恒河沙數，沙數恒河，在此天眼中，人生不過是無量時空中的一閃爍，生命的本質不過是到地球上來走一回的「過客」。在如此短促、如此短暫、如此匆匆的一次性旅行中，為功名而活、為嬌妻而活、為兒孫而活，即為色而忙，為色而爭，為色而死，什麼都想不開，什麼都放不下，這不正是空空道人所嘲諷的無意義的「甚荒唐」即我們所說的「荒誕」嗎？

而甄士隱「徹悟」之後，也用天眼、佛眼來觀照人間，也看到無價值、無意義，他給「好了歌」作注解，又給人世的荒誕景象作了另一番描述：

陋室空堂，當年笏滿床；衰草枯楊，曾為歌舞場。蛛絲兒結滿雕樑，綠紗今又糊在蓬窗上。說什麼脂正濃、粉正香，如何兩鬢又成霜？昨日黃土隴頭送白骨，今宵紅燈帳底臥鴛鴦。金滿箱，銀滿箱，展眼乞丐人皆謗。正嘆他人命不長，哪知自己歸來喪！訓有方，保不定日後作強樑。擇膏粱，誰承望流落在煙花巷！因嫌紗帽小，致使鎖枷扛；昨憐破襖寒，今嫌紫蟒長：亂烘烘你方唱罷我登場，反認他鄉是故鄉。甚荒唐，到頭來都是為他人作嫁衣裳！（第一回）

《紅樓夢》的荒誕意識由《好了歌》作了揭示，其天眼下的荒誕集中地呈現為虛妄，即世人生活在虛妄幻覺之中而不知虛妄幻覺，以為脂正濃、粉正香、笏滿床、金滿箱、紫蟒長等等物色、器色、財色、官色、女色具有實在性，不知道「萬境皆空」，不知一切色相全是虛妄。因為看不透、放不下，便為功名利祿榮華富貴爭得頭破血流，把世界變成泥濁世界，這個泥濁世界正是荒誕世界。在《紅樓夢》裡，荒誕首先是現實屬性，是諸色世界的無限膨脹，以至膨脹到「賈不假，白玉為堂金作馬。阿房宮，三百里，住不下金陵一個史。東海缺少白玉床，龍王來請金陸王。豐年好大雪，珍珠如土金如鐵」（第四回）。這個色世界的一門富豪所佔有的是這樣一番氣象：「別講銀子成了糞土，憑是世上有的，沒有不是堆山積海的。」（第十六回中趙嬤嬤語）貴族豪門尚且如此，更不用說宮廷御室了。慾望無盡，佔有無數，這個權貴統治的黃金世界乃是一個貪婪無邊的世界。可是這個世界金玉其外卻敗絮其中，內裡是爭奪、欺騙、虛偽、荒淫，一片泥濁似的骯髒和腐敗，除了門前的兩隻石獅子乾淨的之外，黃金世界的主體沒有一個是清白的，不必說賈珍、賈璉、賈蓉、薛蟠這些色鬼，就是那個「正人君子」的豪門支柱賈政，不也在保護走私舞弊嗎？至於賈敬和賈赦，一個煉丹煉到走火入魔，一個無恥到想要納老母親身邊的小丫鬟為妾，哪個不是荒誕角色？世界的現實如此荒誕，可是，現實中人個個都在嚮往，都在追逐，以為這個世界是真黃金世界，這就更為荒唐。《紅樓夢》所說的「太虛幻境」，表面上說的是警幻仙子們的處所，實際上也影射人世間正是一個「太虛幻境」——一個被各種色相塗抹、裝扮、製造的虛妄之境。人們把幻境當作實境，把幻相當作真相，把生命全部投入其中而不能自拔，這就決定了人生的荒誕。正如第八回詩云：「女媧補天已荒唐，又向荒唐演大荒。失去幽靈真境界，幻來親就臭皮囊。好知運敗金無彩，堪嘆時乖玉不光。白骨如山忘姓氏，無非公子與紅妝。」這又是一首嘲弄虛妄的荒誕歌。表面上寫的是賈寶玉，實際上寫的是世人的追逐正是一個「又向荒唐演大荒」的荒誕戲劇，無非是一副臭皮囊在「太虛幻境」中的表演而已，到頭來也是金玉無彩也無光，虛妄一場而已。《紅樓夢》有一首荒誕主題歌，還有一個荒誕象徵物，這就是「風月寶鑒」。寶鑒的這一面是美色，另一面是骷髏。賈瑞死在美女的毒計之下是慘劇，而追逐骷髏似的幻影幻相則是幾乎人人都在經歷的荒誕劇。難道只有賈瑞擁抱骷髏？在仕途經濟路上辛苦奔波、走火入魔的名利之徒，哪一個不是生活在幻覺之中的賈瑞？總之，揭示世道人生「又向荒唐演大荒」的荒誕性，是《紅樓夢》極為深刻的另一內涵。

在荒誕文學的創作中，法國卓越作家加繆創造了《局外人》（也譯為《異鄉人》）的形象，這一形象既有極深的悲劇性又有極深的荒誕性。而這種「局外人」、「異鄉人」的概念與形象，二百年前就出現於曹雪芹的筆下。妙玉被稱為「檻外人」，所謂「檻外人」便是世俗眼中的異端，走出正統理念、正統規範、正統習俗而爭取一點個體生命獨立權利和自由權利的異端。除了妙玉，賈寶玉、林黛玉更是十足的異端，十足的「檻外人」、「異鄉人」、「局外人」，他們與現實世界處處不相宜。賈寶玉具有最善的內心和最豐富的性情（也有很高的智慧），但僅僅因為不喜歡八股文章，不走科舉之路，就被世人視為「怪異」、「孽障」、「傻子」、「蠢物」，這是何等荒唐無稽？而林黛玉比賈寶玉智慧更高，其悟性無人可比，其才華無人可及，但是，這位美麗的天才詩人，就因為有自己的個性，也總是被視為怪異，在自己親外祖母的貴族府第，最後還是找不到自己的位置，泣血而亡，這是何等荒誕。泥濁世界的局內人個個活得很快活，泥濁世界的局外人卻沒法活，這是何等顛倒。

如果說，林黛玉之死是《紅樓夢》悲劇最深刻的一幕，那麼，賈雨村的故事則是《紅樓夢》荒誕劇最集中的一幕。《紅樓夢》的大情節剛剛展開（即第四回），就說賈雨村「葫蘆僧亂判葫蘆案」。熟悉《紅樓夢》的讀者都知道賈雨村本來還是想當一名好官的。他出身詩書仕宦之族，與賈璉是同宗兄弟，當他家道衰落後在甄士隱家隔壁的葫蘆廟裡賣文為生時，也是志氣不凡才會被甄氏所看中並資助他上京赴考中了進士，還當了縣太爺。被革職後浪跡天涯又遇到偶然機會當了林黛玉的塾師。聰明的他通過林如海的關係和推薦，在送林黛玉前去賈府時見了賈政，便在賈政的幫助下「補授了應天府」，到金陵復職。可是一走馬上任就碰上薛蟠倚財仗勢搶奪英蓮（香菱）、打死馮淵的訟事。賈雨村開始不知深淺面對事實時也正氣凜然，大怒道：「豈有這樣放屁的事！打死人命就白白的走了，再拿不來的！」並發簽差公人立刻要把兇犯族中人拿來拷問。可是，正要下令時，站在桌邊上的「門子」（當差）對他使了一個眼色，賈雨村心中疑怪，只好停了手，即時退堂，來到密室聽這個聽差敘述訟事的來龍去脈和保烏紗帽的「護官符」（上面寫着大權勢者的名單，地方官不可觸犯），而訟事中的被告恰恰是護身符中的薛家，又連及有恩於他的賈家，甚至王家（薛蟠的姨父是賈政，舅舅是京營節度使王子騰），這可非同小可。最後，他聽了「門子」的鬼主意，雖口稱「不妥，不妥」，還是採納了「不妥」的處理辦法，昧着良心，徇情枉法，胡亂判斷了此案，給了馮家一些燒埋銀子而放走兇手，之後便急忙作書信兩封給賈政與王子騰邀功，說一聲「令甥之事已定，不必過慮」。為了封鎖此事，又把那個給他使眼色、出計謀的門子發配遠方充軍，以堵其口。

王國維在評說《紅樓夢》的悲劇價值時，指出關鍵性的一點，是《紅樓夢》不把悲劇之因歸罪於幾個「蛇蝎之人」，而是「共同關係」的結果，如林黛玉，她並非死於幾個「封建主義者」之手，而是死於共同關係的「共犯結構」之中。而「結構中人」並非壞人，恰恰是一些愛她的人，包括最愛她的賈寶玉與賈母。他們實際上都成了製造林黛玉悲劇的共謀，都有一份責任。這種悲劇不是偶然性的悲劇，而是人處於社會關係結構之中成為「結構人質」的悲劇。《紅樓夢》的懺悔意識，正是作者及其人格化身賈寶玉感悟到自己乃是共謀而負有一份責任的意識。《紅樓夢》正因為有此意識而擺脫了「誰是兇手」的世俗視角，進入以共負原則為精神支點的超越視角。可惜王國維未能發現《紅樓夢》美學價值中的另一半——荒誕劇價值同樣具有它的特殊的深刻性，即同樣沒有陷入世俗視角之中。賈雨村在亂判葫蘆案中扮演荒誕主體的角色，但他並不是「蛇蝎之人」的角色。當他以生命個體的本然面對訟事時，頭腦非常清醒，判斷非常明快，可是，一旦訟事進入社會關係結構網絡之中，他便沒有自由，並立即變成了結構的人質。他面對明目張膽的殺人行為而發怒時，既有良心也有忠心（忠於王法），可是良心的代價是必將毀掉他的剛剛復活的仕途前程。一念之差，他選擇了徇私枉法，也因此變審判官為「兇手的共謀」。可見，馮淵無端被打死，既是薛蟠的罪，也是支撐薛蟠的整個社會大結構的共同犯罪。說薛蟠仗勢殺人，這個「勢」，就是他背後的結構。賈雨村在葫蘆戲中扮演荒誕角色表面上是喜劇，內裡則是一個士人無處可以逃遁、沒有選擇自由、沒有靈魂主體性的深刻悲劇。總之，《紅樓夢》的內在結構，是悲劇與荒誕劇兼備的雙重結構。也可以說，《紅樓夢》的偉大，是大悲劇與大荒誕融合為一、同時呈現出雙重精神意蘊和雙重審美形式的偉大。一百年來的《紅樓夢》研究只注意其悲劇價值，忽略其荒誕劇價值，未能開掘極端喜劇形式的荒誕內涵，今天正需要做一點補充。

四、詩意生命系列的創造

王國維說《紅樓夢》是哲學的，指的恐怕不是理念，而是生命哲學意味和審美意味，即由《紅樓夢》的主人公賈寶玉、林黛玉及其他女子等美麗生命所呈現的生命形上意味。歌德曾說，理念是灰色的，惟有生命之樹常青。《紅樓夢》的永恒魅力不在於理念，而在於生命。正如荷馬史詩的永恒魅力，不在於它體現希臘時代的民主理念，而是它象徵着人類文明初期生命體驗模式的某種普遍性意味。《伊利亞特》蘊涵的是人類生活的「出征」模式，即那種為美而戰鬥而犧牲而捍衛尊嚴的永恒精神；而《奧德賽》則意味着「回歸」模式，即那種出征之後返回自身、返回家鄉、返回情感本然的永恒眷戀。馬克思在闡釋希臘史詩時，最有啟發性的是提示我們要把握住理解希臘史詩的難點即打開史詩永久魅力的關鍵點。他說：

> 困難不在於理解希臘藝術和史詩同一定社會發展形式結合在一起。困難的是，它們何以仍然能夠給我們以藝術享受，而且就某方面說還是一種規範和高不可及的範本。（《政治經濟學批判》導言引自《馬克思恩格斯列寧

斯大林論文藝》第四十九頁，人民文學出版社，一九七四年版）

馬克思在指出這個難點之後，自己作了初步的回答。這一回答的要點是，成熟的作品產生於未成熟的社會之中並不奇怪，因為賦予史詩以永久魅力的不是社會，而是人，是帶着兒童天性的人。這種本真本然的人，這種帶着原始詩意的生命，便是美感的源泉，便是使我們享受不盡的「永久魅力」的秘密。馬克思並不是文學藝術家，但他天才地感悟到文學作品的永恒之謎不可能通過社會意識形態的鑰匙去打開，只可能從生命形態這一鑰匙去打開。事實上也正是這樣，《伊利亞特》所展示的希臘與特洛依的戰爭，並非不同社會制度、不同社會形態的你死我活的較量，也無所謂正義與非正義，而是兩個城邦國家的英雄們為一個名叫海倫的絕世美人而戰。僅此一個原因，卻不能通過和談解決，而是傾盡全國兵將血戰十年，這種戰爭，本身就是小孩脾氣。海倫這位美人並無複雜精神內涵，她在作品中只是美的象徵。但為她而戰的英雄們卻展示出可以為美流血、為個人和城邦國家尊嚴而犧牲的生命激情。所有的英雄都不是被理念所掌握，而是被命運推着走，而決定命運的是性格，是帶着天真氣息的生命形態。偉大的史詩作者荷馬，對所有的英雄和美人，都不設置政治法庭與道德法庭，史詩中沒有政治道德判斷，沒有是非、善惡、功過的裁決，只有審美意識，只有生命所負載的美、尊嚴、智慧和雄偉的大精神。而這種美和精神，卻一代又一代地讓不同地域的人們引起共鳴並從中得到藝術的大愉悅。

《紅樓夢》與希臘史詩相似，它的魅力，它的美感源泉，不在於它折射某種社會發展形態，也不在於抽象的哲學理念，而在於它呈現了一群具有宇宙感與哲學感的生命，一群空前精彩的詩意生命。這些生命，充滿兒童的天真和原始的氣息，在你爭我奪的功利社會裡都在內心保持着一種最質樸、最純正的內心。

曹雪芹出生於十八世紀上半葉（或一七一五年，或一七二四年），卒於下半葉（一七六四年前後）。他去世後不久，在西方（德國）誕生了一位大哲人、大詩人，名叫荷爾德林（Johann Christian Friedrich Hölderlin，一七七〇—一八四〇年），他有一個著名的期待，被二十世紀的大哲學家海德格爾推崇備至，並成為人類的一種偉大嚮往，這就是「人類應當詩意地棲居在地球之上」。現在看來，曹、荷這兩位誕生在十八世紀東、西方的天才，奇蹟般地不謀而合，都具有一種偉大的憧憬，這就是人應是詩意的生命，人的存在應是詩意的存在，人的合理生活應是「詩意棲居」的生活。不同的是，荷爾德林通過詩與哲學直接表述他的理想，而曹雪芹則把他的理想轉化為小說中的詩意生命形式，即塑造了一群千古不滅的至真至善至美的詩意形象，這就是賈寶玉以及林黛玉等女性形象。只要留心閱讀，讀者就會發現，《紅樓夢》中那些光彩照人的女子，都是詩人，賈元春、林黛玉、薛寶釵，妙玉、史湘雲、探春、李紈等全是詩人，連香菱也一心學詩。她們組織詩社，其實，這詩社，正是人間詩國，正是處於濁泥世界中而不染的淨水國。所以男子不可靠近，惟一例外的是對淨水國充分理解的被稱為「無事忙」和「混世魔王」的賈寶玉。這一詩國在濁泥世界的包圍之中，但在精神上則站立於濁泥世界的彼岸。這些詩人都是詩意的生命。還有一些是「身為下賤」的奴婢丫鬟，她們來自社會底層，不會寫詩，但她們卻用自己的行為語言寫出感天動地的生命詩篇。晴雯之死，鴛鴦之死，都是千古絕唱。還有寄寓於貴族之家的奇女子尤三姐，也一劍了結自身，用滿腔熱血寫出卓絕千古的愛戀詩篇。與其說，這是「癡絕」，不如說是「美絕」，詩情之絕。

《紅樓夢》塑造林黛玉等一群至真至美的詩意女子形象，是中國文學前無古人、後啟來者的奇觀，也是世界文學的奇觀。在世界文學之林中，只有莎士比亞、托爾斯泰創造過這種奇觀。莎士比亞以他的朱麗葉、苔絲德蒙娜、娥菲莉亞、克莉奧特佩拉、鮑細霞、薇奧娜等詩意女性，為人類文學的天空綴上了永遠閃光的星辰。托爾斯泰則以娜塔莎、安娜·卡列尼娜、瑪絲洛娃為世界文學矗立了三大女性永恒形象。而曹雪芹則為文學世界提供一個詩意女性的燦爛星座。可惜，只有少數具有精神幸福的人才能看清和理解這一星座。人類世界要充分看到這一星座的無比輝煌，還需要時間。

《紅樓夢》女性詩意生命系列中最有代表性的幾個主要形象，如林黛玉、薛寶釵、史湘雲、妙玉、晴雯、鴛鴦等有一特點，不僅外貌極美，而且有奇特的內心，這便是內在詩情。賈寶玉稱她們由水做成即屬於淨水世界，這不僅是概括她們的「柔情似水」的女性性別特點，而且概述了她們有一種天生的與男子泥濁世界拉開內心距離的極為乾淨的心理特點。她們的乾淨，是內心最深處的乾淨，她們的美麗，是植根於真性真情的美麗。因此，曹雪芹給予她們的生命以最高的禮讚。他通過賈寶玉作《芙蓉女兒誄》，禮讚晴雯說：「其為質則金玉不足喻其貴，其為性則冰雪不足喻其潔，其為神則星日不足喻其精，其為貌則花月不足喻其色」，這一讚辭，既是獻給晴雯，也是獻給其他所有的詩意女子，《芙蓉女兒誄》出現於《紅樓夢》的第七十八回，至此，曹雪芹的眼淚快流盡了。他借寶玉對所愛女子的最高也是最後的禮讚，其中包含着絕望，也包含着希望。那個以國賊祿鬼為主體的泥濁世界使他絕望，但是，那個如同星辰日月的淨水世界則寄託着他的詩意希望。《紅樓夢》的哲學意味正是，人類的詩意生命應當生活在泥濁世界的彼岸，不要落入巧取豪奪的深淵之中。人生只是到人間走一遭的瞬間，最高的詩意應是「質本潔來還潔去」，如林黛玉、晴雯、鴛鴦、尤三姐等，返回宇宙深處的故鄉時，不帶地球上的濁泥與塵埃，依然是一片身心的明淨與明麗，依然是赤子的生命本真狀態。《紅樓夢》之所以是最深刻、最動人的悲劇，正是因為它是這樣一曲悲絕千古的詩意生命的輓歌。

上一世紀下半葉大陸《紅樓夢》研究最致命的弱點，恰恰是過於強調《紅樓夢》與社會形態的結合，太強調它的時代特徵（封建時代的末期與所謂資本主義萌芽期的特徵），太強調它的政治意味以至把它視為四大家族的歷史和反封建意識形態的形象轉達，其實，《紅樓夢》的特質，恰恰在於它並非如此政治、如此歷史、如此意識形態，而在於它是充分生命的，並且是充分詩意的。

《紅樓夢》的生命哲學意味不僅體現在詩意女子身上，還體現在主人公賈寶玉身上。筆者曾指出：「《紅樓夢》的偉大之處，正是它並非性自白，也不僅是情場自白，而是展示一種未被世界充分發現、充分意識到的詩化生命的悲劇，而這些詩化生命悲劇的總和又是由一個基督式的人物出於內心需求而真誠地承擔着。於是，這種悲劇就超越現實的情場，而進入形而上的宇宙場。」（《罪與文學》第二〇五頁，香港牛津大學出版社）這裡所說的基督式人物，就是賈寶玉。在茫茫的人間世界裡，惟有一個男性生命能充分發現女兒國的詩化生命，能充分看到她們無可比擬的價值，能理解她們的生命暗示着怎樣的精神方向，也惟有一個男性生命能與她們共心靈，共脈搏，共命運，共悲歡，共歌哭，並為她們的死亡痛徹肺腑地大悲傷，這個人就是賈寶玉。這個賈寶玉，本身也是一個詩人，在世俗世界中的酸秀才們面前，他如鶴立雞群。在題「大觀園」各館的匾額時儘管賈政對他存有偏見，但也不得不採用他的命名。但他的智慧水平總是遜於林黛玉一籌。然而，他卻有一顆與林黛玉的心靈相通相知的大詩心。這顆詩心甚至比林黛玉的詩心更為廣闊、更為博大。這顆詩心愛一切人，包容一切人，寬恕一切人。他不僅愛那些詩化的少女生命，也包容那些非詩、反詩的生命，尊重他們的生活權利，包括薛蟠、賈環，他也不把他們視為異類。賈環老是要加害他，可是他從不計較，仍然以親哥哥的溫情對待他、開導他。薛蟠這個真正的混世魔王，賈寶玉也成為他的朋友，和他一起玩耍打酒令。他被父親痛打，實際上與薛蟠有關，可是薛寶釵一詢問，他立即保護薛蟠說：「薛大哥從來不這樣的，你們不可混猜度。」（第三十四回）賈寶玉心裡沒有敵人，沒有仇人，也沒有壞人，他不僅沒有敵我界線，沒有等級界線，沒有門第界線，沒有尊卑界線，沒有貧富界線，甚至也沒有雅俗界線。這是一顆真正齊物的真人至人之心，一顆天然確認人格平等的大愛大慈悲之心，一顆拒絕仇恨、拒絕猜忌、拒絕世故的神性佛性之心。正是具有這樣的心靈，所以他「外不殊俗，內不失正」（嵇康語）。在外部世界裡，他不擺貴族子弟的架子，不刻意去與三教九流劃清界線，不對任何人拉起防範的一根弦，沒有任何勢利眼；而在他的內裡卻有熱烈而真摯的情感，更有絕不隨波逐流的心靈原則與精神方向。因此，薛蟠們那些卑污的慾望進入不了他的身心，影響不了他。薛蟠只知慾望而不知什麼是愛，而寶玉則只知愛而不知慾望為何物。寶玉敢與薛蟠交往，純屬「童心無忌」，也可以說是他已修煉到「我不入地獄誰來入」的境地——即使入地獄也不怕，在地獄之中他也五毒不進，百毒不傷，也不會變成地獄黑暗的一部分，反而會以自己的光明照亮地獄的黑暗。賈寶玉的心，正是這樣一種大包容、大悲憫、大關懷的基督之心，也是一種無分別（把人刻意分類的權力操作）、無內外、無功利的菩薩之心。這種心靈，負載着人間最高、最豐富的詩意，它正是《紅樓夢》擁有永恒魅力的一種源泉。

賈寶玉與林黛玉的愛情是《紅樓夢》的主要故事線索，這一線索的詩意與美感，是永遠說不盡的。林、賈的情愛是一種天國之戀，即完全超世俗的心靈之戀。他們的戀情早在天地之初就開始了。從前生前世的「神瑛侍者」與「絳珠仙草」的相濡以沫，到今生今世的還淚流珠，這一寓言隱喻着他們的情愛「天長地久」，永遠與日月星辰同生同在。與這一天國之戀相比，賈寶玉與薛寶釵的情感故事，則只能算是地上之戀，或者說是世俗之戀。所以薛寶釵會勸寶玉迎合世俗的要求去走仕途經濟之路。林、薛之別，恰恰是從這裡劃出界線。《紅樓夢》第三十六回有一段關鍵話語：

> 或如寶釵輩有時見機導勸，反生起氣來，只說「好好的一個清淨潔白女兒，也學的釣名沽譽，入了國賊祿鬼之流。這總是前人無故生事，立言豎辭，原為導後世的鬚眉濁物。不想我生不幸，亦且瓊閨繡閣中亦染此風，真真有負天地鐘靈毓秀之德」。……獨有林黛玉自幼不曾勸他去立身揚名等語，所以深敬黛玉。

賈寶玉對林黛玉的愛裡有「敬」的元素，而且不是一般的「敬」，而是「深敬」。這就是說，賈寶玉從內心的深處敬愛林黛玉，深知惟有這個異性生命的心靈指向和自己的心靈指向完全相通。這種相通，意味着他們都站立在沽名釣譽的泥濁世界之外，身心中都保留着從天國帶來的那一脈未被染污的淨水。在潛意識的世界裡，寶玉必定在說：寶釵雖身在瓊閨繡閣，很會做人，卻並非詩意的存在，而林黛玉愛使性子脾氣，其心靈卻是一首天地鐘靈毓秀凝結成的生命詩篇。

從表面上看，林黛玉是個專愛主義者，只愛一個人，而賈寶玉是個泛愛主義者，愛許多女子以至愛一切人，實際上，賈寶玉全心靈、全生命深愛的也只有林黛玉一個人。他和林黛玉互為故鄉，互為心靈，因此，當一方失掉另一方時，便會覺得喪失生命的全部意義，林黛玉便陷入絕望而焚燒詩稿，而賈寶玉則喪魂失魄，出走家園。林黛玉對賈寶玉一往深情，其實也有一種「深敬」的生命元素埋在情感底層。她的智慧比賈寶玉高出一籌，但她仍然深深地愛寶玉，因為她知道她所愛的人是一個釋迦牟尼式的人，倘若她認識基督的名字，便是知道她所愛的人是一個正在成道中的基督式的人物。釋迦牟尼、基督的大生命詩意不在文字之中，而在大慈大悲的行為語言與心靈語言中。正如賈寶玉能讀懂林黛玉的詩篇一樣，林黛玉也完全是賈寶玉行為詩篇與心靈詩篇的知音。在表象世界裡，林黛玉尖刻、好嫉妒，具有許多世俗女子的弱點（作為文學形象，這才生動），但在內心世界，她也是一個觀音式的大愛者。她作為大觀園裡的首席詩人，了解賈寶玉生命的全部詩意。所有好的文學作品，都寫情。但《紅樓夢》的情卻不是一般的情，而是大靈魂所支撐的情。《紅樓夢》永恒的詩意，既來自「情」，也來自「靈」，既來自人性，也來自佛性。而這兩種性，均非存在於「時代」中，而是存在於永遠的「時間」中。

五、高視角與低姿態的藝術和諧

王國維說《紅樓夢》是宇宙的、哲學的，又說是文學的。這種說法認真推敲起來，會讓人感到困惑，難道《桃花扇》乃至《三國演義》、《水滸傳》等就不是文學的嗎？這裡涉及關於文學本體意義的認識。在王國維心目中，顯然只有《紅樓夢》才是充分文學。可惜王國維沒有對此進行闡釋。

儘管沒有闡釋，但可知道，《紅樓夢》是一部比《桃花扇》具有更高文學水準的作品，屬於另一文學層面。關於這點林崗和我在《罪與文學》裡已用許多篇幅進行了論述。在論述中，我們說明一點：《紅樓夢》的視角不是世俗的視角，而是超越的視角。所謂超越，就是超越世間法（世間功利法、世間因緣法等）。《紅樓夢》的方式不是追逐現世功利性與目的性的方式，而是審美的方式。從閱讀的直接經驗可以感受到，《紅樓夢》對女子的審美意識非常充分，無論是外在美還是內在美都充分呈現。在人類文學中，一般地說，男子形象體現力量的維度，女子形象則體現審美維度。在《紅樓夢》中，女子所代表的審美維度發展到極致。以《紅樓夢》為參照系就會發現，《三國演義》、《水滸傳》對女子沒有審美意識，只有道德意識，換句話說，只有道德法庭，沒有審美判斷。不必說被道德法庭判為死刑的妖女「淫婦」潘金蓮、潘巧雲、閻婆惜等，就是被判決為英雄烈士的顧大嫂、孫二娘等也沒有美感，甚至作為美女形象出場也被放入法庭正席中的貂蟬，也不是審美對象，而是政治器具。《桃花扇》的李香君雖是美女，但也是道德感壓倒美感，其生命的審美內容並未充分開掘，和林黛玉、晴雯、妙玉等完全不能同日而語。

放下直接的閱讀經驗，從理論上說，正如康德所點破的那樣，審美判斷是「主觀的合目的性而無任何目的」的判斷（《判斷力批判》上卷第五十九頁，宗白華譯，商務印書館，一九六四年）。他說的無目的，便是超越世間的功利法，即超越世俗眼光的目的性，進入人類精神境界的更高層次。這個層次，乃是敘述者站立的層次，比筆下人物站得更高的層次。在這層次上，功利的明確目的性已經消失，悲劇的目的不是去追究「誰是兇手」，自然也不是一旦找到兇手，悲劇衝突就得以化解。《紅樓夢》不是這樣，它讓讀者和作者一樣，感悟到有許多無罪的兇手，無罪的罪人，他們所構成的關係和這種關係的相關互動才是悲劇難以了結的緣由。林黛玉的悲劇，正是「無罪之罪」作用的結果。包括最愛她的賈寶玉、賈母也是共謀，也有一份責任，都無意中進入「共犯結構」。即使是薛寶釵，她也不是「蛇蠍之人」，她成為製造林黛玉悲劇的一個因素，並非她主觀上去使用什麼毒計，而是因為她也是「關係中人」，被那個無法更改的「共犯關係」所決定。「他們本着自己的信念行事，或為性情中人，或為名教中人，或為非性情亦非名教僅是無識無見的眾生，這本是無可無不可的事情，可不幸的是他們生在一起，活在一個地方，不免發生衝突，最後一敗塗地。對於這種悲劇，若要做出究竟是非的判決，或要問起元兇首惡，真是白費力氣。因為敘述者對故事的安排和人物設置的本身就清楚地告訴讀者，他企圖敘述的是一個『假作真來真亦假』的故事，矛盾諸方面在自己的立場是真的，但看對方是假的，真假不能相容，真真假假中演出一齣恩恩怨怨的悲歡離合的悲劇。敘述者比他筆下的人物站得更高，給讀者展示了一個像謎一樣的永恒衝突。

這種衝突是雙方各自持有充分理由的衝突，是靈魂的二律背反，是重生命自由與重生活秩序的永恒悖論，只要人類存在着，生活着，這種悲劇性的衝突與悖論，就會永遠存在。它不像世間的政治衝突、經濟衝突、道德衝突可以通過法庭、戰爭、理性判斷加以解決，也不可能隨着現實時間的推移或找到兇手而化解。它也不像《三國演義》那樣，一方是「忠絕」、「義絕」、「貞絕」，一方是「奸絕」、「惡絕」、「淫絕」，善惡分明，然後通過一方吃掉一方而暗示一種絕對道德原則。魯迅先生說《紅樓夢》在藝術上了不起之處是沒有把好人寫得絕對好，沒有把壞人寫得絕對壞。這便是拒絕忠奸、善惡對峙的世俗原則。筆者曾多次說，《紅樓夢》是一部無真無假（「假作真來真亦假」）、無是無非、無善無惡、無因無果，因此也是無邊無際（沒有時空邊界）的藝術大自在。這是對《紅樓夢》超越世俗價值尺度的一種表述，也是《紅樓夢》能夠成為永恒審美源泉的秘密所在。馬克思所說的解開荷馬史詩永恒之謎的難點，我們從《紅樓夢》對世俗眼光的超越中，也可以得到一些解釋。」（參見《罪與文學》）

這裡筆者還要強調《紅樓夢》另一文學特點是，無論其悲劇敘述風格或荒誕劇敘述風格均不同於莎士比亞悲喜劇，也不同於塞萬提斯小說或貝克特《等待戈多》境遇劇。雖然他們都是站立在超越世俗眼界的很高的層面，在精神上都有一種對人間生命的大悲憫感，但是，在敘述方式上，上述西方這些經典作家都有一種貴族姿態，作家主體在描述中皆是以自身的高邁去照臨筆下人物，所以讀者明顯地感到堂吉訶德的可笑。而曹雪芹作為創作主體則是一種低姿態，反映他的「大觀」眼睛並不是他自身的貴族眼睛，而是另外兩種眼睛：（一）跛足道人的眼睛；（二）賈寶玉的「侍者」（僕人）的眼睛。兩者全是高視角而又低姿態，是《紅樓夢》獨一無二的敘述方式。

跛足道人拄着拐杖，瘋癲落拓，麻屣鶉衣，沒有任何聖者相、智者相、權威相、神明相、先知相、貴人相、導師相，但他「口內唸着幾句言詞」卻是許多賢者聖者權勢者永遠領悟不到的真理，他所唱的「好了歌」，雖是寥寥數語，卻道破人間荒誕的根本處：在短暫的人生中被各種色慾所迷所困而不自知，而不自覺，而不能自拔。不知為之瘋狂、為之顛倒的「世上萬般」均非最後的實在，以為權力、金錢、美色是意義卻無意義。那一切虛幻的「好」終究只有一了。跛足道人沒有「聖人言」形式，只是唱着輕快的嘲諷之歌，這是最低調的歌，又是最高深的歌，是大悲劇的歌，又是大喜劇的歌，也是沒有邏輯形式的哲學歌。《紅樓夢》沒有「聖人言」的方式，也沒有三言二拍那種因果報應的「誡言」形式（即不是世間功利法與世間因緣法），而是「真事隱言」、「假語村言」、「石頭言」等一些與讀者心靈相契相交的平常形式。關於這一點，筆者在《共悟人間——父女兩地書》與劍梅談論「《紅樓夢》方式」時就說：「我國的古代小說，大體上都是一個情節暗示一種道德原則，惟有《紅樓夢》是多重暗示。每一個人物的命運，都有多重暗示……中國文化史的經典著作，從孔子到朱子，其思維方式其實都是『聖人言』的方式，即『聖人道出真理』的方式，並未把真理『開放』。後來形成獨尊的話語權力，與此有關。而《紅樓夢》則用『假語村言』娓娓敘述故事的方式，沒有『告誡』氣味，而且又用完全開放的方式去看待被各種人尊為真理的古代經典，並敢於提出叩問。」（《共悟人間》第二百三十頁，香港天地圖書公司）

在《紅樓夢》裡，賈寶玉是真正的聖者，他的天性眼睛把人間的污濁看得最清，所以才有「女兒是水作的骨肉，男人是泥作的骨肉」的驚人之論。他也把人間的殘忍看得最清，所以才為一個個美麗生命的死亡而發呆而哭泣，別人都為失去權力、財產而痛苦，他只為丟失少女生命而悲傷而心疼。他的價值觀是真正的以人為本、以人為天地精華的價值觀，但他在世俗的眼睛裡卻是個未能成為棟樑之才的蠢物，而他自己也甘於做傻子、呆子和他人眼裡的蠢物，以最低的姿態生活於人間並觀看人間，他的姿態比奴婢丫鬟的姿態還要低。他的前身名叫「神瑛侍者」。所謂侍者，就是僕人，就是奴隸。而他來到人間之後，仍然是個侍者，身份雖是豪門府第中最受寵的貴族子弟，可是精神上卻是侍者心態、侍者眼光，第三十六回這樣描寫他的位置：

> 那寶玉本就懶與士大夫諸男人接談，又最厭峨冠禮服賀弔往還等事，今日得了這句話，越發得了意，不但將親戚朋友一概杜絕了，而且連家庭中晨昏定省亦發都隨他的便了，日日只在園中遊臥，不過每日一清早到賈母王夫人處走走就回來，卻每每甘心為諸丫鬟充役，竟也得十分閑清日子。

一個貴族子弟，竟然給自己僕人「充役」。地位如此顛倒過來，以至把自己的地位放得比僕人還低。賈寶玉正是擁有這種侍者的眼睛與姿態，所以他能看清常人眼裡無價值的生命恰恰具有高價值，也因此才對這些生命的毀滅產生大悲情——不是自上而下，居高臨下的同情，而是自下而上的深敬深愛的大傷感與大痛惜。他為晴雯作《芙蓉女兒誄》，傾訴得如此動情，原因就在於此。其實，晴雯在世人的眼裡，不過是一個女僕，在王夫人的眼裡，不過是個下賤的僕人與「妖精」，但在賈寶玉眼裡，她卻是「心比天高」的天使。因此，在她生前，他尊敬她，在她死後，則仰視她。於是，便寫下了感天動地的千古絕唱。康德對美的經典定義是美即超功利。而《芙蓉女兒誄》這首祭詩，便是超越人間功利眼睛的最美最乾淨的輓歌。這就是《紅樓夢》的方式，最高的精神與最低的姿態相結合的方式，無訓戒、無權威、無虛妄的文學方式。而只有這種方式才能贏得無數後代知音。

曹雪芹出身貴族，其在《紅樓夢》中的人格化身賈寶玉更是十足的貴族子弟，但是，賈寶玉身上所折射的貴族文化，不是貴族特權意識，而是貴族的高貴精神氣質，而且是叛逆性的精神氣質，恰似拜倫與普希金的精神氣質。這一點，和尼采所張揚的貴族觀念很不相同。尼采自命為貴族的後裔，以身上擁有貴族血統而自傲。在「重估一切價值」中重新定義貴族，重新定義道德，重新定義基督精神，強調貴族與民眾的等級差別與精神差別。他把道德分為兩種涇渭分明的基本類型，即主人道德和奴隸道德。而道德的區別又是產生於等級區別，產生於上等人與芸芸眾生的區別，因此「好」與「壞」的對立實際上就是「高貴」與「下賤」的對立。按照這一理念，他認為，代表主人道德的貴族應向代表奴隸道德的民眾開戰，向下等人與弱者開戰，反對貴族對底層大眾的悲憫。因為基督教同情，憐憫「下等人」，所以尼采便認定基督教正是集中地體現奴隸道德。因此，他宣佈「上帝死了」，熱烈攻擊基督。尼采的貴族定義和兩種道德的劃分是典型的貴族特權主義（參見尼采《善惡之彼岸》第九章：「什麼是貴族？」漓江出版社，二〇〇〇年版）。而曹雪芹完全不同於尼采，他有貴族的高貴精神和高級審美趣味，反映在賈寶玉形象上正是這種精神與趣味。整部《紅樓夢》的高雅情趣也是貴族化的。然而，曹雪芹不僅不蔑視平民和奴隸，而且給晴雯、鴛鴦等一群女僕以「身為下賤，心比天高」的最高禮讚。而賈寶玉身上負載的正是對底層奴隸和人間社會的大慈悲精神。這種貴族精神和基督情懷的結合，形成了世間一種最偉大、最寶貴的人格與最有獨創性的審美形式。

六、呈現內在視野的東方史詩

關注中國文學的人總是遺憾中國文學沒有出現「史詩」，沒有《伊利亞特》與《奧德賽》似的史詩。其實，《紅樓夢》

正是一部偉大史詩，而且由它確立了一個極為精彩的中國的史詩傳統。

「史詩」是一個來自西方的概念，它原是指古代記載重大歷史事件、英雄傳說並具有神話色彩的長篇敘事詩，後來又伸延到泛指具有上述內涵並有宏大結構的卓越敘事作品，包括長篇小說作品。此時，我們說《紅樓夢》是一部偉大史詩，是指：（一）它具有荷馬史詩式的宏偉敘事構架和深廣視野；（二）它和中國原始神話《山海經》直接相連，塑造了具有神話色彩和別樣英雄色彩的系列；（三）它寄託着人類「詩意棲居」、「詩意存在」的形上夢想，從而使濃厚的詩意覆蓋整個作品。

上述三點，還需作些補充。首先應說明的是，《紅樓夢》的史詩構架打通天上人間，這與《伊利亞特》相似，但其深廣視野則與《伊利亞特》不同，這是一種更深邃的內在視野，它挺進到人的內心深處，展示更豐富的內在生命景觀。這種史詩性的內在生命景觀，在人類文學史上極為罕見，它是曹雪芹了不起的創造，也是《紅樓夢》史詩的特徵。林黛玉一見到賈寶玉就覺得「眼熟」，內在視野一下子就伸延到靈河岸邊。她在《葬花詞》提問：「天盡頭，何處有香丘？」在大蒼涼的叩問中呈現的又是無邊無垠的大視野。其次，說《紅樓夢》有英雄色彩，這是另一種意義的、具有平常之心的英雄。難道賈寶玉基督式的情懷不是英雄情懷？難道賈寶玉拒絕立功立德、拒絕榮華富貴、拒絕功名利祿不是英雄的氣概？難道尤三姐、鴛鴦一劍一繩自我了斷，把泥濁世界斷然從自己的生命中拋卻出去，不是英雄悲歌？難道林黛玉的焚燒詩稿的大行為語言，不是對黑暗人間英雄式的抗議？如果說，《伊利亞特》的英雄是剛性的，那麼，《紅樓夢》的英雄則是柔性的。因此，也可以說，《伊利亞特》是剛性史詩，《紅樓夢》是柔性史詩。

史詩不是歷史，而是文學。史詩的起點是詩，是審美意識，而不是年代時序，不是權力意識與道德意識。因此，它雖然具有歷史時代內涵，但重心則是超越歷史時代的生命景觀與生命哲學意味。也就是說，史詩的重心是「詩」而不是「史」。

它是史的詩化與審美化，但不是歷史。《資治通鑒》、「二十四史」等規模再大，也不是史詩。《三國演義》、《水滸傳》雖塑造了許多英雄，也有歷史感，但缺乏史詩的起點，即審美意識，讀者感受到的是權力意識與道德意識絕對壓倒審美意識，因此，不能稱為史詩。中國的《史記》，以文寫史，以文學筆調塑造歷史英雄，顯然有史詩傾向。其中有些描繪英雄人物的篇章，也很有詩意。可以說，《史記》早已提供了史詩創造的可能性，可惜司馬遷自己沒有意識到這一點。他不是用審美意識去重新觀照歷史和重組歷史，因此，也沒有賦予《史記》以史詩的宏偉框架。它對個人不幸遭際進行反彈的發憤意識顯然大於審美意識，這一點限制了他的「大觀」眼睛，使他未能像曹雪芹如此透徹地悟到人間的詩意所在。總之，《紅樓夢》有神話，有英雄，有歷史，有超越歷史的大詩意和宏偉的文學架構，不愧是一部偉大史詩。筆者確信，《紅樓夢》這一特殊的審美存在，它和誕生於西方的荷馬史詩一樣，將永遠保持着太陽般的魅力並永遠放射着超越時空的光輝。

寫於二〇〇三年十二月
美國科羅拉多州

論《紅樓夢》的懺悔意識

《紅樓夢》是中國古代小說惟一具有深刻懺悔意識的作品，曹雪芹通過他筆下的人物性格、悲劇故事、情節安排的隱喻以及敘述者聲音等不同層面滲透着懺悔情感。小說問世以來，各種研究批評汗牛充棟，但是，真正有自己閱讀心得和學術發展的還是王國維和魯迅等少數幾家。他們的批評能夠把握住《紅樓夢》的悲劇性質，而且這種把握是建立在對文學之所以為文學的深刻見解之上。本文打算在他們的批評的基礎上專題討論《紅樓夢》中的懺悔意識問題。這不僅是因為相比繁複的紅學研究，這個問題涉足者不多，更重要的是藉此可說明這部不朽小說的感人之處和美學魅力的關鍵之點。談《紅樓夢》不談它的「共犯結構」，不談它的懺悔意識，就不能透徹。因此，本文便從這一關鍵點切入，以對這部偉大小說的藝術價值作點新的說明。

一、悲劇與「共犯結構」

近百年來，對《紅樓夢》悲劇領悟得最深最透徹的是王國維。換句話說，在二十世紀的《紅樓夢》研究史上，就其對《紅樓夢》悲劇的闡釋，其深度還沒有人超過王國維。這種深刻性集中表現在一點上，就是它揭示了造成《紅樓夢》悲劇的原因不是幾個「蛇蝎之人」，即不是幾個惡人、小人、壞人造成的，也不是「盲目命運」造成的，而是劇中人物的位置及關係的結果。他說：

> 《紅樓夢》一書，徹頭徹尾的悲劇也。……由叔本華之說，悲劇之中，又有三種之別：第一種之悲劇，由極惡之人，極其所有之能力，以交構之者。第二種，由於盲目的命運者。第三種之悲劇，由於劇中之人物之位置及關係而不得不然者。非必有蛇蝎之性質與意外之變故也，但由普通之人物，普通之境遇逼之，不得不如是。彼等明知其害，交施之而交受之，各加以力而各不任其咎，此種悲劇，其感人賢於前二者遠甚。何則？彼示人生最大之不幸，非例外之事，而人生之固有故也。若前二種之悲劇，吾人對蛇蝎之人物，與盲目之命運，未嘗不悚然戰慄。然以其罕見之故，猶信吾生之可以免，而不必求息肩之地也。但在第三種，則見此非常之勢力，足以破壞人生之福祉者，無時而不可墜於吾前。且此等慘酷之行，不但時時可受諸己，而或可以加諸人。躬丁其酷，而無不平之可鳴，此可謂天下之至慘也。若《紅樓夢》，則正第三種之悲劇也。茲就寶玉、黛玉之事言之，賈母愛寶釵之婉嫕，而懲黛玉之孤僻，又信金玉之邪說，而思壓寶玉之病；王夫人固親於薛氏；鳳姐以持家之故，忌黛玉之才而虞其不便於己也；襲人懲尤二姐、香菱之事，聞黛玉「不是東風壓倒西風，就是西風壓倒東風」之語（第八十一回），懼禍之及，而自同於鳳姐，亦自然之勢也。寶玉之於黛玉，信誓旦旦，而不能言之於最愛之元祖母，則普通之道德使然；況黛玉一女子哉！由此種種原因，而金玉以之合，又豈有蛇蝎之人物，非常之變故，行於其間哉？不過通常之道德，通常之人情，通常之境遇為之而已。由此觀之，《紅樓夢》者，可謂悲劇中之悲劇也。[1]

王國維的論述，除了王熙鳳忌林黛玉之才的說法值得商榷之外，總的思想非常精闢。他富有真知灼見地道破《紅樓夢》的悲劇，乃是共同關係即「共同犯罪」的結果，也就是與林黛玉相關的人物進入「共犯結構」的結果。造成寶黛愛情悲劇乃至林黛玉死亡的悲劇的，並不是幾個「蛇蝎之人」，而是與林黛玉關係最為密切、甚至是最愛林黛玉的賈母等，連賈寶玉也參與了悲劇的製造。換句話說，從襲人、王熙鳳到賈母、賈寶玉，他們都是製造林黛玉死亡悲劇的共謀。這裡找不到哪一個人是謀殺林黛玉的兇手，也無法對某個兇手進行懲處，但人們卻會發現許多「無罪的兇手」，包括賈寶玉也是「無罪的罪人」之一。所謂「無罪」，是指沒有世俗意義或法律意義上的罪；所謂「有罪」，是指具有道德意義和良知意義上的罪，懺悔意識正是對「無罪之罪」與「共同犯罪」的領悟和體認。賈寶玉正是徹悟到這種罪而最終告別父母之家。王國維說，賈寶玉對林黛玉本來是信誓旦旦，然而當賈母決定「金玉良緣」時，他卻不能拒絕、反抗最愛他的祖母。服從祖母，遵循「孝道」，在世俗意義上甚至在傳統文化意義上他是無罪的，然而，對於林黛玉，他卻負有良知之罪。如果賈寶玉對林黛玉的情愛具有徹底性，那麼，他對林黛玉的良知關懷就應當在此刻表現為良知拒絕。但他沒有拒絕賈母的選擇。沒有對賈母的拒絕便是對林黛玉的背叛。叩問這種靈魂深處的罪意識，才有文學作品深刻的精神內涵。王國維所說「劇中人物之位置及關係」造成的悲劇，完全可以翻譯為劇中人物共同犯罪的悲劇。

共同犯罪所以是無罪之罪，乃是因為這種罪並非刻意之罪，而是自然之罪，即「通常之道德，通常之人性，通常之境遇」導致的罪，也可以說是無意識之罪。同為持有通常之道德，通常之人性，因此，犯有這種罪的罪人，其犯罪也符合充分理由律，即其罪也無所謂「不可」。賈寶玉與林黛玉是性情中人，賈母、寶釵、鳳姐、賈政、王夫人、襲人等是名教中人，他們雙方的衝突，乃是他們本着自己的信念行事。他們的行為本無什麼可或不可。莊子用「知通為一」解釋「自然」之勢，其意思就是說，道路是人走出來的，事物的名稱是人叫出來的。可有它可的原因，不可有它不可的原因；是有它是的原因，不是有它不是的原因。為什麼是，自有它是的道理。為什麼不是，自有它不是的道理。為什麼可，自有它可的道理。為什麼不可，自有它不可的道理。一切事物本來都有它是的地方，一切事物本來都有它可的地方。沒有什麼東西不是，沒有什麼東西不可。所以小草和大木，醜陋的女人和美麗的西施，以及一切稀奇古怪的事物，從道理上都可以通而為一。萬物有所分，必有所成；有所成必有所毀。所以，一切事物從通體來看就沒有完成與毀壞，它們都復歸於一個整體。莊子說，「唯達者知通為一」。②只有通達之士能夠了解這個「通而為一」的道理。真正深刻之悲劇，就是衝突的雙方都擁有自己的理由，都從某一角度符合充分理由律，也就是說，都在不同程度上確認這種「通而為一」的道理。這一美學原則放在《紅樓夢》的闡釋中，就是說，林黛玉的自由性情，本無「不可」；而薛寶釵的遵循名教，賈母、賈政的維持名教，也無不可。要問個是非究竟，追究誰是兇手，完全是徒勞無益的。《紅樓夢》的偉大之處，正是它超越了人際關係中的是非究竟，因果報應，揚善懲惡等世俗尺度，而達到通而為一的無是無非、無真無假、無善無惡、無因無果的至高美學境界，從而自成一個區別於中國傳統戲曲小說模式的藝術大自在。

《紅樓夢》評論史上，對林黛玉與薛寶釵的褒貶一直爭論不休。當然，從心靈的傾向上，《紅樓夢》作者曹雪芹在他作品中的人格化身賈寶玉是更愛林黛玉的。但是，在構成賈林的愛情悲劇中，我們看到林、薛雙方乃是代表着愛情悲劇中的二律背反。林、薛二人，不是善惡之分，而是愛情悖論的兩端。如果林、薛真的是善、惡的代表，那麼賈寶玉就無須如此猶豫、彷徨，他只要做一個除惡揚善的英雄，便可解決一切爭端與矛盾，求得一個婚姻的大美滿與大團圓。然而，恰恰是兩個美麗女子所代表的悖論，她們各有可愛的理由，使得賈寶玉內心充滿緊張與分裂，最後卻都辜負了她們的深情，而承受着雙重的罪惡。所以，林薛的衝突，也可視為賈寶玉靈魂的悖論乃至曹雪芹靈魂的悖論。

對王國維的悲劇論，我們還可藉助黑格爾關於悲劇的著名論斷來理解。從哲學體系上說，王國維運用的是叔本華的意志論，並非黑格爾的絕對理念論。但在悲劇美學上，兩者卻有一些相通之點。在黑格爾的悲劇論中，抽象的倫理力量分化為不同的人物性格及其目的，導致不同的動作和對立衝突，否定理想的和平統一。衝突必須解決，這解決就是否定的否定。衝突否定了理念的和平統一，悲劇最後解決又否定衝突雙方的片面性。實際結局是悲劇人物的毀滅或退讓，這便是「和解」。而結合到悲劇人物的罪責問題，黑格爾認為，就其堅持倫理理想來說，他們是無罪的；但就其所堅持的只是片面的理由，因而是錯誤的理想來說，他們又是有罪的。黑格爾從他的「正、反、合」哲學總公式出發，認為悲劇的結局毀滅了堅持片面的倫理力量的個別人物，從而恢復了倫理力量的固有力量，這就是理性或永恒正義的勝利，所以，它在觀眾中引起的不是悲傷而是驚嘆和心靈的淨化。這種理性勝利的悲劇之「合」，實際上是一種精神團圓式的理性團圓，並不能說明人類文學史上最深刻的悲劇，也不能說明《紅樓夢》。但是，他在闡述悲劇中「正」、「反」雙方的對立衝突時強調，衝突雙方並非善惡的兩極，反之，雙方都具有為自己辯護的理由。他在說明悲劇的動因乃是倫理力量分化為不同的人物性格及其目的而導致不同的動作和對立衝突之後，便作出如下判斷：

> 這裡基本的悲劇性就在於這種衝突中對立的雙方各有它那一方面的辯護理由，而同時每一方拿來作為自己所堅持的那種目的和性格的真正內容卻只能是把同樣有辯護理由的對方否定掉或破壞掉。因此，雙方都在維護倫理理想中而且就通過實現這種倫理理想而陷入罪過中。③

這就是說，本來對立的雙方各有自己行為的理由，但是，對立的雙方都要堅持自身片面的倫理立場，都要否定對方才能肯定自己，所以都有罪過。黑格爾所論述的正是性格悲劇的二律背反：對立雙方都有理由，但雙方都掌握不了關係的「度」，因此造成關係的破裂和悲劇。王國維所說的由人物的位置及關係所造成的悲劇，與黑格爾的這一論述是相通的。因此，王國維所批評的由於惡人造成的悲劇和由於盲目命運造成的悲劇，也早已受到黑格爾的批評。黑格爾認為：

悲劇糾紛的結果只有一條出路：互相鬥爭的雙方的辯護理由固然保持住了，他們的爭端的片面性卻被消除了，而未經攪亂的內心和諧，即合唱隊所代表的一切神都同樣安然分享祭禮的那個世界情況，又恢復了。真正的發展只在於對立面作為對立面而被否定，在衝突中企圖否定對方的那些行動所根據的不同倫理力量，得到了和解。只有在這種情況之下，悲劇的最後結局才不是災禍和苦痛而是精神的安慰，因為只有在這種結局中，個別人物的遭遇的必然性才顯現為絕對理性，而心情也才真正地從倫理的觀點達到平靜，這心情原先為英雄的命運所震撼，現在卻從主題要旨上達到和解了。只有牢牢地掌握這個觀點，才能理解希臘悲劇。因此，我們也不應把這種結局理解為一種善有善報，惡有惡報那種單純的道德上的結果，如常言所說的，「罪惡在嘔吐了，道德坐上筵席了」。這裡的問題絕對不在反躬自身的人格的主體方面怎樣看待善與惡，而在衝突如果已完全發展了，人們就會認識到互相鬥爭的兩種力量獲得了肯定的和解，雙方還保持住原有的價值或效力。這種結局的必然性也不是一種盲目的命運，即古代人常提到的那種無理性的不可理解的命運的主宰，而是命運的合理性……④

黑格爾確認：第一，悲劇的結局不應是除惡揚善的單純的道德結果（王國維所說的第一種悲劇便是這種結果）；第二，悲劇的結局不應是盲目命運的結果（王國維所說的第二種悲劇）。這兩點顯然與王國維的悲劇論相通。但是黑格爾認為，悲劇的結局應是「對立面作為對立面而被否定」（否定之否定），這就是承認凡是存在都是合理的，所謂和諧，也就是對存在合理性的肯定。

黑格爾這種對存在合理性的絕對肯定，能夠說明希臘悲劇，但不能充分說明《紅樓夢》。《紅樓夢》與希臘悲劇一樣，它不是作者（反躬自身的人格主體）裁決善與惡的結果，也不是盲目命運的結果，它讓雙方都有辯護自身的理由，也寫出雙方性格的「片面性」，但是，曹雪芹卻有賦予雙方片面性不同的比重，心靈上支持一方的片面性，並對這一方的片面性的毀滅給予同情。悲劇最後也無法完全「和解」，無法完全肯定原先的道德秩序，無法肯定現實存在的合理性，反之，它的無法和解的結局否定了存在的合理性，從而引起讀者的震撼和悲傷。這一判斷還可從合理性前提的角度來闡釋。即曹雪芹確認在中國傳統觀念的文化前提下，悲劇衝突雙方的選擇都是合理的，但是在尊重人間真情的人性前提下，賈母一方的選擇則是不合理的。在這裡，曹雪芹並不承認凡是存在的（衝突雙方所處的環境秩序和觀念存在）都是合理的，只確認凡是符合人性的存在才是合理的。正因為有這種區別，因此，《紅樓夢》全書便顯示出一種與傳統的儒家價值觀不同的人性指向與心靈指向，使悲劇的總效果達到一種對人的肯定——對人性解放與情愛自由的肯定。《紅樓夢》實際上包含着西方幾個世紀文藝復興的基本內容，它的精神內涵足以成為中國個體生命尊嚴與個體生命解放的旗幟。

二、懺悔者的性格與心靈

《紅樓夢》是一部悟書。曹雪芹和他的人格化身賈寶玉的罪責承擔意識，雖然在某些字面上也透露出來，但主要卻不是通過直接言說，而是通過行為、情感、氣氛等方式而加以表現的。因此，要說明賈寶玉的罪感，不可能求諸西方學者習慣使用的邏輯實證方法。而只能用感悟的方式。所謂感悟的方式就是直觀把握的方式，曹雪芹寫了一個直觀領悟「悲涼之霧」的賈寶玉，我們也應該以感悟性的方式閱讀這個賈寶玉。

賈寶玉確實能感他人之未感，集他人之悲劇於一身。這一點確實是特殊的。賈寶玉在感受到最大悲哀的時候，都是無言的，或者說表現出最大悲哀的不是語言形態，而是一種特殊的悲情形態，這種形態包括吐血、發呆、迷惘、病痛、喪魂失魄、出走等。當他在夢中聽見秦可卿死的消息時，「連忙翻身爬起來，只覺心中似戳了一刀的不忍，哇的一聲，直奔出一口血來」（第十三回）。金釧兒投井死後，他又是無言地悲傷。書中寫道：「寶玉素日雖是口角伶俐，只是此時一心總為金釧兒感傷，恨不得此時也身亡命殞，跟了金釧兒去。」他的父親賈政訓斥他，他還是發呆，「如今見了他父親說這些話，究竟不曾聽見，只是怔呵呵的站着」（第三十三回）。晴雯被逐，對於他更是「第一等大事」，晴雯死後他寫了《芙蓉女兒誄》仍不足以宣洩悲傷，最後終於病倒。第七十九回描寫道：寶玉「睡夢之中猶喚晴雯，或魘魔驚怖，種種不寧。次日懶進飲食，身體作熱。此皆近日抄檢大觀園、逐司棋、別迎春、悲晴雯等羞辱驚怖悲淒之所致，兼以風寒外感，故釀成一疾，臥床不起」。第八十回後高鶚的續作大體上保持了賈寶玉的罪感形式。當「金玉良緣」的消息傳開後，賈寶玉和林黛玉，一個「瘋瘋傻傻」，一個「恍恍惚惚」，賈寶玉只是「傻笑」（第九十六回）。當他迎親揭蓋頭後見到彷彿是寶釵時，便又「發了一回怔」，「呆呆的只管站着」，「兩眼直視，半語全無」（第九十七回）。而當林黛玉病亡後，他則更是發呆，「把從前的靈機都忘了」，別人說他糊塗，他也不生氣，只是「嘻嘻地笑」（第九十九回）。到了得知鴛鴦死訊。他便「雙眼直豎」，直到襲人提醒他「你要哭就哭，別憋着去」，「寶玉死命的才哭出來了」。最後賈寶玉以「出走」的形式告別一切。這是巨大的行為語言。在世俗的眼裡，賈府雖然不如當年繁華，但寶玉身邊畢竟有嬌妻美妾，而且還中了榜，日子可說是美滿的。那麼，為什麼他還是整天感到不安不寧，感到有許多美麗的亡靈的眼睛看着他，就是因為他還有負疚感。他辜負了林黛玉，辜負了許多愛他的美麗而天真的女子。她們都死在他的父母府第裡。他「不忍」看到她們的死亡與屈辱，覺得自己對她們的死亡負有責任。他的發呆發傻，眼睛發直，正是他的大迷惘，這種大迷惘，隱含着千言萬語，像魯迅這樣的讀者就讀出眼神迷惘的內涵，讀出「自愧」與「懺悔」的內涵（魯迅的話請參見本文第四節）。所以他必須出走，必須離開那個有罪的地方。但他並不責怪父母，仍然向父母作揖告別，悲喜交織，沒有怨恨，他實際上也辜負了父母。他的悲劇重量確實是一切悲情的總和，其罪感正與這一總和相等。

筆者曾說，王國維從李煜的詞中感悟到這個被俘君主的作品裡有一種「釋迦基督擔荷人類罪惡之意」，乃是《人間詞語》的精神之核。王國維這一判斷，並不是邏輯實證和語言實證的結果。王國維不是引述李後主的某首詞或某一行為去證明這一判斷，而是把握住李後主詞的整體精神。我們判斷賈寶玉具有擔荷罪惡之意，也不是以賈寶玉的某句話和某項聲明，而是從賈寶玉的整體精神狀態與整體心靈狀態去把握的。沒有一個人具有他那種特殊的大呆傻、大迷惘、大悲哀的狀態，沒有一個人像他那樣，總是為一個女子個體生命的消失而身心震顫，也沒有一個人像他那樣，愛每一個人和寬恕每一人，只是不寬恕自己。曹雪芹在小說的前言中所說的「自愧」，也正是表明不能寬恕自己。他的寫作過程是投下全部生命、全部眼淚的過程，這種生命傾注，正是對感情之債的償還。寫作的過程本身，正是一個「還淚」過程（留待下文論述），平衡負疚感的過程。

曹雪芹在小說中寫了一個基督式的人物，他就是賈寶玉。他具有愛心、慈悲心，處處為別人擔當恥辱與罪惡，這是一個未完成的基督，或者說，還只是一個尚在成道過程中的基督，但在他身上，已經初步形成基督的一些精神特徵。在第七回中，賈寶玉初次見到秦鐘，在秦鐘面前，賈寶玉突然覺得自形污穢，產生一種強烈的自譴自責的心理。此時的寶玉，尚處少年時代，但他有擔當家庭乃至貴族社會上層的恥辱與罪惡的精神。這段心理自白，可作為理解寶玉精神的鑰匙：

那寶玉自見了秦鐘的人品出眾，心中似有所失，癡了半日，自己心中又起了呆意，乃自思道：「天下竟有這等人物！如今看來，我竟成了泥豬癩狗了。可恨我為什麼生在這侯門公府之家，若也生在寒門薄宦之家，早得與他交結，也不枉生了一世。我雖如此比他尊貴，可知錦繡紗羅，也不過裹了我這根死木頭；美酒羊羔，也不過填了我這糞窟泥溝。『富貴』二字，不料遭我荼毒了！」秦鐘自見了寶玉形容出眾，舉止不凡，更兼金冠繡服，驕婢侈童，秦鐘心中亦自思道：「果然這寶玉怨不得人溺愛他。」

賈寶玉在秦鐘面前有「泥豬癩狗」、「糞窟泥溝」的感覺，在其他少女面前自然更有這種感覺。所以他才有「女子是水，男子是泥」的世界觀。賈府鼎盛時驕奢淫逸，貴族們享受着人間的錦繡紗羅，對此，滿門的公子少爺、夫人老爺個個都覺得理所當然，意滿志得，都在自傲、自炫、自誇，只知享受，不知罪惡，只知奢侈，不知恥辱；惟獨寶玉這個最乾淨的少年公子，感到不安，感到自己的醜陋，感到家族的齷齪，人間的荒唐。這種意識，是一種精神奇蹟，帶有神性的奇蹟。賈寶玉這種感覺，正是老子所講的「受國之垢」、「受國不祥」（承擔國家的恥辱與罪惡）的大悲憫。從這裡可以看到，賈寶玉在少年時代就背上承擔恥辱與罪惡的十字架。這也是《紅樓夢》所以會成為其偉大懺悔錄的精神基礎。

賈寶玉的這段自我反思與曹雪芹在《紅樓夢》開篇上的自白，其思想完全相通：

> 今風塵碌碌，一事無成，忽念及當日所有之女子，一一細考較去，覺其行止見識皆出於我之上。何我堂堂鬚眉，誠不若彼裙釵哉？實愧則有餘，悔又無益之大無可如何之日也！當此，則自欲將已往所賴天恩祖德，錦衣紈袴之時，飫甘饜肥之日，背父兄教育之恩，負師友規談之德，以至今日一技無成、半生潦倒之罪，編述一集，以告天下人：我之罪固不免，然閨閣中本自歷歷有人，萬不可因我之不肖，自護己短，一併使其泯滅也。

「閨閣中歷歷有人」，這七個字，包括多少美麗的詩化生命，這些詩化生命與秦鐘一樣，像一面一面的鏡子使賈寶玉看到自己的不肖，自己的醜陋。曹雪芹著寫一部大書，正是通過他的自我譴責（對「我之罪」的承擔）而讓這些詩化生命繼續生存於永恒的時間與空間之中，以免和自己的形骸同歸於盡。中國最偉大的作家的「忽念」，即在一個神秘的瞬間中的靈感爆發，使他重新發現罪，也重新發現美。沒有對「我之罪」的感悟，沒有對男子世界爭名奪利之齷齪的感悟，不可能理解那那些站在此一世界彼岸的詩意生命是何等乾淨。只有心悅誠服地感到自己處於濁泥世界之中的醜陋與罪惡，才能衷心讚美那些與濁泥世界拉開距離的另一些生命的無限詩意。懺悔意識、罪責承擔意識之所以有益於文學，就在於作者一旦擁有這種意識，他就會贏得一種「良心」，一種「自愧」，一種大真摯，一種對美的徹底感悟。

俞平伯先生雖然發現《紅樓夢》的「懺悔」，但歸結為「情場懺悔」卻顯得狹窄。其實，《紅樓夢》既不是現實倫理關係上的「悔過自新」，也不是簡單的情場懺悔，而是在對詩化生命的毀滅感到無限惋惜的同時又對自己無力救贖的衷心自責。《紅樓夢》的作者及其人格化身與「閨閣中歷歷有人」的關係，與秦鐘、蔣玉菡、柳湘蓮這些詩化生命的關係，有真情在，但不能簡單稱作「情場」，這是一種真正的詩化生命場，一種超越濁泥世界的童話場。福柯在《性史》中說西方人都是懺悔的動物，他們從中世紀開始的懺悔主題都是性真相的自白，盧梭的《懺悔錄》也有此餘緒。「五四」時期中國的著名作家郁達夫的《沉淪》，也是性自白。懺悔文學被某些學者稱作自白文學，就在於此。這種作品的長處是敢於撕下假面具，正視人性自身的弱點，但它卻把自白的勇敢本身視為寫作的目的和策略，未能進入更高的精神境界。《紅樓夢》的偉大之處，恰恰在於它並非性自白，也不僅是情場自白，而是展示一種未被世界充分發現、充分意識到的詩化生命的悲劇，或者說，是一曲詩意生命的輓歌，而這些詩化生命悲劇的總和又是由一個基督式的人物出於內心需求而真誠地承擔着。於是，這種悲劇就超越現實的情場，而進入形而上的宇宙場，換句話說，就是超越現實的語境而進入生命宇宙的語境。王國維以《桃花扇》和《紅樓夢》代表中國文學的兩大境界，前者是國家、政治、歷史之境，後者是宇宙、哲學、文學之境，曹雪芹的懺悔意識正是附麗在宇宙之境中。

賈寶玉的基督承擔精神，還可以從他的愛伸延這一角度來說明。從世俗的批評視角看，會覺得賈寶玉情感不專，愛了那麼多女子，是個泛愛主義者。實際上，他在情愛上注入全生命、全人格的只有一個，這就是林黛玉。林黛玉是同他一起從超驗世界裡來的惟一伴侶，他對她的感情深不見底。對其他女子，他也愛，而且也愛得很真，也很動人，然而，所有的愛幾乎都是精神之戀性質的所謂「意淫」。他愛一切美麗的少女，也愛其他美麗的少男，如對秦鐘、棋官（蔣玉菡）、柳湘蓮等，這不能用世俗的「同性戀」的概念去敘述，這是一種基督式的博大情感與美感，是對人間最美的生命自然無邪的傾慕與依戀，因此，其中任何一個生命自然的毀滅，都會引起他的大傷感與大悲憫，都會使他發呆。他尊重任何一位女子，儘管在林黛玉與薛寶釵之間，他更愛林黛玉，但是，當家庭共同體把他推到薛寶釵面前時，他絕對沒有力量損害薛寶釵，也正是這樣才造成了林黛玉的悲劇。他對林黛玉有負罪感，對薛寶釵也有負罪感。

更值得注意的是賈寶玉不僅愛屬於淨水世界的冰清玉潔的少女，而且對那些屬於泥污世界的男人，儘管不能不與他們為伍，但他對他們也沒有仇恨，甚至也是以大悲憫的心情對待他們。他的異母弟賈環，是個鼠竊狗偷、令人討厭的劣種，常常和他的母親一起加害寶玉，但是寶玉從不計較，仍然給予兄弟的關懷。有次賈環賭博輸了，大哭大鬧，惟有他去安慰說，「大正月裡，哭什麼？這裡不好你別處頑去。你天天唸書倒唸糊塗了。譬如這件東西不好，橫豎那一件好，就棄了這件取那件。難道你守着東西哭會子就好了不成？你原是要取樂頑的，倒招自己煩惱。」在這種開導中完全是兄弟的摯愛與溫馨。還有，對那個粗暴又粗鄙的霸王，無惡不作的薛蟠，賈寶玉也可以成為他的朋友，和他一起打酒令。從表面上看，是俗。實際上是賈寶玉齊物之心與平常之心的另一種表現。尤其是他被父親痛打之後，因寶釵知道與她哥哥薛蟠有關，正要詢問，賈寶玉說：「薛大哥從來不這樣的，你們不可混猜度。」（第三十四回）居然為薛蟠承擔過錯。

更加類似基督的是賈寶玉身上有一種捨身忘己的精神。他處處都先想到別人。他與基督出身於貧賤之家不同，是一個貴族子弟，而且是最受寵的子弟，但他總是忘記自己的身份，一點也不覺得比別人優越。他第一次見到林黛玉時，問黛玉身上有沒有一塊寶玉，黛玉說沒有時，他就扯下自己的玉石往地下摔。他身邊的丫鬟，在世俗的眼中，只是一些奴婢，但在他心目中，和他完全平等，甚至比他還高貴。他不像其他貴族子弟那樣，認為奴婢為自己服務是理所應當的，而是對她們充滿感激。當他被父親打得皮肉橫飛的時候，聽到襲人一席悲情的話，就感動不已，覺得自己被打沒什麼，而她們的愛憐之心才可珍惜。《紅樓夢》第三十四回描寫他被打之後見到黛玉的哀戚，他「不覺心中大暢，將疼痛早丟在九霄雲外，心中自思：『我不過捱了幾下打，他們一個個就有這些憐惜悲感之態露出，令人可玩可觀，可憐可敬。假如我一時竟遭殃橫死，他們還不知是何等悲感呢！既是他們這樣，我便一時死了，得他們如此，一生事業縱然盡付東流，亦無足嘆惜，冥冥之中若不怡然自得，亦可謂糊塗鬼祟矣。』」在疼痛中，玉釧兒給他端來蓮子羹，不慎將碗碰翻，將湯潑到寶玉手上，寶玉自己燙了手倒不覺得，卻只管問玉釧兒：「燙了哪裡了?疼不疼？」屋裡的兩個婆子議論此事，一個笑道：「『怪道有人說他家寶玉是外像好裡頭糊塗，中看不中吃的，果然有些呆氣。他自己燙了手，倒問人疼不疼，這可不是個呆子？』另一個又笑道：『我前一回來，聽見他家裡許多人抱怨，千真萬真的有些呆氣。大雨淋的水雞似的，他反告訴別人『下雨了，快避雨去吧』。你說可笑不可笑？』」賈寶玉就是這樣一個「忘我」、「忘己」的人，一心惦念牽掛別人的人，這確實是「呆」、「傻」、「糊塗」，但恰恰是這種性情接近神性。人的修煉，不是修煉到事事洞明，極端精明，而是應當修煉到如賈寶玉似的「呆」和「傻」。

基督出身平民之家能有愛天下平民之心自然寶貴，而賈寶玉出身貴族之家卻能對奴婢充滿摯愛，更為難得。康德說，所謂美，就是超功利。賈寶玉的精神之美，正是這樣一種超越等級之隔尊卑之隔的純粹感情之美。《紅樓夢》中的《芙蓉女兒誄》，正是這種美的千古絕唱。這是一首可以和《離騷》比美甚至比《離騷》更美的絕唱。《離騷》吟唱的還是個人不被理解的悲情，而《芙蓉女兒誄》卻是一個貴族子弟對奴婢的謳歌。這曲子，完全打破人間的等級偏見，把女僕當作天使來加以歌頌，這是一項劃時代的了不起的文學創舉。它禮讚這位名叫晴雯的奴婢為最純潔的芙蓉仙子：「其為質則金玉不足喻其貴，其為性則冰雪不足喻其潔，其為神則星日不足喻其精，其為貌則花月不足喻其色」，這首長詩，不是「國」的主題，而是人的主題，個體的主題，生命的主題，是對宇宙的精英與人間的精英最真摯、最有詩意的肯定，它打破千百年來中國文學的「政治、國民、歷史」的主題傳統，開闢了「神聖詩篇屬於美麗的個體生命」的審美格局。可把這首詩視為聖詩，它是真正的文學經典與美學經典。

雖說賈寶玉與基督的精神是相通的。但是，兩者仍然有差別。這個差別最根本的一點是基督已經成道，而賈寶玉卻只是在領悟中與形成中，他還未成道，還是一個「人」，不是神。換句話說，他還是一個正在形成中的基督。一個完成，一個未完成。未完成的基督開始還沉浸在色慾之中，他與秦可卿、秦鐘的關係都是一種暗示。所以，他還必須徹悟。而引導他從世俗色慾昇華到愛情的是林黛玉，是林黛玉的眼淚淨化了他，柔化了他。林黛玉是把賈寶玉從「泥」世界引導到「玉」世界的女神。

三、「還淚」的隱喻

筆者曾把基督教的「原罪」概念引申到「欠債—還債」的責任情感：人既然被確定為生而有罪，那麼畢生的無限救贖就是必要的。每一個行動，包括日常的瑣事和職業活動，都可以看成是贖回先前「原罪」的活動。因此，生命就是一個懺悔和救贖的過程，就是一個「還債」的過程。換句話說，有罪的另一種非宗教的表述方法就是負有對他人和社會的義務。只有傾聽良知的呼聲，感到自己對他人、對社會欠了點什麼，才會努力彌補這個欠缺。努力的過程也可以描繪成歸還——歸還欠債

——的過程。這就是說，從原罪的引申意義上說，懺悔的過程就是確認債務和還債過程。

《紅樓夢》的懺悔意識很形象地表現為「欠淚—還淚」意識。

還淚——還淚意識首先表現在小說文本中的故事結構：男女主人公的前身神瑛侍者（賈寶玉）與絳珠仙子（林黛玉）曾有過一段因緣際會。仙子原是西方靈河岸邊三生石畔的一株絳珠仙草，赤瑕宮神瑛侍者，日以甘露灌溉，這絳珠草始得久延歲月。既受天地精華，復得雨露滋養，遂得脫卻草胎木質，得換人形，僅修成女體。後來得知神瑛侍者下凡，她也跟着下凡，並抱定在凡間用眼淚還清「甘露」之債。第一回就有「還淚」之說：

> 那絳珠仙子道：「他是甘露之惠，我並無此水可還。他既下世為人，我也去下世為人，但把我一生所有的眼淚還他，也償還得過他了。」因此一事，就勾出多少風流冤家來，陪他們去了結此案。那道人道：「果是罕聞，實未聞有還淚之說。」

在「還淚」的隱喻框架下，作為「人」的林黛玉便是眼淚的化身。她的一生是一個哭泣的過程，她的死，不是世俗概念所形容的「斷氣」、「閉眼」、「心跳停止」等，而是「淚盡而亡」。所以小說文本暗示林黛玉從生到死的故事乃是一個「欠淚的，淚已盡」（第五回「飛鳥各投林」之曲）的故事。林黛玉本身也並不是用世俗的眼睛來看自己身體的衰落的，不用「消瘦」、「蒼白」等詞，而用「淚少了」來形容，即以眼淚的多少來衡量生命的興衰。第四十九回中，林黛玉拭淚道：「近來我只覺心酸，眼淚卻像比舊年少了些的，心裡只管酸痛，眼淚卻不多。」寶玉道：「這是你哭慣了心裡疑的，豈有眼淚會少的。」這是典型的《紅樓夢》的精神細節，與「還淚」的隱喻緊緊相連：眼淚既是生命的源泉，又是生命的尺度和坐標。因此，《紅樓夢》的主要情節，儘管紛繁複雜，但也可以簡化為「欠淚—還淚—淚盡」的眼淚三部曲。

文本中女主人公林黛玉的「還淚」故事是《紅樓夢》的內在結構，而《紅樓夢》的懺悔意識還表現在作者曹雪芹本身的創作也是一個「還淚」動機，屬於外在結構的另一層大隱喻，這是理解《紅樓夢》懺悔情感的關鍵。《紅樓夢》一開篇，作者就毫不隱瞞自己的作品滿紙都是眼淚：

滿紙荒唐言，一把辛酸淚！都云作者癡，誰解其中味？

這就是說，曹雪芹寫作《紅樓夢》的過程正是一個十年還淚的過程。前世心愛女子的「欠淚」也許只是一個形而上假設，那麼，今生今世的寫作傾訴，倒是作者欠了心愛女子的眼淚，而還債的形式只能是以淚還淚，所以作者要聲明，寫在紙上的，字字都是淚，都是血。絳即紅，珠即血淚，還以絳珠仙子的還是絳珠。可惜曹雪芹的眼淚流盡時書還沒有寫完，淚盡而生命故事還沒有寫盡，這應當是作者最大的遺憾。

《紅樓夢》的「還淚」隱喻，內外結構相互呼應，融合為一。這一點，《紅樓夢》知音之一脂硯齋看出來了，甲戌本第一回中有條脂評，這樣道破：

知眼淚還債大都作者一人耳。余亦知此意，但不能說得出。

這是脂評中最重要、最有見地的一句話，他點明了《紅樓夢》正是作者的「還淚」、「還債」之作，十年寫作過程正是「欠淚—還淚—淚盡」的過程。絳珠者，既是林黛玉，又是曹雪芹。脂硯齋提醒讀者，不僅是林黛玉「淚盡而亡」，曹雪芹也是「淚盡而逝」。他在「滿紙荒唐言，一把辛酸淚」一句上批道：「能解者方有辛酸之淚，哭成此書。壬午除夕，書未成，芹為淚盡而逝。余嘗哭芹，淚亦待盡。」

至此，我們可以看到曹雪芹著寫《紅樓夢》的動因和情感過程與小說文本中林黛玉的下凡的動因和生命過程完全同構。這可證明，曹雪芹寫作《紅樓夢》是為還債而寫的，寫作時充滿欠債感、負疚感，寫作過程是個還債的過程，也就是一個懺悔的過程，即實現良知責任與情感責任的過程。因此，《紅樓夢》無疑是曹雪芹的一部懺悔錄。

應該補充說明的是，曹雪芹還淚的對象主要是林黛玉，但不只是林黛玉。大觀園女兒國裡的小姐丫鬟，一個個哭泣而死。林黛玉淚盡而亡，晴雯、鴛鴦、尤三姐、金釧兒等，包括秦可卿、薛寶釵，何嘗就沒有眼淚，何嘗不是在某種意義上也是淚盡而亡。曹雪芹辜負的不僅是一個心愛的女子，而是一群女子，所謂「閨閣中本自歷歷有人」，其「歷歷」二字，足以說明作者內心還債的不止一人。也正是這樣，《紅樓夢》的懺悔內涵和悲劇內涵顯得更為深廣。於是，我們也感悟到，作者所欠的是一群詩化生命的眼淚，所寫的是這群詩化生命如何被眼淚淹沒而亡，而自己也報以全部淚水，而且每一滴眼淚——每個字，也都詩化，決不敷衍。正是這樣，《紅樓夢》便不是一般的文學懺悔錄，而是具有高度詩意的懺悔錄。

負債感、負疚感通過「欠淚—還淚」的意象隱喻來表達，是曹雪芹的巨大藝術創造。曹雪芹的懺悔意識不是抽象的宗教性的理性判斷，不是道德結論，而是一個還淚的情感過程。這個過程既是小說文本主人公的情感過程，也是浸透於作者整個寫作時間的情感過程。《紅樓夢》情感之所以異常真摯動人，正是欠淚——負債感深入懺悔者內心的深淵，而懺悔者想從深淵中走出來，又用全部生命去努力「贖罪」（還債）。《老殘遊記》的作者劉鶚說，文學的本質就是哭泣，這是對的。文學的事業就是眼淚的事業。但是，簡單的哭泣會使文學變成控訴文學、譴責文學或傷痕文學。這種文學的缺點是宣洩眼淚，排遣痛苦，而沒有欠淚的罪感與還淚的自我救贖意識，因此，也難以展示人性之深與靈魂之深。托爾斯泰的《復活》也有欠淚—還淚的過程，但沒有「淚盡」的大悲傷與大悲劇。盧梭的《懺悔錄》則幾乎沒有眼淚。而最具文學性的喬伊斯的《一個青年藝術家的自畫像》，雖然有詩化的懺悔情感流程，但也缺少《紅樓夢》這種「欠淚—還淚—淚盡」的完整歷程。《紅樓夢》在懺悔文學史上的確是一個奇觀。

四、偉大的懺悔錄

在中國缺少罪感文學的傳統下，十八世紀卻出現了《紅樓夢》這樣一部偉大的懺悔錄，這是中國文學史上破天荒的奇蹟，也是世界文學史上的奇蹟。

說《紅樓夢》是懺悔錄，絕非牽強附會。上文已提到《紅樓夢》的作者曹雪芹在小說開卷第一回的作者自敘。曹雪芹在這段自敘中兩次提到「罪」的概念：「半生潦倒之罪」，「我之罪固不免」，罪感洋溢紙上。也正是據此，「五四」時期胡適在考證《紅樓夢》作者是曹雪芹和《紅樓夢》乃是作者的「自敘傳」之後又確認這部偉大的小說是「懺悔錄」。他說：

> 《紅樓夢》明明是一部「將真事隱去」的自敘的書。若作者是曹雪芹，那麼，曹雪芹即是《紅樓夢》開端時那個深自懺悔的我！即是書裡的甄、賈（真、假）兩個寶玉的底本！懂得這裡，便知書中的賈府與甄府都可是曹雪芹家的影子。⑤

胡適之後俞平伯又肯定《紅樓夢》是「感嘆自己身世」的書，並確認它是一部懺悔錄。他說：

依我懸想，寶玉的出家，雖是懺悔情孽，卻不僅是由於失意。懺悔的緣故，我想或由於往日的歡情悉已變滅，窮愁孤苦，不可自聊，所以到年近半百，才出了家。書中甄士隱、智通寺老僧，皆是寶玉的影子。⑥

如上所說，俞平伯把懺悔錄說成「懺悔情孽」，把懺悔的廣闊內涵狹窄化了，並不恰當，但他肯定《紅樓夢》的懺悔思路卻沒有錯。五十年代初期，在批判胡適與俞平伯中，懺悔說也遭到批判。一九五四年十二月八日，郭沫若在中國文學藝術界聯合會主席團會上作了《三點建議》的發言，並特別批判了懺悔論。他說：

把反封建社會的現實主義的古典傑作《紅樓夢》說成個人懺悔的是胡適，把宣傳改良主義的封建社會的忠實奴才武訓崇拜得五體投地的也是胡適。

郭沫若把反封建社會的意識與懺悔意識對立起來，顯然不妥。此外，把《紅樓夢》視為懺悔錄的，也不僅僅是胡適，早在一八六七（同治八年）江順怡（字秋珊）在其著述《談〈紅樓夢〉雜記》中就說過：「蓋《紅樓夢》所紀漢記之事，皆作者自道其生平，非有所指如《金瓶》等書意在報仇洩憤也。數十年之閱歷，悔過不暇，自怨自艾，自懺自悔，而暇及人乎哉？所謂寶玉者，即頑石耳！」

江順怡的書影響不大。而胡適同時代的、影響了整個中國現代文化的偉大文學家魯迅，其對《紅樓夢》的見解也與胡適相近，他不僅確認《紅樓夢》是一部自敘傳，而且是一部懺悔錄。他在《中國小說史略》中說：

然謂《紅樓夢》乃作者自敘，與本書開篇契合者，其說之出實最先，而確定反最後。⑦

在《中國小說的歷史的變遷》中又說：

此說出來最早，而信者最少，現在可是多起來了。因為我們已知道雪芹自己的境遇，很和書中所敘相合。雪芹的祖父、父親，都做過江寧織造，其家庭之豪華，實和賈府略同；雪芹幼時又是一個佳公子，有似於寶玉；而其後突然窮困，假定是被抄家或近於這一類事故所致，情理也可通——由此可知《紅樓夢》一書，說是大部分為作者自敘，實是最為可信的一說。⑧

在確認《紅樓夢》為自敘之書後，魯迅便確認它是懺悔之書，他說：

但據本書自說，則僅乃如實抒寫，絕無譏彈，獨於自身，深所懺悔。此固常情所嘉，故《紅樓夢》至今為人愛重，然亦常情所怪，故復有人不滿，奮起而補訂圓滿之。此足見人之度量相去之遠，亦曹雪芹之所以不可及也。⑨

魯迅對《紅樓夢》的評價，這段話是關鍵。他認為曹雪芹所以不可及，高出其他小說家，《紅樓夢》所以受人愛重，就在於書中浸潤着「深所懺悔」之情。魯迅還說，《紅樓夢》比晚清譴責小說成功，就因為它與筆下人物共懺悔，他說：

中國之譴責小說有通病，即作者雖亦時人之一，而本身決不在譴責之中。倘置身事內，則大抵為善士，猶他書中之英雄；若在書外，則當然為旁觀者，更與所敘弊惡不相涉，於是「嬉笑怒罵」之情多，而共同懺悔之心少，文意不真摯，感人之力亦遂微矣。⑩

魯迅把「共同懺悔之心」視為一種美學資源，一種達到「文意真摯」而獲得「感人之力」的途徑。在探討晚清文學的得失時，魯迅道破這點是格外重要的。這既指出譴責小說的根本弱點，也說明《紅樓夢》成功的最重要原因。《紅樓夢》的懺悔意識滲透全書，並構成其大悲劇的精神核心，但其罪意識的主要承擔者則是作者自身和他在小說中的人格化身賈寶玉。魯迅說：

頹遠方至，變故漸多；寶玉在繁華豐厚中，且亦屢與「無常」覿面，先有可卿自經，秦鐘夭逝；自又中父妾厭勝之術，幾死；繼以金釧投井；尤二姐吞金；而所愛之侍兒晴雯又被讒，隨歿。悲涼之霧，遍被華林，然呼吸而領會之者，獨寶玉而已。⑪

又說：「在我的眼下的寶玉，卻看見他看見許多死亡；證成多所愛者，為大苦惱，因為世上，不幸人多。惟憎人者，幸災樂禍，於一生中，得小歡喜，少有掛礙。」⑫領略「悲涼之霧」的，除寶玉外，最深刻的應當還有林黛玉。但林黛玉「還淚」是「質本潔來還潔去」，並不承擔罪責。因此，如果從負罪的領悟來說，寶玉確實是獨一無二的承擔者。他看到女子一個一個死亡：秦可卿、金釧兒、晴雯、鴛鴦、林黛玉等，每一個女子的死亡都與自己相關，有的與自己的行為相關，有的與自己的情感相關，有的是自己參與製造其死亡的悲劇（如林黛玉、晴雯、金釧兒），有的雖然沒有直接參與，但也感到無可拯救的迷惘（如鴛鴦、妙玉、尤三姐、尤二姐等）。大慈悲者，總是天然地集人間大苦惱於一身。對於魯迅的這一思想，在後來的紅學研究中，舒蕪發揮得最為精闢，他說，「多所愛者為大悲惱，同為世上不幸者多，這就是賈寶玉的悲劇，就是把一切他所愛者的不幸全擔在自己肩上，比每一個不幸者所承擔的悲惱更多的大悲惱，大悲劇。」他還說：

寶玉感受到的還不是他自己的悲劇的重量，加上所有青年女性的悲劇的重量的總和，而是遠遠超過這個總和。因為，身在悲劇當中的青年女性，特別在那個時代，遠不是都能充分自覺到自己被毀滅的價值，遠不是都能充分感受到自己這一份悲劇的重量，更不能充分地同感到其他女性的悲劇的重量。⑬

賈寶玉的負疚感和罪感，首先是來自對林黛玉深情的辜負。《紅樓夢》第二十八回開首一段，直接寫到賈寶玉的負疚感：

話說林黛玉只因昨夜晴雯不開門一事，錯疑在寶玉身上。至次日又可巧遇見餞花之期，正是一腔無明，正未發洩，又勾起傷春愁思，因把些殘花落瓣去掩埋，由不得感花傷己，哭了幾聲，便隨口唸了幾句。不想寶玉在山坡上聽見，先不過點頭感嘆；次後聽到「儂今葬花人笑癡，他年葬儂知是誰」，「一朝春盡紅顏老，花落人亡兩不知」等句，不覺慟倒山坡之上，懷裡兜的落花撒了一地。

林黛玉「花落人亡」之詩，乃是林黛玉富有詩意的死亡通知。倘若別人聽來，也許無所感覺，但對於寶玉來說，卻是一次大震撼，於是，他「不覺慟倒山坡之上」。僅僅死亡的預告就使得寶玉如此驚動，何況以後真的死亡。然而，她年紀輕輕就死了。她的死，正是為愛而死。林黛玉的前世形象是「欠淚」者，現世的形象是「還淚」者，而她的死亡是「淚盡」。一生眼淚為誰而流，為誰而盡？這是不言而喻的。如果說前世的林黛玉是個負債者，那麼今生今世，她已經把債償還。償還之後負債主體發生了轉變，前世付出「雨露」的施惠者變成今世的負債者，賈寶玉是新一輪的欠淚者。所以，《紅樓夢》作者一開篇就聲明，整部著作正是十年「辛酸淚」所凝聚而成的。這就是說，曹雪芹的寫作本身也是一個欠淚—還淚的故事。

林黛玉作為眼淚的化身，她實際上又是眼淚的「女神」。而寶玉的前身，既是灌溉絳珠仙草的神瑛侍者，又是女媧補天淘汰下的頑石。那麼今世的賈寶玉便是以頑石為形的。正是林黛玉的眼淚，淨化了這塊頑石，使它沒有回到泥的世界，而保持了「玉」的品性。曹雪芹在小說開篇所表達的罪感，也正是表明他自己曾陷入深淵之中，但不能忘記引導他走出色慾、昇情感的女神們。他的罪感，正是自己意識到辜負了這些用眼淚柔化他心靈的女性。這種寫作的動因，這種負疚與自我救贖的出發點，使得整部作品浸滿了人間最真摯的情感，使所有的文字都帶上這份傷感之情，也使得《紅樓夢》成為偉大的傷感主義文學。

對於薛寶釵，賈寶玉也有負疚感。他和寶釵確有心靈的衝突與緊張，這種衝突與緊張，正是名教與性情的衝突與緊張的反映。

《紅樓夢》的人性深度恰恰表現在這裡，曹雪芹把自己的主體靈魂加以對象化，外化為多雙互相衝突的形象，構成了小說中靈魂的雙音和對話。在整部作品中，我們處處可以看到兩種意識的矛盾，兩種心靈方向的碰撞。林黛玉是曹雪芹靈魂的一角，薛寶釵也是他的靈魂的一角，兩者都是曹雪芹靈魂的對象化。她們的不同聲音，她們對禮教與性情的爭論，是曹雪芹靈魂中的爭論，也是賈寶玉靈魂中的爭論。所以，我們可以把《紅樓夢》視為「靈魂對話」和「靈魂辯論」的偉大小說。表現於人物形象，對話與辯論主體是賈寶玉與賈政，是賈寶玉與薛寶釵，是林黛玉與薛寶釵等（即是對象主體的對話），而表現於作家（創造主體）曹雪芹則是他自身靈魂的對話與辯論。論辯的主題就是明末的思想主題之一，即名教與性情。

《紅樓夢》作為真正的文學作品，它與世俗層面上的論辯不同，它不是着意去分清名教與性情的孰是孰非，誰好誰壞。曹雪芹在情感上雖然更傾向於性情中人，但決不是去追究名教中人「兇手」，他理解一切人，愛一切人，寬恕一切人，和一切人共同承擔痛苦與罪責。包括對薛寶釵與襲人這種遵從名教的女子。為了說明這一點，我們不妨解讀一段賈寶玉與薛寶釵的一場論辯性對話。這段對話可以視為《紅樓夢》靈魂衝突的「綱要」之一。對話發生在賈寶玉立志出家作和尚的前夕（第一百一十八回）：

卻說寶玉送了王夫人去後，正拿着《秋水》一篇在那裡細玩。寶釵從裡間走出，見他看的得意忘言，便走過來一看，見是這個，心裡着實煩悶，細想：「他只顧把這些『出世離群』的話當作一件正經事，終久不妥！」看他這種光景，料勸不過來，便坐在寶玉旁邊，怔怔的瞅着。寶玉見他這般，便道：「你這又是為什麼？」寶釵道：「我意你我既為夫婦，你便是我終身的依靠。卻不在情慾之私。論起榮華富貴，原不過是『過眼煙雲』；但自古聖賢，以人品根柢為重……」寶玉也沒聽完，把那本書擱在旁邊，微微的笑道：「據你說『人品根柢』，又是什麼『古聖賢』，你可知古聖賢說過，『不失其赤子之心』。那赤子有什麼好處？不過是無知，無識，無貪，無忌。我們生來已陷溺在貪、嗔、癡、愛中，猶如污泥一般，怎麼能跳出這般塵網？如今曉得『聚散浮生』四字，古人說了，不曾提醒一個。既要講到人品根柢，誰是到那太初一步地位的？」寶釵道：「你既說『赤子之心』，古聖賢原以忠孝為赤子之心，並不是遁世離群、無關無係為赤子之心。堯、舜、禹、湯、周、孔，時刻以救民救世為心；所謂赤子之心，原不過是『不忍』二字。若你方才所說的忍於拋棄天倫，還成什麼道理？」寶玉點頭笑道：「舜堯不強巢許，武周不強夷齊。」寶釵不等他說完，便道：「你這個話，益發不是了。古來若都是巢、許、夷、齊，為什麼如今人又把堯、舜、周、孔稱為聖賢呢？況且你自比夷齊，更不成話。夷齊原是生在殷商末世，有許多難處之事，所以才有託而逃。當此聖世，咱們世受國恩，祖父錦衣玉食；況你自有生以來，自去世的老太太，以及老爺太太，視如珍寶。你方才所說，自己想一想，是與不是？」寶玉聽了，也不答，只有仰頭微笑。

賈寶玉與薛寶釵的這段論辯，正是貫穿於《紅樓夢》全書的靈魂衝突——名教與性情的衝突，人倫本體的良知責任與生命本體的良知責任的衝突。薛寶釵講的是名教之理，是儒教的以尊重人倫關係為價值尺度的良知責任，即孟子那種以「四端」意識為價值尺度的道德承擔精神，從這種人倫性的良知立場出發，她指責寶玉「忍於拋棄天倫」，完全違背聖賢之教。這一指責是有道理的，是符合充分理由律的。而賈寶玉講的則是性情，是以人的自由天性為價值尺度的良知責任，即尊重人的生命自然、自由價值的道德精神。在賈寶玉看來，現實的名教和以名教為旗號的種種塵網，恰恰是扼殺了這種本體價值，從而造成許多美麗而無辜的生命一個一個死亡。他的不忍之心，是不忍看到這種死亡。賈寶玉的申辯也是有道理的，也完全符合充分理由律。但是，賈寶玉對薛寶釵指責他「忍於拋棄天倫」，沒有直接反駁，這是很重要的，實際上，一個從內心深處真正尊重個體生命的人，也應該尊重和自己觀念不同的生命，何況是和自己的命運連在一起的生命。賈寶玉最後決心出家，離開塵緣，這種決定，對他的個體生命是一種完成，對自己的靈魂是一種救贖，但對與他密切相關的生命，對他的父母、妻子和將生的兒子，卻是一種「拋棄」，所以他對寶釵的責問，只能沉默，只能「仰頭微笑」。這種沉默與微笑，既是對寶釵責問的無可奈何，又是對自己罪責的一種默認。這場論辯，是賈寶玉在結束塵緣之前和薛寶釵在最深的精神層面上的論辯，是傳統的良知價值觀念與正在覺醒的近代良知價值觀念的一場論辯。《紅樓夢》真了不起，它沒有忘記自己是文學，它不是急忙地給這場論辯做結論，相反，它超越是非善惡的價值判斷，展示人性多層面的衝突和命運的多重暗示。這種多重暗示，不是簡單地譴責薛寶釵，而是把薛寶釵自身靈魂的衝突和人性深度表現出來，而且也把寶玉對她的理解和負疚感切入其中。在曹雪芹筆下，薛寶釵不僅美麗、聰明絕頂，而且很有修養，很會做人，這不是「反諷」的說法，而是寶釵性情中真的有一種可愛的東西，這種美德就是她尊重和她有血緣關係的人，而且為人處世總是不願意使人難受，名教確實賦予寶釵一種美德，一種賢惠的性情，不能不承認這也是一種好性情，也是一種價值。然而，名教在賦予她美德的同時，這種美德又給她帶來困境甚至災難。（賈寶玉的真性情也給許多女子帶來災難。）例如，金釧兒死了之後，王夫人帶着負疚感和她談起，她對王夫人的內心世界是非常清楚的，但她如果要說王夫人的「不是」，就會使王夫人更加痛苦，自己陷入「不孝」；而要使王夫人高興，就要替王夫人開脫罪責，陷入不仁。「四端」中的兩端，本身就有矛盾和衝突。所以她編了那一段安慰王夫人的話。這段話，溫順中有世故，殘忍中又有「不忍」。試想，她已見到王夫人在自責，那還該怎麼辦呢？在《紅樓夢》中這種困境很多，讓我們看到名教似乎是罪惡，但罪惡又通過形象的具體承擔和具體衝突而呈現出名教與性情關係的全部複雜性。

曹雪芹作為一個真正的作家，正是在超越的層面上來看寶釵，所以他儘管寫了寶釵人性的掙扎，但沒有把寶釵放在善與惡、好與壞的框架上，對薛寶釵和林黛玉心靈的差異，他也沒有作任何是與非的價值判斷，偉大文學作品中的人物總是被神秘的命運推着走。是命運，不是是非。因此，曹雪芹也同情薛寶釵。他的人格化身賈寶玉對林黛玉和薛寶釵都懷着愛，他不僅感到欠了林黛玉的債，也感到欠了薛寶釵的債。

五、文學的超越視角

佛典用因緣的觀念解釋萬物萬象，在佛學看來，人生無非一因緣，世界亦無非一因緣，甚至佛教的出現亦為世間一大因緣而起。但是，各人所見不同，各人所悟有異，因而也就各有各的因緣。世間的因緣可以從各處去說。作為現實的人，不得不帶有目的和功利的要求去說因緣，這並非是人類的渺小和卑下，而是因為人類必須通過明確的人與人之間的權利、義務等功利活動，才能建立一個長遠的互惠互利的社會。在生存寄居的世間，繁多的社會慣例、風俗、道德信條和法律規則，都是規範人們建立個人行為的共同準則，這些準則使社會成員之間能夠合作能夠互不侵犯從而保證各自的現實利益。從這一點着眼，世間萬事的因緣都有一個究竟，世間的糾紛亦有一個是非。無究竟無是非便無法說清世間的因緣。儘管佛說世間的因緣無窮無已，萬劫萬世，沒有止境，但因緣在具體情形之下，卻必定有個究竟是非的準則，亦必定有個究竟是非的結局。就像既上了法庭，求諸公訴，就必定有個勝負或者和解的結局。就像雙方發生戰爭，總有道理上的正與反，總有道德上的善與惡，雖然人類不易分辨其中的善惡，或者一時分辨不清。分別現世因緣的究竟是非，是人類說因緣的方式之一。不離究竟是非說因緣，就是憑藉目的和功利說因緣。用佛教的術語來說，這是說因緣的「世間法」。

然而，優秀的文學作品卻有它們對人間世事的別樣的因緣說法，它們超越了上述的世間法。正如康德所說的那樣，審美判斷是「主觀的合目的性而無任何合目的」的判斷。所謂無目的是它超越了世間活動的功利性，超越了世俗眼光的目的性，進入人類精神境界的更高層次。在這個境界裡，世間的無罪便是此間的有罪，世間的有罪便是此間的無罪，反之也是如此。當然，文學的超越性，其意義並不在於和世間法相反，而在於它站在更高的層次看待人的責任問題。這種對人間世事因緣的說法，是世俗視角所不能涵蓋的，因為它其中沒有如同功利性那樣清楚的目的存在，也沒有目的性那樣明確可以把究竟說盡。比如我們在那些真正偉大的作品裡就找不到明確的「兇手」。這不是因為作者故意設置迷局，而是作者超越性眼光所在，也是虛構的小說世界的根本特點。只有這樣的虛構世界，它的「目的性」才能消失，而它的「合目的性」才能顯現。《紅樓夢》裡有一位一無是處的醜陋的「壞人」，就是趙姨娘。她心理陰暗，內心歹毒，相貌醜陋，作者對她毫無寬容（但也沒有仇恨）。這個人物是《紅樓夢》裡與作者的一貫主旨不相符合的惟一人物。也許是由於作者對妾制度極端厭惡卻不能釋懷的反映。幸好她不是一個主要角色，並不介入故事中的核心悲劇，否則就會有嚴重的敗筆。論《紅樓夢》裡的悲劇，林黛玉的死，賈府的被抄，賈寶玉的出家，都跟趙姨娘沒有關係。說到榮寧二府的敗落，也許她也身在其中了，罪不容辭，但平心而論，她不過是大廈崩塌中的一塊朽木，要數元兇，當然不是趙姨娘。與此相反，讀者卻在故事的悲劇中發現許多無罪的兇手和無罪的罪人。例如，賈寶玉、賈政、賈母、薛寶釵等，都是無罪的罪人。他們本着自己的信念行事，或為性情中人，或為名教中人，或為非性情亦非名教僅是無識無見的眾生，這本是無可無不可的事情，但不幸的是他們生在一起，活在同一地方，不免發生衝突，最後一敗塗地。對於這種悲劇，若要做出究竟是非的判決，或要問起元兇首惡，真是白費力氣。因為敘述者對故事的安排和人物的設置本身就清楚地告訴讀者，他企圖敘述的是一個「假作真時真亦假」的故事。矛盾的諸方面在自己的立場上看自己是真的，但看對方卻是假的，真假不能相容，真真假假中便演出一場又一場恩恩怨怨的悲歡離合的悲劇。敘述者比他筆下的人物站得更高，給讀者展示了一個像謎一樣的永恒的衝突。賈寶玉到小說快要結束的時候，才突然悟到：要跳出與生俱來的恩怨糾葛，以出家當和尚來償還現世的罪孽。

相對於現世的目的性和功利性而言，審美判斷是無目的性的。在虛構的敘事作品裡，敘述者對情節事件的因果關係的解釋並不趨向一個究竟誰是誰非的最終的和明確的判斷。正是在這個意義上，敘述者才實現了小說的美學價值，作品才真正擺脫了「世間法」那種功利性和目的性的纏繞，而達到超越的境界。當然，審美判斷最後還是合目的性的，但這種目的性是在無目的的前提下的合目的性。它敘述時對情節事件的因果關係的解釋並不趨向一個究竟是非的判斷，但並非沒有判斷，只是敘述者超越視角帶來的解釋存在着更多的層次和更複雜的眼光，存在着互為因果的纏繞。更重要的是敘述者超越視角帶來的普遍的良知責任意識，從而引導讀者在形而上的層面上思考人生與世間的各種因緣，思考罪與懺悔。賈寶玉最後明白事情真相之後，覺得是他自己害了林黛玉，他自己正是「罪人」，因此，他告別塵緣出家去作靈魂的自我救贖。這種懺悔正是出於良知的懺悔。在奉行綱常名教的家族裡，他並沒有決定自己婚姻的權利，更不用說他人，因而他無須承擔這方面的責任。但不負現世的責任並不等於可以不負良知的責任。他和林黛玉畢竟相愛過一場，林黛玉畢竟是因他而死的。他雖然不可能做他想做的，但他卻可以拒絕他想拒絕的。道德主體所以應該承擔良知責任，就在於它無論在何等被動的情形下，終歸有一個不可剝奪的屬於自身的自由意志。賈寶玉的懺悔充分表現了不可剝奪的道德主體的承擔力量。審美判斷的合目的性，正是表現在它把道德主體當成它自己的目的。如果文學作品缺乏贖罪意識與懺悔意識，缺乏對良知責任的自我體悟，道德主體的合目的性自然就會消失並還原為迎合現世功利的目的。

審美判斷的合目的性並不是指向一個具體的功利目的，指向現世的道德教訓或世俗觀念，而是指向人作為自由意志的存在本身。在虛構作品裡，如何才能體現人是自由意志的存在，如何才能體現人作為最終目的的這種精神？《紅樓夢》就是現成的範例，它回答說：作者對人生必須有形而上的體驗，敘述者對人物的命運的解釋必須不為世間的眼光所囿，必須拋開世間法說虛構小說世界的因緣，刻畫描寫出來的人物有「思我所思」的特點——道德主體反觀自身的良知責任。在不朽的經典名著中，我們通常都可以發現人物具有「思我所思」的特點。《卡拉瑪佐夫兄弟》中的阿寥沙，《心》裡的先生，《紅樓夢》中的賈寶玉，《狂人日記》裡的狂人，敘述者通過刻畫這樣的人物性格，使得小說對人世因緣的解釋完全超脫了世俗的眼光，即人生的悲歡離合，世界的不圓滿，並不完全是幾個小人、壞蛋或罪人在其中搗亂而成，而是與我們人性的不完整性相聯繫的，儘管我們並沒有直接捲入事件的責任。因此，罪意識、懺悔意識，不僅是承擔良知責任的表現，亦是對虛構故事作品的較高的美學要求。

① 王國維：《〈紅樓夢〉評論》，《王國維文學論著三種》第十四、十五頁，商務印書館，二〇〇一年版。

② 《莊子．齊物論》，注釋可參見陳鼓應《莊子今注今譯》第六十二頁，中華書局，一九八三年版。

③ 黑格爾：《美學》，朱光潛譯，第三卷下冊，第二百八十六頁。北京，商務印書館，一九九七年版。

④ 黑格爾：《美學》，朱光潛譯，第三卷下冊，第三百一十頁。北京，商務印書館，一九九七年版。

⑤ 胡適：《紅樓夢考證》，見《中國章回小說考證》，第二百〇七頁。上海書店，一九八〇年版。

⑥ 俞平伯：《俞平伯論〈紅樓夢〉》上冊，第一百八十三頁。（香港）三聯書店，一九八八年版。

⑦ 魯迅：《中國小說史略》，《魯迅全集》第九卷，第二百三十五、二百三十六頁。

⑧ 魯迅：《中國小說的歷史的變遷》，《魯迅全集》第九卷，第三百三十七、三百三十八頁。

⑨ 魯迅：《中國小說史略》，《魯迅全集》第九卷，第二百三十八頁。

⑩ 此段評說引自魯迅《中國小說史略》最初的油印講義本《小說史大略》的十四節《清之人情小說》。《小說史大略》後來擴大為《中國小說史略》，並保留「深所懺悔」的見解，但沒有此段話。這裡引述講義稿，僅供讀者作參照用。

⑪ 魯迅：《中國小說史略》，《魯迅全集》第九卷，第二百三十一頁。

⑫ 魯迅：《集外集拾遺．〈絳洞花主〉小引》，《魯迅全集》第七卷，第四百一十九頁。人民文學出版社，一九五八年版。

⑬ 舒蕪：《說夢錄》第二十四頁。上海古籍出版社，一九八二年版。

論《紅樓夢》的哲學內涵

《紅樓夢》是一部偉大的文學著作。它不但具有最精彩的審美形式，而且具有最深廣的精神內涵。我今天講的題目，也是《紅樓夢》精神內涵的一部分。以往分析《紅樓夢》的文字雖多，但從哲學上進行專題研究的論著卻幾乎沒有。我今天算是開一個頭，專門講《紅樓夢》的哲學，包括講曹雪芹的哲學觀與浸透於《紅樓夢》文本中的哲學意蘊。

一九八六年一月二十一日，中國社會科學院文學研究所召開紀念俞平伯先生從事學術活動六十五周年會議（此會由筆者主持），俞先生在會上宣讀了自己的紅學近作《舊時月色》和《評〈好了歌〉》。講話的中心意思是希望大家多從哲學、文學的角度研究《紅樓夢》。同年十一月，他應香港中華文化促進中心和香港三聯書店邀請，又作了《索隱派與自傳說閑評》的演講，再次主張研究《紅樓夢》應着眼於它的文學與哲學方面。① 俞平伯先生一輩子都在考證《紅樓夢》，但他並不希望人們繼續他的學術道路，而是表達了另一種期待，這是一個很負責任的期待。可是二十年過去了，仍然看不到關於《紅樓夢》哲學的專題研究論著。

在紀念活動之前八十年，二十七歲的王國維發表《〈紅樓夢〉評論》，並作了一個非常重要的論斷：「故《桃花扇》，政治的也，國民的也，歷史的也；《紅樓夢》，哲學的也，宇宙的也，文學的也。此《紅樓夢》之所以大背於吾國人之精神，而其價值亦即在此。」王國維說《紅樓夢》是宇宙的，是指作品的無限自由時空，不是《桃花扇》那種現實的有限時空。相應的，便是《紅樓夢》具有一個大於家國境界和歷史境界的宇宙境界。更值得注意的是，王國維指出《紅樓夢》是「哲學的也」。即不僅是文學，而且是哲學。為什麼？王國維雖然引用叔本華哲學來說《紅樓夢》的悲劇意義與倫理意義，但沒有直接說明、闡釋《紅樓夢》的哲學內涵，他之後一百年也沒有人充分說明。事實上，《紅樓夢》不僅具有豐富的人性寶藏、文學寶藏，而且擁有最豐富的哲學寶藏、思想寶藏、精神寶藏。中國文化最精華的東西，中國文學、哲學最精彩的元素都蘊含在這部偉大的小說中。

哲學有理性哲學與悟性哲學之分。理性哲學重邏輯，重分析，重實證；悟性哲學則是直觀的，聯想的，內覺的。《紅樓夢》的哲學不是理性哲學，而是悟性哲學。這種哲學不是概念、範疇的運作，而是浸透在作品中的哲學意蘊。馮友蘭先生到西方深造之後回頭再治中國哲學，便在方法上從一變為二：正方法與負方法同時進行。所謂正方法，便是理性哲學方法，邏輯分析方法；所謂負方法，則是感悟與直觀的方法。前者是西方哲學的長項，後者是中國哲學的長項。禪把直觀、感悟的方法發展到極致。禪宗六祖慧能的不立文字、明心見性的方法，便是放下概念範疇直達事物核心的方法。慧能是一個不識字的天才思想家，他給哲學給思想展示一種新的可能性，即無須邏輯、無須論證分析而思想的可能，這是另一種哲學方式得以實現的可能。作此劃分後，可以說《紅樓夢》的哲學不是理性哲學，而是悟性哲學。與此相關，筆者還想作另一種區分，提出另一種概念，這就是哲學家哲學和藝術家哲學的區分。哲學家哲學是抽象的，思辨的，與藝術實踐是相脫離的；而藝術家哲學則是感性的，具體的，與藝術實踐和審美實踐緊密相連的，甚至是直接由藝術實踐呈現出來的。《紅樓夢》哲學屬於藝術家哲學。老子哲學與莊子哲學雖然精神指向相同，但哲學形態卻有很大區別。老子是思辨性的「哲學家哲學」，莊子則是意象性的藝術家哲學。莊子的文章可稱作散文，莊子也可視為大散文家，老子則不能，但誰也否定不了莊子又是哲學家。一般地說，藝術家哲學與悟性哲學較為相近，但也不能說悟性哲學就是藝術家哲學，例如慧能的哲學可界定為悟性哲學，卻不可以說它是藝術家哲學，因為它固然可以影響作家的藝術實踐，但本身卻與藝術實踐無關，其形態也沒有任何文學藝術性。《紅樓夢》的哲學形態類似莊子，其巨大的哲學意蘊寓於精彩的文學形式與審美形式中，寓於豐富的寓言與意象中，所以既可稱莊子是文學家，也可稱莊子為哲學家。曹雪芹也是如此，兩者兼得。但迄今為止，曹雪芹還沒有莊子的幸運，即還沒有作為文學家和哲學家都被充分認識。在文學史上有《紅樓夢》的崇高位置，在哲學史上曹雪芹則一直是一個缺席者。

把大作家的「藝術家哲學」列入哲學史並不唐突。在中國哲學史上，莊子早被列入；在西方哲學史上，拜倫也早被列入。拜倫是英國的大詩人，也是舉世公認的浪漫主義文學代表人物。羅素的《西方哲學史》就特別開闢了「拜倫」一章②，論證拜倫時代的反叛哲學與貴族哲學，區別了貴族性反叛與農民性反叛的不同哲學內涵。與拜倫相比，《紅樓夢》的哲學內涵豐富得多。若與《水滸傳》相比，則也有貴族哲學與農民哲學的巨大差別。農民的反叛與貴族的反叛都對現存秩序和現存理念有所質疑或有所破壞，但貴族的反叛是有理想的，農民的反叛則往往缺乏理想。曹雪芹的哲學帶有永遠保留青春生命之真之美的理想。當然，這不是說《水滸傳》和其他一些含有某些哲學顆粒的作品就可以進入哲學史，例如《金瓶梅》，就說不上什麼哲學。《金瓶梅》是很傑出、很嚴格的現實主義小說，它把世俗生活的原生態，特別是人性的原生態呈現得如此真實，如此淋漓盡致，處處可以見到生活與生命的肌理。這部小說大膽描寫性愛，但不對性愛作出價值判斷，在當時也不簡單。然而，《金瓶梅》沒有哲學。小說結尾那點因果報應，只是小因小果，出了一個禪師，也談不上什麼禪性，這一畫蛇添足的結尾，實際上是一大敗筆。從哲學上說，《金瓶梅》完全不能和《紅樓夢》同日而語。

正因為《紅樓夢》屬於悟性哲學，屬於藝術家哲學，所以它沒有用思辨代替審美，沒有以理念代替藝術，不像當今流行於西方的所謂「後現代主義」，只有口號、主義、觀念，卻沒有真藝術。所以完全可以說《紅樓夢》是一部具有豐富哲學內涵的偉大文學作品。

一、《紅樓夢》的哲學視角

探討《紅樓夢》哲學，首先應注意體現於全書的哲學視角，這是曹雪芹的宇宙觀，也是哲學觀。好的文學作品除了需要審美形式之外，還需要有思想，所以作品總是除了藝術性之外又帶思想性。但是具有思想並不等於具有哲學。這裡所不同的是思想不一定具備特別的視角，而哲學則一定具有某種視角，即某種特別的觀照宇宙人生的方法。這種視角，帶有獨立價值，甚至帶有思想所沒有的永恒價值（思想一般只帶有時代性、當下性）。沒有視角，就沒有哲學。視角一變，哲學的形態與內涵就跟着變。《儒林外史》作為一部文學傑作，可以說它很有思想（對科舉的批判與對知識分子生存困境及人性困境的思索），但不能說它很有哲學，因為整部作品並不具備哲學視角。《紅樓夢》的哲學屬性，首先是它具有自身的哲學視角。

關於《紅樓夢》的視角，筆者在以前的評「紅」文字中，已經說過。此處為了論題解說的完整，不得不再作些簡要的說明並作點補充。

筆者曾說《紅樓夢》中有個大觀園，而「大觀」正是曹雪芹的世界觀和哲學視角，我們可稱之為大觀視角或大觀眼睛。所謂大觀眼睛，用現代的語言表述，便是哲學性的宏觀眼睛，或稱沒有時空邊界的宇宙極境眼睛。《紅樓夢》中幫助主人公賈寶玉「通靈」入世的一僧一道，他們就擁有這種眼睛，即具有天眼與佛眼。《金剛經》把眼睛分為天眼、佛眼、法眼、慧眼、肉眼五種，其中的天眼、佛眼、法眼、慧眼都屬大觀眼睛。與《金剛經》不約而同，《南華經》（莊子）也把眼睛分為多種，其最高的「道眼」，也是大觀視角。《莊子》的開篇《逍遙遊》，其大鵬的眼睛，也近似「天眼」、「道眼」，從九萬里高空上俯瞰人間，便看出「大知」與「小知」的區別。大鵬的視角，也正是莊子的哲學視角。莊子在《秋水》中讓北海若說道：「以道觀之，物無貴賤；以物觀之，自貴而相賤；以俗觀之，貴賤不在己。以差觀之，因其所大而大之，則萬物莫不大；因其所小而小之，則萬物莫不小；知天地之為稊米也，知毫末之為丘山也，則差數睹矣。以功觀之，因其所有而有之，則萬物莫不有；因其所無而無之，則萬物莫不無；知東西之相反而不可以相無，則功分定矣。以趣觀之，因其所以然而然之，則萬物莫不然；因其所非而非之，而莫不非；知堯桀之自然而相非，則趣操睹矣。」莊子在這裡提出了「道觀」、「物觀」、「俗觀」、「差觀」、「功觀」、「趣觀」六種視角，除了其道觀屬於「大觀」眼睛並可與天眼、佛眼同日而語之外，其他五種規則只能歸為世俗眼睛。莊子用道觀物，正是用大觀的眼睛觀物，這就打破了世俗眼睛對萬有萬物的人為分類分割，抵達破對待、空物我、泯主客、齊生死的「齊物」境界。老子也是用道眼看世界萬物，因此也打破俗眼下的各種差別對峙，而抵達「大制不割」（《道德經》）的宇宙生命境界。

無論是《紅樓夢》的天眼、佛眼，還是莊子的道眼，都是比一般眼睛更高的宇宙眼睛。這種眼睛最大的特點是視野無限廣闊，如同宇宙一樣沒有邊界，不知邊界。王國維的天才在於他發現《紅樓夢》的語境乃是沒有邊界的宇宙語境，而《桃花扇》則是具有現實時限的家國歷史語境。所以《紅樓夢》中的生命（角色），其本質並非家國中人，而是宇宙中人。他（她）們並不以為自己此時此刻的生存之所就是故鄉。《紅樓夢》一開篇就重新定義故鄉，嘲笑世俗的常人「反認他鄉是故鄉」。那麼，他們的故鄉在哪裡？他們從何處來，到何處去？全然不可知。「天盡頭，何處有香丘？」這是《葬花詞》中林黛玉的問題，也是曹雪芹筆下的無邊語境。《紅樓夢》第八十七回有一個重要細節，我們不妨重溫一下：

> 惜春尚未答言，寶玉在旁情不自禁，哈哈一笑，把兩個人都唬了一大跳。惜春道：「你這是怎麼說，進來也不言語，這麼使促狹唬人。你多早晚進來的？」寶玉道：「我頭裡就進來了，看着你們兩個爭這個『畸角兒』。」說着，一面與妙玉施禮，一面又笑問道：「妙公輕易不出禪關，今日何緣下凡一走？」妙玉聽了，忽然

把臉一紅，也不答言，低了頭自看那棋。寶玉自覺造次，連忙陪笑道：「倒是出家人比不得我們在家的俗人，頭一件心是靜的。靜則靈，靈則慧。」寶玉尚未說完，只見妙玉微微把眼一抬，看了寶玉一眼，復又低下頭去，那臉上的顏色漸漸的紅暈起來。寶玉見他不理，只得訕訕的旁邊坐了。惜春還要下子，妙玉半日說道：「再下罷。」便起身理理衣裳，重新坐下，癡癡的問着寶玉道：「你從何處來？」寶玉巴不得這一聲，好解釋前頭的話，忽又想到：「或是妙玉的機鋒。」轉紅了臉答應不出來。妙玉微微一笑，自和惜春說話。惜春也笑道：「二哥哥，這什麼難答的，你沒的聽見人家常說的『從來處來』麼。這也值得把臉紅了，見了生人的似的。」妙玉聽了這話，想起自家，心上一動，臉上一熱，必然也是紅的，倒覺不好意思起來。

在大觀眼睛之下，生命並非生滅於世間地圖上的固定點，而是在大宇宙往往返返的自由點，不知從何處來，到何處去。生命正是具有這種神秘，這種無定與無常，才顯得空曠廣闊。

正因為具有大觀視角，所以《紅樓夢》才有許多獨特的發現。賈寶玉發現世間有兩種世界，一個是以男人為主體的泥濁世界；一個是以少女為主體的淨水世界。他所努力的是站立在泥濁世界的彼岸，保持「玉」的靈性與真純。賈寶玉的眼睛不是肉眼，而是天眼、道眼，所以他才能發現一個遍佈整個人間而且就是你身邊但肉眼看不見的詩意世界，這就是貴族少女和丫鬟們所構成的女兒國。在他的意識與潛意識裡，這些詩意生命，正是世界的本體，歷史的本體，其重要性連佛陀與元始天尊都難以企及。《紅樓夢》之所以是偉大的悲劇，正因為它是詩意生命的輓歌，把最有價值的詩意生命毀滅給人們看，便構成最深刻的傷感主義悲劇。

也正因為《紅樓夢》具有大觀的眼睛，所以才能「由空見色」——用佛眼觀照色世界，也才能看到色空：色世界的虛妄，色世界的荒誕。跛足道人的「好了歌」，是哲學歌，是荒誕歌。泥濁世界的主體（男人）都知道「神仙好」，但他們什麼都放不下，主宰其生命的只有金錢、權位、美色等等。他們生活在泥濁之中而不自知，是因為他們只能以「差」觀物，以功利的肉眼觀物。與此不同，那些天眼道眼卻發現你爭我奪的「甚荒唐」。這就是說，由色生情，傳情入色，產生悲劇；而因空見色，知色虛妄，則產生荒誕劇。而所謂的「因空見色」，便是用空眼即天眼、佛眼來觀看花花世界。《紅樓夢》看世界、看生命、看人生，全然不同凡俗，就仰仗於大觀哲學眼睛。王國維雖然道破《紅樓夢》是宇宙的、哲學的，卻沒有抓住這個宇宙視角，因此也沒有發現《紅樓夢》的荒誕意蘊，僅止於談論悲劇，這不能不說是這位天才的局限。

關於大觀眼睛，筆者在以往的文章中已經論述過。這裡須作一個重要補充的是，《紅樓夢》除了具有「大觀」視角之外，還有一個讀者也許尚未注意的「中觀」視角。說沒有佛教的東來，沒有禪宗，就沒有《紅樓夢》。從哲學上說，就是《紅樓夢》具有佛教特別是禪宗的中觀視角。所謂中觀視角，乃是大乘佛教的一個重要學派——中觀學派的一種哲學觀。早在公元二至三世紀，佛教大師龍樹及其弟子提婆就創立了中觀學派，龍樹自著《中論》闡釋了中觀學說。這一個學說認為：萬物「自性空」而又「假名有」，這兩者是統一的。「自性空」就存在於「假名有」之中，兩者相互依存，這種關係便是「中道」。用假有性空的中道觀點作為觀察世間萬物的視角和處理一切問題的原則，就是「中觀」。「中觀」的核心意思是說，世間萬物的空與有，無常與常，各是矛盾的一邊，觀照主體不應落入一邊，偏執一方。這一中觀學說後來與大乘如來藏、般若智慧，成為禪宗三大思想來源。慧能的「不二法門」，其源頭之一，便是「中觀」視角。曹雪芹的「假作真時真亦假，無為有處有還無」便是打破兩極對峙的中觀視角。中觀與大觀相通，只有在大觀的眼睛下，才有處理現實問題的中觀態度。大乘佛教的中觀方法以及把這一方法發展到極致的慧能不二法門，便成為《紅樓夢》的哲學基點。

二、《紅樓夢》的哲學基石

過去有人說，莊即禪，禪即莊。禪與莊，確實有共同之處，兩者都講整體相，不講分別相、差別相。兩者都講破對立、空物我、泯主客、齊生死，但仍然有區別。莊子在講「齊物」論時具有相對主義的理性論證和思辨探討，而禪只講眼前的生活境遇。莊子還樹立真人、至人、神人等理想人格，而禪則揚棄了一切偶像只求神秘性質的心靈體驗。這就是說，禪更為內心化、靈魂化。

從哲學上說，禪的內核是心性本體論，也可稱為自性本體論，此外，還有一個「不二」方法論（即不二法門）。《紅樓夢》又把不二法門進一步泛化，推演到宇宙世界，以至物我無分，天人無分，陰陽無分，直通易經哲學。第三十一回史湘雲所表述的陰陽一體，陰陽合一可看作是曹雪芹哲學觀的一項重要內容。史湘雲對翠縷說：「天地間都賦陰陽二氣所生，或正或邪，或奇或怪，千變萬化，都是陰陽順逆。多少一生下來，人罕見的就奇，究竟理還是一樣。」翠縷聽完問道：「這麼說起來，從古至今，開天闢地，都是陰陽了？」湘雲笑道：「糊塗東西，越說越放屁。什麼『都是陰陽』，難道還有個陰陽不成！『陰』『陽』兩個字還只是一字，陽盡了就成陰，陰盡了就成陽，不是陰盡了又有個陽生出來，陽盡了又有個陰生出來。」最後她做了個比喻，更為透徹：「比如那一個樹葉兒還分陰陽呢，那邊向上朝陽的便是陽，這邊背陰覆下的便是陰。」史湘雲在這裡所作的比喻是說陰陽同一，又陰又陽才是道，陰陽結合才是道，這和《紅樓夢》開篇第一回的空空道人所解的「好」與「了」兩個字實為一體，意思相通。道人說：「……世上萬般，好便是了，了便是好。君不了，便不好；君要好，便須了。」世界萬物，生和死，好和了，陰與陽，乃是相反相成，相互轉化。而每一個生命，也如同豐富的宇宙，都秉陰陽二氣所生，或正或邪，或奇或怪，千變萬化，二氣實為一體，同一生命，不可以簡單把一個豐富生命判定為「好」

與「壞」，「仁」與「惡」、天使與魔鬼。《紅樓夢》第二回，曹雪芹借賈雨村之口評人論世，無非是在說明，「天地生人，除大仁大惡兩種，餘者皆無大異」。言下之意是說，大仁大惡是少數的特例，其他生命都沒有太大差別，既不是仁絕，也不是惡絕，而是仁惡並舉的第三種人性。賈雨村特別解說這種人正邪一體，由正邪二氣搏擊掀發後通靈而生，上不能成仁人君子，下不能成大兇大惡；置於萬萬人之中，其聰俊靈秀之氣，則在萬萬人之上；其乖僻邪謬不盡人情之態，又在萬萬人之下；若生於公侯富貴之家，則為情癡情種；若生於詩書清貧之族，則為逸士高人；縱再偶生於薄祚寒門，斷不能為走卒健僕，甘遭人驅制駕馭，必然為奇優名倡。曹雪芹顯然在告訴讀者，他筆下的主人公，正是這種化二氣於一身之人，他大制不割，亦智亦愚，亦聰亦乖，亦柔亦謬，亦巧亦拙，亦靈亦傻，不可用忠、奸、仁、惡這種語言來描述他。這個被視為「孽障」的怪人，實際上是不正不邪，亦正亦邪，在正邪中搏擊遊走、陰陽難分的正常人，也是一個既可以近女性（陰）也可以近男性（陽）、既是至柔之身（情種）又是至剛之身（內心對功名利祿的拒絕力量）的中性人。他拒絕充當世俗社會任何角色，而社會給他的各種命名離他豐富的本色也很遠，一切是非、善惡、好壞、黑白的兩極判斷和概念規定，對他都不合適。他是天然地把握不二法門的中觀、中道、中性之人。這個人就叫做賈寶玉。賈雨村這段開場白之所以重要，是因為它給小說主人公提供一種立足的哲學根據。

作為主人公的賈寶玉，他的愛的法門（情感方式），正是不二法門。這個法門泛化到大自然、大宇宙便是王國維所說的宇宙境界。不僅以情為本體，而且把情推向宇宙以至形成天人合一的情感宇宙化。這確實是《紅樓夢》情感描述的一種巨大特色。《紅樓夢》中有兩個大觀園，一個是地上賈府裡的大觀園，一個是宇宙太虛幻境中的大觀園。金陵十二釵的正冊、副冊、又正冊、又副冊，其中的女子既是天上的女神，又是地上的女子。所以賈寶玉與林黛玉的情愛便成了天國之戀，而不僅是地上之戀。

脂硯齋所透露的曹雪芹在全書結束時排出的《情榜》，給寶玉的考語是「情不情」，給黛玉的考語是「情情」。所謂情不情，便是打破情的世俗規定，把愛推向萬物萬有，把情推到不情物與不情人身上。推向物便是物我不分，推向人則沒有他我之別。寶玉常會對星星月亮說話，把情推向空中的燕子和地上的花草魚兒。賈寶玉沒有好人壞人之分，也沒有君子小人之別。要說壞人、小人，他的同父異母弟弟賈環應當算一個。賈環不僅很壞，而且還常常要加害他，完全是個「不情」劣種。最為嚴重的是出於無端的嫉妒，竟故意推倒蠟油燈，想燙瞎賈寶玉的眼睛。雖沒有擊中眼睛，卻也把寶玉左邊臉上燙起一溜燎泡。即使下此毒手，寶玉還是寬恕他、原諒他，為賈環掩蓋罪責，特別交代母親王夫人不要說出去：「有些疼，還不妨事。明日老太太問，就說是我自己燙的罷了。」（第二十五回）可以肯定，如果寶玉的眼睛真的被燙瞎了，他也會原諒賈環的。對待這種嚴重傷害自己的人，賈寶玉的態度相當於釋迦牟尼。《金剛經》記載：釋迦牟尼的前世修忍辱行，在山中宴坐，正巧遇到摩揭國國王外出遊獵。此王休息睡醒後不見身邊的宮女，入山尋找，見到宮女正圍着釋迦（其時釋迦已接近成佛）禮拜，歌利王大怒說：「為什麼眼睛看着我妃子宮女。」釋迦（前身）說：「我對女色，實在無所貪戀。」王說：「如何見得你見色不貪。」釋迦（前身）說：「持戒。」王問：「什麼叫持戒？」釋迦（前身）說：「忍辱就是持戒。」歌利王就用刀割截釋迦的耳朵，鼻子、手足，釋迦心無嗔怒，面不改色。在《金剛經》裡釋迦對弟子說：「我於爾時，無我相，無人相，無眾生相，無壽者相。何以故。我於往昔節節肢解時，若有我相、人相、眾生相、壽者相，應生嗔恨。」意思是說如果我因為被傷害而記仇生恨，那我就陷入了世俗世界的「四相」之中了，就與眾人無別了。釋迦牟尼的偉大在此可得到充分呈現：原諒了一個砍掉自己手足的人。能原諒一個割截自己的手足、耳朵、鼻子的「兇手」，還有什麼不能原諒、不能寬恕的呢？賈寶玉對待賈環的胸襟情懷，正是釋迦式的胸襟情懷。而這種情懷的背後，是一種佛性不二的哲學，即相信每一個人身上都蘊藏着佛性的基因，哪怕是被公眾視為壞人小人的人。只是因為執迷不悟，原有的清淨心被蒙上塵土，才做出遠離佛性的事情來。從賈寶玉對待賈環的慈悲態度，可以看到賈寶玉的「情不情」深邃到何等地步，其不二法門，徹底到什麼地步。因此，可說賈寶玉是還在修煉中的尚未出家的釋迦牟尼，而釋迦牟尼則是已經修煉成佛的賈寶玉。

作為賈府「無事忙」的「快樂王子」，賈寶玉的釋迦秉性除了上述的「情不情」之外，還有一個特別之處是他的尊卑不二分，徹底打破人際關係中的分別相。他是個貴族子弟，是賈府裡的「主子」，但他卻無貴族相，主子相，少爺相，公子相。他明明是個「主子」，卻偏偏把自己定位為「侍者」——「神瑛侍者」。所謂侍者，便是奴僕。在賈寶玉心靈裡，沒有主子跟奴僕的分別，而這種分別恰是等級社會裡最重大最根本的分別，連這種分別都打破了，還有什麼分別不能打破。打破這種分別要戰勝多少偏見？要放下多少理念？要有多大的情懷？但這一切對於賈寶玉來說，都是自然的，平常的。他以平常之心穿越了等級社會最森嚴的城牆，做出常人俗人難以置信的行為。這正是黑暗社會裡偉大的人格光明。

正因為這種尊卑不分的不二法門，寶玉的情性才上升為靈性，也可以說才上升為神性。賈寶玉所以會發現一個比帝王將相乾淨得多的奴婢世界，就是心靈中的不二法門在起作用。他寫出感天動地的《芙蓉女兒誄》，把一個女奴當作天使來歌頌，呈現出超等級、超勢利的最高的美，其詩的心靈基石也正是打破尊卑之分的不二哲學。筆者在前不久發表的《論〈紅樓夢〉之永恒價值》一文曾說明，作為貴族文學，《紅樓夢》具有貴族的精神氣質，卻完全沒有貴族的特權意識。尼采在定義貴族與貴族精神時，把人區分為上等人與下等人，把道德相應地區分為主人道德與奴隸道德，主張向下等人與奴隸道德宣戰，蔑視弱者，蔑視擁抱弱者的基督。而《紅樓夢》則完全不是這樣，它不僅有貴族精神，而且有基督的大慈悲精神。它在「身為下賤」的下等人身上發現「心比天高」的無盡之美，因此他不是向下等人宣戰，而是向蘊藏於下等人身心中的大真大善頂禮膜拜。他既不媚俗，也不媚雅，既有高精神，又有低姿態。這種人類文學中最偉大的靈魂亮光，恰恰發源於不二法門。

在筆者以前發表的「評紅」文字中，曾特別注意魯迅關於《紅樓夢》藝術成就的見解。魯迅說，《紅樓夢》沒有把好人寫得絕對好，把壞人寫得絕對壞，從而打破了我國傳統小說的寫法與格局。這是一個非常準確的論斷。過去我在闡釋這一論斷時只是說明這是「性格真實」的藝術成就，今天卻格外分明地看到，《紅樓夢》這一成就，也是來自禪宗的不二哲學。沒有好人壞人之分，其人物的命運才有多重的暗示，才不是一種命運暗示一種道德原則。《紅樓夢》中的兩個女主角雖然有衝突，但這不是善惡之爭、好壞之爭。從精神上說，一者投射重生命、重自然、重自由的文化（林黛玉）；一者投射重秩序、重倫理、重教化的文化（薛寶釵）。兩者都具有充分的理由。因此我把它視為曹雪芹靈魂的悖論。從藝術上看，林、薛是兩種不同美的類型，儘管薛寶釵世故一些，世俗一些，但仍不失為美。這種「釵黛合一」的「兼美」現象，也是「不二法門」的哲學思路。

三、《紅樓夢》的哲學問題

那麼，在大觀視角下，浸透於《紅樓夢》全書的基本哲學問題是什麼呢？

任何一種哲學都有它提出的基本問題。在《紅樓夢》評論的小史上，意志論（叔本華）的基本問題是決定世界與人生的本質是什麼？唯物論（延伸為階級論時代論）的基本問題是物質與精神何為第一性的問題。把這種哲學基本問題推入《紅樓夢》，前者便導致王國維關於意志—慾望—痛苦—悲劇—解脫的闡釋；後者則導致大陸紅學論者關於從封建階級主導的時代走向資本主義萌芽時代所決定的兩極衝突（封建與反封建）的闡釋。《紅樓夢》是文學作品，它沒有先驗的哲學框架，但是，只要深切地領悟其哲學意蘊，就會發現，他的基本問題乃是存在論的問題。《紅樓夢》甲戌本一開篇，就有一個大哉問：

浮生着甚苦奔忙？

盛席華筵終散場。
悲喜千般同幻渺，
古今一夢盡荒唐。
漫言紅袖啼痕重，
更有情癡抱恨長。
字字看來皆是血，
十年辛苦不尋常。

「浮生着甚苦奔忙？」人的一生辛辛苦苦到底是為了什麼？即人為什麼活？為誰活？怎樣活？活着的意義在哪裡？這正是存在論的根本問題。這首詩的第一句話開門見山地提出一個大哲學問題。如果說，第一句還曾在許多人心中盤旋過，那麼，第二句則是《紅樓夢》自己的哲學語言。《紅樓夢》的第二十六回，由小丫鬟小紅首先說出「千里搭長棚，沒有不散的筵席」（連個丫鬟都有禪思哲理）！而這，正是曹雪芹獨特的哲學提問：既然所有豪華的宴席，終究要散場，終究要成為過眼煙雲，終究要如幻夢一場，總之，終究要化為塵埃，為什麼浮生還要那麼忙碌那樣追求，這一切到底是為什麼？

曹雪芹不僅面對「席必散」，而且面對人必死。「風月寶鑒」這一面是色，是美女，而那一面是空，是骷髏。不管你有多少權勢財勢，不管你是帝王將相還是豪門貴胄，你終究要變成一具骷髏，終究要面對死亡。色沒有實在性，骷髏卻絕對真實。妙玉曾對邢岫煙（岫煙雖不是重要角色，卻是妙玉十年的老鄰居，妙玉又教過她認字，有半師之份）說，自漢晉五代唐宋以來，都沒有好詩，只有范成大的兩句可算好詩。這兩句是：

縱有千年鐵門檻，
終須一個土饅頭。
（第六十三回）

所謂鐵門檻，就是鐵皮包着的華貴門檻，這是世家豪族權貴的象徵。所謂土饅頭，那就是墳墓，那就是埋葬屍骨的土丘。正像最終要面對骷髏一樣，每個人最終都要面對這個土饅頭，即面對這個無可逃遁的死亡。《紅樓夢》的基本哲學問題正是面對一個必死的事實之後，該如何生的問題。換句話說，活在世上該為最後這個「無」的必然做好何種準備的問題。曹雪芹的哲學觀不是孔子的「未知生，焉知死」，而是海德格爾的「未知死，焉知生」。在海德格爾看來，存在只有在死亡面前才能充分敞開它的意義。加謬說哲學的根本問題是自殺問題。明知終有一死，為什麼此時此刻不自殺，為什麼還要活？曹雪芹面對「土饅頭」，面對死亡所提出的「浮生為甚苦奔忙」的問題正是海德格爾的問題，加繆的問題，即存在論的根本問題。

妙玉對死亡的必然如此覺悟，賈寶玉何嘗不是這樣。當他聽到林黛玉《葬花詞》中「儂今葬花人笑癡，他年葬儂知是誰」和「一朝春盡紅顏老，花落人亡兩不知」時，一下子慟倒在山坡上，懷裡兜着的花撒了一地。受到這麼激烈的震撼，顯然是非常在乎「一朝將亡」的無可避免。可見，死亡在他面前具有強大的鋒芒。如果他相信靈魂可以升天而進入永恒的天堂（如陀思妥耶夫斯基），如果他相信「生死同狀」，人死後可以進入大自然的不滅系統（如莊子），如果他真相信人生一場不過是輪迴鏈中的一環（如佛教徒），那他應該不會聽到死亡消息就如此悲慟。顯然，他還有對於不落不亡的期待，還希望自己和林黛玉活着。這也透露，一個心愛的有情人活着，便是意義。人是相關的，與心愛者同在人間，就會產生意義感。這種「情」的理由正是活着的理由，正是「此在」值得珍惜值得延伸的理由。「三春過後諸芳盡」，到了所愛女子都散盡亡盡的時候，死的理由便壓倒活着的理由，此時出家做和尚可以理解，即便死也可以理解。通觀《紅樓夢》，可以看到曹雪芹具有海德格爾式的很強的死亡意識，但他不像海德格爾那樣，既然意識到死的必然，那麼「此在」於此時此刻就有生的設計，就該努力行動，就該揚棄「煩」與「畏」而行動：先行到死亡中的行動。然而，曹雪芹卻有另一大哲學思路與後來者海德格爾相通，這就是：既然在最終要「散」、要「了」、要「死」，就應當選擇避開「與他人共在」的非本真、非本己的存在方式，選擇一種與常人眾人不同的生活方式，換句話說，便是拒絕把自己只有一回的生命交付共在的群體，拒絕讓自己的身體、靈魂、語言、行為進入群體秩序的編排，包括「家與國」的編排。寶玉所以「於國於家無望」③，就因為他具有這種柔性的卻是強大的拒絕力量。這一重要哲學意蘊，還可以做另一種表述，即曹雪芹意識到「了」（死）的必然後，對於活着時什麼才是「好」（生的意義）只交給自己來評判和女兒國的戀人們來評判，而不是交給上帝評判（曹雪芹沒有上帝），不是交給釋迦牟尼與元始天尊評判（見第二回，曹雪芹讓寶玉表達了這一個價值位置：「這女兒兩個字，極尊貴，極清靜的，比那阿彌陀佛、元始天尊的兩個寶號還更尊貴無對的呢！」），也不是交給孔夫子的道德法庭去評判，最後這一層，只要看看《紅樓夢》中對「文死諫」、「武死戰」等忠臣烈士的嘲諷就可了解。既然不是把生的價值交給他者去裁決而是由自己來決定，那麼曹雪芹就讓寶玉選擇了一種守持真情真性的獨一無二的方式，一種荷爾德林式的詩意棲居的方式：人類應該詩意地棲居於大地之上。曹雪芹比荷爾德林年長五十歲左右，幾乎生活在同一個時代。這兩個分別位於東方與西方的天才都是大詩人與大思想者，儘管宇宙觀有很大的差異：一個（荷）崇仰上帝，信奉神，充滿承擔苦難之心；一個（曹）沒有上帝，沒有神像崇拜，但也有大慈悲之心，但都追求詩意棲居和澄明之境，都追求守護生命的本真本然狀態，荷爾德林的本真狀態緊連着神性本源，曹雪芹的本真狀態則更多的是「無識無知」的生命自然狀態，即赤子狀態，這是嬰兒般的存在方式，老子所呼喚的那種至真至柔至樸的狀態。

因此，展示在《紅樓夢》世界中的是兩種完全不同的存在方式。為論述方便，我們不妨把它稱為賈寶玉方式和甄寶玉方式。他倆相逢時，產生存在方式的衝突，在甄寶玉看來，賈寶玉的方式是「錯誤」的，他希望賈寶玉能「浪子回頭」，所以對之說了一段語重心長的話：「……弟少時也曾深惡那些舊套陳言，只是一年長似一年，家君致仕在家，懶於酬應，委弟接待。後來見過那些大人先生盡都是顯親揚名的人，便是著書立說，無非言忠言孝，自有一套立德立言的事業，方不枉生在聖明之時，也不致辜負了父親師長養育教誨之恩，所以把少時那一派迂想癡情漸漸的淘汰了些。」（第一百一十五回）甄寶玉這一席對賈寶玉的忠告，在世俗社會的眼裡，屬於天經地義。他要賈寶玉顯親揚名，言忠言孝，立功立德，走顯親揚名之路，認為年少時代的那種天真無爭狀態乃是「迂想癡情」，萬萬要不得。而賈寶玉呢？他覺得甄寶玉所講的是一派酸論，對他來說，恰恰要保持少時的本真本然，拒絕走入功名泥濁世界，才是此在的澄明之路。賈寶玉與甄寶玉的衝突，正是《紅樓夢》的哲學問題：既然人生那麼短暫，人必有一死，那麼，該選擇哪一種活法，是如甄寶玉那樣，按照勢利社會所規定的路向行走，生命受「顯親揚名」理念的主宰與編排，還是選擇賈寶玉的活法，按其生命的本真本然與天地萬物相契相容，拒絕進入常人俗人追逐的人生框架？對於這個問題，曹雪芹以他整部小說做了回答，這就是甄不是真，甄寶玉的生活不是詩意的生活；而賈不是假，惟有賈寶玉才是詩意的存在。所以曹雪芹讓賈寶玉迴避進入任何權力框架而生活在大觀園的詩國中。這個詩國，其公民都是淨水世界的主體。這是建構在泥濁世界彼岸的另一個國度，是曹雪芹的理想國。這個理想國，與柏拉圖的理想國不同。柏拉圖把詩人逐出理想國，因為詩人只有情性，沒有理性。賈寶玉所以追逐這個詩國而且深深敬愛詩國中的首席詩人林黛玉，就因為林黛玉從來不勸他走甄寶玉的那種仕途經濟的道路。大觀園裡的詩國，作為曹雪芹的烏托邦，是

《紅樓夢》中幾個基本大夢之一。照理說，人間當是一個能夠讓詩意生命自由存在的詩國，但是恰恰相反，詩國只是一種夢。現實世界是一個沒有詩意的名利場，是一個詩意生命無法生存的荒誕國。所以首席詩人林黛玉最後連詩稿也焚毀了。詩意生命一個一個毀滅，最後作為詩國惟一男性的賈寶玉也出家遠走。曹雪芹與荷爾德林一樣，希望詩意地棲居於地球之上，並設計了讓詩意生命立足的詩國，但是最終又了解，這詩國不過是浮生一夢，太虛一境。

看透人必死、席必散、色必空、好必了之後，此在的出路何在？除了這一哲學難題之外，曹雪芹的另一個哲學焦慮是在破對待、泯主客、萬物一府、陰陽無分之後怎麼辦？說：「假作真時真亦假，無為有處有還無」，既然打破一切是非、真假、善惡等世俗判斷，既然一切界線都打破了，那麼，為什麼還要為「美」的毀滅而傷感？而「慟倒」？為什麼放不下那些詩意女子，緬懷歌哭閨閣中的歷歷諸人？為什麼不為薛蟠、賈環等最後如何死亡而操心？正如「空」後是否還得「有」的難題一樣。這個難題是破了一切「對待」之後是否還有最後一種對待是需要持守的？也就是說，倘若世界真是以虛無為本體，一切色相都是幻相，那麼，連林黛玉至真至善至美的生命情感存在也不真實嗎？是不是也要像消泯一切是非、善惡界線一樣最後也消泯美醜界線。不二法門到了這裡是否還有效？曹雪芹在此問題前面顯然是有徘徊、有彷徨、有焦慮的。所以他一方面是那麼喜歡莊子，不斷地閱讀《南華經》，另一方面卻對莊子也做出調侃與質疑。最明顯的是第二十一回所描寫的寶玉與襲人口角之後，於「悶悶」之中讀了《南華經》，看到《外篇．胠篋》，其文曰：

> 故絕聖棄知，大盜乃止；擿玉毀珠，小盜不起；焚符破璽，而民樸鄙；掊鬥折衡，而民不爭；殫殘天下之聖法，而民始可與論議。擢亂六律，鑠絕竽瑟，塞瞽曠之耳，而天下始人含其聰矣；滅文章，散五采，膠離朱之目，而天下始人含其明矣；毀絕鉤繩而棄規矩，攦工倕之指，而天下始人有其巧矣。

寶玉讀後，意趣洋洋，趁着酒興，提筆續道：

> 焚花散麝，而閨閣始人含其勸矣；戕寶釵之仙姿，灰黛玉之靈竅，喪滅情意，而閨閣之美惡始相類矣。彼含其勸，則無參商之虞矣；戕其仙姿，無戀愛之心矣；灰其靈竅，無才思之情矣。彼釵、玉、花、麝者，皆張其羅而穴其隧，所以迷眩纏陷天下者也。

這一續篇真的僅僅是在宣洩自己一時的悶氣嗎？真的是顯露賈寶玉冷酷冷漠的一面嗎？真的如劉小楓所說的，這是「新人」（賈寶玉）在劫難世界中終歸要變成無情石頭的證物嗎？④

筆者的閱讀心得與劉小楓先生的心得不同。我恰恰讀出曹雪芹在續篇中對莊子的調侃與提問，這就是：你在泯滅生死、主客等界線乃至主張「絕聖棄智」的時候，總不能也泯滅美醜界線，總不能也「絕林棄薛」、「焚花散麝」吧？！林黛玉讀了之後也只是輕輕地回了一絕，取笑寶玉「醜語怪他人」（第二十一回），並不真的生氣，她知道寶玉在說些什麼。曹雪芹在這裡採取把「齊物」推向極端也推向荒謬的文本策略，從而肯定美醜二分的最後界限（否定「美惡相類」）。而這正是一個偉大作家的最後立場：在消解了一切世俗判斷之後最後還留下審美判斷。沒有這一判斷，文學也就沒有立足之地。其實，莊子、禪宗也守住了審美這一邊界，只是沒有做出告白而已。無論是莊禪還是曹雪芹，他們都從一切現實關係和現實概念中抽離出來，然後對世界萬般採取審美的態度，不作是非判斷者，只作美的觀照者和呈現者。這不是對世界的冷漠，而是對世界的冷觀。

四、《紅樓夢》的哲學境界

筆者曾說，賈寶玉修的是愛的法門，林黛玉修的是智慧的法門，因此最高的哲學境界總是由林黛玉來呈現。小說中有那麼多詩詞，詩國也進行過那麼多次詩的比賽，但寫得最好的詩總是屬於林黛玉。林黛玉無愧是詩國中的第一詩人。她的詩所以最好，是因為境界最高。就長詩而言，《紅樓夢》中寫得最精彩的是林黛玉的《葬花詞》和賈寶玉的《芙蓉女兒誄》。兩者都是輓歌，都寫得極為動人，但就其境界而言，《芙蓉女兒誄》在悲情之中還有許多感憤與微詞，還有許多對惡的斥責與怒氣，而《葬花詞》則完全揚棄世間之情，不僅寫出一般輓歌的淒美之境，而且從孤寒進入空寂。「無盡頭，何處有香丘」的空寂之境，才是最高的美學境界。賈寶玉和林黛玉最深的對話常常借助禪語，這種明心見性而又有撲朔迷離的戀情愛語，不是一般的情感交流，而是靈魂共振。在對話中，林黛玉總是引導賈寶玉的靈魂往上飛升，而賈寶玉也知道，這個林妹妹正是引導自己前行的女神。用他的話說：「我雖丈六金身，還借你一莖所化。」（第九十一回）此處賈寶玉把自己比作佛，把林黛玉比作蓮，佛由蓮花化生。在《紅樓夢》中林黛玉的空寂之境是比神境更高的蓮境。為了更具體地了解上述這一論點，不妨把第九十一回林賈談禪的細節重讀一遍：

> 只見寶玉把眉一皺，把腳一跺道：「我想這個人生他做什麼！天地間沒有了我，倒也乾淨！」黛玉道：「原是有了我，便有了人，有了人，便有無數的煩惱生出來，恐怖，顛倒，夢想，更有許多纏礙。——才剛我說的都是頑話，你不過是看見姨媽沒精打彩，如何便疑到寶姐姐身上去？姨媽過來原為他的官司事情心緒不寧，那裡還來應酬你？都是你自己心上胡思亂想，鑽入魔道裡去了。」寶玉豁然開朗，笑道：「很是，很是。你的性靈比

我竟強遠了，怨不得前年我生氣的時候，你和我說過幾句禪語，我實在對不上來。我雖丈六金身，還借你一莖所化。」黛玉乘此機會說道：「我便問你一句話，你如何回答？」寶玉盤着腿，合着手，閉着眼，噓着嘴道：「講來。」黛玉道：「寶姐姐和你好你怎麼樣？寶姐姐不和你好你怎麼樣？寶姐姐前兒和你好，如今不和你好你怎麼樣？今兒和你好，後來不和你好你怎麼樣？你和他好他偏不和你好你怎麼樣？你不和他好他偏要和你好你怎麼樣？」寶玉呆了半晌，忽然大笑道：「任憑弱水三千，我只取一瓢飲。」黛玉道：「瓢之漂水奈何？」寶玉道：「非瓢漂水，水自流，瓢自漂耳！」黛玉道：「水止珠沉，奈何？」寶玉道：「禪心已作沾泥絮，莫向春風舞鷓鴣。」黛玉道：「禪門第一戒是不打誑語的。」寶玉道：「有如三寶。」黛玉低頭不語。

寶玉所講的三寶，是一般佛家所講的「佛」、「法」、「僧」三寶，而禪宗特別是慧能的特殊貢獻，是由外轉內，把外三寶變成內三寶，把佛轉為「覺」，把法轉為「正」，把僧轉為「淨」，即把佛事三寶變成「自性三寶」。林、賈的談禪作偈，也都是內心對語，屬於靈魂最深處的問答。賈寶玉在這次禪對中對着林黛玉確認：「你的性靈比我竟強遠了。」還承認兩人在禪語對話中，自己被林黛玉的問題所困，「答不上來」。的確，林黛玉的提問總是在幫助賈寶玉開竅起悟。林黛玉和賈寶玉最重要的一次禪語對話在第二十二回中，這是《紅樓夢》全書哲學境界最集中的表現。此次禪思發生於賈寶玉和姐妹們聽了禪曲之後，寶玉被「赤條條來去無牽掛」的詩意所動，不禁大哭起來，遂提筆立占一偈：

你證我證，心證意證。
是無有證，斯可云證。

無可云證，是立足境。

寫後擔心別人不解，又作一支《寄生草》放在偈後。詞曰：「無我原非你，從他不解伊。肆行無礙憑來去。茫茫着甚悲愁喜，紛紛說甚親疏密。從前碌碌卻因何，到如今回頭試想真無趣！」林黛玉讀了賈寶玉的禪偈與詞注，覺得境界不夠高，便補了八個字：

無立足境，
是方乾淨。

這真是畫龍點睛的大手筆。這八個字才是《紅樓夢》的精神內核和最高哲學境界，也是曹雪芹這部巨著的第一「文眼」。《紅樓夢》的哲學重心是「無」的哲學，不是「有」的哲學，在這裡也得到最簡明的體現。

賈寶玉的禪偈，意思是說，大家彼此都想得到對方情感的印證而生煩惱，看來只有到了情意滅絕無法再做驗證時，才能算得上情愛的徹悟，到了萬境歸空，放下一切驗證的念頭，才是真正的立足之境。他恐怕別人不解，所作的詞注也是在說，你我互相依存，沒有我就沒有你，根本無須什麼證明，真情自在心裡，根本無須分析，也無須標榜什麼悲喜疏密。賈寶玉的禪偈已看透了常人對於情感的疏密是非糾纏，拒絕被世俗的概念所主宰，達到了空境。而林黛玉則進一步把空境徹底化，告訴賈寶玉：連空境不執著，連空境不空境都不去分別，即根本不要陷入情感「有」「無」的爭論糾纏，把人為設置的爭論平台也拆除，抵達「空空」境界，那才算是真的乾淨。林黛玉在補下這八字之前，就提問賈寶玉：

黛玉便笑道：「寶玉，我問你：至貴者是『寶』，至堅者是『玉』。爾有何貴？爾有何堅？」寶玉竟不能答。三人拍手笑道：「這樣鈍愚，還參禪呢？」

林黛玉的問題是你內心最強大的力量來自何處？存在的力度來自哪裡？賈寶玉回答不出來。林黛玉便用這八個字提示他：你到人間來去一回，只是個過客，不要反認他鄉是故鄉，不要以為你暫時的棲居處是你的存在之境，不要以為你放下情感的是非糾纏就會贏得自由，也不要以為你在理念上達到空境就得自由，所有這一切，都是妄念。你到了人間，就注定要經歷這些情感的糾纏和煩惱，只有回到「無」的本體，你真正的故鄉，而在暫時路過的他鄉真「無所住」（什麼也不執著），「質本潔來還潔去」，才能徹底擺脫人間的一切慾念和一切佔有之心，才算乾淨。林黛玉之境，與「空空道人」這個名字的隱喻內涵正好相通。如果說，賈寶玉抵達了空境，那麼，林黛玉則抵達了空空境。空是否定，空空是否定之否定。正如無是否定，無無是否定之否定。無無是無的徹底化，又是經過無的洗禮之後的存有。莊子講無，但他又說「無無才是至境」。《南華經．知北遊》這樣寫道：

光曜問乎無有曰：「夫子有乎？其無有乎？」光曜不得問，而孰視其狀貌，窅然空然，終日視之而不見，聽之而不聞，搏之而不得也。光曜曰：「至矣！其孰能至此乎？予能有無矣，而未能無無也。及為無有矣，何從至此哉？」

在莊子看來，通過「無無」而抵達的「無有」，這才是最高的哲學境界。他借光曜而自白：我能抵達「無」的境界，但不能抵達「無無」的境界，等到了無，卻又未免於有。這種在有無中撲朔迷離、生成幻化的混沌狀態，派生出宇宙的萬千奇妙景象。講到這裡筆者想根據自己的生命體驗補充說「無立足境，是方乾淨」，這一境界是很難企及的。這種無立足境對於一個思想者來，乃是不立足於任何現成的概念、範疇、主義之中，即拒絕外界提供的各種角色規定而完全回到自身。也就是說，當外部的一切精神範疇（精神支撐點）都被懸擱之後，最後只剩下自性中的一個支撐點，一切都求諸自己那含有佛性的乾淨之心，一切都仰仗於自性的開掘，一切美好的事物都只能立足於自己人格基因的山頂上。因此，可以把「無立足境，是方乾淨」視為曹雪芹對個體人格理想的一種嚮往，一種徹底的依靠自身力量攀登人格巔峰的夢想。正是這八個字，曹雪芹把慧能的自性本體論推向極致。

筆者的陸續寫作的《紅樓夢》悟語中曾說了這樣一段話：

與「空」對立的概念是「色」，與「色」連結的概念是「相」。相是色的外殼，又是色所外化的角色。去掉相的執著和色的迷戀，才呈現出「空」，才有精神的充盈。《金剛經》中所講的我相、人相、眾生相、壽者相等，都是對身體的迷戀和對物質（慾望）的執著。中國的禪宗，其徹底性在於他不僅放下我相、人相、眾生相、壽者相，而且連佛相也放下，認定佛就在心中，真正的信仰不是偶像崇拜，而是內心對心靈原則的無限崇仰。深受禪宗影響的《紅樓夢》其所以有異常的力度，便是它拒絕一切權威相、偶像，包括佛相、道相和其他神像。賈寶玉說：「女兒這兩個字，極尊貴，極清靜的，比那阿彌陀佛、元始天尊的這兩個寶號還更尊榮無對呢。」有此力度，也才有整部巨著的全新趣味：蔑視王侯公卿和醉心於功名的文人學士，惟獨崇尚一些名叫「黛玉」、「晴雯」、「鴛鴦」的黃毛丫頭，以至視她（他）們為最高的善，勝過聖人聖賢。要說離聖叛道，《紅樓夢》離得最遠，叛得最徹底。

這段悟語，想說明兩點。第一，佛講去四相，已是空，連佛相也放下，這乃是空空。這一層是空的徹底化。第二，把一切相都看穿看透後，曹雪芹並沒有陷入虛無，他發現一種最乾淨、最美麗的「有」，這是無中有，無後有，也正是另一意義的空空。《紅樓夢》除了說「假作真時真亦假」，還說「無為有處有還無」，進入了最深的真正的哲學問題：看透一切都是虛幻之後，人生還有沒有存在的意義？關於這一點曹雪芹雖然沒有用文字語言回答，但他用自己的行為即創作實踐做了回答，這種行為語言，包含着巨大的哲學意蘊。下邊，筆者試作解說。

曹雪芹寫作《紅樓夢》這部經典極品，所持的正是「空空」、「無無」的最高哲學境界。《紅樓夢》作為一部卓絕千古的藝術大自在，正是永恒不滅的大有，但它的產生，卻是經歷過一個空的昇華，經歷了一個對色的穿越與看透。關於這一點，我們再回頭重溫禪境三層面的比喻，並作一點與本題相關的闡釋。在禪的眼睛之下，第一景：山是山，水是水；第二景：山不是山，水不是水；第三景：山還是山，水還是水。此喻放入《紅樓夢》語境，第一景：色是色，相是相；第二景則是空，即看透了色的虛幻——色不是色，相不是相。人們所追逐的色相，不過是一種幻影。第三景便是「空空」，即穿越了遮蔽之後，所見的山和水，是另一番山和水，不是原先俗眼肉眼裡的山與水，而是天眼道眼裡的山與水。這是經過空的洗禮之後的「有」，並非原先追逐的「有」。

曹雪芹通過《紅樓夢》質疑立功立德立言的仕途經濟之路，批判爭名奪利之徒，續書延伸他的思想，讓甄、賈寶玉相逢並讓甄寶玉發了一通「立德立言」的酸論，可見曹雪芹對「立言」是看得多麼透。但是，正是這個看得最清最透的曹雪芹，在東方，為中國也為世界立了一部千古不朽的大言，如山嶽星辰永恒地立於天地浩瀚之中。這其中的奧妙就在於功名利祿之徒的所謂功、德、言，不過是色與相，他們不僅沒有看透，而且為之爭得頭破血流。而曹雪芹卻悟到這功、德、言的虛幻，看穿它不過是些夢幻泡影。《紅樓夢》正是看透「言」之後所立的「大言」，看透「有」之後所創的「大有」，於是，他的性情之言便與功名之言天差地別，自創偉大的美學境界。這正是空空，這正是高度充盈的空，也正是真正空的充盈。《紅樓夢》的最高哲學境界，既呈現於作品的詩詞與禪語中，也呈現於曹雪芹偉大精神創造行為的語言中。

五、哲學的兼容與哲學大自在

剛才已經說過，《紅樓夢》是悟性哲學，是藝術家哲學，除了這一哲學特色之外，如果從哲學的內涵上來說，《紅樓夢》又有自身的哲學主體特色。這一特色可以說，它是一種以禪為主軸的兼容中國各家哲學的跨哲學。它兼收各家，又有別於各家，是一個哲學大自在。

因為《紅樓夢》具有巨大的文學內涵，因此用單一流行的文學概念甚至大文學「主義」都無法涵蓋它。例如說，很難用單一的「現實主義」、「浪漫主義」、「傷感主義」來概括它和描述它。說它是現實主義並沒有錯，它確實非常寫實，不僅是一般寫實，而且是「追蹤躡跡」，極為逼真，一絲不苟。《紅樓夢》一開篇就說「閨閣中本自歷歷有人」，他寫這些親自見過的「當日所有女子」，以她們為生活原型，對她們「追蹤躡跡」，不敢稍加穿鑿。所以魯迅說它「因為寫實，轉成新鮮」。巨著所呈現的那個時代的社會風貌和生活細節，其同時代的作家和之後的作家沒有一個可以企及。但它又不僅寫實，又明明是超現實。大荒山，無稽崖，赤瑕宮，通靈寶玉，太虛幻境，空空道人，哪樣屬於現實主義？這明明是大浪漫，是上天下地、天人合一、情感宇宙化的大浪漫（不是《牡丹亭》、《西廂記》式的情愛小浪漫，更不是才子佳人式的老套小夜曲）。然而，把《紅樓夢》界定為浪漫主義又不準確，因為它的天馬行空完全是現實的折射，何妨還有上述的對現實的忠實描寫。用單一的現實主義與單一的浪漫主義不足以概說，那麼，用現實主義與浪漫主義相結合的說法去描述是否就妥當呢？也不妥當。因為除了現實主義和浪漫主義的藝術精神和藝術方法之外，《紅樓夢》又有接近現代意識的荒誕內涵。它不僅是大悲劇，而且是荒誕劇。它既寫出現實的悲情，又寫出現實的不可理喻。與文學的情況相似，《紅樓夢》由於它的巨大哲學內涵和自成一大家的哲學特色，因此很難用釋、易、老、莊、禪、儒的任何一家中國哲學來概述。如果說佛為棄世、厭世、救世，莊為避世、遁世，禪為觀世、覺世，儒為入世、濟世，那麼可以說，《紅樓夢》哲學是一個棄世、厭世、避世、遁世、觀世、覺世、戀世、濟世等各種哲學觀的大張力場。

《紅樓夢》的主要哲學精神是看破紅塵的色空觀念。儒、道、釋三家，曹雪芹哲學觀的重心在於釋，尤其是禪宗。而對於儒則有許多嘲諷。但能否就做出本質化判斷，說《紅樓夢》是絕對反孔反儒反封建？恐怕不能。《紅樓夢》確實有非儒傾向，第五回讓警幻仙子教示賈寶玉應當改悔前情，「留意於孔孟之間」，是一個象徵性的反諷隱喻。之後，貫穿於《紅樓夢》全書的確有一種對孔子的「修身齊家治國平天下」這種濟世主旨的質疑，也確實與儒家的重倫理、重秩序的思想基調格格不入，因此，其主人公賈寶玉對一切關於走仕途經濟之路的勸誡才深惡痛絕。但是，浸透於《紅樓夢》之中的大情感，即那種對情的執著，對喪失美好生命的大悲哀與大痛苦，卻不是莊，不是禪，而是儒。前邊的文字已說過，基督教有天堂的慰藉，死亡便失去鋒芒；佛教看破紅塵，死亡也失去鋒芒；莊子鼓吹破對待，齊生死，認定「萬物一府」、「生死同狀」，死亡更是失去鋒芒，難怪妻子死了他要鼓盆而歌。惟獨儒重情感，重今生今世，堅信親人死亡之後再也難以相見相逢，因此他們感到死的真實，死的沉重，為親者的死亡而悲傷。中國的輓歌特別發達，就因為有儒家的影響在。如果說，賈寶玉是百分百的禪，百分百的莊，他會對秦可卿之死、晴雯之死、鴛鴦之死，如此悲傷，如此痛哭嗎？恐怕不會，因為賈寶玉在意識形態上雖然非儒，但在深層文化心理上還是儒，至少是還有他自身未能察覺到的儒的潛意識。

為了更清晰地說明《紅樓夢》與儒家的關係，這裡不妨借用一下李澤厚先生關於儒家雙重結構的學理。他在《初擬儒學深層結構說》一文中把儒家分為表層結構與深層結構。他說：

……所謂儒家的「表層」的結構，指的便是孔門學說和自秦漢以來的儒家政教體系、典章制度、倫理綱常、生活秩序、意識形態等等。它表現為社會文化現象，基本是一種理性形態的價值結構或知識／權力系統。所謂「深層」結構，則是「百姓日月而不知」的生活態度、思想定勢、情感取向；它並不能純是理性的，而毋寧是一種包含着情緒、慾望，卻與理性相交繞糾纏的複合物，基本上是以情—理為主幹的感性形態的個體心理結構。這個所謂「情理結構」的複合物，是慾望、情感與理性（理智）處在某種結構的複雜關係中。它不只是由理性、理智去控制、主宰、引導、支配情慾，如希臘哲學所主張；而更重要的是所謂「理」中有「情」，「情」中有「理」，及理性、理智與情感的交融、貫通、統一。我以為，這就是由儒學所建造的中國文化心理結構的重要特徵之一。它不只是一種理論學說，而已成為實踐的現實存在。（參見《波齋新說》第一七七—一七八頁，香港天地圖書公司，一九九九年版）

以儒家的表層結構和深層結構這一視角來觀看《紅樓夢》，就會發現，賈寶玉對儒家的表層結構，即儒的政教體系、典章制度、倫理綱常、意識形態等等，確實是格格不入的，尤其是這套體系、秩序、意識形態所派生來的知識者的仕途經濟之路和變形變態的謀取功名利祿之思，更是深惡痛絕。在這個層面上，說賈寶玉以至說《紅樓夢》反儒，是完全正確的。賈寶玉在這個層面上與儒家毫不含糊地決裂，並成為儒的「檻外人」即異端，是《紅樓夢》的精神主旨之一，這是沒有疑問的。然而，在儒家的深層上，即儒對人際溫馨、日常情感、世事滄桑的注重以及賦予人和宇宙以巨大情感色彩的文化心理特徵，卻也進入賈寶玉的生命與日常生活之中與倫理態度中。最明顯不過是這個嘲諷儒家立功立德的賈寶玉，在實際上卻又是一個孝子，一個對父母十分敬畏和尊重的孝子。在他身上，有深厚的血緣倫理，不僅有父子母子親情，而且有深厚的兄弟親情、姐妹親情。他被父親打得皮破血流，傷筋動骨（賈政對他下「死笞楚」），竟然沒有一句怨言，更談不上記仇。打了之後，他照樣敬重父親，其父在面前如此，不在面前也如此。第五十二回，寫他出門去舅父王子騰家，由李貴、周瑞等十個僕人前呼後擁着出府。出門有兩條路，一條從賈政書房經過，當時賈政出差在外，並不在家，但寶玉堅持路過書房時一定要下馬。周瑞對他說「老爺不在家，書房天天鎖着的，爺可以不用下來罷了」。寶玉笑着回答：「雖鎖着，也要下來的。」第五十四回，寫榮國府元宵慶家宴，賈珍賈璉分別奉杯奉壺按序在賈母面前跪下，而平日最受寵愛的寶玉也連忙跪下。史湘雲悄悄推他取笑道：「你這會又幫着跪下作什麼，有這樣，你也去斟一巡酒豈不好？」寶玉悄笑道：「再等一會子再斟去。」史湘雲的意思是說，像你這麼得寵的人根本用不着多此一舉，但寶玉還是覺得愛歸愛，禮歸禮，還得遵循大家庭的禮儀。賈寶玉這一跪拜行為語言，說明他的情感態度還是尊儒的，或者說其日常生活的行為模式和情感取向，還是屬於儒家的。賈寶玉對待其他親者與兄弟姊妹的態度，包括薛蟠這個呆霸王，也是充滿親情，甚至連仇視他的趙姨娘，他也從未說過她一句壞話。從以上這些例子可以看到，賈寶玉既是「情不情」，又是十足的「親親」，儒的「親親」哲學和以情感為本體的倫理態度也進入他的生命深處。《紅樓夢》之所以感人，正是它看破色相之後仍有大緬懷，大憂傷，大眼淚，即放棄一切身外的追求，但仍有對「情義」的大執著，不僅有愛情的執著，還有親情的執著。因此，籠統地說，《紅樓夢》反對儒家道德和反對儒家哲學，就顯得過於簡單了。至於說賈寶玉是「反封建」，那更是「本質化」了。曹雪芹對儒的態度非單一化，對莊對佛的態度也不是簡單化。他對佛並不迷信，所以才有「女兒兩字比阿彌陀佛、元始天尊兩寶號更尊榮」的思想，才有筆下人物寶釵的調侃：「我笑如來佛比人還忙」（第二十五回）。但浸造於全書尤其是浸造於主人公賈寶玉身心的又是佛教深層的哲學與慈悲情懷。賈寶玉不斷打破我執、法執，但始終有一副菩薩心腸。曹雪芹對道教道家也有表層深層之分，他調侃賈敬的煉丹術，卻又認同莊子的破對待、任逍遙的哲學。雖是認同也有區別。如前邊所講的賈寶玉對莊子《胠篋》篇的質疑。便是一例。臨末還想說，《紅樓夢》的罪感與佛釋又有區別。基督有罪感，特別是有原罪感，而佛則沒有。佛家認定世界的虛無虛幻，人生沒有實在性，因此，人生下來便會產生虛無感。這種虛無感，是錯誤感，並非罪感。而曹雪芹卻不僅有虛無感，而且有罪感，有負債感，有懺悔意識。關於這點，林崗與我合著的《罪與文學》，已有專章分析，此處不再重述。這裡只是想說明，曹雪芹的哲學乃是獨一無二的僅屬於他名字的哲學。

《紅樓夢》非常偉大，不僅其文學內涵說不盡，而且其哲學內涵也說不盡。僅就這部小說與中國哲學各流派的既吸收又超越的關係，就有開掘不盡的意蘊。我今天只是開個頭，真正是「初步解說」，但願這個開始，會對《紅樓夢》的哲學研究產生一點推動。

（二〇〇五年十二月在台灣中央大學哲學研究所與
東海大學中文系的演講稿）

① 蕭悄的《俞平伯傳》（正名：《古槐樹下的學者》）第三百四十二頁記載此事，《俞平伯傳》由杭州出版社出版。

② 請參見《西方哲學史》下卷第二篇第二十三章，北京：商務印書館，一九九七年版。

③《紅樓夢》第三回用《西江月》二詞批評賈寶玉，第二首詞曰：「富貴不知樂業，貧窮難耐淒涼。可憐辜負好韶光，於國於家無望。……」

④ 劉小楓在《拯救與逍遙》中說：當「情」願遭到劫難世界的冷落和摧殘，曹雪芹的「新人」馬上就轉念寂寞林。下面這段冷酷的話出於這位「新人」之口，而且並非在情案結束才說，是相當耐人尋味的：「焚花散麝，而閨閣始人含其勸矣；戕寶釵之仙姿，灰黛玉之靈竅，喪滅情意，而閨閣之美惡始相類矣。彼含其勸，則無參商之虞矣；戕其仙姿，無戀愛之心矣；灰其靈竅，無才思之情矣。彼釵，玉，花，麝者，皆張其羅而穴其隧，所以迷眩纏陷天下者也。」這話出於「補情」者之口，難道不令人目驚口呆嗎？它已經暗含着，人降生到劫難的生存世界中只為了「還淚」是合理的循環。曹雪芹的「新人」終於在劫難的世界中移了「情性」，重新變成了冷酷無情的石頭。夏志清教授曾精闢地指出：寶玉的覺醒含着一種奇特的冷漠。與寶釵相比，他顯得那樣蒼白。寶釵甘願放棄夫婦的性愛，只希望寶玉仍舊仁慈並關懷他人。她最後的驚愕是，一個以對於苦痛過度敏感為其最可愛特質的人，現在竟變得冷漠至極。夏志清教授據此提出的詢問相當有力：「在寶玉精神覺醒這個戲中的悲劇性的困難是：無感情是一個人精神解脫的價值嗎？知道一個人的完全無力拯救人類秩序的愛和同情較好呢？還是知道獲得精神解脫後，一個人只變成一塊石頭，對周圍的悲苦無動於衷仍追求個人解脫好嗎？」（見《拯救與逍遙》第三百三十二—三百三十三頁，上海人民出版社，一九八八年四月第一版）

附錄：論《紅樓夢》的性格描述①

一、性格對照的三種方式

雨果認為，天才的特點，是一切天才都具有雙重的反光，就像紅寶石一樣，具有雙重的折射。作家、藝術家的作品，如果真正稱得上是天才的創造，那麼，就不應當是單一的色調。雨果在《莎士比亞論》一文中說：「莎士比亞就像一切真正偉大的詩人一樣，的確應該贏得『酷似創造』這樣的讚詞。什麼是創造呢？就是善與惡、歡樂與憂傷、男人與婦女、怒吼與歌唱、雄鷹與禿鷲、閃電與光輝、蜜蜂與黃蜂、高山與深谷、愛情與仇恨、勳章與它的反面、光明與畸形、星辰與俗物、高尚與卑下。大自然，就是永恒的雙面像。」②這種「雙面像」，這種相反相成的對照，滿佈在人的所有活動中；它既存在於神話和歷史中，也存在於哲學和文學裡。因此，他稱讚說：「莎士比亞的對稱，是一種普遍的對稱；無時不有，無處不有；這是一種普遍存在的對照，生與死、冷與熱、公正與偏倚、天使與魔鬼、天與地、花與雷電、音樂與和聲、靈與肉、偉大與渺小、大洋與狹隘、浪花與涎沫、風暴與口哨、自我與非我、客觀與主觀、怪事與奇蹟、典型與怪物、靈魂與陰影。正是以這種現存的不明顯的衝突，這種永無止境的反覆，這種永遠存在的正反，這種最為基本的對照，這種永恒而普遍的矛盾，倫勃朗構成他的明暗，比拉奈斯構成他的曲線。要把這種對稱從藝術中剝除，請你就先把它從大自然中剝除吧。」③雨果在這裡強烈鼓動作家應當充分注意相反相成的對照現象和對照原理。而所謂「永恒的雙面像」，就是指大自然的結構和人的結構都不是單一結構，而是二重結構。莎士比亞正是天才地感知到大自然和人都是相反相成的存在物，因此，在他的作品中，充分地利用二重對照和二重組合的文學原理，創造了文學敘事藝術的光輝範例。

性格對照有三種基本的方式：（一）不同人物性格之間的對照；（二）同一人物的性格表象與性格本質的對照；（三）人物性格內部中兩種對立性格因素的對照。這三種方式，我們可以稱為：性格外部對照方式；性格表裡對照方式；性格內部對照方式。有些偉大的作家在塑造人物形象時，往往同時運用三種對照方式，從而形成性格對照的三個層次。

性格的外部對照方式早已被廣泛應用。恩格斯在評論拉薩爾的《濟金根》時曾說：「我相信，如果把各個人物用更加對立的方式彼此區別得更加鮮明些，劇本的思想內容是不曾受到損害的。」④恩格斯這裡所講的就是不同人物之間性格的對照，這種對照可以使彼此的性格「區別得更加鮮明」，相互起襯托作用。這種對照，在藝術容量較小的作品中，往往只能是一對人物的對照或幾個次要人物與一個主要人物的對照，而在藝術容量巨大的作品中，則往往可以形成眾多人物性格的對照系統。例如曹雪芹的天才著作《紅樓夢》，它的性格對照就形成一個很複雜龐大的系統。在這個系統中，各種人物的排列組合，又形成幾個子系統（對照性質的子系統），例如十二釵性格的對照系統；眾奴婢性格的對照系統；賈氏姐妹的對照系統等。每一個對照系統又包括若干對照層次，例如奴婢系統中，有賈母的奴婢層，有寶玉的奴婢層，有王夫人的奴婢層。每個層次中眾奴婢的性格又形成對照，如寶玉丫鬟層中的晴雯與襲人。《紅樓夢》性格對照的各層次互相交錯，形成一個立體交叉的多層次的敘事結構。《紅樓夢》外部性格對照系統，作為一個整體，是以賈寶玉性格為軸心的。以此為軸心，賈寶玉既與甄寶玉形成對照，又與秦鐘、水溶（北靜王）形成對照，也與賈政形成對照；寶玉的父輩中，賈政與賈赦；寶玉的母輩中，王夫人與趙姨娘；寶玉的戀人中，寶釵與黛玉；寶玉的姐妹中，迎春與探春；寶玉的親戚中，尤二姐與尤三姐等等，均形成性格對照。這種性格對照可使彼此性格互相襯托，互相補充。互相襯托可使性格顯得鮮明，如有了襲人的主導性格（奴才性格），晴雯的主導性格（反抗性格）便顯得更加明朗；有了尤二姐的懦弱性格，則使尤三姐的剛烈性格顯得更為強烈。而性格的互相補充，又使人物更加豐滿，例如，襲人的性格是寶釵性格的投影，晴雯的性格是黛玉性格的投影。這樣，襲人就補充了寶釵，晴雯又補充了黛玉。《紅樓夢》數百個人物形象形成巨大的性格比較系統，是《紅樓夢》敘述藝術結構的一項偉大成就，它為長篇小說的藝術結構提供了最好的坐標。建構這種複雜的性格對照系統，是一項了不起的藝術系統工程。在世界文學寶庫中，像《紅樓夢》這種巨大的、複雜有序的性格對照系統工程是少見的。《紅樓夢》的人物繁多，不僅不會令人眼花繚亂，反而使人難以忘卻，難以混淆，在某種程度上正是得益於這個性格對照的系統工程。國外一些著名的長篇小說，如《戰爭與和平》，也構築了規模巨大的性格對照系統。庫圖佐夫與拿破崙形成一個比較層次；莊園貴族羅斯托夫與宮廷貴族庫拉金形成一個比較層次（忠實與虛偽）；貴族軍官與普通士兵又是一個比較層次（卑劣與英勇）。而在對立的營壘中又各自形成自身範圍內的性格對照，例如庫拉金一家，愛倫風騷淫蕩，阿納托爾卑鄙懦弱，依巴利特愚蠢空虛。《戰爭與和平》和《紅樓夢》都具有文學敘述的最高才能，我們不必去褒此抑彼。但在建構外部性格對照系統這一點上，《紅樓夢》的工程顯然更加複雜。

性格對照的第二種方式是性格的表裡對照。這就是性格表象（性格的表面特徵）與性格本質（性格核心內涵）的對照。它有兩種相反的形態：一是外醜與內美的對照；一是外美與內醜的對照。《戰爭與和平》中的彼埃爾和愛倫，一個其貌不揚、行為笨拙但心地正直善良；一個金玉其外而敗絮其中，二者從結合成夫妻到決裂，是兩種不同性格衝突的必然邏輯。雨果《巴黎聖母院》中的卡西莫多與菲比斯，也是極鮮明的性格表裡對照，卡西莫多外貌很醜而心地很美，菲比斯外表很美而內裡很醜。契訶夫的小說也很注意運用這種表裡對照的方式。著名的契訶夫研究家葉爾米洛夫在描述契訶夫純熟地使用這種方法時說：「彷彿故意似的，偏偏把他所同情的主人公寫得表面上很不吸引人、很不漂亮、很沉鬱，反倒給他所反對的阿鮑金們、公爵夫人們、阿莉雅德妮們一副又文雅、又詩意、又迷人的外貌。契訶夫的微妙的藝術也就表現在他這種驚人的本領上——他能夠從毫不吸引人的外表的背後，揭露出人類的真正的美，而從美麗和迷人的外表的背後，揭露出醜惡、庸俗、空虛和獸性。」他「既讓讀者感到了阿莉雅德妮外貌上全部迷人的力量，感到了她那高傲的、震懾人心的美麗，又讓人不能不厭惡這副假面具下面隱藏着的瑣細的、兇殘的、寄生的野獸，使人對於阿莉雅德妮的嫵媚本身也感到厭惡了」⑤。契訶夫在小說《阿莉雅德妮》中讓男主角說：「看見她睡覺，吃飯，或極力裝出一副天真的神氣，我往往會納悶兒，上帝為什麼贈給她這樣不平凡的美貌、風雅……難道只是為了叫她躺在床上睡懶覺，吃東西，說謊話，並且是沒完沒了地說謊話嗎？」這種表象與本質的對照，最初使人感到表象美，接下去使人感到這種美的虛假而意會到對真美的嘲弄，之後則更深地意識到這是對人的尊嚴的侮辱，從而對美所包裹的醜更加憎惡，最後產生強烈的唾棄醜的力量。

有些作品把上述兩種對照方式結合起來，如《聊齋志異．畫皮》中的女妖，表面是個很美的「二八姝麗」，實際上卻是一個厲鬼，內裡總是盤算着怎樣去吞食人的心臟，這個形象的表裡形成了尖銳的對照。而這篇小說中又有一個和她形成對照的內心美、外表醜的乞者形象，這個人「鼻涕三尺，穢不可近」，但正是他，奉贈陳生一顆活蹦亂跳的心臟，使他得以復活。蒲松齡在《畫皮》的末尾慨嘆：「愚哉世人！明明妖也，而以為美。迷哉世人！明明忠也，而以為妄。」這樣，「畫皮」女人與乞者又形成外部對照。但是，在某些藝術類型中，這兩種對照方式互不相干，如戲劇舞台上的某些「臉譜」形象，表面與內裡可達到高度一致，臉譜本身就是人物性格本質的符號，臉譜的對照也就是極端不同的人物性格之間的對照。

不管是性格外部對照還是性格表裡對照，都有粗細之分，高低之分。中國戲劇中常用的「忠」與「奸」的臉譜化外部對照方式，就屬於低級的對照方式，或者說，是屬於審美價值層次較低的對照方式。這種對照方式是單一化性格之間的對照。

關於這種低級的性格對照，狄德羅在他的《論戲劇詩》中有過很精闢的論述。他以鮮明的態度表示：「我坦白告訴你，我並不喜歡性格之間的對比。」⑥他還說：「劇本中的性格對照跟修辭中的反襯法是一碼事。正反對照效果是顯著的，但不可濫用，而筆調高雅的人則總是避而不用。」⑦狄德羅曾說明他所以反對這種性格的外部的正反對照，是因為這種對比，必然會降低戲劇藝術水平，使技巧顯露，矯揉造作，同時會使主題曖昧，甚至會影響戲劇合情合理地發展，使之失去真實性。因為正反對照，是為了把其中的一個表現得更突出，這樣，對話將很單調，劇情的開展將很不自然。「如果我處心積慮地把一個劇中人和另一個劇中人拽在一起，我怎能把許多事件自然而然地連貫起來，怎能在各場之間建立恰當的聯繫？十有其九，對比要求這樣一場戲，而故事的真實性卻要求另一場戲。」[8]而從塑造人物形象本身來說，這種外部的正反對照恰恰會導致個性的喪失。狄德羅指出，人的性格本來並不是「截然對立」的，而是「各有不同」（個性）。而正反外部對照，人為地要求「分明」，「讓第一個人說出一切與他有利的話，而把第二個人寫成是一個傻瓜或笨蛋」。[9]這樣，人物性格肯定不是「獨創」的，即肯定是沒有個性的，因此，狄德羅得出結論說：「使性格形式對比只有一個理由，而把性格表現為千差萬別卻有許多理由。」[10]總之，狄德羅要求把人物性格表現得自然、豐富、真摯，而黑白分明的強烈對比，卻損害這種美學理想。

狄德羅所反對的正反對比，正是我們所說的低級的外部正反性格對照，與中國戲劇中的黑白對照、忠奸對照差不多，這確實會喪失人物的性格真實和個性特點。但是，狄德羅在反對簡單的外部對比的同時，卻支持人物形象內部正反兩極情感因素和心理因素的互相對比交織，也就是我們所說的性格深層結構中兩種力量的逆反運動。他說：「我樂於在史詩、抒情短詩以及其他幾種高級的詩歌體裁中看到這種情感或形象的對比，假使有人問我這到底是什麼，我將這樣回答：那是天才的最明顯的特性之一；那是在心靈中同時懷有極端的和相反的感覺的藝術，也可以說是從相反的方向去扣動心弦，在心靈中激起交織着痛苦和快樂，苦澀和甜蜜，溫柔和恐怖的顫動。」[11]這就是性格深層中各種性格元素的矛盾運動而引起的顫動，而這種顫動，形成了人的內心的無限豐富性和複雜性。

從狄德羅的論證中，我們可以知道，他所反對的人物性格的「正反對照」，正是我們所說的性格對照的低級形式，而他所提倡的正是性格內部的二重組合。

高級的性格內部對照方式，是複雜性格之間的對照，是保持對照雙方性格豐富性的對照，雙方的性格都是一個獨立自主的、豐富的性格實體，都是獨一無二的個性，人們可以從對照中深刻地感受到雙方人物廣闊的性格內涵。對照雙方的人物性格自身都是一個生氣勃勃的世界，他們彼此互相陪襯、互相補充，任何一方都不是對方性格的工具或奴僕。他們的對照，是人與人的對照，是真實的人之間的對照，而不是人與鬼的對照，或人與神的對照，更不是鬼與神的對照。例如，林黛玉和薛寶釵所形成的性格對照方式，就是高級的性格對照方式。《終身誤》透露了這種對照：「空對着，山中高士晶瑩雪；終不忘，世外仙姝寂寞林。嘆人間，美中不足今方信；縱然是齊眉舉案，到底意難平。」以往的紅學評論家說釵黛名雖兩個，人卻一身，二者合而為一。俞平伯先生在《紅樓夢辨．作者底態度》中說：「書中釵黛每每並提，若兩峰對峙，雙水分流，各極其妙，莫能上下，必如此方極情場之盛，必如此方盡文章之妙。」⑫曹雪芹在描寫這兩個不同的性格時，確實盡了藝術苦心，處處互相對映，而對映的雙方又各自成為很美的一峰一水，各盡其妙，彼此的性格都非常豐富動人，真正如「兩峰對峙」。雙方都有着很難說盡的性格內涵，都帶有很大程度的模糊性和多義性。關於這兩種性格的對照，蔣和森曾說，曹雪芹筆下的這兩個少女，留給我們一個相同印象：都長得非常美麗；但她們又在我們面前，極為清晰地呈現着各自不同的個性，不同的風采與氣質。一個重理智，內心是冷靜的，一個重感情，內心是熱烈的；一個隨分從時，崇尚實際，一個孤高自許，讚美性靈；一個是深含的，但容易流於做作，一個是率真的，但容易失之任性。自從《紅樓夢》問世以來，這兩個女性形象，總是引起人們熱烈的談論。為了品評這兩個人物的高下，常常由談論又轉為激烈的爭辯。還在當時，就已經有人為此「遂相齟齬，幾揮老拳」了。兩個多世紀以來，人們的這種談論和爭辯，似乎一直沒有感到疲倦過。為什麼會產生這種「遂相齟齬，幾揮老拳」的現象呢？蔣和森解釋說：「林黛玉和薛寶釵是兩種美，兩種難以調和的美。」⑬這兩種美，都是典型性格美，都帶有難以用概念語言加以確定的無限豐富的性格內涵，因此，總叫人爭論不休。為了判明誰是真的美，只好把兩種美放在歷史文化廣闊背景中來考察；離開這種背景而孤立地判定這兩種性格，的確是「莫能上下」。性格外部對照能達到這種境界，那就是很高的審美境界了。當然，性格對照可以有重心，在釵、黛的對照中，可以說，黛玉是重心。但重心必須以性格豐富為前提，如果沒有這個前提，重心就會發生傾斜，一方就會成為另一方的消極陪襯和奴僕。以往某些古典主義作品和浪漫主義作品在不同人物的性格對照中，往往發生過度傾斜現象。過度傾斜就把性格推向極端化和片面化，以至人工地誇大自己設計的理想人物，人工地醜化自己設計的反面人物，使兩極人物的性格對照變成神明與魔鬼的對照。這種對立，較之於寶釵與黛玉的性格對照顯然不同，一者是人與人的對照，一者則是神與魔的對照。關於古典主義與浪漫主義在塑造人物方面的相通點，茅盾在《夜讀偶記》中說：「古典主義文學（指悲劇，也有部分的喜劇）不但在塑造人物方面由於作者的理智認為『應當如此』而賦予人物以各種不同的理想的性格，並且還依照作者所認為『應當如此』而指出了理想的社會制度——理想化的資產階級社會即所謂『理性王國』。正因為古典主義者又是唯理性的信徒，所以他們認為『應當如此』的人物就不能不是理智在克制着感情的性格堅強的人，有時叫人看來是冷酷無情的人。浪漫主義文學的人物正相反，是感情熱烈奔放的人，但是，同古典主義人物一樣，浪漫主義的人物也是作者認為『應當如此』的想像中的非常之人。古典主義作品也罷，浪漫主義作品也罷，它們的主人公都是不平凡的，在現實世界獨往獨來、堅決奮鬥的超人，都不是現實生活中隨時隨地能夠遇見的人。」⑭（這裡指的浪漫主義實際是消極浪漫主義。）車爾尼雪夫斯基在批評法國浪漫主義的時候說：「法國浪漫主義者是從形式主義的觀點來觀察內容本身的，他們竭力使一切都和以前相反：在偽古典主義作品裡，人物被分成英雄和壞蛋兩種，——他們的反對者卻斷定，壞蛋並非是壞蛋，而是真正的英雄；在古典主義作者筆下，熱情總被描寫得充滿做作、冷淡的內容——而浪漫主義英雄一開頭，就瘋狂地使用手，特別是舌頭，肆無忌憚地叫嚷着夢囈和昏話……」⑮按照

「應當如此」主觀地進行性格外部對照，勢必給這種對照帶上明顯的人工痕跡，使一方理想化，一方漫畫化。這樣，雙方的性格似乎極端鮮明了，但這種鮮明實際上只是觀念的抽象品，或者說，只是主題觀念的化身。這個時候，人物形象的外部世界似乎鮮明之極，而他們的內心世界反而極其蒼白。這種人物形象個性泯滅，實際上只是一種精神符號。挪威作家、一九二〇年的諾貝爾文學獎獲得者哈姆遜，在分析易卜生的「問題文學」時曾經指出：「人物形象如果太鮮明，就勢必會變成一種性格象徵，一種人物類型。」⑯ 先不論哈姆遜對易卜生的評論是否公平，單就這一論點來說還是正確的，這一論點是針對那種把人物形象變成解決問題的工具從而人為地把人物極端鮮明化的現象而發的。他說：「人們長期以來相信一種理論，這種理論認為，在每個人身上都有某些起主宰作用的能力。翻開每一部古書，我們都可以看到這種桀驁不馴的所謂主宰能力出現在各種類型的人物身上，如徹頭徹尾的無賴、完完全全的天使、地地道道的騎士與十全十美的美人……可是，這樣一來，人的主要精神境界被拉到同一水平上去了，這樣的人必然是十分簡單的，從感情到靈魂構成不同的性格類型。」⑰ 他認為易卜生的《羅斯莫莊》也有這個弱點。羅斯莫只是純粹的貴族，而演員也必須把他的貴族性格演得非常鮮明，鮮明到不僅使包廂也要使正廳的觀眾能看清。哈姆遜認為，這種一味追求鮮明，往往產生性格的類型化。中國戲劇中的臉譜化，其根源也是求其性格的極端鮮明，也有哈姆遜所說的那種現象，即主持演出的人追求一種效果，就是把角色演得特別鮮明，「不僅使包廂，也要使正廳的觀眾能看清」。在他看來，一個人物的性格如果不鮮明，演出就失敗了。魯迅分析中國戲劇臉譜化的原因時所發表的見解，與哈姆遜不約而同。他說，中國古時候戲台的搭法，「使看客非常散漫，表現倘不加重，他們就覺不到，看不清。這麼一來，各類人物的臉譜，就不能不誇大化，漫畫化，甚而至於到得後來，弄得稀奇古怪，和實際離得很遠，好像象徵手法了」。⑱ 為了使觀眾看得清，人為地使人物形象極端誇大化、漫畫化，變成一種性格觀念的化身，一種非個性的人物類型。臉譜化的這種事與願違的藝術教訓，給我們一個啟示，就是藝術家在謀求人物性格鮮明性和確定性的意識如果太強，結果反而會失去人物的個性，而審美主體（人）對這種絕對鮮明的審美客體，不可能喚起任何豐富的聯想，也不可能具有太大的審美再創造的空間。這樣，人物形象便會失去藝術的魅力。

中國古代一些具有真知灼見的文學理論家，特別注意藝術形象「隱」與「顯」之間的辯證法。隱就是帶有某種模糊性、間接性；「顯」就是鮮明性、直接性。成功的藝術形象應當是「隱」與「顯」的和諧。該顯則顯，該隱則隱，如果人為地追求「顯」，主觀地調動各種手段「突出」藝術形象，使其「顯」得過度，反而含糊了個性。《白雨齋詞話》中說：「意在筆先，神餘言外……若隱若見，欲露不露，反覆纏綿，終不許一語道破。」講的正是隱與顯的辯證法。而「若隱若見」、「欲露不露」，正是模糊性。正因為這樣，我們很難對藝術形象作定量分析，不可能用「一語」加以概說。在對典型作本質規定時，認為可用「一語」加以概括和規範的形象便是典型，並不完全確切。因為許多典型形象，都具有極其豐富的性格內涵，有的可以用「一語」加以概括，有的則用許多語言也難以概括，有的甚至「深不可測」，讓人們「說不盡」，這就是因為形象本身總是帶有大量「隱」的東西。因此，任何一個具有藝術魅力的典型性格，都是性格明確性（顯）與性格模糊性（隱）的辯證統一。人物性格的二重組合過程，也正是各種性格元素通過一定的中介的模糊集合過程。

批評人物性格外部對照的極端化，並不否認人物性格外部美醜對照的藝術方式，但是，從文學歷史的經驗中，我們獲得了這樣一個認識，這就是：帶有較高審美意義的人物性格的外部對照，應當是《紅樓夢》式的對照，對照的雙方都應當具備豐富的性格內涵。只有這種對照，才是高級的對照方式。

那麼，這種高級的性格外部對照方式怎樣才能實現呢？這裡的關鍵是必須從外轉入內，即以性格對照的第三種方式為基礎，依賴性格內部的美醜對照和美醜的二重組合。這種性格的二重組合，乃是人物性格豐富的內在源泉。它不僅可以使不同性格的人物以豐富多彩的形式互相對映，而且是塑造人物形象獲得成功的最根本的美學基礎和最重要的美學方式。

同一人物性格內部的正反兩極的對照和二重組合，有很多形態。人物形象的個性就寓於這種差別之中。每個人的性格都是一個具有獨特構造的世界，都自成一個有機系統，形成這個系統的各種元素都有自己的排列方式和組合方式。但是，任何一個人，不管性格多麼複雜，都是相反的兩極所構成的。作家在塑造人物性格時，可以充分發揮自己的創造性，在每一種組合形態中發揮自己獨特的藝術才能，賦予某種組合形態以新的內容和形式。例如同樣是悲劇性格因素與喜劇性格因素的二重組合，曹雪芹的王熙鳳，契訶夫的小公務員，魯迅的阿Q，高曉聲的陳奐生，就有很不相同的性格內涵和象徵意蘊。典型性格內部的對照，很少只是單純的一組對照關係，它往往形成多組對照關係，並形成性格內部的對照系統。在這個對照系統中，「雜多」的性格元素，通過一定的中介，分別形成一組一組的對立統一聯繫，這就是性格整體中的二重組合單元。這些二重組合單元，在性格內部積極運動，互相交叉，互相滲透，互相轉化，形成豐富複雜的性格。具有較高審美價值的性格結構，總是以兩極的對立統一為內在機制的性格網絡結構。以項羽為例，他的性格就是一個複雜的對照系統。司馬遷以他的天才的藝術筆觸和罕有的文章氣勢，創造了項羽這個錯綜複雜的典型性格。過去有人在分析項羽時，常以「虞兮」之歌為例，說明項羽兼有風雲之氣和兒女之情，但這只是項羽性格整體中的一個性格組合單元，而且是性格表層的組合單元。並非項羽性格的整體結構。項羽性格整體中還有很多互相交叉的性格組合單元。錢鍾書先生匯集《史記》中其他人物對項羽的評價，找出項羽多種性格元素的兩極對照。他說：「『言語嘔嘔』與『喑惡叱咤』，『恭敬慈愛』與『僄悍滑賊』，『愛人禮士』與『妒賢嫉能』，『婦人之仁』與『屠阬殘滅』，『分食推飲』與『玩印不予』，皆若相反相違；而既具在羽一人之身，有似兩手分書、一喉異曲，則又莫不同條共貫，科以心學性理，犁然有當。《史記》寫人物性格，無復綜如此者。談士每以『虞兮』之歌，謂羽風雲之氣而兼兒女之情，尚粗淺乎言之也。」[19] 項羽身上的『婦人之仁』、『屠阬殘滅』等性格元素，不是線性的善惡排列，而是有似「兩手分書、一喉異曲」地形成一組一組的「相反相違」的對立統一關係，而這一組一組的性格元素又圍繞項羽的性格核心不斷發生交叉組合，從而形成項羽複雜而有序的性格系統。這個性格系統包括善與惡、美與醜、殘暴與仁愛、陽剛與陰柔、崇高與鄙俗等多種性格的二重組合單元，而由於兩極對照中又有心理中介與感情中介的聯繫，因而形成犁然有當的性格運動。

在成功的文學作品中，不僅主要人物可以形成自己的性格對照系統，次要人物也可以形成自己的性格對照系統，例如《紅樓夢》中的主要人物賈寶玉具有自己複雜的性格對照系統，而次要人物像晴雯、襲人等，也都有自己的性格對照系統。以襲人為例，她既恪守奴才的本份，全心全意地盡奴僕之職，但也流露出對自己「奴才命」的不滿。她對主子極其溫順，似有奉迎之嫌，但她又同情劉姥姥，惜老憐貧，似無勢利之心；她比一般丫頭更加得寵，有其特殊的地位，但當她和丫頭婆子發生口角時，卻採取忍讓的態度，顯得相當寬厚。她處世行事顯得圓通甚至可以說是圓滑，但對鴛鴦的慘死，卻真摯地同情；她在奴才中表現得最為規矩、正派，時時告誡着寶玉，但正是她，第一個與寶玉「同領警幻所訓之事」。她對寶玉既有「從」、也有「愛」，既有奴僕對主子卑微的恭順，也有青春少女對戀人真實的癡情。襲人性格內裡包含着美醜、善惡的對照，這種對照是由很多二重組合單元互相交叉構成的，因此，襲人的性格也成為一個獨立的系統。襲人的性格塑造與晴雯的性格塑造，都是非常成功的。她們兩人形成一種性格對照，讓人感到她們的性格雖然清晰，但又不是一覽無餘，沒有人為的對照痕跡。這就因為她們自身的性格是豐富的，其內部也有對照，也有聯結，也有統一，深層結構中蘊涵着許多一家獨有的內容。這些內容既確定又不確定，既複雜又深邃。這樣，她們的性格外部對照，由於自身性格內涵的豐富，而獲得較高的審美價值。因此，一部作品的形象體系，儘管作家可採取多種對照手段，但具有決定性意義的，是人物形象性格內部的對照和組合。

二、中國文學傳統的弱項

以《史記》、《紅樓夢》為例，說明同一人物性格內部對立因素的對照和組合，並不是說這就是中國古代文學整體的長處，或者說中國古代文學的整體很重視人的研究，很重視表現人。不是的，中國古代作家和古代文學理論家對人的研究，特別是對人的內心世界的研究是比較薄弱的。這裡，我想從性格對照三種方式這個特殊的角度，來觀察一下古代文學創作和文學理論中的某些弱點。

說明這種弱點，並非抹煞中國一些成功地表現人物性格的作品。如《史記》、《紅樓夢》等。被魯迅先生稱為無韻之離騷的《史記》，是一個帶有史學與文學雙重性質的偉大作品。這部著作以天才的史學家筆觸和天才的文學家筆觸，非常成功地塑造了項羽、劉邦、韓信等人物形象，把這些人物稱為典型人物，也受之無愧。尤其可貴的是司馬遷寫出了他們性格內部對立因素的二重組合。

由於司馬遷尊重歷史人物本來的面貌，因此，他不是用政治眼光來觀察人，也不是按照帝王的意志把賢者寫得神聖至極，把「惡」者寫得醜陋不堪。最典型的例子是他對劉邦、項羽性格的描繪。過去有人認為司馬遷對劉邦與項羽的描繪有褒項貶劉的傾向，其實，司馬遷的藝術成就，是在寫出歷史人物的真實性，對這兩人都是褒貶並舉的。他寫劉邦，真實地寫出劉邦具有帝王的氣魄，不僅「隆準而龍顏，美鬚髯，左股有七十二黑子」⑳，而且「仁而愛人」的帝王大度，能夠廣泛地網羅人才，採納善言，禮賢下士，他自己說：「夫運籌策帷帳之中，決勝千里之外，吾不如子房。鎮國家，撫百姓，給饋餉，不絕糧道，吾不如蕭何。連百萬之軍，戰必勝，攻必取，吾不如韓信。此三者，皆人傑也，吾能用之，此吾所以取天下也。項羽有一范增而不能用，此其所以為我所擒也。」陳平在去楚歸漢時也曾說過：「項王不能信人，其所任愛，非諸項即妻之昆弟，雖有奇士不能用，平乃去楚。聞漢王之能用人，故歸大王。」

劉邦先諸侯入關，馬上安撫百姓，召諸縣父老，約法三章：「父老苦秦苛法久矣，誹謗者族，偶語者棄市。吾與諸侯約，先入關者王之，吾當王關中。與父老約法三章耳：殺人者死，傷人及盜抵罪。余悉除去秦法。諸吏人皆案堵如故。凡吾所以來，為父老除害，非有所侵暴，無恐！且吾所以還軍霸上，待諸侯至而定約束耳。」劉邦最後戰勝項羽建立漢朝之後，又平定淮南王黥布之反，功成之後路過沛地，又召故人父老飲酒，酒酣之後擊筑而歌：「大風起兮雲飛揚，威加海內兮歸故鄉，安得猛士兮守四方！」慷慨悲歌之後，還對故鄉父老們說：「游子悲故鄉。吾雖都關中，萬歲後吾魂魄猶樂思沛。且朕自沛公以誅暴逆，遂有天下，其以沛以朕湯沐邑，復其民，世世無有所與。」此時劉邦內心的感情是真摯的，沒有市儈的勢利，更沒有政客不講情誼的氣味。但是，司馬遷在如實地描繪他這偉大的一面的同時，並不放棄對他性格另一面的描繪，特別是他在成功之前的「無賴相」，他為泗水亭長時，「好酒及色」。有一次呂公（呂后之父）在沛令家做客，沛中豪傑都前去慶賀，蕭何主持招待客人的禮儀，卻先向諸大夫索錢：「進不滿千錢，坐之堂下」，而劉邦「賀錢萬」而「實不持一錢」。在楚漢戰爭中，劉邦的父親太公被項羽捉拿在軍中，項羽在攻打廣武城而未能打下時，對劉邦喊話：「今不急下，吾烹太公。」而劉邦卻用一種無賴的口吻說：「吾與項羽俱北面受命懷王，曰『約為兄弟』，吾翁即若翁，必欲烹而翁，則幸分我一杯羹。」

司馬遷對項羽的性格刻畫更為真實。他在巨鹿攻秦救趙的戰役中，表現出一種驚天動地的「破釜沉舟」精神，「項羽乃悉引兵渡河，皆沉船，破釜甑，燒廬舍，持三日糧，以示士卒必死，無一還心。於是至則圍王離，與秦軍遇，九戰，絕其甬道，大破之，殺蘇角，虜王離。涉閑不降楚，自燒殺。當是時，楚兵冠諸侯。」他在艱難曲折的征戰中，總是毫不猶疑，臨危不懼，即使在四面楚歌的時候，也仍然鎮靜自若，與虞姬飲於帳中，而且慷慨悲歌。後來他在漢軍的重圍中，又一馬當先，斬將搴旗，使漢軍為之震驚，退避數里。最後到了烏江渡口，烏江亭長早已駕船在岸邊等待他，但他卻不肯過江，他說：「且籍與江東子弟八千渡江而西，今無一人還，縱江東父兄憐而王我，我何面目見之？縱彼不言，籍獨不愧於心乎？」說完將自己的戰馬送給烏江亭長，然後自刎而死。項羽的英雄性格，在不同的環境中表現出不同的感人內容。他這樣英勇果敢，但在鴻門宴上，聽了劉邦的話語之後，竟然不忍下手，放走了自己的最大敵手。鴻門宴之後，他「引兵西屠咸陽，殺秦降王子嬰，燒秦宮室，火三月不滅；收其貨寶婦女而東。人或說項王曰『關中阻山河四塞，地肥饒，可都以霸。』項王見秦宮室皆燒殘破，又心懷思欲東歸，曰：『富貴不歸故鄉，如衣繡夜行，誰知之者！』說者曰：『人言楚人沐猴而冠耳，果然！』項羽聞之，烹說者。」這便表現了項羽眼光短淺、缺乏深謀遠慮的弱點，以及他不能擇善而從的致命錯誤。所以當劉邦大定天下之後，置酒洛陽，請列侯諸將說出他何以得天下，項羽何以失天下的真正原因時，高起、王陵兩將答道：「陛下慢而侮人，項羽仁而愛人。然陛下使人攻城略地，所降下者因以予之，與天下同利也。項羽妒賢嫉能，有功者害之，賢者疑之，戰勝而不予人功，得地而不予人利，此所以失天下也。」劉邦還補充了項羽的一個致命弱點：不善用人。而在《淮陰侯列傳》中韓信曰：「請言項王之為人也。項王喑惡叱咤，千人皆廢，然不能任屬賢將，此特匹夫之勇耳。項王見人恭敬慈愛，言語嘔嘔，人有疾病，涕泣分食飲，致使人有功當封爵者，印刓敝，忍不能予，此所謂婦人之仁也。」司馬遷筆下的劉邦、項羽形象，顯得非常真實、性格內涵非常豐富，可惜《史記》之後，有很長的一段時間（一千多年），中國文學一直以詩文為正宗，沒有塑造人物性格的偉大作品產生。直到明清才出現一批表現人物性格比較成功的小說，如《三國演義》和《水滸傳》。

真正擺脫傳奇性質，真實地寫出平常的人的豐富內心世界，表現人物性格內部的美醜對照和組合，並把表現人的文學推向高峰的是《紅樓夢》。所以魯迅先生在描述中國小說發展史的輪廓時說，《紅樓夢》出現之後，「傳統的思想和寫法都打破了」，它與從前的小說大不相同，所寫的都是「真的人物」㉑。聶紺弩說，「《紅樓夢》是一部人書」。㉒可以說，具有內心豐富性、複雜性的人，在中國文學史上，是在曹雪芹天才的筆下才充分地表現出來的。

中國小說有一個歷史變遷過程，按照魯迅先生的說法，唐以前，並不重寫人，所以也無所謂注重刻畫人的性格。例如漢魏六朝的志怪小說，人們相信人與鬼都是存在的，講人講鬼都不是虛構，「因為他們看鬼事和人事，是一樣的，統當作事實」。「蓋當時以為幽明雖殊途，而人鬼皆實有，故其敘述異事，與記載人間常事，自視固無誠妄之別矣」。而到了唐朝，講鬼怪已退居次要地位，而講人提到首要的地位，「唐人的小說，不甚講鬼怪，間或有之，也不過點綴而已」。唐代傳奇主要就是寫人的故事，傳奇中人的性格，例《鶯鶯傳》、《李娃傳》、《柳毅傳》，刻畫唐朝文人才子的性格也都自然感人，但仍不豐富。以後，又有宋元話本小說，比唐代傳奇寫得更真實動人，人物性格也更鮮明，明代雖出現過一些話本小說，但「詰誡連篇，喧而奪主」，沒有生氣，走入公式化，「大率才子佳人之事，而以文雅風流綴其間，功名遇合為之主，始或乖速，終多如意」。人物性格也是千人一面，毫無生氣。直至《紅樓夢》產生，才完全改變以往才子佳人的俗套。《紅樓夢》一開頭借空空道人之口進行評價：「石兄，你這一段故事，據你自己說來，有些趣味，故鐫寫在此，意欲聞世傳奇；據我看來，第一件，無朝代年紀可考，第二件，並無大賢大忠、理朝廷、治風俗的善政，其中只不過幾個異樣女子，或情或癡，或小才微善，我縱然抄去，也算不得一種奇書。」《紅樓夢》確實擺脫了過去大忠大賢、大奸大邪的俗套。石頭的回答又特別批評才子佳人小說：「至於才子佳人等書，則又開口『文君』，滿篇『子建』，千部一腔，千人一面，且終不能不涉淫濫。——在作者不過要寫出自己的兩首情詩艷賦來，故假捏出男女二人名姓，又必旁添一人撥亂其間，如戲中的小丑一般。更可厭者，『之乎者也』，非理即文，大不近情，自相矛盾：竟不如我這半世親聞的幾個女子，雖不敢說強似前代書上所有之人，但觀其事跡原委，亦可消愁破悶，……」

有些學者依據《紅樓夢》的成就，而否認中國古代文學忽視表現人的內心複雜性的根本弱點。這種否定不太符合中國文學發展的實際。因為：

（一）《紅樓夢》作為劃時代的作品，它的成就是中國文學表現人的創舉，可以說，它是中國古代文學描寫人物性格內部的美醜對照和組合的偉大開端。它的成功，正是克服中國古代文學忽視表現人這個根本弱點的成功，正是衝破那種「敘好人完全是好，壞人完全是壞」的傳統格局的成功。

（二）從中國古代文學的整體性着眼，《紅樓夢》只是這個整體系統中的個案，它還不足以代表這個系統的性質。《紅樓夢》這樣的作品，在中國古代小說總體中，是個特例，屬於特殊現象，而不是普遍現象，也就是說，還未形成《紅樓夢》傳統。

（三）《紅樓夢》之外，中國還有一些比較傑出的作品，例如《三國演義》、《水滸傳》、《西遊記》等，這些作品中的某些人物也表現出一些人的複雜性，但從整體上說，都還沒有像《紅樓夢》那樣把筆觸深入到人的內心世界，展現人的靈魂的深度，還沒有把人的性格深層結構中真實的矛盾內容充分地展示出來。這些小說中的某些人物，例如《水滸傳》中的宋江，《三國演義》中的曹操，也表現出性格的複雜性，但是，這種人物描寫藝術在這些小說中未能成為作品的主要美學傾向。《紅樓夢》就不同，賈寶玉的內心常常痛苦到癡呆，而林黛玉既有充滿眼淚的陰柔，也有刻薄的時候。即使莊重得像石雕似的寶釵，當賈寶玉無意中把她比作楊貴妃時，她也「不由得大怒」，冷笑了兩聲說：「我倒像楊貴妃，只是沒有一個好哥哥好兄弟，可以作得楊國忠的。」她的內心並不像表面那樣端莊凝重，她的靈魂仍然有着兩種感情的掙扎。可以說，中國文學發展到《紅樓夢》，表現真實的人，才進入自覺的時代，才在一部作品中出現了性格豐富的形象體系。這是一個偉大的成就。它標誌着中國文學進入一個新的時代，進入一個新的審美價值層次的時代。《紅樓夢》所開拓的審美方向，特別是體現在人物性格塑造上的審美方向，應該帶給中國文學以更深遠的影響。可惜，「五四」以後，《紅樓夢》研究的一些代表人物如胡適等，未能充分注意到《紅樓夢》是一部「人書」。未能注意通過《紅樓夢》的研究深入到對人的研究，對人的內心世界的研究，而把自己研究的重心放在瑣碎的考證上。因此，《紅樓夢》及其研究，在「五四」新文化運動中，未能作為人的解放的一面旗幟，而起到它應起的歷史作用。

如果從性格的三種對照方式這個角度綜觀中國古代文學，就會發現，中國以塑造性格為主的文學的弱點，恰恰在於只注重性格外部的美醜對照和組合，忽視性格內部的美醜對照和組合。而外部的美醜對照方式卻是低級的對照方式。可惜近代一些小說理論家在對中國小說與西方小說作比較時不肯正視這點。例如徐念慈就認為，西國小說，多述一事；中國小說，多述數人數事，而中國小說顯得更為高明。他說：「事跡繁，格局變，人物則忠奸賢愚並列，事跡則巧絀奇正雜陳，其首尾聯絡，映帶起伏，非有大手筆，大結構、雄於文者，不能為此，蓋深明乎具象理想之道，能使人一讀再讀即十讀百讀亦不厭也。」㉓ 徐念慈及當時的一派小說理論家，很主張人物形象應當體現作者的社會理想，應當成為作者表現改革主題的工具，因此，以為人物愈合理想愈好，愈鮮明愈好，忠奸分明、賢愚分明的極其鮮明的性格外部對照最合審美理想。但這是一種很幼稚的看法。他們沒有看到這種低級的性格外部對照方式的弱點。而這種「忠奸賢愚並列」的鮮明對照，在戲曲中表現得尤其突出。忠絕對化，奸也絕對化。關於這點，阿甲曾這樣概述過：「誇張鮮明的美學評價——戲曲舞台上對善惡的褒貶，態度特別鮮明。它如歌頌一個人，總是把美好的東西集中在他身上，請看舞台上：關羽莊嚴威武，孔明飄逸安詳。開什麼臉，如何打扮，怎麼坐，怎麼站，都是選擇最完美的形象來表現他。如果反對一個人，總是把醜惡的東西集中在他身上。如對湯勤之流，一出場就看出這是一個脇肩諂笑的勢利小人。《劉備招親》裡的東吳大將軍賈華，那種虛張聲勢的醜樣，簡直是一幅非常出色的漫畫。《法門寺》裡的小太監賈桂，那副奴才嘴臉，真是奴顏婢膝的典型。民間藝人對善惡的美學判斷，不僅表現在人物的造型上（如臉譜、身段等），也表現在整個舞台處理上，特別是正面人物和反面人物的舞台調度，有鮮明強烈的對比。這種鮮明突出的美學思想，也體現在戲曲的程式裡面。」㉔阿甲之前，金聖嘆對這種美學現象也作過論述。他在評點《水滸傳》時，曾經提出「正墨」與「反墨」的觀念，把人物描寫概括為「正墨」、「反墨」兩大類。「正墨」可稱為「正犯法」，就是正面對比，比如把李逵殺虎和武松打虎加以比較，可看出武松勇中有智，而李逵則勇中帶蠻。「反墨」，又稱「背面鋪墊法」，這就是正面人物與反面人物性格外部的強烈對照。金聖嘆說：「如果襯宋江奸詐，不覺寫作李逵真率。要襯石秀尖刻，不覺寫作楊雄糊塗是也。」金聖嘆在評點中處處強烈地把宋江的「奸詐」與李逵的「真率」加以對照，帶有自己的偏見。但是，他所說的這種性格外部的對照方式，即「反墨」的方法，在中國的小說、戲劇中確實是普遍使用的。所以，我們談起《三國演義》，會自然地把曹操與劉備對照起來看，一個是處處奸詐，一個是處處長厚，曹操奸詐得近乎魔，劉備長厚得近乎偽。這種反墨的手法，當然可以使性格顯得更加鮮明，但是如果反墨的手法過於強烈，過度的誇張，就會造成「溢惡」和「溢美」的現象，造成性格的畸形單一化，失去性格的真實。溢美到了極點，人就變成神；溢惡到了極點，人就變成了魔。

最集中地表現出中國古典小說這種弱點的是俠義小說、公案小說和譴責小說。這些小說數量很大，影響也很廣，直到今天還在產生廣泛的社會效應。但這幾類小說，審美價值很低，書中的俠客、清官和其他英雄，大多是非常片面的性格。這種性格實際上只是本質化的觀念圖式，並沒有真實的內在生命。他們或是忠的範式，或是義的範式，或是「士為知己者死」的範式，或是「路見不平，拔刀相助」的範式，或是「劫富濟貧」的範式。

以往的古代文學史和文學評論分析俠義小說的已經不少。魯迅先生在《中國小說史略》中的《清之俠義小說及公案》一節，精闢地總結了俠義小說發展的歷史，並從美學上分析了它們的得失。在《中國小說的歷史的變遷》中，魯迅曾表示自己的「疑惑」，他說：「現在《七俠五義》已出到二十四集，《施公案》出到十集，《彭公案》十七集，而大抵千篇一律，語多不通，我們對此，無多批評，只是很覺得作者和看者，都能夠如此之不憚煩，也算是一件奇蹟罷了。」俠義小說確實「千篇一律」，這類小說中的俠客及其鬥爭的對象（壞人）其性格都是一種模式。俠客的性格大約集人間美德，其鬥爭對象，則集人間一切惡德。魯迅在分析文康的《兒女英雄傳》的主角十三妹時說，這個人物「純出作者意造，緣欲使兒女之概，備於一身，遂致性格失常，言動絕異，矯揉之態，觸目皆是矣」。文康自身的美學觀點，就是反對《紅樓夢》式的描寫人物的二重組合，而認定描寫好人要絕對地好，壞人絕對地壞，因此他筆下的正面人物，幾乎個個是封建道德的理想範式，而他筆下的理想人物，更是如此。十三妹就是一個超人，她婚前是一個飛檐走壁、具有萬夫不當之勇的女俠客，婚後（同安公子結婚）又是一個懂得名分、非常賢惠的少奶奶。她同張金鳳兩人共事一夫而毫無嫉妒之心，處處符合夫榮妻貴、二女一夫的封建家庭理想。在以男性為中心的封建社會中，十三妹是一個理想女性。因此，從道德的眼光看，十三妹是一種理想範式，但從審美眼光看，則感到她的性格太畸形太本質化了。

更為畸形化本質化的是《野叟曝言》。這部小說的主人公文素臣，正是封建時代「高大完美」的典範。關於文素臣，聶紺弩先生把它描述得極為清楚，他說：「舊禮教那東西，要建築在像文素臣那樣的英雄的鐵腕上。既有豪傑肝膽，又有聖賢心腸，有伊呂之志，孔孟之學，孫吳之略，武穆文山之至忠至正，而又才高子建，勇邁孟賁，貌勝潘安，功壓韓信，天文地理，醫卜星相，三教九流，諸子百家，十八般武藝無一不精，連生殖器也與眾不同，只有嫪毒薛敖曹之流可比。這真把古今中外的偉大人物冶於一爐，也造不出這樣一個大英雄。」[25] 這種極端的英雄化導致作品的荒唐化，正是中國傳奇小說寫作的教訓。

俠義小說中另有一些人物，例如包公，給人留下的印象較好。他不畏豪強、廉潔正直，是民眾心目中的理想人物。但是，這種理想，只是大眾政治理想、法制理想與道德理想的化身，是為民請命的理想官吏的象徵，而不是審美理想性質的藝術形象。從文學的審美角度看，包公只是一個崇高性格因素的單一化形象，他的性格由於缺乏與崇高因素相組合的其他性格因素，顯得單調蒼白。可以說，包公的性格，也只是一種抽象的寓言品。他後來變成了神，正是這種性格畸形化的必然邏輯。

俠義小說中也有個別人物寫得稍好一些，如《三俠五義》中的白玉堂，而白玉堂所以寫得較好，也正因為他不是被描寫得絕對的好。他的性格中除了具有英雄性的一面，還有非英雄性一面。也可以說，他的性格中除了崇高因素之外，還有滑稽的因素。魯迅說《三俠五義》「構設事端，頗傷稚弱，而獨於寫草野豪傑，輒奕奕有神，間或襯以世態，雜以詼諧，亦每令莽夫分外生色」。㉖魯迅所指的草野豪傑，就是白玉堂這類人物。胡適在分析《三俠五義》時認為，作品的成功處在於其中白玉堂、蔣平、智化、艾虎等四個人物，特別是白玉堂寫得較好，他認為，《三俠五義》寫出了「白玉堂的為人很多短處」。例如他的「驕傲，狠毒，好勝，輕舉妄動」等，胡適說：「這都是很大的毛病。但這正是石玉昆的特別長處。向來小說家描寫英雄，總要說得他像全德的天神一樣，所以讀者不能相信這種人才是真有的。白玉堂的許多短處，倒能教讀者覺得這樣的一個人也許是可能的；因為他有這些近情近理的短處，我們卻格外愛惜他的長處。向來小說家最愛教他的英雄福壽全歸；石玉昆卻把白玉堂送到銅網陣裡去被亂刀砍死，被亂箭射得『猶如刺猬一般，……血漬淋漓，漫說面目，連四肢俱各不分了』。這樣的慘酷的下場便是作者極力描寫白玉堂的短處，同時又是作者有意教人愛惜這個少年英雄，憐念他的短處，想念他的許多長處。」㉗胡適認為《三俠五義》較之以前的俠義小說是一個進步。以往的俠義小說，是不敢寫出英雄的短處的。他考證了從《包公案》（又名《龍圖公案》）到《三俠五義》公案俠義小說發展的歷史，以及仁宗生母李辰妃的故事九百多年演變的歷史，這種歷史幾乎把人間美德不斷地積到李辰妃身上的歷史，使得李辰妃從人幾乎變成了怪。胡適說：「包公身上堆着許多有主名或無主名的奇案，正如黃帝周公身上堆着許多大發明大製作一樣。李辰妃故事變遷沿革也就同堯舜桀紂等等古史傳說的變遷沿革一樣……堯舜桀紂的傳說也是如此的。古人說得好，『愛人若將加諸添，惡人若將墜諸淵』。人情大抵如此，古人又說，『紂之不善，不如是之甚也。是以君子惡居下流，天下之惡皆歸之』，古人把一切罪惡都堆到桀紂身上，就同古人把一切美德都堆到堯舜身上一樣。這多是一點一點地加添起來的，同李辰妃的故事的生長一樣。堯舜就是李辰妃，桀紂就是劉皇后。」㉘

《三俠五義》之後，還有《小五義》、《續小五義》，這之外，又有《永慶升平》、《七劍十三俠》、《英雄大八義》、《英雄小八義》以及《劉公案》、《李公案》、《施公案》、《彭公案》等，這些俠義小說與公案小說，藝術更為拙劣，所有的俠客性格，皆畸形可笑。他們大都是神出鬼沒的超人，而且逐漸失去前輩俠客崇高性格因素，而蛻化為卑劣的但有超常本領的官府幫兇，其性格實際上是超世間的單一化的卑劣性格。魯迅評述這些俠義小說時說：「故凡俠義小說中之英雄，在民間每極粗豪，大有綠林結習，而終必為一大僚隸卒，供使令奔走以為寵榮，此蓋非心悅誠服，樂為臣僕之時不辦也。然當時於此等書，則以為『善人必獲福報，惡人總有禍臨，邪者定遭兇殃，正者終逢吉庇，報應分明，昭彰不爽……』。」㉙這些小說的文學價值已經喪失。

我國的俠義小說，其美學上的教訓，就是小說的人物性格失去二重組合，從而失去活人的真實血肉。其中一些帶有崇高性格的主角，如包公、李辰妃，是崇高性格的片面化。其反面，則是卑鄙性格的絕對化。結果使人物失真，如同傳統中的堯舜桀紂，只能在人們的幻想世界中才能找到，而在現實世界上並不存在，我們無法在他們身上感到活人的情感，活人的生氣，更無法感應到活人豐富的內心世界。

三、性格美學的啟迪

古典小說戲曲創作過於偏重低級的性格外部對照，忽視人物性格內部的二極對照、交融和組合，這與中國文學的整體結構的特點有關。我國古代的文學創作，一直是以韻文與散文為主的。韻文包括三四言詩、楚辭、賦、樂府、格律詩和非格律詩、詞、曲等，散文則包括駢文、古文、傳記、筆記等。構成中國文學主流的各時代的典型文學現象，正如王國維所概括的：「凡一代有一代之文學，楚之騷，漢之賦，五代之駢語，唐之詩，宋之詞，元之曲，皆所謂一代之文學，而後世莫能繼焉者也。」[30] 儘管明清出現了一些傑出的小說和戲曲作品，但仍然沒有像西方那樣被視為主要的文學形式。因此，能夠比較充分地表現人物性格的小說和戲曲始終未能在中國文學史上佔主導地位。這正如魯迅先生所說：「小說和戲曲，中國向來是看作邪宗的。」[31] 由於中國文學整體結構的這種特點，文學理論的重心也在於詩詞散文的研究，其特殊範疇，如「氣」、「體」、「風骨」、「神韻」、「意境」等，也都是從小說戲劇之外的抒情文學中抽象出來的。特別是「意境」論，它作為中國古代文論中的代表性理論，是具有巨大理論價值的，但它也不是研究人本體的理論，因而不能成為開拓人的內心世界的參照。而西方文論的重心與中國不同，它的「典型」論所以會充分發展，就在於西方作家較注意表現人，相應地，文學批評家和理論家也注意研究和發展表現人的理論。因此，在西方，對於人物性格的二重組合原理，早已習以為常，在現實主義作家中，早已成為普遍性的創作原則。他們儘管也注意性格外部對照的表現方法，但更注意的是性格內部對照的表現方法，是對人的複雜內心世界的開掘。在理論上，西方現實主義文學論，早就主張作家應當真實地反映全面的人性，不應迴避性格內部的美醜因素的互相對照、滲透和轉化。中國文學整體結構在明清發生某些變化之後，儘管出現了一些把眼光投向人物性格的評點式的文學理論家，如李贄、金聖嘆、毛宗崗、張竹坡等，但總的說來，他們的評論重心仍然停留在淺顯的性格外部對照和性格表裡對照，仍然沒有邁進性格內部的深層結構中，仍然沒有提供關於性格內部對照和組合的較為切實的理論。這些批評家中，應當給予充分評價的是金聖嘆，他已開始注意到同一人物性格兩種對立因素的對照，例如他特別讚賞表現李逵「魯莽」的同時，也偶爾表現他的「奸猾」，注意到李逵既「率真」亦「奸猾」的二重組合。還有高俅，他最初聽到高衙內為了霸佔林沖之妻而準備殺害林沖的計劃時，並不贊成，覺得這種手段未免過分。這就是說，高俅這個壞人並非絕對的壞，他在做壞事之前也有矛盾，也有猶豫。對於這段描寫，金聖嘆非常讚賞，特別提醒人們注意。這說明金聖嘆的小說美學思想已觸及人物性格的內部對照和組合。可惜，金聖嘆的這種思想，還是一種樸素的直觀，還沒有形成自覺的理論。他更重視的是低級的性格外部對照方式，因此處處不放掉的是指出宋江與李逵的差別，以至宋江與其他水滸英雄的對照，但這種評論帶有很大的主觀性。例如他說：「或問於聖嘆曰：魯達何如人也？曰：闊人也。宋江何如人也？曰：狹人也。曰：林沖何如人也？曰：毒人也。宋江何如人也？曰：駁人也。曰：柴進何如人也？曰：良人也。宋江何如人也？曰：歹人也。曰：阮七何如人也？曰：快人也。宋江何如人也？曰：厭人也。曰：李逵何如人也？曰：真人也。宋江何如人也？曰：假人也……」這段評點相當集中地反映了金聖嘆的美學觀。金聖嘆的評點始終把李逵當作可愛的典型，把宋江當作可惡的典型，人為地把兩人的性格到處進行對照。這種評點，實際上並沒有反映《水滸傳》塑造宋江的成就。從審美的角度上說，宋江是《水滸傳》中塑造得最複雜的形象，這個形象是中國農民起義軍領袖的悲劇形象，他的性格大體上也是二重組合的。宋江一方面突破了農民小生產者的弱點，表現出自己的組織才能，善於團結來自各階層的起義者，使他們組成一支造反隊伍。他自身對於貪官污吏，對於社會邪惡和壓迫現象，也是憎恨的。他是一個具有正義感的有才幹的英雄。但是，他性格中也有懦弱的一面，也帶有小生產者那種缺乏遠大目的的致命弱點。對宋江的真實性格的描繪，是《水滸傳》藝術上成功的一個重大因素。施耐庵沒有地把宋江理想化，沒有把他寫成完美的英雄，也沒有把他醜化，寫成一個惡魔。施耐庵對宋江的態度也是帶有二重性，他既對宋江的英雄行為加以讚美，對他的動搖行為也有所鞭撻（當然這種鞭撻不是由作家直接出面）。而金聖嘆對宋江的評論，沒有反映施耐庵的審美觀中最有價值的部分，也未能正確地肯定塑造宋江形象的藝術成就。他把小說中的宋江描繪成各種反面特徵的集合，描繪成一個由狹人、駁人、歹人、厭人、假人、呆人、俗人、小人、鈍人匯合起來的十足的壞蛋，一個極端本質化的單一性格，這顯然是人為地醜化宋江的形象。

而毛宗崗對《三國演義》的評論，更是對性格單一化本質化的絕對肯定。他說：「吾以為《三國》有三奇，可稱三絕：諸葛孔明一絕也，關雲長一絕也，曹操亦一絕也。歷稽載籍，賢相林立，而名高萬古者，莫如孔明。其處而彈琴抱膝，居然隱士風流，出而羽扇綸巾，不改雅人深致。在草廬之中而識三分天下，則達乎天時；承顧命之重而至六出祁山，則盡乎人事。七擒、八陣、木牛、流馬，既已疑鬼疑神之不測；鞠躬盡瘁，志決身殲，仍是為臣為子之用心，比管、樂則過之，比伊、呂則兼之，是古今來賢相中第一奇人。歷稽載籍，名將如雲，而絕倫超群者，莫如雲長。青史對青燈，則極其儒雅；赤心如赤面，則極其英靈。秉燭達旦，人傳其大節，單刀赴會，世服其神威。獨行千里，報主義志堅；義釋華容，酬恩之誼重。作事如青天白日，待人如霽月光風。心則趙抃焚香告帝之心而磊落過之；意則阮籍白眼傲物之意，而嚴正過之，是古今來名將中第一奇人。歷稽載籍，奸雄接踵，而智足以攬人才而欺天下者莫如曹操。聽荀彧勤王之說而自比周文，則有似乎忠；黜袁術僭號之非而願為曹侯，則有似乎順；不殺陳琳而愛其才，則有似乎寬；不追關公以全其志，則有似乎義。王敦不能用郭璞，而操之得士過之；桓溫不能識王猛而操之知人過之。李林甫不能制祿山，不如操之擊烏桓於塞外；韓侂胄不能貶秦檜，不若操之討董卓於生前。竊國家之柄而姑存其號，異於王莽之顯然弒君；留改草之事以俟其兒，勝於劉裕之急欲篡晉。是古今來奸雄中第一奇人。有此三奇，乃前後史之所絕無者。故讀遍諸史而愈不得不喜讀《三國志》也。」[32]

毛宗崗所論的諸葛亮、關羽、曹操，是《三國》中塑造出來的三大奇人，這確實是事實。但是，把人的某種特徵，例如諸葛亮的智，關羽的忠，曹操的奸一味加以渲染，以致使他們的這種特徵超出人的本來面目，變成「奇人」，是否可稱為人物性格塑造之「絕」，就值得一議了。事實上，像諸葛亮、關羽，奇是奇了，但奇得太過分，處處無不超絕，反而見不到他們的內心世界，見不到他們心靈的圖景。特別是諸葛亮簡直就像神仙，難怪後人都稱「神仙諸葛」，把諸葛亮與神仙連在一起。而毛宗崗正是特別欣賞這點，他在第三十七回中對羅貫中把諸葛亮寫得如縹緲之仙極為讚賞。他說：「善寫妙人者不於有處為，正於無處寫。寫其人如閑雲野鶴之不可定，而其人始遠；寫其人如威鳳祥麟之不易睹，而其善始尊。」《三國演義》在孔明出現之前，先從各個側面極力寫出孔明的神妙，在這點上確實有獨到的藝術功夫，但是各種藝術手段所達到的目的，卻是要渲染諸葛亮的神仙性，神妙性，這樣，越是渲染，諸葛亮離人就愈遠。因此，出現在讀者面前的諸葛亮，便是一種超絕的非凡的外在圖景，而看不到生命的真實圖景。這種看不到心靈圖景的表面功夫，確實是《紅樓夢》之前中國古典小說人物塑造上的基本弱點。

《紅樓夢》產生後，出現了與《紅樓夢》美學相通的脂硯齋文學批評。脂硯齋批評的根本價值，就在於較準確地道破了《紅樓夢》的美學要點。脂硯齋在分析《紅樓夢》的藝術時，看到《紅樓夢》在美學上的根本價值所在，看到曹雪芹創造的人物性格內部的二重對照和二重組合。他在對《紅樓夢》四十三回的評語中說「最可笑世之小說中，凡寫奸人則鼠目鷹腮等語」。又說：「最恨近之野史中，惡則無往不惡，美則無一不美，何不近情理之如是耶。」脂硯齋認為在《紅樓夢》形象系統中寫得最成功的，可稱「古今未有之一人」者，是賈寶玉。脂硯齋在中國文學理論史上，第一次批評了「惡則無往不惡，美則無一不美」的美學觀念，把《紅樓夢》衝破傳統美學觀念的根本價值揭示出來，也第一次注意到人的性格內部的複雜圖景，從而把小說審美提高到新的水平。魯迅關於《紅樓夢》塑造人物「美惡並舉」的見解，與脂硯齋是相通的。脂硯齋對於中國古典小說弱點的認識在當時仍然是孤立的現象，尚未形成一種文學思潮，尚不足以打破「惡則無往不惡，美則無一不美」的局限。

中國小說、戲劇中忽視性格內部的二重組合而只作低級的性格外部對照，導致人物描寫的表面化和人物形象的臉譜化，極大地限制了文學藝術水平。近現代倡導文學改革的思想家，對中國文學傳統中的這種弱點開始逐步地有所認識。例如提倡新小說的夏曾佑，在他的《小說原理》中就曾指出中國小說的幾大弊病：「所寫主書之生、旦，必為至好之人，是寫君子也；必有平番、救主等事，是寫大事也；必中狀元、拜相封王，是寫富貴也；必有驪山老母、太白金星，是寫虛無也！」㉝但是，由於當時迫切要求改革的思想家和文學家，改革之心異常迫切，大力倡導政治小說，倡導把小說作為社會改革的器具，因此又簡單化地把政治思想當成審美理想，主張人物形象應當體現作者的社會理想，他們認為：「有如何之理想，則造如何之人物以發明之」，「撰一現社會所極需而未有之人物以示之」，這樣的「一人焉，一事焉，立其前而樹之鵠」，使讀者加以仿效，「望風而趨之」，從而也使「思想瞬息而普及於最下等之人，實改革社會之最妙法門」。徐念慈認為中國小說的團圓主義以及忠奸分明的強烈對比合乎理想，其實正是合乎政治思想。像《野叟曝言》，寫一個全知全能的文素臣，他也認為這正是圓滿的，而愈圓滿，則愈合理想。他說：「試以美學最發達之德意志徵之，黑搿爾氏於美學，持絕對觀念論者也。其言曰：『藝術之圓滿者，其第一義，為醇化於自然』。簡言之，即滿足吾人之美的慾望，而使無遺憾也。」他根據自己對黑格爾美學的這種理解，認為合理想美學的小說是最上乘的，而中國的團圓主義小說，忠奸對照的小說就是最上乘的，所以他說：「曲本中之團圓（《白兔記》、《荊釵傳》）、封誥（《殺狗記》）、榮歸（《千金記》）、巧合（《紫簫記》）等目，觸目皆是。看演義中之《野叟曝言》，其卷末之躊躇滿志者，且不下數萬言。要之不外使圓滿而合於理性之自然也。」徐念慈還把中國小說與西方小說加以對比，認為人物「忠奸賢愚並列」，是最合乎理想美學的。對此，當時就有與之相左的意見，認為「小說雖屬理想，亦自自分際，若過求完善，便屬拙筆。……若《野叟曝言》之文素臣，幾乎全知全能，正令觀者味同嚼蠟。」為了反對寫「全知全能」性格單一的「完人」，反對者還以《水滸》、《儒林外史》為例說：

「《水滸》、《儒林外史》，中國盡人皆知之良小說也。其佳處即寫社會中殆無一完全人物」；而「視尋常小說寫其主人公必若天人」。㉞可惜這種思想還是直觀的、朦朧的，而且也缺乏有說服力的分析。

晚清時期借西方美學觀點來反對性格單一化、本質化，值得注意的是王國維。他認為典型形象不應當把人類的某種共同的特點，抽象地放在某一名字之下。他說：「美術之所寫者，非個人之性質，而人類全體之性質也。惟美術之特質，貴具體而不貴抽象。於是舉人類全體之性質，置諸個人之名字之下。譬諸『副墨之子』、『洛誦之孫』，亦隨吾人之所好名之而已。善於觀物者，能就個人之事實，而發見人類全體之性質。」㉟王國維基於這種理解，他反對悲劇寫一種「極惡」的「蛇蝎之人」，特別是以這種人物為悲劇發展的動力，而使人們忘記悲劇的真正社會原因。這樣，人們才不會以為人間之不幸，乃是意外的、偶然的事，如果不遇到極壞的人，社會人生就安然無恙了，這種見解是非常深刻的。

直到「五四」新文化運動，文學藝術界才充分地意識到人物塑造單一化、臉譜化的弊病。新文化運動的倡導者開始對舊的文學傳統進行深刻的自我反省，用開放性的眼光重新審視中國的文學藝術。那時，從美學角度上，以魯迅為代表的批評家普遍批評了中國小說、戲劇中兩種明顯的審美傾向：一是缺乏悲劇觀念的團圓主義；一是缺乏人物性格內心矛盾的、只顧性格外部對立的臉譜主義。對於後一方面，魯迅當時一面讚揚《紅樓夢》打破了中國文學的傳統格局，一面又批評俠義小說、公案小說和譴責小說中的根本弊病。對於在近代尚有爭論的《野叟曝言》這種性格畸形理想化的小說，魯迅作了徹底的批評。他指出：「《野叟曝言》龐然巨帙，回數多至百五十四回，以『奮武揆文天下無雙正士熔經鑄史人間第一奇書』二十字編卷，即作者所以渾括其全書。至於內容，則如凡例言，凡『敘事，說理，談經，論史，教孝，勸忠，運籌，決策，藝之兵詩醫算，情之喜怒哀懼，講道學，辟邪說……』無所不包，而以文白為之主。白字素臣，「是錚錚鐵漢，落落奇才，吟遍江山，胸羅星斗。說他不求宦達，卻見理如漆雕；說他不會風流，卻多情如宋玉。揮毫作賦，則頡頏相如；抵掌談兵，則伯仲諸葛，力能扛鼎，退然如不勝衣；勇可屠龍，凜然若將隕谷。旁通歷數，下視一行；閑涉岐黃，肩隨仲景。以朋友為性命；奉名教若神明。真是極有血性的真儒，不識炎涼的名士……」魯迅又指出：「《野叟曝言》云是作者『抱負不凡，未得黼黻休明，至老經猷莫展』，因而命筆，比之『野老無事，曝日清談』（凡例云）。可知銜學寄慨，實其主因，聖而尊榮，則為抱負，與明人之神魔及佳人才子小說面目似異，根柢實同，惟以異端易魔，以聖人易才子而已，意既誇誕，文復無味，殊不足以稱藝文，但欲知當時可謂『理學家』之心理，則於中頗可考見。」㊱魯迅很討厭這部書，他在《尋開心》一文中講這部小說乃是「道學先生的悖道淫毒心理的結晶」。

魯迅之外，還有不少人進行過批評。如傅斯年在《論編製劇本》中主張「舊戲當廢」，其六條理由中，前三條就是陳述舊戲的團圓主義等弊病，而後三條，則是攻擊戲劇中人物塑造的弊病。第四條指出：「劇本裡的人物總要平常，舊戲裡最少的平常人，好便好得出奇，壞便壞得出奇。——簡直是不能有的人，退一步說，也是不常有的人。弄這樣人物上台，完全無意義。小孩子喜歡這個，成年人卻未必喜歡這個。若說拿這些奇怪人物作教訓，作鑒戒，殊不知世上不常有的事，那裡能含着教訓鑒戒的效用。平常人的行事，好的卻真可作教訓，壞的卻真可作鑒戒。因為平常，所以可以時時刻刻，作個榜樣。況且人物奇異，文學的運用，必然粗疏：人物愈平常，文章愈不平庸。」第五條理由則是：「中國人恭維戲劇，總是說，善惡分明；其實善惡分明，是最沒趣味的事……新劇的製作，總要引起看的人批評判斷的興味，也可以少許救治中國人無所用心的毛病。」㊲

「五四」之後的一九三二年，瞿秋白在提倡大眾文藝時雖過於「激進」，但也批評那種輕率地對待大眾文藝的人把團圓主義和臉譜主義搬到新文學中來。他的批評很值得我們在思考文學傳統時重溫一下。他認為，才子中狀元，佳人嫁大臣，好人得好報，惡人得惡報，這固然是團圓主義，而大眾文學中寫群眾鬥爭，沒有失敗，只有勝利，沒有錯誤，只有正確，「一些百分之百的『好人』打倒了一些百分之百的『壞人』」，也是團圓主義，對於臉譜主義，他更是作了精彩的描述，他指出，「京戲裡面奸臣畫白臉，忠臣畫紅臉，小丑畫小花臉……同樣，可以把帝國主義者，地主，紳士，資本家，工人，農民……一個個的規定出臉譜來。這不但可以，而且的確有人這樣寫！甚至於可以更詳細的說：布爾塞維克，孟塞維克，盲動主義者等，都可以有臉譜。反革命的一定是隻野獸，只要升官發財，只要吃鴉片討小老婆；而革命的一定是聖賢，刻苦，堅決等等……這種簡單化的藝術，會發生很壞的影響。生活不這麼簡單！工人，勞動群眾所碰見的敵人，友人，同盟者，動搖的『學生先生』，也都不是這樣紙剪成的死花樣，而是活人。工人農民自己也是活人！反革命的人，一樣會有自己的理想，自己的道德……假定在文藝之中尚且給群眾一些公式化的籠統概念，那就不是幫助他們思想上武裝起來，而是解除他們的武裝。」㊳

瞿秋白的批評給我們的啟發是，即使帶有強烈階級性的兩個階級營壘的人物的性格對照，也必須是人與人的性格對照。革命階級的英雄和反動階級的代表，他們之間的性格對照，也不應當處理成神與魔的對照，他們的性格對照方式也應當採取高級形態的對照方式。唯其如此，才不會把性格變成抽象的寓言品，才不會把社會的階級鬥爭抽象為好人與壞人的鬥爭。也唯其如此，作品才具有它的深刻的思想意義和藝術意義。

不幸，「五四」運動以及其後的左翼革命文化運動所衝擊的臉譜主義，在「文化大革命」中竟漫無邊際地發展起來。低級的性格外部對照方式，被當時的文化操縱者推到極端離奇、極端荒唐的程度。對照的雙方，一方被美化突出到神的地位上，一方被醜化和縮小到魔鬼的地位上。對照雙方性格內部畸形地單一化，本質化，失去任何真實的人性內容。他們的所謂英雄形象，不過是他們的政治觀念的工具，為極端主題服務的毫無個性的傀儡。這是中國文學藝術在現代時期所遭逢到的不幸。這種美學教訓，在今天倒使我們能冷靜地提升出一些有價值的思索。

①此文原是《性格組合論》的一章，寫於一九八四年。
②《雨果論文學》第一百五十五頁。
③《雨果論文學》第一百五十六頁。
④《馬克思恩格斯選集》第四卷第三百四十四頁。
⑤《論契訶夫的戲劇創作》第一百八十四頁，作家出版社。
⑥《狄德羅美學論文選》第一百七十九頁，人民文學出版社。
⑦同上書，第一百八十頁。
⑧⑨同上書，第一百八十一頁。
⑩同上書，第一百八十六頁。
⑪同上書，第一百八十四頁。
⑫《〈紅樓夢〉辨》第九十頁，人民文學出版社。
⑬《薛寶釵論》，《紅樓夢論稿》第九十四頁，人民文學出版社。
⑭《茅盾評論文集》下冊第六十三—六十四頁，人民文學出版社。
⑮《車爾尼雪夫斯基論文學》上卷第四十頁，上海譯文出版社。
⑯⑰《論易卜生》，《易卜生評論集》第六十三—六十四，外語教學與研究出版社。
⑱《臉譜臆測》，《魯迅全集》第六卷第一百三十四頁。
⑲《管錐編》第一冊第二百七十五頁。
⑳本節引《史記》文，均為中華書局版。
㉑《中國小說的歷史的變遷》，《魯迅全集》第九卷第三百三十八頁。
㉒《小紅論》，《讀書》一九八四年第四期。
㉓《小說林緣起》，《中國近代文論選》下冊第五百〇三頁，人民文學出版社。
㉔《戲曲表演論集》第一百四十八—一百四十九頁，上海文藝出版社。
㉕《再談〈野叟曝言〉》，《聶紺弩雜文集》第一百〇二—一百〇三頁，生活·讀書·新知三聯書店。

㉖《中國小說史略》，《魯迅全集》第九卷第二百七十三頁。
㉗《三俠五義序》、《胡適文存》三集卷六第六百九十九—七百頁，上海亞東書局。
㉘同上，第六百八十六—六百八十七頁。
㉙《中國小說史略》，《魯迅全集》第九卷第二百七十九頁。
㉚《宋元戲曲考序》，《王國維遺書》第十五冊，上海古籍書店。
㉛《徐懋庸作〈打雜集〉序》，《魯迅全集》第六卷第二百九十一頁。
㉜《讀三國志法》，轉引自《中國美學史資料選編》下冊第二百一十九頁，中華書局。
㉝《中國近代文論選》上冊第二百〇六頁。
㉞《觚庵漫筆》，《晚清文學叢鈔·小說戲曲研究卷》第四百三十頁。
㉟《紅樓夢評論》，《中國近代文論選》下冊第二百六十二頁。
㊱《中國小說史略》，《魯迅全集》第九卷第二百四十二—二百四十三頁。
㊲《中國新文學大系·建設理論集》第三百九十一頁，良友圖書公司。
㊳《瞿秋白文集》第二冊第八百七十一—八百七十一頁，人民文學出版社。

第三輯　《紅樓夢》議

酸論

《紅樓夢》中有一個賈寶玉，還有一個甄寶玉。甄寶玉的父親甄應嘉，是與賈府有老關係的金陵官僚。甄、賈寶玉兩個人不僅同名而且長得一模一樣。甄寶玉在賈府出現時，賈家上上下下都非常驚訝：兩人的身材相貌竟會如此相像。虧得當時賈寶玉身穿孝服，若是一樣的衣服穿着，恐怕就分不出來了。見了這一對寶玉，紫鵑還因此一時癡意發作，想起黛玉來，心裡說道：「可惜林姑娘死了，若不死時，就將那甄寶玉配了她，只怕也是願意的。」

甄寶玉與賈寶玉長得一個模樣，可是心思卻完全不能溝通。甄寶玉到賈府之前，賈寶玉就聽說有一個和他長得一模一樣的甄寶玉，他還為此念念在心。那天一見面，果然竟如舊相識一般，賈寶玉便以為這個與他同名同貌的少年必定也是與他同心同類的朋友，也許還可引為知己。然而，一旦談起來，賈寶玉卻很快地發現甄寶玉說的話味道不對。《紅樓夢》描寫他們兩人談到要緊處，甄寶玉說：「……世兄是錦衣玉食，無不遂心的，必是文章經濟高出人上，所以老伯鍾愛，將為席上之珍。弟所以才說尊名方稱。」聽了這席話後，賈寶玉很不以為然：

賈寶玉聽這話頭又近了祿蠹的舊套，想話回答。賈環見未與他說話，心中早不自在，倒是賈蘭聽了這話甚覺合意，便說道：「世叔所言固是太謙，若論到文章經濟，實在從歷練中出來的，方為真才實學……」甄寶玉未及答言，賈寶玉聽了蘭兒的話，心裡越發不合，想道：這孩子從幾時也學了這一派酸論！

賈寶玉稱甄寶玉和賈蘭所說的「文章經濟」這一番話為「酸論」，真是妙極了。他不敢相信年輕輕的甄寶玉和賈蘭也被「酸論」所掌握，以為甄寶玉是在說應酬話，所以又請甄寶玉不要客氣，朋友之間還是說些有別於「酸論」的性情中話為好。可是，甄寶玉卻連忙說明自己的心思正是在「文章經濟」之上：「弟小時也深惡那些舊套陳言，只是一年長似一年，家君致仕在家，懶於應酬，委弟接待。後來見過那些大人先生盡都是顯親揚名的人，便是著書立說，無非言忠言孝，自有一番立德立言的事業，方不枉生在聖明之時，也不致負了父親師長養育教誨之恩，所以把少時那一派迂想癡情漸漸的淘汰了些。」到了這個時候，賈寶玉才深深失望，把甄寶玉引為知己的夢想終於破滅。

甄、賈寶玉相見而相失的故事，除了說明友道不在臉上而在心上的淺近道理之外，更為重要的是，它使我們看到那個時代的價值觀念確實已發生深刻的變動。原來被視為正道乃至神聖之道的「立德立言」之議，到了賈寶玉心目中，已成為失去任何新鮮感的「酸論」。賈寶玉會產生酸感，說明他對那一套陳腐的說教已厭惡至極。

賈寶玉畢竟有靈氣，會想到「酸論」二字，既精彩又貼切。老一套說教，開始時並不酸，但在時間推移和歲月泡浸之後，拒絕變化，便會發酸發臭。人世間有很多顯學，一旦落入老套，便會變成俗學。而不知俗學為俗學，還煞有介事地把它當成「真才實學」加以鼓吹，就會變成酸學。甄寶玉的言論落俗後而又一本正經地宣講，賈寶玉自然就會產生「酸」感。

賈寶玉和甄寶玉心靈上的「隔膜」，在於對待「酸論」的態度。賈寶玉是性情中人，心靈早已拒絕「酸論」，所有的已經發酸的套話、廢話、昏話，他都討厭。不管這些話出自哪種人，哪怕出自美麗端莊的薛寶釵之口，他也不能接受。正因為他的心靈不被酸論所腐蝕，所以他才保持着人的真性情和靈魂的鮮活力。而甄寶玉津津樂道，被酸論剝奪了靈性而不自知，還把「酸論」作為榮耀，其酸氣和他那如珍如玉的相貌實在是極不相宜的。

不過，細想一下，卻覺得自己在以往很長的一段時間裡，正是甄寶玉。不管有沒有著書立說，總是終日言忠言孝言爭言鬥言徹底言到底，一心想做一番立碑立傳立牌立坊立火辣辣紅彤彤的事業，口中筆下也是一派酸論。那時雖也知道禪宗要打破「我執」，但不知道每個人身上都有一個真我一個假我，該打破的是假我之執而非真我。那時讀《紅樓夢》，未想到自己中也有甄、賈之爭，假作真來真作假，該打破的是甄寶玉這個假我。因為自己正是甄寶玉，所以見到本真己我（賈寶玉）時也不認識，反而覺得他走了邪路。即使認識，見到「真我」在夢中或在偶然的瞬間中冒出來或一「閃念」出來，也會立即把他「鬥私批修」下去，至少對他發一番「要堅持鬥爭哲學」、「勿忘徹底哲學」的酸論。

賈雨村心態

《紅樓夢》中的賈雨村，是一個很值得玩味的官場人物，他的心態符合所謂「典型」的要求，即這種心態既有個性又帶普遍性。

讀過《紅樓夢》的人都熟知，賈雨村在得到甄士隱的鼎力推薦之後，又得到賈政的賞識，並和賈家連了宗。由於得到賈氏這一豪門的照應，加上他自己熟知官場技巧，生存策略，便官運亨通，很快地由知府擢升轉入御史，之後，又升為吏部侍郎、兵部尚書，後來因為出了事而降了三級，但不久又因賈府幫忙補授京兆府尹，兼管稅務。他因賈家而發達，因賈家而輝煌。他帶着甄士隱的推薦信和賈政見了面，這一見面是他的命運的轉折點，從此以後，他便在仕途上飛黃騰達。但是，當寧榮二府被抄時，他深知自己和賈家的關係非同一般，如果不趕快撇清關係，就難保烏紗帽，甚至還要殃及更多的東西，因此，他便「反戈一擊」，給賈府狠狠地「踢了一腳」。他的這一行為，《紅樓夢》的一百零七回通過賈府奴人包勇之口作了揭露。包勇忿忿不平地說：

別人猶可，獨是那個賈大人（即賈雨村——引者）更了不得！我常見他在兩府來往，前兒御史雖參了，主子還叫府尹查明實跡再辦。你道他怎麼樣？他本沾過兩府的好處，怕人家說他回護一家，他便狠狠的踢了一腳，所以兩府裡才到底抄了，你道如今的世情還了得嗎？

包勇罵的時候，見到賈雨村正好坐着轎子過來，便趁了酒興繼續大聲罵道：「沒良心的男女！怎麼忘了我們賈家的恩了！」賈雨村在轎內，聽得一個「賈」字，便留心觀看，見是一個醉漢，便不理會過去了。

包勇雖然是一個醉漢，卻道破了賈雨村的心態。他的一段話用了三個很準確的動詞：一是「沾」——沾過兩府的好處；二是「怕」——怕人家說他回護賈家；三是「踢」——狠狠地踢一腳，即落井下石。這三個動詞中關鍵是「怕」字，賈雨村「怕人家說他……」，這個「人家說」，可能就會斷他的路，要他的命，毀他的前程。而他所以這樣「怕」，是因為他確實「沾」了好處，並且不是一般的好處，而是當了高官的根本好處。這樣，要人家不說話，要不受牽連，就只有選擇「踢一腳」的法子了。而且，不僅是一般地踢一腳，而是「狠狠」踢了一腳。「狠狠」二字用得好。不狠，就不足以撇清關係；不狠，就不足以保住自己。只有腳上狠狠地踢，頭上的烏紗帽才能牢牢地保住，這是賈雨村的一種心態。

包勇罵賈雨村是「沒良心的男女」，書中寫道賈雨村聽得一個「賈」字，這是很妙的。如果說他全聽到而不發怒恐不合適，寫他聽到了又裝着沒全聽到，姑且當作是醉漢胡說，這又是賈雨村心態的另一端。他不敢發怒，是因為良心在牽制着，但面子畢竟比良心更重要，烏紗帽更比良心有用，讓人咒罵「沒良心」雖然難受，丟了烏紗帽失去了面子面具更難受，所以只好咽下被一個小奴才臭罵的氣。中國官員這種面子大於良心、烏紗帽重於良心的心態是包含着不少苦衷的。

《紅樓夢》寫賈雨村的反踢一腳，並不是正面鋪開地寫，而是側面地借別人之口說出。曹雪芹並沒有把賈雨村寫成一個簡單的忘恩負義之徒。他踢了一腳，也是暗中行事，聽到包勇的辱罵，也只能裝聾作啞，這比現代某些公開聲明「反戈一擊」的伶俐人，面皮似乎薄一些，心態也複雜一些。現代人如果沾了某大官的好處，而大官一旦倒台，他們為了表示立場堅定和身心乾淨，往往慷慨激昂，咬牙切齒，不僅踢一腳，而且要踩上兩隻腳，甚至踩上一萬隻腳，「叫他永世不得翻身」。

這是不是反映現代人面皮愈來愈厚，良心愈來愈薄的傾向，我不太清楚。如果這種趨向屬實，那麼，幾十年之後，賈雨村那種僅僅「踢了一腳」而且踢了之後還有點惻隱之心的形象，倒是很可愛的了。

賈環執政

出身於趙姨娘的賈環，恐怕是賈府公子群裡最不爭氣也最令人討厭的一個。此人不僅長得獐頭鼠目，沒有半點貴族氣，而且生性粗夯，刁頑、褊狹，完全是個「潑皮」。皇親國戚府中也生長出這樣的小「痞子」，人類社會真是麻煩。趙姨娘在《紅樓夢》中，可以說是惟一沒有長處的女性，曹雪芹抒寫人性均有「複性」的特點，也就是「人物性格的二重組合」，惟獨趙姨娘沒有。王夫人罵賈環時說：「趙姨娘這樣混賬的東西，留的種子也是這混賬的！」這雖近乎「血統論」，但賈環確實是混賬東西。

我曾想，賈府的接班人如果選定賈環，也就是說，賈府如果由賈環這樣的混賬執政，將會怎樣？想來想去，覺得很不妙。

其實，《紅樓夢》已預演過一次賈環執政的情景了。那是在賈府被抄之後。賈府被抄，本已大傷元氣，再加上賈母、王熙鳳一死，更是陷入一片混亂。在榮國府裡，賈赦坐牢，賈政扶賈母靈柩南行，賈璉到配所看望病在牢中的父親。賈寶玉、賈蘭又前去赴考，這時，偌大的榮國府就數賈環是男性主子了。真是「山中無老虎，猴子稱大王」，賈環真的佔府為王了。《紅樓夢》第一百一十九回寫了賈環當時的得意：

……不言寶玉賈蘭出門赴考。且說賈環見他們考去，自己又氣又恨，便自大為王說：「我可要給母親報仇了。家裡一個男人沒有，上頭大太太依了我，還怕誰！」

這段話把賈環執政時的心境透露得很清楚。賈環「自大為王」後第一個念頭是「報仇」雪恨。他一闊臉就變，一為王，腦子就膨脹，不承認自己和自己的母親作了孽，只記得曾被人家瞧不起，要進行秋後算賬。像他這種兇狠刁頑的痞子，復起仇來決不是好玩的，肯定會來個鎮壓反動派，在他眼裡，頭號反動派和壓迫者是王熙鳳，二號反動派則是賈寶玉。寶玉可能從輕處理，王熙鳳則一定得從嚴，如果不斬首恐怕也得坐牢。可是那時王熙鳳已死，使他過不了太大的復仇癮。

賈環雖屬混賬，但也刁鑽，他知道賈府的精英死的死，坐牢的坐牢，出走的出走，「家裡一個男人也沒有！」老虎全都沒了，他這猴兒自然是王，雖還有上頭的大太太在，但府中無男人，也不能不依他了。這真是時勢造英雄，變動的時勢使得一個鼠頭鼠腦、未完成人的進化的賈環突然高大起來，而且氣壯如牛：「還怕誰？」

「還怕誰？」這是賈環的意識形態。一旦執政，這種意識形態和權力結合起來可了不得。既然是誰也不怕，那自然就可以無法無天，胡作非為，「無所畏懼」地「胡來」，要什麼是什麼，要誰就是誰，當然，要宰割誰就宰割誰。毫無敬畏之心，毫無心靈原則和道德邊界，這是古今中外一切流氓的特點。

《紅樓夢》除了透露出賈環「自大為王」時的念頭之外，還寫了他的行為。小說寫道，賈政、賈璉走後，賈環就趁家政失控之機，偷偷拍賣府裡的東西，甚至還「宿娼濫賭，無所不為」。更嚴重的是在寶玉和賈蘭赴考之後，他趁機去調唆邢夫人，策劃把自己的親侄女、年僅十三四歲的巧姐兒送給外藩王爺做妾。而且用心極毒，要在三天內把巧姐兒送走，以在賈璉回來之前把生米做成熟飯。出賣巧姐，一可撈到錢財，二可報點王熙鳳之仇，雖不過癮。賈環此舉真令人吃驚，原來不被人看在眼裡的潑皮，一旦為王，竟如此機敏、幹練、有主意。沒有心靈原則的流氓，幹起壞事也沒有任何心理障礙，反而有「效率」了，真不可小看這類痞子。

這樣看來，賈環一旦當權，賈府祖輩的貴族遺風就蕩然無存，原先還有的虎氣、貴族氣和體現於賈寶玉和女兒國中的才氣、人間氣也將一掃而光，剩下的就只有猴子氣、潑皮氣和烏煙瘴氣。幸而賈府在衰敗之際，還留下一條根子賈蘭，賈政大約會選定孫子輩的賈蘭當接班人，否則賈府的未來將不堪設想。

賈環無端恨妙玉

賈環與妙玉素不來往，但是，一聽到妙玉遭劫的消息，他竟高興得跳起來，不但幸災樂禍，還狠狠地「損」了妙玉幾句：「妙玉這個東西是最討人嫌的。他一日家捏酸，見了寶玉就眉開眼笑了。我若見了他，他從不拿正眼瞧我一瞧。真要是他，我才趁願呢！」

賈環如此恨妙玉，除了妙玉對寶玉和他採取「兩種不同態度」而引起醋意之外，還有更重要的原因，這就是賈環和妙玉的精神氣質差別太大了。一屬仙氣，一屬猴氣，這種差別，真可用得上「天淵之別」、「霄壤之別」等詞。說人與人之差別比人與動物之差別還要大，這也許是個例證。如果借用尼采的概念來描述，妙玉屬超乎一般人的精神水平的「超人」，而賈環則在一般人的精神水平之下，似乎是未完成人的進化的人，接近尼采所說的「末人」。

妙玉自稱「檻外人」，她所以超世俗，不僅因為她帶髮修行，更重要的是她的精神氣質格外高貴飄逸。曹雪芹讚美她「氣質美如蘭，才華馥比仙」。確實，她的氣質與才華特異，與俗人有很大的距離，帶有一種超常性。這種超常既反映在她的「潔癖」等外在行為方式，同時（更要緊）也反映在她的內在世界。連大觀園裡最美麗、最有才華的林黛玉、薛寶釵，在她的特異光彩下都覺得不太自在。黛玉在別人面前鋒芒畢露，在妙玉面前卻小心拘謹，她和寶釵到庵裡做客時，剛開口問了一句話，就被妙玉譏笑為「大俗人」，再也不敢多說，坐了一會兒，便起身告辭。妙玉的才華和她的氣質一樣，也有一種壓倒群芳的力量，《紅樓夢》第七十六回，寫她在中秋之夜論詩寫詩，均不同凡響，為林黛玉和史湘雲的長篇聯句作詩時，竟不假思索，十三韻一揮而就，使林、史驚嘆不已，連連稱讚她為「詩仙」。中國小說中寫超凡的女子形象如此精彩，既不是神，又高高地超越於人群，幾乎找不到第二個。

妙玉是脫俗超俗之人，而賈環則比俗人還俗，人是從猴子進化而來的，賈環便是一個猴氣有餘而人氣不足的渾濁生物。《紅樓夢》寫賈政所看到的自己這個兒子的形象：「見寶玉站在眼前，神采飄逸，秀色奪人；看賈環，人物委瑣，舉止荒疏。」委瑣和荒疏，都是缺少人樣。最有意思的要數公眾對他的印象竟然是一隻猴子。第一百一十回中寫了眾人對李紈訴說他們對賈環的印象：

> 眾人道：「這一個更不像樣兒了。兩個眼睛倒像個活猴兒似的，東溜溜，西看看，雖在那裡嚎喪，見了奶奶姑娘來了，他在孝幔子裡頭淨偷着眼兒瞧人呢。」

眾人的眼光和眾人的評論不僅有趣，而且一下子就抓住賈環的要害：眼睛。眼睛最能反映人的精神氣質，而眾人竟看出他的眼睛「像活猴兒似的，東溜溜，西看看」。在眾人眼裡即在普通人眼裡賈環也是猴子，可見他並未達到普通人的水平——在精神氣質上未完成人的進化。

所以他的哭，眾人稱為「嚎喪」。但他畢竟不是猴子，有人的食慾性慾，因此一面嚎喪，一面又在孝幔子裡偷看女人。這種在精神氣質上尚未從猴子界中脫胎出來的人物，和妙玉正好形成兩極。倘若沒有妙玉這一極做參照系，賈環這一極還可以在人群裡混混。有了妙玉做參照，他就顯得更醜陋，也被拋得更遠。賈環在潛意識裡也許本能地感覺到這一點，所以就恨妙玉。如此說來，其恨無端又有端了。

妙玉與賈環，雖處於至優至劣的兩極，可是還得共處於一個社會，可見社會管理多不容易，我常想：如果讓賈環領導妙玉、黛玉和寶玉們，這個世界將會是什麼樣子？恐怕他就要用其猴性、貓性的面貌來改造一切，包括改造妙玉和大觀園裡的女兒國。

賈府的「斷後」現象

《紅樓夢》賈氏的榮寧二府，落得被抄家，當然是悲慘的。而最悲慘的，還是它的「斷後」。所謂「斷後」，用現代時髦的話說，就是沒有「接班人」或叫做「後繼無人」。這就是說，這個大家族沒有產生出可以伸延其貴族命脈的優秀後代，更沒有產生出足以支撐和光耀這個家族門面的棟樑之才。

這個大家族到了賈寶玉的父輩，還產生了如他父親賈政這樣的符合家國需求的人才。賈政雖無傑出之處，但他幹練、規矩、明白，畢竟是個可靠的人。正是他，清楚地感受到他的家族面臨着「斷後」的危機。這種危機，一是「後」代人丁不旺；二是雖有人丁但不是人才。更嚴重的是第二條。以榮國府來說，他的子輩就沒有他這樣的勤奮勤勉之才。他的兄長賈赦之子賈璉，是一個好色之徒，不堪培養也不成氣候。他自己的三個兒子，最有希望的是大兒子賈珠，卻不幸夭折（這是榮國府「斷後」危機的一個嚴重信號）；二兒子賈寶玉，乃是「混世魔王」，不用說「齊家治國」，連自己的「修身」都成問題，不能有所指望；三兒子賈環，則不僅獐頭鼠腦而且生性夯劣，完全是個敗家子相。其他的均是女流之輩，在當時都不能做接班人。寧國府比榮國府還糟：尚在支撐寧國府的賈珍及兒子賈蓉均是酒鬼色魔，只知享受而不知創業守業，偷雞摸狗的本事有一套，持家治國之事卻全是外行，其祖輩的雄風豪氣早已喪盡。到了最後，榮國府的賈赦一支，只剩下一個巧姐。賈政一支則只剩下一個賈蘭。賈蘭和他的叔叔寶玉去考試，得了個第三十七名，這可以算是榮國府惟一的「好苗子」，但是，這根好苗子是否能夠存活，存活之後是否能重振祖輩基業還是一個問題。即使有出息，那也是很遙遠的事。總之，賈府的「後」，到了賈蘭一代，已像將殘的燭火，奄奄一息。

賈氏豪門裡，還有一個具有賈政似的憂患意識的人，這就是秦可卿，可惜她死得太早，只能在臨終之前托夢提醒自己的知己王熙鳳。這位聰明絕頂的「鳳姐」，雖然風風火火，心裡卻明白賈府中吃飯的人很多，但能槓住大廈的臂膀卻沒有。因此，當探春躍躍欲試時，她告訴平兒不必擔心，並對賈府人事形勢作了準確的分析。她說：「……我正愁沒個膀臂。雖有個寶玉，他又不是這裡頭的貨，縱收伏了他也不中用。大奶奶是個佛爺，也不中用。二姑娘更不中用，亦且不是這屋裡的人。四姑娘小呢。蘭小子更小。環兒更是個燎毛的小凍貓子，只等有熱灶火坑讓他鑽去罷。真真一個娘肚子裡跑出這個天懸地隔的兩個人來，我想到這裡就不伏。再者林丫頭和寶姑娘他兩個倒好，偏又都是親戚，又不好管咱家務事。況且一個是美人燈兒，風吹吹就壞了；一個是拿定了主意，『不干己事不張口，一問搖頭三不知』，也難十分去問他。倒只剩了三姑娘一個，心裡嘴裡都也來的，又是咱家的正人，太太又疼他，雖然面上淡淡的，皆因是趙姨娘那老東西鬧的，心裡卻是和寶玉一樣呢。比不得環兒，實在令人難疼，要依我的性早攆出去了。如今他既有這主意，正該和他協同，大家做個膀臂，我也不孤不獨了。按正理，天理良心上論，咱們有他這個人幫着，咱們也省些心，於太太的事也有些益。」（第五十五回）從這分析中，可以知道，王熙鳳雖無賈政那麼重的憂心，卻也有些清醒意識。

賈政是賈府裡儒者氣味最重，也最有家族責任感的人。簡單地說他是封建衛道者不太公平。正因為他有責任感，所以也就和他的家族命運息息相通。他常悶悶不樂，而且對賈寶玉特別「看不上眼」和特別嚴酷，這種嚴酷，反映出他的很深的「慮後」。他痛打賈寶玉，完全是「怒其不爭」，恨鐵不成鋼。因為他知道「斷後」的嚴重性，所以最迫切地希望賈寶玉能像他那樣支撐起賈家的大廈。然而，賈寶玉偏偏絲毫也沒有「立功立德」的念頭，偏偏是那樣一種拒絕功名、拒絕發達的脾氣。這樣一種不足以支撐大廈的材料，就不能不使賈政朝夕陷入大苦悶之中。我們可以感到，「斷後」的陰影一直籠罩着賈政。

賈政的憂慮是很有道理的。因為中國是「人治」的國家，人存政舉，人亡政息，國如此，家也如此。一家一族一國的興衰，最重要的在於是否「後繼有人」。中國喜歡講「得人」，所謂「得人」就是贏得了延續和發展家國事業的優秀人才。如果得了賈璉、賈環那樣的人，不能算「得人」，所以「得人」主要的意思是指擁有治家治國的人才。賈政憂慮的「斷後」，乃是斷了足以支撐賈府大廈的「家族精英」。屈原在《離騷》裡感慨「國無人」，不是說國家中沒有芸芸眾生，而是國中缺少傑出的脊樑。

清朝最後的衰亡，其中很主要的原因，也是發生了愛新覺羅王族的「斷後」現象。清初康熙是非常強的皇帝，中經雍正、乾隆、嘉慶也還不錯，到了咸豐就不太行了。咸豐是一位倒霉的皇帝，一上台就碰到太平天國革命，平亂治國的本事又不大，僅在位十一年就死了，死時剛三十歲。咸豐之後，皇門便開始發生「斷後」的危機。咸豐的兒子同治皇帝在內憂外患之際，還不顧社稷大業，老是出宮嫖妓女，最後死於花柳病。同治即位十三年，死後更是後繼無人。慈禧太后只好找她妹妹的兒子光緒來充當皇帝，由恭親王輔政，自己垂簾聽政。光緒死後，繼承皇位的溥儀（宣統）只是一個小娃娃，靠這種尚不知事的小孩怎能支撐一個龐大的政權呢？所以，清朝便很快地宣告滅亡。清朝後期的迅速衰落，「斷後」顯然是一個大原因。

無論是家還是國，形成「斷後」現象有三種情況：一是自然中斷，這是老天爺不幫忙，產生不了像樣的「後」；二是有了「後」之後，不能對「後」進行有效培育，即教育荒疏，使得「後」不能成大器；三是產生了「後」尤其是優秀之「後」而不懂得保護與珍惜，甚至加以摧殘和撲滅。對一個現代國家來說，後兩種情況更為可怕。一個有眼光、有政治理性的政治家，至少要有賈政似的敏感，知道「斷後」意味着怎樣的危險。不過，我要替賈政說句公道話，賈府的「斷後」，完全屬於老天爺不幫忙和賈家子弟不爭氣，而不是受他老人家的摧殘，他打寶玉雖出手太重，但內心還是是愛子如命，愛才如命。他為賈珠的夭折痛惜不已，就是明證。

彩雲姐妹

滿身猴氣的賈環，自然是不討人喜歡的，但他畢竟是公子哥兒，因此還是有小女子愛他。彩霞和彩雲兩姐妹就是這種小女子。尤其是彩雲，情意相當真。

彩霞是姐姐，彩雲是妹妹。彩雲是王夫人的丫鬟，為了討賈環的喜歡，常常偷王夫人房裡的小東西（如茯苓霜、玫瑰露等）給賈環，算是私贈之物。彩雲其實是正經人，但玫瑰露失竊的事被發覺之後，她卻沒有勇氣承認，還擠兌玉釧兒，窩裡發炮，吵了一架，弄得賈府皆知。幸而寶玉出面保護她們，把這事兜攬起來，說玫瑰露是他偷的，只是為了嚇唬她們倆，玩玩而已。此事賈環知道之後，不僅不感激，還無端起了疑心，認定彩雲與寶玉有私情，便大發其狂，將彩雲的私贈之物，照着彩雲的臉上摔了去，還罵道：「這兩面三刀的東西，我不稀罕。你不和寶玉好，他如何肯替你應！」彩雲見到賈環這個樣子，急得發身賭誓地哭了。但賈環不僅不信，還用無賴口吻對彩雲說，如果不看素日之情，他就要去告訴二嫂子（指王熙鳳），說是「你偷來給我，我不敢要」。見到賈環如此不通情，不明理，連很昏聵的趙姨娘都覺得自己的兒子太混賬，罵了賈環一句實在話：「你這蛆心孽障！」彩雲見到自己的意中人如此混賬，一時生氣，便趁人不見之時，把那些私物扔到河裡，然後躲在被窩裡哭了一夜。賈環對彩霞也是如此，老是懷疑她與寶玉相好。這個彩霞和她的妹妹彩雲相比，對寶玉雖在感情上有點小瓜葛，但對賈環確實很好。但賈環也總是疑心，因此當他見到寶玉和彩霞有點糾纏，便醋意大發，假裝失手，把一盞油汪汪的蠟燈，向寶玉臉上推了去，造成一個轟動賈府的事件。後來，賈環還是把彩霞丟開了。

賈環對彩霞和彩雲兩姐妹老是懷疑，任憑人家怎麼交心發誓，怎麼違背良心（偷東西）作貢獻，他就是不信任。這種病態性的疑心實際上是他自卑心理在作祟。他生得粗夯，知道自己無論是長相還是地位，都遠不如寶玉，因此，他總是疑心兩姐妹喜歡寶玉而對他不忠。這種心理，也是人性中常有的弱點，例如，莎士比亞筆下的那個奧賽羅也是如此。奧賽羅可不像賈環那樣渾身猴氣，他可是英勇善戰很有虎氣的將帥。但他是一個摩爾人，一身黑色的皮膚，不僅沒有貴族的身份和血統，連一般白種人的瀟灑風貌也沒有，這一點使他自卑。因此，當他得到苔絲德蒙娜這個血統高貴、聰慧美麗的貴族女子之後，心中的自卑感就進一步加深。以至使他疑心這個非常純潔的妻子對他不忠。結果，他犯了致命的錯誤，殺死了最可愛的人，最後，他又懲罰自己，拔劍自刎而死。

每想起這兩個故事時，我就胡思亂想，覺得一些知識分子，其實很像彩雲與苔絲德蒙娜。類似彩雲的，自然俗氣一些；類似苔絲德蒙娜的，自然是高貴一些。但都有一個共同點，就是十分忠誠於自己「服務」的對象。可是，他們的對象，雖也有傑出者，開朗、開明、開放，但有的則不然，他們總有奧賽羅心理與賈環心理，對知識分子總有一種由自卑引起的古怪的疑心症。像奧賽羅還好，因為他確實自有一番氣魄，也知道苔絲德蒙娜氣質非凡，只是覺得自己不配當苔絲德蒙娜的丈夫，而沒有賈環那種流氓氣。不過，由於自卑，也總是捕風捉影，為了丟失一塊手帕，就小題大作，要苔絲德蒙娜交心還不行，非追查個水落石出不可。此事如果遇到賈環就更倒霉了。賈環只想彩雲當他的忠心不二的妻子兼奴才，而且總是無事生非。彩雲對他那麼好，甚至不惜冒險去偷東西來討他的歡心，但他還是不信任，所以，倘若不去掉賈環似的心理，彩雲們是沒法辦的，好則躲到被窩裡哭，壞則恐怕只能和私贈物一起投河了。

賈代儒論作詩的時間

賈政狠狠地打了賈寶玉一頓，差點兒讓寶玉喪命。之後，賈政也有些不忍，大約他知道使用暴力不是個好辦法，還是循循誘導為妥。於是，他便從本家族中選擇出一個有年紀也有點學問的賈代儒來掌私塾，以嚴格地彈壓和教導寶玉。寶玉能否走正路而不走歪門邪道，關係到賈府的命運即大家族是否「後繼有人」的大問題，所以賈政格外重視。在寶玉上學之前，他一片苦心，對賈寶玉作了一番分析和教導，這些教導和分析的關鍵點，就是應當把什麼放在「第一位」的問題：是把「八股文章」放在第一位，還是把詩詞放在第一位。在他們看來，這不僅是程序的先後之分，而且是人生道路的邪正之分。它關係到寶玉的命運特別是整個賈府的命運。

賈政先教導寶玉說：「做得幾句詩詞，也並不怎麼樣，有什麼稀罕處！比如應試選舉，到底以文章為主，你這上頭倒沒有一點兒工夫。我可囑咐你：自今日起，再不許做詩做對的了，單要習學八股文章。限你一年，若毫無長進，你也不用唸書了，我也不願有你這樣的兒子了。」之後，賈政又把這一意思和賈代儒商量，說：「雖懂得幾句詩詞，也是胡謅亂道的；就是好了，也不過是風霜月露，與一生的正事毫無關涉。」聽了賈政的話之後，賈代儒這位老先生便很冷靜地說出一個很重要的道理：

> 我看他相貌也還體面，靈性也還去得，為什麼不唸書，只是心野貪頑。詩詞一道，不是學不得的，只要發達了以後，再學也不遲呢。

賈代儒不像賈政那麼衝動和偏激，以為詩詞都是胡謅亂道，作好了也不過風霜月露。他老先生比較客觀，說詩詞不是學不得，關鍵是個時間問題，即要在「發達」之後再學再寫。所謂「發達」，用現代的話說，就是飛黃騰達，即中了科舉並當了大官有錢有勢有地位之後。而為了「發達」，首先自然是要學好八股，作好文章。賈政聽了賈代儒的話，也有所領悟，連忙說：「原來如此。」的確，在「發達」之前，如果把精力用於詩詞，沒有掌握好通向仕途之門的敲門磚，就會永遠處於貧窮之中，然而，如果飛黃騰達之後，再讀點寫點詩詞，以附庸風雅，錦上添花，有什麼不好呢？所以賈代儒先生說「並不是不可以」，只是一定要掌握好先後主次，就像我們現代人「突出政治」一樣，一定要突出「八股」，把「八股」放在第一位，而吟詩弄詞，一定要在「發達之後」。

我不想對賈政和賈代儒給寶玉的人生導引作評價，但要對賈代儒老先生的觀點提出一點質疑，即詩詞是否應在「發達」之後才作？發達之後是否還能寫好詩詞？如果不加以質疑，詩詞藝術家都接受賈老先生的觀念，那麼，詩詞的命運將是岌岌可危也。

我和賈老先生的主張正相反，覺得詩詞要寫得好，一定要在「發達」之前，不可在發達之後。詩詞要寫得好，詩人必定要有真切的人生體驗，必定要有各種情感上的波動與折磨。發達之前和發達之後，詩人所處的社會地位和人文環境極不相同，精神、心境、性情也會有很大的不同。因為不「發達」，詩人就容易與人間的苦痛相通，人生的體驗就會真切而豐富，作為詩人的真性情也會得到充分表現。詩「窮而後工」，我贊成這種說法。詩人一旦發達，進入宦門、權門、宮廷之門，自然就與廣闊的人間隔起一堵高牆。「一入侯門深似海」，能不被各種桂冠所誘惑而繼續保持自己的真性情並與人間的痛苦相通的人極少。魯迅先生的《詩歌之敵》一文，講的正是這個道理，他的意思也恰恰是認為「發達」乃是詩歌之敵。他認為，博大的詩人之所以博大，就在於他有一種特殊的感覺，可以感受全人間的脈搏，能與天國之極樂及地獄之大苦惱的精神相通。而這種「相通」，必定是在發達之前。發達之後，則不是相通，而是相隔。通的只是豪門權門，詩也就沒有了。他說宋玉、司馬相如之流的教訓，就在於一入權門，就變成了如聲色犬馬一樣的皇帝的玩物。魯迅先生說，連英國皇帝查理九世都知道詩人如馬一樣，不可被養得「太肥」，太肥就跑不動了。「太肥」也就是太「發達」。正如太肥時「肉」就壓掉「靈」一樣，太發達的桂冠就會壓碎詩人的赤子之心，這幾乎是一條「規律」。前人說，「文章憎命達」，這是很對的，其實，詩詞更是「憎命達」。狀元宰相一般都寫不出好詩詞，就是因為他們已經命「達」了。中國的皇帝寫好詩詞的，最傑出的是李後主，但他的好詩詞不是寫在「命達」之時，而是寫在當了亡國之君即「命不達」之時。在中國明代「發達」以至成為「台閣重臣」的詩人楊士奇、楊榮、楊傅，他們的詩寫了不少，並形成一種台閣體。但是，這些頌揚皇帝權威的詩，均屬三流作品，沒有一首可稱得上傑作。如果作一假設，即屈原、陶淵明、李白、杜甫、蘇東坡、李清照、柳永等中國最有代表性的詩人，均是楊士奇一樣的台閣重臣，而且進入宮廷之後也不曾被流放過，那麼，中國的詩史將會面目全非，光彩全無。

中國的現代詩人，有的經歷了「發達」，有的從未經歷過「發達」。經歷過「發達」的如郭沫若，其變化十分明顯。他在發達之前的詩寫得很好（如《女神》），發達之後則寫得很糟。二十世紀下半葉，郭沫若之外的另一些詩人也發達了，但都沒有寫出可以與發達之前的詩比美的任何一首詩。我所作的《中國當代詩文中的新台閣體》一文，就是感慨郭沫若「發達」之後寫的詩乃是一種新台閣體，與他在「五四」所作的《女神》真有霄壤之別。可見，「發達」對詩人決不是好事。

賈代儒的教導還有一個問題是發達之前只能學八股做八股，如果必須做十年二十年，那麼，腦子就得被八股佔據十年二十年。一個人的真性情被束縛被折磨了十年二十年之後再作詩詞，其詩才詞才是否還存在，也是很值得懷疑的。把八股背得滾瓜爛熟的狀元宰相，有幾個是傑出的詩人呢？幸而賈寶玉在聽到賈代儒的教導之前已寫了不少詩詞，也盡了一點詩興。否則，等到他像他的父親賈政那樣發達之後，就很難作出好詩詞了。大觀園女才子們如林黛玉、薛寶釵等更沒有想到「發達」二字，所以她們的詩詞都寫得好。我們當代的一些年輕詩人，幸而也沒注意到賈代儒老先生的教導，所以也沒有先攻八股或先讀許多文學理論，也沒想到「發達」和「發達」之後再寫，否則，他們就不是詩人了。

賈元春談「頌詩」可以不作

賈府的興盛氣象，在賈元妃省親的時刻，達到了極點。那種榮華富貴的局面，真令人心動，也令人想歌吟一番，寫一點頌詩。連平常只看重文章經濟、瞧不起詩詞的賈政也提筆作詩，作了《歸省頌》。

賈元春進大觀園之後，見園中香煙繚繞、花彩繽紛的一派富麗氣象，甚為感動，也想作一篇《燈月賦》或《省親頌》。然而，她畢竟聰明之極，一轉念頭，覺得寫這種頌體詩，純屬多餘，與其白費力氣，還不如寬下心來觀賞美景。曹雪芹這樣描寫她的心思：

……本欲作一篇《燈月賦》、《省親頌》，以志今日之事，但又恐入別書的俗套。按此時之景，即作一賦一贊，也不能形容得盡其妙；即不作賦贊，其豪華富麗，觀者諸君可想而知矣。所以倒是省了這工夫紙墨，且說正經的為是。

賈元春在富貴風流中，頭腦是冷靜的。她有相當高的詩詞修養，也能寫詩，她之所以不寫，是她知道寫頌詩難以擺脫俗調俗套，而詩詞一落俗便無價值。何況眼前這繁榮局面，不寫人家也知道，寫了純屬白費「功夫紙墨」。一個皇妃，能有這種藝術見識，真是難得。

想到五十至七十年代頌體文學那樣發達，頌詩到處都是，實在是消耗了太多心思，不能不感嘆我們這些現代人遠不如賈元妃清醒。如果我們也有她那樣的理性就不會白白蒸發掉那麼多生命的能量。在五、六、七十年代中，幾乎所有的作家都寫頌詩，作謳歌文學。僅歌頌領袖的詩詞，就難以計數。我所以稱大陸當代的頌詩為「新台閣體」，就是有感於頌歌的氾濫已造成中國文學境界的下滑。事實也是如此，想起過去數十年，儘管頌詩汗牛充棟，但能稱得上藝術品留下來的詩詞有哪幾首呢？無論是把領袖比成紅太陽、比成大海、比成東風、比成北斗星，現在讀起來，都覺得空洞。賈政的《省親頌》不知道是怎麼寫的，曹雪芹沒有公佈，我想，一定也是很乏味的，不知道他會不會把自己的女兒也比作太陽或星星來歌頌一番？頌歌的目的一般都是為了「媚上」，歌者為了取媚歌頌對象，總是一面誇大對象，一面矮化自己。為了討好皇帝，把皇妃女兒比作太陽完全是可能的。不過，不一定比作紅太陽，也可能比作金太陽或金月亮。

賈元妃看穿頌詩無價值，但她沒有說出太充分的理由。她不是文學理論家，我們自然也不必這樣要求她。不過，我們這些從事文學的人，倒需要想一想為什麼頌詩總是寫不好。在大觀園裡從賈寶玉到林黛玉這些才子才女，在元妃省親那天寫的詩，都屬頌詩的範圍，儘管其水平有差別，但都不如平常她們作的詩那麼有意思。從這裡想開去，就知道作頌詩時詩人總是離開自己的生命體驗和本真狀態，缺乏真切的感受。歌頌對象的偉大畢竟不是自己的偉大，歌頌對象的經驗畢竟不是自己的經驗。可是，詩歌這種東西，就是那麼奇怪，離開內心的真情實感就寫不好。藝術貴在它是一種自由而獨特的存在，每一首詩都是不可替代和不可重複的個性，然而，寫頌詩，要作出個性來，實在不容易。不易而要硬寫，寫出來的自然是千篇一律，於是，也就白費氣力。

這麼說來，如果有真切的感受，頌詩也可以寫好，但是，很可惜，寫頌歌的人大多情感不真，總想取悅歌頌對象，說得難聽一點，就是想鑽入對象的心。但是，被頌揚的對象，包括皇帝皇妃，其心地的寬廣度都很有限，所以歌者就得拚命縮小自己，只有縮小了，才能鑽入被頌揚者有限的心口。這樣一來，寫出來的頌歌，境界總是不高，甚至很肉麻，離開文學本性自然也很遠，所以，凡是有一點文學尊嚴感的人，一般都不作頌歌，特別是給皇帝作頌歌。賈元春如果不是皇妃，而是個作家，她大約也不願意老是為皇帝歌功頌德，為宮廷放聲歌唱。

我最喜歡傻大姐

《紅樓夢》問世之後，大觀園女兒國裡哪一位女性最可愛常常引起爭論，有時甚至爭論得非常激烈，以致為林黛玉可愛還是薛寶釵可愛而「遂相齟齬，幾揮老拳」。這種有趣的爭辯到了五十年代批判俞平伯先生之後才被平息下去了。社會穩定，學術也穩定，人們按照階級分析方法，斷定「薛寶釵之流」屬於維持「封建階級」的孝子賢孫，林黛玉等屬於小資產階級或貴族階級「革命派」，已沒有什麼可爭論的了。如有爭論，就是在私下悄悄地辯護幾句，已不帶辯論性質。然而在民間，女孩子還是會問，你猜，我最喜歡哪一位？我最像哪一位？

當少女們問自己最像哪一位時，自然都希望人們說她像黛玉、寶釵、妙玉、史湘雲，至少得像晴雯、鴛鴦、平兒等，決不會希望人們說她像劉姥姥。然而，有一回聶紺弩和蕭紅談話時，蕭紅問：「你猜，我是《紅樓夢》裡的誰？」聶紺弩卻開玩笑地對她說：「你是誰，你是傻大姐。」而蕭紅卻也含笑接受了。聶紺弩後來為《蕭紅選集》作序時，還寫進這次談話。很奇怪，我老想到他們的這次談話。而且，在思考「我是誰」的問題時，總是想起自己和自己同齡的一些同齡人也像傻大姐。

傻大姐自然是好人。她是賈母的三等丫鬟，生得肥肥胖胖，但人卻也老老實實，長着兩隻大腳，做起粗活來很爽利簡捷，這些都無可挑剔，只是沒有知識，不動腦子，心性愚頑，一說話就露出傻樣，總是讓人笑。她最有名的事跡就是到大觀園去玩耍時，忽然在山石背後拾到了一個五彩繡香囊，上面繡的是兩個人赤條條地相抱，她不認得這「春意兒」，還以為是兩個妖精打架。正要去回賈母，恰好邢夫人來了，她便獻了上去，邢夫人一看，了不得！便恐嚇了她一陣，並要她絕不能告訴別人，她也因此嚇得黃了臉，便磕了頭呆呆地回去。除了這事，還有一件就是把決定寶玉娶寶釵的秘密事，傻乎乎地在黛玉面前洩露了，使得黛玉一時急火燒心，陷入了癡迷。

我說我和一些同齡人像傻大姐，首先是我們在學習英雄模範時，就一直在學習「傻子精神」。由於對英雄的高貴品格領悟得不好，所以常常聽信甘當傻子的說教，以不會動腦筋的傻子自居自得，這種愚頑勁和傻大姐一個樣。二是缺少知識，特別是缺少個人的情感知識，雖然沒有貧乏得像傻大姐那麼嚴重，但認為夫妻就是「一對紅」，認為弗洛伊德就是「反動權威」，認為安娜．卡列尼娜的情人渥淪斯基是「流氓」，此類事還是常常發生。還有一點十分像傻大姐的是，一發現「春意兒」，尚不知道是怎麼回事，就作為發現妖精似的「階級鬥爭新動向」去向「組織」匯報。傻大姐想的是「回賈母」，我們想的是「回組織」，僅此不同而已。我在大學任「幹部」時，就接到好幾封女同學告發男同學寫給她們的普通愛慕信。我自己是不是告發過別人，一時想不起來。不過，如果有幸遇到，也許會告發。

自認是傻大姐，決不是什麼羞恥事。想想當年，我的姐妹們說像誰都不好。說像王熙鳳，那是「毒蛇」；說像秦可卿，那是「淫婦」；說像薛寶釵，那是封建制度維護者；說像林黛玉，那是哭哭啼啼的「小資產階級」；說像妙玉，那是在製造「精神鴉片」的教徒；說像晴雯，她出身貧下中農而愛封建貴族的公子哥兒，屬立場不穩……一個一個都經不起「階級分析」，一個一個都像不得。所以說自己像傻大姐，也並非沒有道理。我是男性，自然不好說像哪位姑娘小姐，但可以說喜歡誰。然而想到批判俞平伯先生的可怕，想到賈府乃是階級鬥爭之地，該用「階級分析」方法，也只能說：我最愛的是傻大姐，只有她，才算是貧下中農的階級好姐妹。

王熙鳳兼得三才

幫忙，幫閑，幫兇，三者往往難以兼得。在《紅樓夢》裡，兼而得之的惟有王熙鳳一個人。能幫忙的人，至少得肯幹，不懶，而且還得有組織能力或社會活動能力。像賈寶玉這種人，也很忙，但他只能算林黛玉所說的那種「無事忙」，而不能真正「幫忙」。

能幫閑的人，則需要有點才氣，而且還得有湊趣的本事。像賈環這種粗痞子，就不能幫閑。然而，像賈政這樣的人，又太嚴肅，也幫不了閑。

能幫兇的人，就更不容易。這除了性格中需要有殘忍的素質之外，還得有點才幹。像賈環這種幫不了閑的人，似乎可以幫點兇。但從他出賣「巧姐」很快就露出破綻一事看來，也缺少幫兇的才能。至於寶玉，他頂多可幫點閑，絕對幫不了兇。

王熙鳳不識一個字，一生僅作過一句詩（即「一夜北風緊」），卻能三者兼得，真是奇蹟。一提起王熙鳳，就想起她的毒辣、兇狠，直接死於她手下或死因與她有關的就有賈瑞、尤二姐、張金哥夫婦、「鮑二家的」等數人。賈瑞、尤二姐之死，不是她幫兇的結果，而是她直接行兇的結果。能直接行兇的，自然更能幫兇。張金哥夫婦的自盡，可算是她幫兇的一例。賈珍說她：「從小兒頑笑時，就有殺伐決斷，如今出了閣，越發歷經老成了。」對於王熙鳳的「幫忙」，也無須多論證，只要看她應賈珍之請去協理寧國府的秦可卿之喪，就足以說明她幫忙的能力是何等高超。人們也許只記得她善於幫忙、幫兇，忘記她善於幫閑。她的幫閑才能在賈母面前表現得淋漓盡致。賈母是賈府的真正權威，又是一個大閑人，很需要有人陪着她說說笑笑，即幫她的「閑」。她喜歡王熙鳳，就是喜歡她能湊趣，是幫閑高手。幫閑很不容易，要頌揚被幫的權威又要讓權威不覺得太俗氣。像賈政那種缺少幽默感的人，只能在賈母面前表忠心，幫閑就不行了。但像賈政帶去給大觀園題匾額的那些酸秀才，只會迎合只會說奉承話也不行。因為王熙鳳有幫閑的本事，所以總是討得賈母的歡心。

當今幫忙、幫閑、幫兇三者兼得的人固然也有，但本事與王熙鳳相比實在相去太遠。他們也忙，但一幫忙就講「偉大的空話」，不辦實事，結果是愈幫愈忙。他們也努力幫閑，寫了很多頌詩，但大多是一些如賈政那種直接表忠心的奉承話，缺乏幽默感。幫閑就怕乏味，而他們的幫閑常常乏味之極，更糟的是還常帶有奴才味。

王熙鳳雖狠毒，但不容易讓人噁心，而後來的幫兇、幫忙與幫閑者卻令人噁心。我自然不是在頌揚王熙鳳充當幫閑或幫兇，也決無欣賞幫兇文人或幫閑文人的意思，只是說，人的能力是有獨立性的。它固然常常與道義相連，但並不等於就是道義。有的人有道義精神，但能力極差，這種人是好人，而不是能人。有的人則缺乏道義，但有很高的能力，王熙鳳就屬於這一種人。所以人們稱王熙鳳是「能人」，而不會稱她為好人。最糟的是沒有道義，又沒有能力的人，做起壞事也顯得特別醜陋。許多無賴、痞子、潑皮，都屬這一類，他們不像王熙鳳那樣，有一種可供人欣賞的才幹和智慧，只有一肚子的髒水。對王熙鳳的爭論，大約也因為有人從道義上看得多一些，有人從才幹上看得多一些。我在兩年前寫的一篇文章中，曾說王熙鳳也屬賈府中的「新生代」，指的就是她作為「能人」的一面，包括她很會放高利貸，就像現在一些官員學會做生意，也是新現象。我欣賞王熙鳳的才幹，自然不是欣賞她做壞事，只是感慨我們現代社會的大忙人常常缺乏王熙鳳的才幹。言下之意是說，無論標榜什麼立場，都應當增長才幹，都應當有本事和智慧，決不可因為自己有財富或權力，便安於愚蠢和無能，並無太深的意思。

瀟湘館鬧鬼之後

《紅樓夢》寫道，林黛玉死後，瀟湘館裡一直有哭聲。人們都認為館裡在鬧鬼，非常害怕。但寶玉知道後，一定要去看看，他相信這是他的林妹妹委屈的鬼魂在哭泣。愛到深處，被愛者變成鬼魂也會愛的。

提起這件事，王熙鳳嚇得毛骨悚然，並驚嘆寶玉「膽子真大」。而在旁的史湘雲立即修正說，這「不是膽大，而是心實」。史湘雲說得非常準確。心實處哪有人鬼界限？

這裡有意思的是，王熙鳳本來是賈府裡膽子最大的人，她宣稱自己從不信什麼「陰司報應」，也就是我們當代人所說的「徹底唯物主義」。她真的無所畏懼地叱咤了好一陣子風雲，可是此時，一說起瀟湘館鬧鬼，她卻變得異常膽小，渾身打戰。王熙鳳之所以會這樣，如果要讓史湘雲也作個評價，那她一定要說，這不是膽小，而是心虛。

心虛就怕鬼，這彷彿也是一條「規律」，看來，膽子的大小與心的虛實確實有關。心實才能膽大，心虛自然膽小。「生平不做虧心事，半夜不怕鬼敲門」，也是這個意思。

王熙鳳不相信報應，便放膽地做了許多壞事，並害了好幾條人命。然而，作孽作得多了，被害者的屍體不斷地在自己面前堆積起來，亡靈的眼睛好像緊盯着，確實會使作孽的人心慌。這些堆積的屍首不以王熙鳳的意志為轉移，沉沉地壓住她的靈魂，使她感到有點喘不過氣。這似乎正是一種報應，只是被報應的人未必能意識得到。我常常喜歡與朋友說：我相信報應。這並不是我相信線性因果關係，而是認為作孽往往會對自己的心理產生微妙的影響。作孽做多了，就會有噩夢，噩夢也是一種心理報應形式。聽說瀟湘館鬧鬼，王熙鳳竟會嚇得發抖。好好的一個貴婦人，竟也發抖，這發抖就是一種報應形式。

不作孽的人心理坦坦蕩蕩，睡得安穩。坦然就是幸福，這也是對其不作孽的報應。

當然，王熙鳳的「唯物主義」還不夠「徹底」，如果「徹底」，大約就不會害怕報應。但要做到「徹底」，恐怕要修煉很久，一直修煉到眾鬼臨門而無動於衷。王熙鳳自稱不怕陰司報應，其實還是害怕的，她惟一的女兒「巧姐」讓劉姥姥取名，也是為了避災，顯然也是怕報應。可見她還修煉不到家。王熙鳳雖然狠毒，但不會使人討厭，這除了她的才幹、風趣等性格特點之外，可能還因為她這種「狠毒」不到家，即殘存着一點良知。做了壞事還會有所畏懼，這就是殘存的良心在起作用。

現代社會提倡勇敢無畏，這是好的。勇敢自然需要「膽大」。膽大成了價值標準也成了衡量知識分子的標準，我就常被認為是懦弱。一直到了海外，還被某些猛人說成是怯弱。不過，我倒希望這些勇敢的批評家最好是要求人們「心實」，而不要總是要求「膽大」，倘若心不實而膽子大，理性不足而情緒有餘，就會胡來，胡作非為。胡來的人，其實未必敢像賈寶玉那樣希望走進瀟湘館。

賈赦的讀書經

《紅樓夢》中的賈赦，是一個官場的老油子。他沒有什麼本事，官位是靠世襲得來的（榮國公的世職由他襲着），但非常世故圓滑，很有生存技巧。他已有幾個小老婆了，仍然不滿足，還想要賈母跟前的丫頭鴛鴦。

這個乏味的老官僚，還有一套關於讀書的老油子哲學。他說：「咱們的子弟都原該讀些書，不過比人略明白些，可以做得官時就跑不了一個官的。何必多費了工夫，反弄出書呆子來？」（第七十五回）

賈赦一面是認為書不可一點不讀，但讀一點是為了捕住當官的機會，以免讓「官」帽兒跑掉，一面又認為不可太用功太認真讀書，以避免讀得入迷反而不懂得官場訣竅。總之讀書的用處就是為了做官，書是官場的敲門磚和烏紗帽的捕獲器。賈赦講的道理比我們現代的「讀書做官」論更透徹。許多書呆子不懂得賈赦這些道理，所以總是當不了官或當了官之後又丟官。

中國的大官僚家族，往往敗落得很快，其原因就是有了世襲制之後，很容易出現賈赦這種官油子。官油子既要享受祖輩父輩的光榮和財產，又沒有祖輩父輩的真才實學和其他真本事，更不能像祖父輩那樣艱苦奮鬥創業守業。襲個官位，只想混日子，一輩子坐着蠶食祖宗的遺產。西方一些大企業家的後裔，一二百年後還使自己的家族保持為「旺族」，而中國的大世族則往往敗落得很快，所以才發生「君子之澤，五世而斬」的現象。其實，澤及五世的現象並不多，往往兩三世就完了。我們讀一讀《紅樓夢》，想一想賈赦的讀書經，就知道世襲貴族的迅速破落就因為官油子愈來愈多，人生只靠技巧和遺產，不再靠真才實學了。

像賈赦這種官油子，生活的目的就是求安逸，享受壓倒一切，其他的均為手段。讀書自然也是享樂的手段，不讀不能享受安逸和榮華富貴，讀得太苦，也沒有安逸可言，要掌握好分寸，這就是人生技巧。賈赦安逸了數十年，悟出這一讀書的道理，也不容易。但因為他的讀書是騙人的，所以常常露出馬腳。例如中秋家宴行擊鼓催花令，他說的那個「偏心」的笑話，不僅很乏味，使人一聽就知道他缺乏文化素養，而且還無意中冒犯了賈母，討得個沒趣。可見，官場上的老油子並不是總是那麼「順溜」開心，在某些需要知識的場合，也是很尷尬的。像賈母這種聰明的人，就很不喜歡他的油味和俗味，偶爾讓他碰一點釘子，他也毫無辦法。

可惜，賈赦這套讀書經，很容易被巧人所欣賞。我國當代生活中流行的讀書要「活學活用」、「急用先學」、「立竿見影」等辦法，也和賈赦的讀書經相通，其效果也相同。所謂活學，其實也就是賈赦所說的既要學又不要學得太呆；所謂活用，也像賈赦所說的，做得官時，別讓官兒跑掉。古人和今人的心機常能相通。不過，我擔心，長此以往，人們讀書將愈讀愈油，愈讀愈滑，最後都變成大大小小的賈赦——大大小小的官油子，這種充滿官油子的社會也夠乏味的。

小議賈政

以往不少紅學評論，都把賈政稱為「封建主義衛道者」，把他描述成與賈寶玉、林黛玉對立的另一營壘的代表。

然而，我總是為賈政抱不平。不知道為什麼，也許是立場問題，我儘管很喜歡寶玉、黛玉這些人物，但也並不恨賈政。儘管那麼多人批判他，但我對他並不產生惡感。沒有惡感、仇恨感，並不等於就喜歡。像對待程朱理學一樣，我雖沒有惡感，也不太傾心。賈政作為一個儒統的載體，我最不喜歡的地方是常常要擺架子和戴面具。在「大觀園試才題對額」時，他明明知道賈寶玉的才華遠在其他秀才之上，寶玉給各館的命名都十分精彩，但他就是不肯在清客們面前說一句誇獎寶玉的話，老是端着一個父道尊嚴的架子，滿臉「壽者相」，實在太不近人情。此時他是一個面具化的人，當然不能讓人喜歡。然而，他畢竟有見識，能擇「美」而從，全採納寶玉的「題名」。賈政此番表現，雖有點裝模作樣，但不能說就是虛偽，所以雖不能讓我敬重，卻也不會讓我厭惡。

賈政是賈府裡的孔夫子，在那個歷史時代裡也算是一個真實的生命存在，正如不能把孔夫子說成是「巧偽人」一樣，也不可把他視為一個偽君子。他雖然也因私情而推薦賈雨村，但總的來說，還算清廉嚴正，品行端莊，是一個不走邪門歪道的人。不能說，這種人就不好，非得像他的哥哥賈赦，到了老邁之年還想討鴛鴦當小老婆才算不偽。他教人盡忠盡孝，也無可非議，而且，他又不是只要求別人「盡」，自己不盡。他確實是個孝子，在事業和情感等各個方面上都盡孝。賈府這座大廈，其實是他支撐着的。他對於母親的任何教導和責罵，都真誠而惶恐地接受，一點也不摻假。不能說玩女人才是真性情，孝順母親就不是真性情。

說他是封建維護者，最重要的根據是說他總是逼迫寶玉注重文章經濟，走仕途之路。但是，這也是賈政親子之情的一種表現形式。他只有三個兒子，大兒子賈珠二十多歲時就夭折，剩下寶玉和庶出的賈環。賈環天生一副痞子氣，明眼人一見就可看出他的一副敗家子相，因此，他自然對賈寶玉寄予希望，但寶玉又偏恨透了仕途經濟，這就不能不成為賈政揪心的遺憾。賈政是一個很有家族責任感的人，他嚴格要求寶玉，甚至嚴酷鞭撻寶玉，其實不是在維護某種制度，只是在盡他的責任，維護其家族的命脈。

以往評價賈政，常常太政治意識形態化。用意識形態的尺度來衡量賈政，自然就會給他戴上種種政治帽子。例如，給他一頂「封建衛道者」的帽子。其實所謂「封建衛道」，完全是評論者把先驗的概念強加給賈政，賈政本人恐怕不知道什麼叫做封建之道。他打賈寶玉時，決不會認為寶玉的屁股是小資產階級的屁股，而他的棍子是封建主義棍子。他的痛打，完全來源於他的痛切之愛即「怒其不爭」。寶玉的不爭氣所造成的賈氏家族的「斷後」危機，只有他才有痛切之感。痛打時他想的是家，決不是國，也未必是「道」，即未必是「堅持封建主義」或「痛打自由主義」這一類意識形態。

俞平伯先生逝世前兩年，不顧年近九十的高齡到香港，並對紅學研究發表了一個意見，這就是：《紅樓夢》是一部小說，不是政治，應當真正地把它當作小說來研究，多從哲學、文學的角度去領悟。俞先生晚年能說出這種意見，實在是寶貴得很。這一意見的要義，就是希望《紅樓夢》的研究應當從牛角尖裡和意識形態的偏見中解脫出來，真正把《紅樓夢》作為一部小說，對其語言、人物、情節及其哲學、心理內涵，不斷地領悟。我想，這一意思，如果用於賈政，將會洗去他身上的許多不白之冤。

《紅樓夢》不是政治，賈政也不是政客或政治符號，他是一個活生生的人，一個把秩序和倫理放在優先地位的人（不是把生命自由放在優先地位的人），因此，他也是一個真實的生命存在，既有政治立場，也有道德品格，也有精神取向，也有情感，而每一方面都有其價值。在政治泛化的時代，把政治尺度變成評價人的惟一尺度，一個人只要突出政治，則無論他怎樣惡劣，也無所謂，反之，被認為是封建階級代表人物如賈政者，則無論他如何廉潔盡職如何兢兢業業，也是壞人，這種看人的標準恐怕只能塑造出大唱政治高調而品格低下的怪物。

附錄

《紅樓夢》方式

——與劍梅的通信①

爸爸：

剛才我在《明報月刊》上讀了你的「《紅樓夢》閱讀筆記」。記得你說寫了五十節，但刊登出來的只有二十節，我真想都讀一讀。你那麼喜歡《紅樓夢》，那麼全身心投入，真讓我感動。你因為擁有《紅樓夢》而贏得一種幸福感和排除孤獨的力量，這種感受，我還沒有。但我也很喜愛《紅樓夢》，以後還要好好讀，好好領悟。記得你寫過，聶紺弩老伯在臨終之前有一個未了的心願，就是想寫出一篇「賈寶玉論」。你在這些隨想中似乎也在猜測聶老的所思所想。賈寶玉這個形象真太豐富了，他好像很傻、很笨，其實是一個具有大愛、大慈悲、大關懷（自然也是大聰明、大智慧）的人，所謂大智若愚、大情若癡者，大約賈寶玉就是了。

說實在的，和這個世紀的西方名列前茅的巨著如《尤利西斯》相比，《紅樓夢》要偉大得多。從閱讀感受來說，讀《紅樓夢》簡直整個生命都要被它拖進去，真真是「引人入勝」，而讀《尤利西斯》則像跋涉高坡，辛苦得很。倘若不是從事文學研究這一職業，我寧可不看。難怪福克納說要像教徒讀《聖經》那樣才能進入《尤利西斯》的世界。我總覺得《尤利西斯》雖然手法有原創性，寫得格外細緻，但失之太繁，繁得讓人受不了。這也許是中國人的閱讀心理無法適應喬尹斯這種寫法。連翻譯《尤利西斯》的譯者蕭乾也這樣說過：「《優利賽斯》我想應該把它翻出來，不一定印很多，得讓人作參考，讓人知道究竟它是個什麼東西。……但就我們國家的現實來說，去寫這個東西就太說不過去了。」這段話是十幾年前他在接受香港《開卷》雜誌的採訪時說的。也許有人聽了會覺得奇怪，而我卻能理解。

小梅

一九九九年二月六日

小梅：

你對《尤利西斯》的看法，很有意思。而翻譯《尤利西斯》的蕭乾老先生竟認為中國作家不可學習喬尹斯，他的觀點也很有意思。也許我的心理比較開放，各種文體都能容納，加上我喜歡閱讀散文（不會因缺乏故事情節而感到乏味），讀《尤利西斯》時又比較從容，所以也是覺得津津有味。不過，今天想起來，還是覺得讀托爾斯泰的《戰爭與和平》及陀思妥耶夫斯基的《卡拉瑪佐夫兄弟》有意思，更不用說讀莎士比亞了。二十世紀的小說有許多新寫法，也有很高的成就，但與十九世紀相比，我總覺得還是十九世紀的成就更高。二十世紀的小說，從卡夫卡開始，許多作家把小說變成大寓言，中國作家也學習了這一點。寓言往往負載一種觀念，一種哲學，一種對世界的大感受與大發現，但弱化了故事情節和人物性格，這種寓言式的小說與傳統小說相比，其優劣得失何在，是一個需要研究的大題目。

至於《紅樓夢》，我覺得它實在太精彩了，太了不起了。我對《紅樓夢》的愛可說是一種酷愛。所以我慶幸自己出生在《紅樓夢》之後。如果誕生在這之前，此生此世沒有《紅樓夢》相伴，我會覺得人生要寂寞得多。在海外，有《紅樓夢》放在案頭，就根本不會失去故鄉與祖國。中國文學批評家應當有自己的視角，而《紅樓夢》就提供給我們一個最精彩的參照系。眼睛裡裝進《紅樓夢》，對其他作品的優劣就會看得很清楚。《紅樓夢》點亮我的一切，當然也點亮我的審美眼睛。你雖然是從事近、現代文學的研究，但不要被專業所束縛，要從狹隘的專業中漂流出來，好好讀《紅樓夢》。愛因斯坦說過，不能光讀現代的作品，還要讀古典的作品，生命才能深厚。而《紅樓夢》可說是我國古代文學和古代文化的集精華之大成者。中國文化的精華之最，我覺得並不是四書五經，也不是二十四史，而是《紅樓夢》。這部偉大小說所蘊涵的人性寶藏和藝術寶藏才是中華民族的真金子。這一奇蹟的產生不知經過多少年月的積澱。我在《獨語天涯》中寫出了一點點的心得，因為覺得可說的話太多，乾脆就提綱式地說話。例如其中的一則，我說我國的古代小說，大體上都是一個情節暗示一種道德原則，惟有《紅樓夢》是多重暗示。每一個人物的命運，都有多重暗示，這一點就可寫一篇很有意思的論文。

中國文化的經典著作，從孔子到朱子，其思維方式其實都是「聖人言」的方式，即「聖人道出真理」的方式，並未把真理「開放」。後來形成獨尊的話語權力，與此有關。而《紅樓夢》則用「假語村（賈雨村）言」、「真事隱（甄士隱）言」娓娓敘述故事的方式，沒有「告誡」氣味，而且又以完全開放的方式去看待被尊為真理的古代經典，並敢於叩問。這種叩問不是控訴與審判，而是質疑，但又有同情的理解，所以《紅樓夢》中沒有世俗視角中的好人壞人之分，不把悲劇視為幾個「蛇蝎之人」作惡的結果。衝突的雙方都擁有理由，都有某種「善」。這一點，王國維是先覺者，他對《紅樓夢》悲劇的認識，後來一直無人可比。我說《紅樓夢》是一個無是無非、無真無假、無善無惡、無邊無際的藝術大自在，就是指它的開放性，也是指它所遵循的禪宗的「不二法門」。《紅樓夢》是一個多維世界，不僅有現實的一維，還有超驗的一維。其人性世界，也是多維的，賈寶玉的大性情用世俗的語言說，他是一個泛愛主義者，而用文學批評的語言說，他是一個人性多維的豐富世界。與《紅樓夢》相比，《金瓶梅》就大為遜色。它只有一個現實世界，沒有超驗世界（也沒有超驗語言）；它只有世俗的因果、善惡判斷而沒有超越的宇宙視角，更沒有現實描述背後的哲學態度。

把文學話題擱下。你以後學習與鑽研中國古代文化，也可從《紅樓夢》入手，這部小說中的日常生活與日常關懷，是最具體、最生動、最有靈魂活力的中國文化。儒家、道家、釋家、理學、心學、禪學，全都可以從中感受到或悟到。尤其是儒、道之前的《山海經》，更是與《紅樓夢》直接相連。從《山海經》到《紅樓夢》，中間又有先秦元氣，魏晉風骨、唐宋詩文、明末性情，把握住這一脈絡，便可把握住故國的自由文化氣脈。這一氣脈可能正是中國文化的未來指向。你從現在開始，有空就翻翻《紅樓夢》，不斷領悟，十年以後，你的內心一定能豐富得多。我們不必把《紅樓夢》當作政治工具和夤緣求進的階梯，只把它作為心靈存放之所，所以，《紅樓夢》是屬於我們的。

爸爸

一九九九年二月九日

①此文是《共悟人間——父女兩地書》的一篇。劍梅現任美國馬里蘭大學「亞洲東歐語言文學系」副教授。

後記

此次到香港還不到一個月，就能讀到《紅樓夢悟》增訂本的清樣，真是高興。書稿中的多數文字寫於三、五年前甚至寫於十年、二十年前，因此閱讀時總有補充的衝動，但為了不給編輯作業增加負擔，只改動了一些文字。

二〇〇六年六月結束了台中東海大學的教程之後，便回到落基山下，繼續沉浸於《紅樓夢》中。此次一邊沉下去，一面則像夸父追日似地追逐曹雪芹展示的精神天空，感悟其文本中那顆「心」的純粹與輝煌。於是，我每天黎明即起，孜孜寫作，終於完成了「紅樓四書」初稿。此四書除了已出版的《紅樓夢悟》之外，還有《共悟紅樓》（與劍梅的長篇對話錄）、《紅樓人三十種解讀》、《紅樓哲學筆記》。四書的組合，使自己的閱讀心得獲得充分的表述。整個過程，不僅幫助自己深化對文學的認知，也幫助自己向哲學靠攏。此外，還有一個大收穫，就是幫助我破一切「執」，包括方法之執。放下考證、實證法之後，自己選擇的悟證，倒是帶給身心許多「禪悅」，幾乎接近莊子的「至樂」狀態。有此心境，書能否出版，便無所謂了。

這回到城市大學，為培凱兄主持的中國文化中心開設中國文化經典閱讀課，並作十二次講座。課程一大半是解讀《紅樓夢》，其中「《紅樓夢》閱讀方法論」、「《紅樓夢》父與子衝突的多重內涵」、「《紅樓夢》的審美圖式」、「王國維評紅的建樹與空缺」等，都說了一些新話，這也是悟證的心得。老莊所說的「道」，佛家所說的「空」，慧能所說的「自性」，基督教所說的「上帝」，康德所說的「自在之物」等等，這些終極的存在、終極的真實，都難以實證。實在性的真理與啟示性的真理畢竟不同，《紅樓夢》文本中充滿啟示性真理和啟示性細節，這些真理與細節，只能以心傳心，靠悟證去抵達。當然，我的方法也只是一種試驗。悟證不可能一次完成，試驗也不可能一次完成。

二〇〇八年二月二十五日於城市大學德智苑